U0029537

流放的帝王

冰臨神下——著

目錄

第六十七章 退位

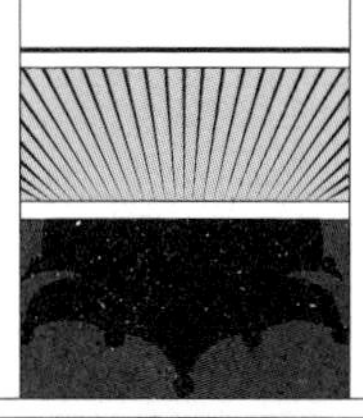

功成元年十二月初三，碎雪飄飄，皇帝在泰安殿宣讀退位詔書，這一天距離他登基不到九個月，距離京師地動正好五個月。

史書在這一年記下了一連串的災難，帝崩、兵禍、宮變、地動、疫情、寇邊……一封封奏章從各地送來，開始還只是隱諱地暗示災難與內宮有關，受到默許與鼓勵之後，奏章的矛頭直指皇帝本人。

皇帝幾乎每個月都要頒布一兩道罪己詔，主動攬下責任，令越來越多的官吏嗅到了芳香的血腥味，奏章的內容越來越直白，皇帝的種種「劣跡」都成為罪證，表明就是他得罪了上天，才招致今年所有的災難。

因此，十二月初三的退位，水到渠成。

韓孺子對這些事情所知甚少，罪己詔不是他寫的，奏章雖多，他沒機會看到；就連勤政殿他也不怎麼去了，以齋戒的名義留在內宮自己讀書，尤其是歷代史書，沒人再限制他，可以隨意閱讀。

母親王美人每天都來，與兒子閒聊一會，從來不提外面的事情。

其他人很少來，楊奉一次也沒出現，孟娥來過一次，給他送來最後一粒藥丸，從此杳無蹤跡，退位前一個月，張有才和佟青娥都被調走了，不知去向，其他「苦命人」更是一次沒來過，韓孺子問起，王美人只是說

「另有安排」，不肯透露更多詳情。

慢慢地，韓孺子的心事也淡了，既然自己很快就將退位，實在沒必要計較他人的態度。

東海王來過幾次，一貫地冷嘲熱諷，他還不知道自己有機會稱帝，情緒比較低落，嘲諷之後總是要埋怨舅舅崔宏，在他看來，舅舅的膽子實在太小，以至坐失良機。

韓孺子沒再見過皇后，逢五臨幸秋信宮的慣例也取消了。

偶爾，他也能聽到一點消息：太監左吉沒有得到太后的原諒，宮變失敗的第二天，就在獄中被腰斬；俊陽侯花繽和一兒兩孫逃出京城，一直沒有落網，留在京中的家眷都被關入大牢；望氣者淳于梟最為神奇，每隔幾天都有他被抓的消息傳來，卻沒有一條能夠得到證實。

但這些都與韓孺子沒關係了，讀史書純粹是一種愛好，他一點也不覺得自己還有重新稱帝的機會。

十二月初二下午，太監景耀送來一份擬好的退位詔書，詔書很長，裡面歷數了本年的大災小難，痛陳皇帝德薄福淺，對不起列祖列宗，甚至暗示自己有不可治癒的痼疾。

韓孺子全都照寫不誤，只有一次停筆，詫異地問：「我什麼時候改名叫韓栯了？這個字是念『有』吧？」

「天子登基之前通常會改名，方便天下人避諱，陛下的名字是在三月改的，宗正府的屬籍上有紀錄。栯為神木，據稱食其葉者不妒。」景耀解釋道，面對次日就將退位的皇帝，他還保持著基本的禮節。

韓孺子繼續照寫詔書，無論是「韓松」還是「韓栯」，他都不在意，自己的真名叫「孺子」。

「好了。」韓孺子放下筆，欣賞自己寫下的詔書，「我的字比從前工整多了，大臣們會認嗎？」

景耀顯得有些尷尬，「認，肯定認。陛下請休息吧。」

韓孺子躺在床上默默地運行了一會逆呼吸，覺得體內的氣息感正變得清晰，可惜他只能練到這一步，孟娥不來，他不會別的練功法門。

這一夜，他睡了個好覺。

與登基相比，次日的退位儀式異常快速而簡陋，禮官當眾宣讀詔書，群臣跪拜，然後起身讓到兩邊，兵馬大都督韓星以宗室重臣的身份走上階陛，從皇帝手中接過從未屬於他的寶璽，退下。

然後是宰相殷無害上階，伸出手，口稱「殿下」，引導韓孺子走出泰安殿，在門口將他交給兩名將軍。

韓孺子認得其中一位，正是宮門郎劉昆升，他在挫敗宮變時立下大功，平步青雲，直接升任中郎將，掌管皇宮宿衛。

在向廢帝行禮時，劉昆升明顯躬得更低一些，「殿下請隨我出宮。」

韓孺子乘上一輛馬車，由中郎將劉昆升親自護送，車輛駛至南便門的時候，遇到第一撥使者，太監景耀向廢帝宣讀太后懿旨：韓桷被封為德終王，留住京師府邸。

德終王可不是什麼好稱號，韓孺子並不喜歡，也不在意。

馬車繼續前進，駛出皇宮，一路冷冷清清，大白天也沒有人。

半路上，馬車又停下，第二撥使者攔路宣讀太后懿旨：經群臣商議，廢帝不宜稱王，改封為「倦侯」。

韓孺子問身邊的劉昆升，「還有多遠，再這樣下去，我不會被廢為庶民吧？」

劉昆升一臉尷尬，他本不應與廢帝交談，可還是微微扭頭，小聲說：「不會，陛下……不，殿下……不不，您是倦侯，不會再降了，應該不會。」

韓孺子笑了笑，「倦侯，這是『厭倦』的『倦』，還是『疲倦』的『倦』？」

劉昆升說得沒錯，倦侯就是韓孺子的身份，馬車一路駛入北城，停在一處宅院的大門前，門楣上的匾額清晰地寫著「倦侯之邸」四個大字，字跡很新，顯然剛掛上去不久。

第三撥使者等在門口，再次向廢帝宣讀太后懿旨，措辭比前幾次都要嚴厲，歷數廢帝的種種「劣跡」，要求他從此以後「改過自新」，懿旨中只有極少的實質內容：廢帝韓栯雖為列侯，但是位比諸侯王，可以「入殿不拜」。

韓孺子這才想起，自己幾次接旨都沒有下車跪拜，不太合規矩，從現在起，他能夠名正言順地不跪了。

讀過懿旨，使者撤走，護送廢帝的宮中衛士也得告退，劉昆升就在這時跪在地上，向倦侯磕頭，行臣子之禮，然後上車，率兵離去。

這是非常冒險的舉動，韓孺子來不及阻止。

八名衛兵留下，守衛大門，韓孺子轉身走入自己的又一個新家。

庭院裡跪著二十多名奴僕，居然都是宮裡的「苦命人」，韓孺子一眼就認出來張有才，不由得大喜，「原來你們都在這！」

眾人磕頭，張有才抬起頭，哭著叫了一聲「陛下」。

韓孺子搖頭，走上前將大家都扶起來，大聲說：「從今天起，我是倦侯韓孺子，不要再叫我『陛下』，謝謝諸位……謝謝……」

他不知道該說什麼。

眾人大哭，老成一些的太監勸住大家。

韓孺子沒看到佟青娥和蔡興海，張有才擦去眼淚，說：「景司監說我們救駕有功，可以選擇出宮追隨您，也可以留在宮中，我們這些人自願出宮，昨天晚上才被送來的，青娥姐他們留在宮裡，說是……」

張有才頗有幾分不滿，韓孺子笑道：「我明白。」

「蔡大哥求得一份軍職，又去邊塞打仗了，也不知道出發沒有，他讓我向陛下……向主人說，『能隨主人翻牆，是他一生中最大的榮耀，至死不忘。』」

韓孺子笑道：「誰會忘呢？希望他這回不用虛報首級就能建功立業。」

張有才也笑了。

「帶我看看新家吧，在這裡咱們可以隨意一些。」

眾人簇擁著倦侯四處查看。

府邸不算小，前後五進，房屋眾多，庭院比宮中的院落還要寬敞些，二十多人連三成房間都住不滿，後進是一片花園，未經打理，覆蓋著厚厚的積雪。

「如果只住咱們這些人，那就太好了。」張有才很快就變得興奮，陪著主人到處遊走，將其他人都甩掉了，在一間書房裡，張有才又一次跪下，小聲說：「陛下……」

「不要再這樣叫我。」

「主人，咱們什麼時候回宮去？」

韓孺子訝然道：「你為什麼說這種話？」

「您是大楚皇帝，只有您配當皇帝，離開皇宮是以退為進，早晚還會再回去，對不對？」

「大家都這麼想嗎？」韓孺子嚴肅地問。

張有才猶豫片刻，「我沒問過，可我覺得……大家的想法應該都跟我一樣。」

母親王美人的確說過要耐心等待機會，可是機會遙遙無期，連點影子都沒有，剛出皇宮大門就想著回去，只會惹來大麻煩。

「告訴大家，不要再提『回宮』的事情，這裡是我的家，我要一直住下去。」

張有才站起身，臉上掛著心照不宣的笑容，「明白，我待會就去說。」

「算了，什麼都不用說。」韓孺子發現這種事情根本沒法解釋，只會欲蓋彌彰。

外面跑進來一名太監，慌張地說：「外面有人來了，看著挺凶。」

韓孺子急忙迎出去，到了前院，只見十多名勁裝男子關閉了大門，正到處查看，他們都帶著刀，府裡的人呆呆地站在垂花門內外，不敢上前干涉。

韓孺子正驚訝時，從一間倒座房裡走出一名太監，幾步來到他面前，躬身行禮，「倦侯可還喜歡這裡？」

「楊奉！」韓孺子吃了一驚，「太后讓你來的？有什麼事嗎？」

「來當侯府的總管，如果倦侯不願用我的話，也可以另換人，在這座宅院裡，您是主人。」

韓孺子大喜，「願意，當然願意，可是……沒人跟我說過你也會出宮。」

「事情沒成之前，總有意外，所以還是成事之後再說吧。」

「這些人……」韓孺子指著那些勁裝男子，覺得他們不像是宮中的太監，其中幾人的鬍鬚可挺顯眼。

「我的一些朋友，請來保護倦侯的。」

「保護？為什麼需要保護？」

「因為可能有人會誤解太后的意圖。」

韓孺子一愣，「詔書和太后的懿旨不是已經說得很清楚了嗎？」

「無論太后說得多清楚，總會有人揣摩過頭，以為能趁機立功。退位之帝的頭幾天最為危險，熬過去就好了。」

韓孺子這才明白，原來退位之後的生活沒有想像中那麼悠閒。

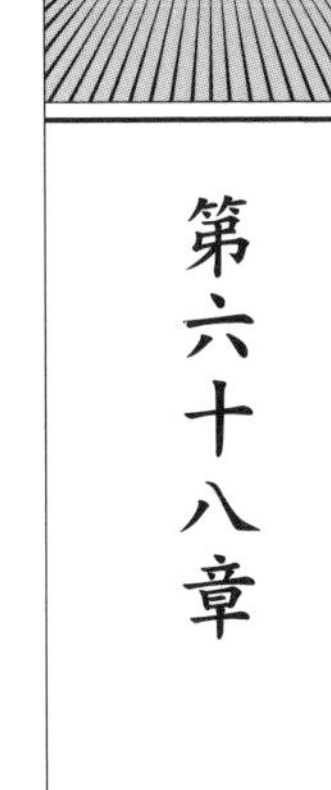

第六十八章　書房

倦侯府邸大門緊閉，午時過後不久，門外的八名衛兵撤走了，他們是皇宮宿衛，不能給侯府看門。

楊奉召集府中的所有人，聚在庭院裡，清點人頭。

一共十五名太監、八名宮女，加上韓孺子、楊奉，以及楊奉帶來的十三位「朋友」，共是三十八人。

楊奉對眾人說：「你們都是自願跟隨倦侯出宮，想必早就得到過提醒，出宮之後不會一帆風順……」

「我們不怕！」張有才喊道，聲音有點大，他一興奮起來總是控制不住。

「怕或不怕，咱們都站在這裡了，既然是同舟共濟，我也不對你們隱瞞：眼下的形勢很危險。」沒人應聲，楊奉掃視眾人，繼續道：「咱們都知道，太后是真心讓倦侯退位，僅此而已。可外面的人不知道，他們會按自己的想法臆測，保不齊會有人猜過了頭，想用倦侯的人頭向太后邀功。本朝沒有過這種事，前朝倒是發生過，當朝廷選立新帝之後，想邀功的人可能會更多。」

「太后不能派人保護倦侯嗎？」人群中一名太監小聲發問。

「不能，一群皇宮宿衛站在侯府門前，會令外人更加懷疑太后的意圖，咱們得自保，只要挨過頭幾天，外人的疑心就會漸漸消散，倦侯安全，咱們也安全。」

太監和宮女們面面相覷，出宮之前他們的確得到過提醒，追隨廢帝要冒一定的危險，可那只是泛泛而論，如今危險真的到來，而且來得這麼早，他們還是有點驚慌。

又是張有才大聲道：「怕什麼，咱們都是鬧過皇宮的人，還怕外面的幾個小毛賊？」

眾人齊聲附和，楊奉等大家說得差不多了，才繼續道：「諸位也不必過於擔心，你們的職責很簡單，謹守門戶，沒有倦侯和我的許可，別讓任何人進來，真有狂徒敢闖府，由我來應對。」

楊奉帶來的十三位「朋友」都是身高體壯的大漢，身上帶著刀，目光咄咄逼人，瞧著令人心驚，看家護院卻讓人心安。

太監和宮女們更放心了。

侯府太大了些，楊奉命人將後花園以及三、四進院子的門戶通通鎖死，所有人都住在前兩進院中。

韓孺子被安置在一間耳房裡，這裡從前應該是一間書房，擺著書案、書架，卻沒有一本書。

韓孺子坐在書案後頭晃動雙腳，張有才忙著擦拭灰塵，皺眉說道：「陛下……不，主人就住在這裡嗎？連張床都沒有，楊奉是不是有點誇大了？這裡可是京城百王巷，住在這裡的人非王即侯，誰敢來鬧事？」

韓孺子在想事情，笑了笑，沒有回答，門口傳來一個聲音，「皇宮都有人敢闖，何況是百王巷？」

張有才嚇了一跳，吐了一下舌頭，「楊公來了，對不起，我就是……」

「叫我『總管』。」楊奉冷淡地說，「退下吧，這裡暫時不需要你。」

張有才放下抹布後，便匆匆向外走去，到了楊奉身後，轉身衝皇帝使個眼色，意思是說自己就在門外，隨叫隨到。

楊奉沒看見小太監的動作，到處掃了幾眼，說：「待會有人會送來簡便小床，倦侯在此暫忍幾日。」

「這裡挺好，若能裝滿書就更好了。」

「嗯，以後會有的。」

「你聽說過這種說法嗎？書房是男主人的藏身之所。」

楊奉一愣，在這種時候倦侯還有心情閒聊，很是出乎他的意料，搖搖頭，「沒聽說過，此話怎講？」

「是母親跟我說的，她說，書房是男主人的藏身之所，他們一本正經地躲在裡面，假裝進行十分重要的工作，名正言順地禁止妻兒進入。在這裡，他可以發呆，可以胡思亂想，可以盡情玩賞自己的喜愛之物，暫時拋棄丈夫與父親的身份。」

楊奉又是一愣，但是點點頭，「我從前也有一間書房……的確，我不只在裡面讀書，也在裡面偷懶，家裡人從來沒發現。王美人說的是桓帝嗎？」

「應該是吧，我從來沒進過父皇的書房。母親還說，書房如此隱密，所以男人都在這裡制定陰謀。」

楊奉第三次發愣，「王美人都教了你什麼？」

「母親教我的東西可不少，我還在慢慢揣摩。我喜歡這間書房。」韓孺子拍拍椅子的扶手，又摸了摸光滑的書案，上面一無所有，侯府裡的東西自然不像皇宮裡那樣精美奢華，表面都有些破舊，可他真的很喜歡，「坐在這裡，我能感覺到這間屋子屬於我。」

楊奉深深地鞠躬，這名少年經常讓他吃驚，每一次吃驚之後，他的期望都會增加一分，「請倦侯保持這種感覺。」

韓孺子點點頭，正式問道：「真的會有人想要殺我嗎？」

「倦侯退位的消息早已傳得沸沸揚揚，這些天來我一直在打探消息，同時也在勸說朝中大臣，讓他們相信太后對你絕無殺心。」

「可他們不信。」

「既非相信，也非不信，他們在觀望。沒辦法，只有少數大臣與倦侯有過接觸，印象極佳，但是不能對外宣揚，大多數人只能靠傳聞做判斷，而傳聞對倦侯不是很有利。」

「他們覺得我從前是名昏君？」

「過去的幾個月裡，朝廷的確發生了許多不好的事情……」

「我明白，皇帝就是皇帝，外人不管你是不是傀儡，也不在乎，總之，朝廷的錯誤就是皇帝的錯誤。」

「正是。」

「誰會來殺我？」

「大臣們不會，他們更願意遠離宮廷之爭。生活安穩的百姓不會，這對他們沒有好處。可京城裡還有兩種人，一種是地痞無賴，會被任何人所收買，還有一種人是失勢的勳貴子弟，為了得到利益，這兩種人都願意鋌而走險。」

韓孺子想起宮裡的那些勳貴侍從，他們都有遠大的前途，應該不會冒險來殺廢帝。

楊奉繼續道：「今天上午我得到消息，城裡有一夥無賴少年蠢蠢欲動，他們沒想討好太后，而是想殺你揚名，同時拿你的頭顱待價而沽。這些人好對付，擋在門外不讓他們進來就是了。那些失勢的勳貴子弟卻不好說，他們心裡有想法也不會對外洩露，更不知道他們會不會找來高手。」

韓孺子並無懼意，恰恰相反，他的心情很好，「可咱們不怕。」

「為什麼不怕？」換成楊奉提出問題了。

「你說的這兩種人都是冒險者，『開始時鬥志昂揚，一旦發現事情與預料得不一樣，又會大失所望。』」韓孺子笑道，將楊奉當初用來評價羅煥章的話直接搬用過來，「只要咱們擋住幾次挑釁，太后那邊又沒有別的暗示，他們就會知難而退，大家也會相信太后真的無意殺我。」

楊奉點點頭。

韓孺子收起笑容，認真地問：「太后真的無意殺我？」

「據我所知沒有。」楊奉回答得很謹慎，「咱們也只能照此準備。」

韓孺子用手指在桌上劃來劃去，又問道：「真是奇怪，太后算是大楚真正的皇帝，卻沒有辦法清晰表達自己的意思嗎？」

「她做不到，也不想做，這對她又沒有什麼好處。誰殺了你，她就殺了誰，將事情徹底終結。」

「如此說來，前來殺我的冒險者豈不是很倒霉？懷著偌大的期望，不成，一無所有，成了，卻是死罪。」

「明白事理就不會是冒險者了。倦侯可以思考一個問題：貴為至尊，怎樣才能清晰表達出自己的意思。」

「只憑旨意是做不到的，每個人都會用自己的方式去理解……」韓孺子驀然發現，楊奉又像從前那樣向他佈置任務了，忍不住問道：「這還會有用嗎？」

「如果沒用，倦侯不過是浪費了一點無所事事的時間，如果有用，倦侯能將機會握得比誰都緊。」

韓孺子露出微笑，「得一楊公，如得一上將軍，太后將你送到我身邊，我相信她確無殺意。」

楊奉豎起一根手指晃了兩下，「吹捧他人是一門大學問，倦侯以後得好好學習。」

韓孺子扶案而起，「該學的東西很多，慢慢來吧，該是吃飯的時候了吧？」

午時早就過了，冬天太陽落得早，屋外已是黃昏，韓孺子早餐就沒吃多少，午餐一直就沒見到影子。

「張有才！」楊奉喊道，知道小太監就在門外守著。

張有才立刻進來，「楊總管有何吩咐？」

「為什麼還不開飯？」

張有才一臉驚訝，「飯？哪來的飯？」

楊奉一肚子濟世之才，登得朝堂，入得江湖，說到治家可就差著一大截，微怒道：「當然是你們做的飯，難道出了宮就什麼都不會了嗎？」

「廚子倒是有兩個，可是沒有米麵菜肉，拿什麼做飯？」張有才兩手一攤，「我們昨晚進府，粒米未進，只喝了點井水，還以為總管一到，什麼都會有，原來楊總管也沒帶點吃的啊。」

楊奉愣住了，「是我忽略了……今天有點晚了，大家忍一忍吧，明天一早我就派人去買米麵。這應該是禮部主爵司的責任，他們選定的府邸，連食物也不準備好嗎？」

「或許他們也在揣摩太后的意圖。」韓孺子說，揉揉肚子，「我還能忍一晚。」

張有才嘴一撇，他已經忍了一個晚上，「忍行，打架可就沒勁啦。」

話音剛落，跑進來一名刀客，對倦侯看也不看，直接對楊奉說：「來了。」

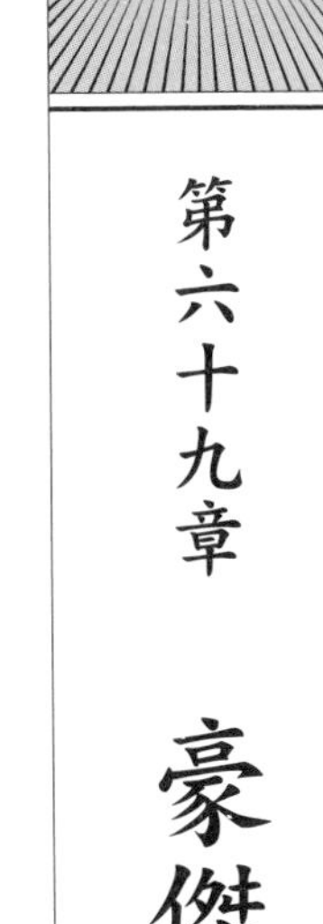

第六十九章 豪傑

百王巷裡沒有一百座王府，宅第不過三十幾處，多年來住過的王侯倒是真有上百位。皇帝高興的時候，這裡熱鬧異常，各地諸侯王爭奢鬥侈，在京師留下不少佳話，皇帝的疑心一旦變重，所有諸侯王都得乖乖回國，除了每年按規矩進京朝拜，再不得進京。

自從武帝晚年誅殺太子之後，百王巷就沒再熱鬧過。

現在是冬季，諸侯王大都留在本國，百王巷因此更顯蕭瑟，時近黃昏，相鄰的宅區華燈初上，這裡的幾十座大門口，只亮起寥寥幾盞燈籠。

剛剛掛上新匾額沒多久的倦侯府，門前倒是挺熱鬧，時不時有人結伴走過，目光往門內張望。

楊奉的一位「朋友」走過來，說：「沒事，都是城裡的朋友，我們哥幾個一句話就給打發了。」

楊奉抱拳道：「有勞。」

韓孺子跟在楊奉身邊，那人卻連看都不看他一眼。

「你的朋友……還真不少。」韓孺子小聲說。

「有些朋友很好交，放低姿態、客氣一點，然後捧出銀子，朋友就到手了，即使互不相識也沒關係。」

韓孺子驚訝地說：「他們是雇來的？」

「雇？給你同樣多的銀子，你未必能雇得到。」楊奉在前院走來走去，碰到「朋友」就向對方拱手致意，客氣，但絕不謙卑。

江湖中另有一套規矩，韓孺子更弄不懂了，小步跟上，說：「俊陽侯花繽說他要為武帝時枉死的豪傑正名，你的這些朋友……算不算豪傑？」

「這些朋友是京師閭巷中的豪傑，至於俊陽侯？」楊奉不屑地哼了一聲，停住腳步，「沽名釣譽之輩。」

「可他真是這麼說的，而且……也努力嘗試了，現在還逃亡在外，下落不明。」

楊奉道：「花家的確以豪俠聞名天下，交遊極廣，良莠不分，因此埋下禍根。齊王謀逆時拉攏了不少地方豪傑，其中多半都與花家有過往來，奉命前往關東查案的官吏，收集的供狀能裝滿十輛馬車。太后遲遲沒有動手，是希望證據更充分些，能將花家及其同堂連根拔起，沒想到……」

「俊陽侯提前動手了。」韓孺子恍然大悟，「花繽早做好了逃亡的準備，參加宮變是為了壯大名聲，逃到哪都能得到豪傑的庇護，怪不得朝廷一直抓不到他。那他當時說的那些話……哦，那不是對我說的，門外還有別人，他們會替俊陽侯在江湖上宣揚。」

「嗯，在江湖中，名聲就是權力，刀劍在名聲面前也要低頭。」

「楊公在江湖上的名聲不小吧？」韓孺子好奇地問。

楊奉生硬地回道：「在江湖上，楊奉是無名之輩。」說罷，前去檢查門戶。

韓孺子留在原地，越發覺得楊奉的從前不簡單。

侯府門外的人不只是來回逡巡，一些人乾脆留下，在門口或站或蹲，彼此打招呼，也有人突然暴起，指名道姓地大罵，受到呵斥的人通常轉身就跑，沒人敢回嘴，更沒人敢留下還擊。

覺得時候差不多了，楊奉走到十三位「朋友」面前，抱拳道：「有勞諸位，這就點燈吧。」

韓孺子以下，府裡的人都沒明白「點燈」是什麼意思，那些閭巷豪傑卻心照不宣，其中兩人解下腰刀，鄭重地交給同伴，然後每人拎起一盞早已準備好的燈籠，從便門出去，隨手關上。

「點燈」居然真的只是點燈，韓孺子和那些太監、宮女不禁既意外又失望，很快，他們的想法改變了。

便門關得不緊，外面的聲音清晰地傳來。

「在下小春坊白太庸，這位我不說大家也認得，三柳巷的匡裁衣匡二哥，我們哥倆在這給諸位朋友道安了。倦侯今日喬遷新居，未想到會有這麼多朋友上門慶賀，準備不周，特意讓我們哥倆出來招待。沒啥說的，小春坊醉仙樓已經備好酒菜，大家這就去，提我們哥倆的名字，到樓上不醉不歸，我們稍後就到……」

張有才站在倦侯身後，小聲道：「這人真會說話，三柳巷匡二哥，名字也有意思，酒菜？咱們怎麼……」

楊奉扭頭嚴厲地看了一眼，張有才不再說下去，卻不是很服氣，更小聲地說：「真是欺人太甚，再怎麼著也是王侯之家，居然請一幫混混吃飯，自己還餓著肚子呢。」

韓孺子卻不這樣想，反而聽得很認真，揣摩外面傳來的每一句話。

白太庸之後，匡裁衣也說了幾句，他好像真是一名裁縫，開口第一句就說：「那個誰誰，你從我店裡拿走三套袍子，啥時候給錢？今天咱們得好好聊一聊……」

門外響起了笑聲，有幾個人開口挑釁，不等白太庸和匡裁衣開口，就被其他人罵走。

沒多久，白、匡兩人從便門回來，手中的燈籠留在了外面，從朋友手裡接過刀，向楊奉拱手告辭，對倦侯仍是一眼不瞧。

接下來又有幾撥混混到來，楊奉請來的「朋友」輪流到門口觀望，誰能說得上話，誰就出去勸退，不一定是請吃飯，也有脾氣大的，拎刀出去大罵幾句，居然也生效。

大概二更左右，再沒有混混來了，還剩下三位豪傑，楊奉走過去，與他們小聲說話，然後親自送出門外，絲毫不失禮數。

韓孺子直到這時才看明白，楊奉並非隨意找來十三位閭巷豪傑，這些人都是京城裡能鎮住一方的大豪，負責攆走不同的混混。

送走了所有豪傑後，楊奉便對太監和宮女們說：「大家都去休息吧，記住，不管聽到什麼聲音，夜裡都不要出門。」

清退混混看上去太容易了些，眾人不是很害怕，張有才甚至敢開玩笑，「尿急怎麼辦？咱們沒吃飯，涼水可是喝了不少。」

眾人竊笑，楊奉嚴厲地說：「憋著，憋不住我就再給你來一刀。」

張有才嚇了一跳，捂著襠部，「那我還是憋著吧，主人，回房休息吧。」

楊奉道：「你們退下，倦侯留下，我有話對他說。」

眾人大都住在前院，楊奉親自去將便門鎖好，又檢查一遍大門的門閂，帶著倦侯去第二進院子，對張有才說：「你留下幹嘛？沒讓你跟著。」

「主人是尊貴之體，總得有人服侍吧，我瞧楊總管不太擅長做這種事。」

韓孺子說：「不用，我能照顧自己，你去休息吧。」

主人發話，張有才總算走開，楊奉看著小太監的背影，說：「這才剛出宮，脾氣就大了，以後得好好收拾一下才行。」

「是皇宮太壓抑。」韓孺子笑道，「連我也想到處跑跑呢。」

「別急，以後有機會。」楊奉走入二進院，站在中間的一顆樹下，四處觀望，像是在找什麼東西。

韓孺子問道：「還會有人來嗎？」

「嗯，之前來的都是小麻煩，接下來的才是大麻煩。」

「請那些豪傑花了多少錢？」韓孺子很關心細節。

「每人五十到一百兩銀子。」

「這麼少？」韓孺子很詫異。

「銀子只是意思一下，他們要的是名，不出三天，『京城十三豪義護廢帝』的故事就會傳遍京城內外。」

「呵……真會有人這麼說嗎？」韓孺子覺得有點可笑。

「當然會，我已經安排好了。」楊奉走向東廂，似乎覺得那邊的房頂很可疑。

韓孺子不笑了，站在原地想了一會，追上楊奉，「待會大麻煩來了，就咱們兩人應對嗎？」

「不是，我找了兩位幫手……怎麼還不到？」

韓孺子又一次感到奇怪，等幫手不去大門口，看房頂幹嘛？於是也到處遙望，轉過身，在房頂上沒看到東西，樹下卻多了兩個人。

那正是韓孺子和楊奉剛剛站過的地方，此刻站著另外兩人，一老一少，在夜色中看得不是很清楚，只瞧出這兩人都很瘦。

韓孺子驚訝得說不出話來，扯扯楊奉的衣袖。

楊奉轉過身，看著兩人，一點也不驚訝，只是有點不滿，便說：「用得著這樣嗎？打聲招呼不影響你們的大名。」

少年上前兩步，比韓孺子大不了幾歲，「我跟爺爺打賭，說你會武功，他說不會，看來我是輸了。」

「我不會武功，我會『用』武功。」楊奉大步走到兩人面前，轉身向倦侯介紹道：「這位是江湖上有名的一劍仙杜摸天，這是他的孫子。」

「嘿，幹嘛不說我的名字，我叫杜穿雲，江湖人稱……」

「別亂給自己起綽號，等你大點再說吧。」楊奉對這兩人不客氣，卻沒有惹惱對方。

之前來的十三位豪傑不看廢帝一眼，杜氏爺孫卻不同，杜穿雲不錯眼地打量韓孺子，杜摸天上前抱拳道：「草民不知禮儀，星夜來訪，萬望見諒。」

這兩人不像是閭巷豪傑，更像江湖遊俠，韓孺子不知該如何接待，笨拙地抱拳道：「稀客光臨，未備酒儀，倒是我要請兩位見諒了。」

杜摸天一笑，杜穿雲說：「爺爺，皇帝也沒什麼特別的，我看我也能當。」

「胡說八道，你爹連份家產都沒給你留下，你憑什麼當皇帝？」杜摸天斥道，轉向楊奉，「我跟江湖上的朋友打聽過，好像沒什麼動向，若非迫不得已，大家是不願招惹朝廷的。」

「就怕還有桂月華這種人。」

桂月華是江湖人，也是俊陽侯府中的教頭，免不了會參與朝廷之爭。

「沒事，有我們爺倆在，肯定能保住皇帝無憂。」

韓孺子剛想說自己不是皇帝，外面突然響起嘈雜聲，還有砰砰的敲門聲，一個生硬的聲音在喊：「開門！快給羽林衛的老爺們開門！」

楊奉臉色微變，他所有的準備都是用來應對江湖人物的，在他的預想中，朝廷各方不會有人敢來公開誅殺廢帝。

第七十章 掛名宿衛

楊奉跑向前院，杜氏爺孫護著倦侯走在後面，住在前院的太監、宮女聽到了叫聲，有幾人探頭出來，都被楊奉攆了回去。

門外的叫聲越來越響亮，甚至帶上了罵人的話。

楊奉站在門後，大聲問道：「是誰在此叫嚷？」

外面的人怒道：「羽林衛前來辦公，問那麼多幹嘛？快給老爺們開門。」

楊奉回頭看了一眼，倦侯被杜氏爺孫護在中間，於是點下頭，對門外說：「這裡是倦侯府，跟你們羽林衛沒關係。」

皇宮宿衛是個統稱，共包括八支軍隊，羽林衛是其中之一，駐紮在北門，最重要的任務不是看守皇宮，而是在朝廷舉行大典的時候充當儀衛，平時悠閒得很。

外面的人砰砰砸門，「有沒有關係你說得不算，快開門接聖旨！」

楊奉哼了一聲，越發確信這是一夥騙子，說道：「你站到門前，讓我看看是不是真的羽林衛。」

外面的人罵罵咧咧，但還是同意了，「老子站這了，過來看吧。」

「好。」楊奉慢慢拔出腰刀，對準門縫，說：「站近一點，看不清。」

「嘿，你這個傢伙……」

楊奉一刀捅出去，馬上收回，只聽外面尖叫一聲，隨即破口大罵。

韓孺子被楊奉的舉動嚇了一跳，少年杜穿雲卻挑三揀四：「哎呀，力道不夠，人家穿的是鐵甲，你連小傷口都沒造成吧，聽他的底氣更足了。」

楊奉的本意也不是殺人，厲聲道：「我是前中常侍楊奉，閣下有本事報上名來，明天我去羽林衛問問，什麼時候由你們負責傳遞聖旨了？」

「死太監，你有本事怎麼不去生兒子……」外面的人罵得更響，就是不肯說出名字來。

杜穿雲向爺爺說：「皇帝家的人真會罵，你聽，到現在都沒重樣的，可比咱們江湖人厲害多了。」

杜摸天嗯了一聲，「那是你見識少，我見過更能罵的。」

韓孺子有點臉紅，雖然不是皇帝了，但仍覺得外面的人是在丟他的臉面，「我看未必就是羽林衛，可能是冒充的。」

楊奉道：「是真的，我看到了，除了羽林衛，沒人穿這麼花哨。」

「我沒得罪過羽林衛啊。」韓孺子詫異地說。

「羽林衛裡有不少勳貴子弟，說不定是受誰攛掇。」楊奉突然向邊上一閃，一柄刀順著門縫刺了進來，上下劃動。

杜摸天一步躥上去，伸手捏住刀背，看他又老又瘦，手上的勁道卻不小，那刀被他捏得紋絲不動。

「嘿，死太監挺有勁啊，要老子的刀幹嘛？沒割乾淨嗎？給老子放……」

杜摸天鬆手，只聽外面腳步聲響，隨後是一聲憤怒的咒罵，那名羽林衛顯然摔倒了，接著是更多的罵聲，來的羽林衛得有幾十名。

「皇帝的衛兵不怎麼厲害啊。」杜穿雲有點失望，向倦侯問道：「你從前就靠這些人保護嗎？怪不得會被一群江湖好漢衝進皇宮。」

韓孺子搖頭，「宮裡有高手侍衛，衝進皇宮的也不是好漢，是一群逆賊。」

「敢闖皇宮的『逆賊』就是好漢。」杜穿雲甚至不願討好真皇帝，更無意奉承廢帝，「別說你是皇帝的時候，就是現在，你敢闖皇宮嗎？肯定不敢，所以你不是好漢。」

「你敢嗎？」

杜穿雲眉毛一挑，正要說話，杜摸天退回來，在孫子頭上拍了一下，「少廢話，到處看看去，別中了人家的聲東擊西之計。」

杜穿雲摸著腦袋，說：「老傢伙，你怎麼不去？你可就我這個孫子……」話是這麼說，他還是走去後院查看情況。

韓孺子覺得既尷尬又有趣，他與親人之間有溫情、有冷漠、有仇恨，可就是沒有杜氏爺孫之間的這種率性隨意。

「倦侯別在意，我這個孫子從小跟我漂泊江湖，不懂規矩。」

「更不懂規矩的其實是我。」韓孺子笑道，又好奇地問：「你們是怎麼認識楊奉的？」

老頭嘆了口氣，「我們去暗殺他，結果反倒欠了他一條命。」

韓孺子一怔，沒能明白這句話是什麼意思，不過杜摸天已經走開，對楊奉說：「門閂夠結實嗎？我看他們是要撞門。」

楊奉嗯了一聲，他在白天時已經檢查過，特意給大門多加了一道閂，便門也是有鎖有閂，除非對方帶來專門器械，否則是不可能撞開門的。

砰！外面真的撞門了。

砰砰砰……撞門聲接二連三，中間還夾雜著連串的哎呦聲，那些羽林衛顯然是在以身體撞門。

若是普通人家，早就被嚇壞了，楊奉卻不當回事，偶爾還嘲笑幾句。

有楊奉在前，韓孺子也不怕，只覺得這群羽林衛很可笑，扭頭看見張有才偷偷溜出來了，衝他揮手，示意他回去。

門外突然響起歡呼聲：「虎賁衛來啦，還是他們聰明，把梯子搬來了。」

楊奉向杜摸天點下頭，杜摸天會意，他的名字可不是白叫的，順著一根廊柱爬到屋檐下，倒掛金鈎，隨後翻身，輕鬆地上到屋頂，沒發出一點聲音。

楊奉來到韓孺子身邊，「倦侯有點冷吧，要不然你也去休息，這裡的事情由我處理。」

韓孺子搖搖頭，他可不想躲在屋子裡等結果，在皇宮裡他已經對這種生活厭倦透頂，「什麼人能調動羽林衛和虎賁衛一塊來殺我？」

「我懷疑這些人只是掛名宿衛，借用兩衛的服裝過來虛張聲勢的。」

「哦，掛名的宿衛很多嗎？」

「差不多一半對一半。」

「這麼多！」韓孺子吃了一驚，然後想起自己已不是皇帝，實在沒必要關心這種事。

「沒辦法，勳貴子弟太多了，能入宮當侍從的只是極少數，其他人……」

房頂上傳來一聲慘叫，杜摸天顯然跟人動上手了。

與此同時，後院也傳來杜穿雲清脆的叫聲，真被杜摸天猜準了，前門公開叫罵，後院有人偷偷摸進來。

楊奉橫刀護住倦侯，可他只會一些粗淺武功，沒信心擋住刺客，大聲道：「杜穿雲，給我回來！」

後院的兵器相撞聲又持續了一小會，杜穿雲從垂花門跑到前院，「別催，一名小賊而已，被我打跑了。」

楊奉張嘴剛要說話，眼睜睜瞧見一道身影從門廊上跳下來，一刀刺向杜穿雲。

韓孺子也看到了，事發突然，兩人都來不及發出警告。

杜穿雲從小跟著爺爺一塊闖蕩江湖，頗有經驗，發現不對，立刻倒躥回去，同時揮劍接招，「好小子，敢偷襲……」

杜穿雲被逼回二進院，門廊上卻又跳下第二個人，全身黑衣，蒙著臉，持刀直奔倦侯。

楊奉知道自己不是對手，持刀在手，大叫了一聲「杜摸天」，房頂了回應了一聲，人卻沒有立刻出現，杜摸天顯然被纏住了。

楊奉揮刀迎戰，那人瞧出楊奉腳步虛浮，不是高手，絲毫沒有放慢速度，舉刀就砍。

兩人即將交鋒，那人莫名其妙地腳底一滑，居然向前撲倒，手中的刀也失去準頭，楊奉輕鬆躲過，照頭劈下去。可惜，他的刀法真的很一般，這一刀力量倒有，準頭跟摔跤的刺客一樣差，貼著對方的肩膀落下去。饒是如此，那人也大吃一驚，翻身倒地，滾出幾圈，起身就向二進院跑去，嘴裡叫道：「有埋伏！撤！」

「孟……」韓孺子及時收住，沒叫出另一個字。

楊奉追出幾步，又回到倦侯身邊，「你在喊誰？」

「沒有。」韓孺子搖頭，不想給孟娥惹麻煩。

杜摸天從房頂跳下來，「好像來救兵了，那幫傢伙跑得飛快，連梯子都不要了。」

杜穿雲也回來了，「來得快跑得也快，他喊什麼『埋伏』？」

楊奉搖搖頭，走到門口透過門縫向外窺望。

街上傳來馬蹄聲、叫嚷聲和兵器相撞的聲音，像是兩夥人打起來了，在屋裡休息的太監、宮女再也忍不住，一個個悄悄走出來，站在倦侯身邊，惶恐不安地傾聽。

街上的聲音消失了，過了一會，有人梆梆敲門，「賤奴蔡興海，求見倦侯。」

太監和宮女們齊聲歡呼，楊奉回頭看了一眼，大皺眉頭，問道：「幾個人？」

「呃，三十多人吧……讓我一個人進府就行。」

「讓他進來吧，蔡興海是熟人。」韓孺子說。

楊奉這才不太情願地開鎖抬門，將便門打開一點，蔡興海從外面猶豫著走進來，看到倦侯，眼睛一亮，幾步跑來，跪地磕頭，他一跪下，太監和宮女們也跟著跪下。

杜氏爺孫不習慣這種場面，同時後退，抱著肩膀站在一邊。

「快快起身，蔡興海，你現在是什麼官了？」

蔡興海恭敬地磕過三個頭才站起身，「托陛下……托倦侯的福，太后賞了我一個督軍之職。」

韓孺子也不知道督軍是大是小，笑道：「恭喜，蔡督軍。」

太監和宮女們也都起身恭賀，張有才在人群中說道：「我以為你早就上任去了，既然還在城裡，怎麼現在才來呢？」

「我三個月前就該上任了，求了好多人情，拖到現在，就是為了能再見……倦侯一面，沒想到今天遇到點事，給耽誤了。」

楊奉走來，命令眾人回房，等大家散去，他對蔡興海說：「你怎麼知道倦侯會遇到圍攻。」

蔡興海道：「這就是我今天遇到的事情，我在營裡聽說有人要找倦侯報仇，所以求一些兄弟們過來幫忙，結果晚了一步。」

「不晚，來得正及時。」韓孺子很感激這名太監，然後疑惑地問：「誰要找我報仇？我沒得罪過誰……難道是東海王？太后還沒讓他當皇帝吧。」

蔡興海搖搖頭，「我聽到的只是傳聞，具體是誰我也不清楚，倦侯請放心，我就算違背軍令，也要保您的安全。」

「有楊奉在，我這裡還算安全。」

楊奉從前是中常侍，蔡興海只是一名雜役，地位相差不少，當上督軍之後也不敢倨傲，躬身道：「我就是來幫把手，一切還要楊公安排。」

楊奉一直在打量蔡興海，這時道：「有話就說吧，我既然離開皇宮，就跟你們一樣，完全忠於倦侯。」

蔡興海臉上一紅，扭頭去看那一老一少，發現他們早就走了，又看向倦侯。

「在楊公面前，蔡督軍可以無話不說。」韓孺子的確相信楊奉。

「倦侯聽說皇后的事情了嗎？」

韓孺子一愣，他一直掛念著皇后崔小君，可是自從知曉退位之事以後，心事就淡了，總覺得崔家人要當皇后，跟自己怕是無緣了。

「她怎麼了？」

「她託我向倦侯求助。」

第七十一章　妻信

蔡興海不是最早加入「苦命人」的太監，卻是人緣最好的成員之一，出宮之後也沒忘了當初的諾言——一朝富貴勿忘舊知，仍與宮裡的人保持聯繫。

就在今天下午，他接到一封信，信封寫著：夫君親啟，妻崔氏手書。

看到皇帝、皇后連稱呼都變了，蔡興海義憤填膺，又聽說宿衛八營裡的一批兵痞要去倦侯府鬧事，越發怒不可遏，以督軍身份召集一批關係不錯的北軍將士，天黑前進城，分散住在各處，約定入夜後集合，倦侯府無事便罷，若有異常，他要第二次「救駕」。

他來得正及時。

那封信蔡興海沒看過，可是從「夫君」、「妻」的稱呼中能猜到裡面大致內容。

前院還剩一盞燈籠，韓孺子湊過去，拆開信看了一遍，抬頭瞧了一眼楊奉和蔡興海，低頭又讀了一遍，然後將信遞給楊奉，衝蔡興海點了下頭，表示他可以看。

信不長，只有幾句話：十二月初五黃昏，車駕出宮，夫若有意，接妻回府，夫若無意，從此恩斷義絕，老死不再相見。

內容與蔡興海猜得差不多，他抬起頭，茫然地說：「當然要接回來，一日夫妻百日恩，不接回來還能讓她去哪？」

楊奉冷冷地瞥了蔡興海一眼，將信還回去，問道：「倦侯什麼打算？」

「她想來……我就接她。」韓孺子覺得這是理所應當的做法。

蔡興海大喜，楊奉卻微微搖頭，「陛下初三退位，初五就要去皇宮搶人，這個……」

蔡興海忙道：「不是皇宮，是皇宮外面，倦侯夫人很可能是要被送回崔家……」

「那還不是一樣，太后與崔氏兩強相爭，別人都退得遠遠的，你讓倦侯衝上去？」

蔡興海不敢吱聲了。

韓孺子尊重楊奉，想了一會，說：「你讀的史書多，從前也有皇帝退位，那時的皇后怎麼辦？」

楊奉無奈地說：「通常來說，也會一塊退位，前朝曾經有一位皇后又嫁給下一位皇帝，仍是皇后。」

「咱們的皇后不會，她說『車駕出宮』，肯定不是隨便出來，而是……被攆出來的。」雖然已是前皇后，蔡興海在宮裡救駕的時候得到過皇后的全力支持，因此他也全力支持皇后。

楊奉心中一動，自從被逐出皇宮之後，他就沒再參與過朝廷大事，對許多事情只能猜測，「初五黃昏出宮，難道那一天太后要立新帝？」

新帝登基，自然不能再留舊皇后於宮中，蔡興海一拍大腿，「肯定是這麼回事，誰會成為新帝，東海王嗎？倦侯，可不能將夫人留給他，沒準初五出宮，初六又被接回去。」

韓孺子再無猶豫，「一定要將她接回來，我們是夫妻，就算是太后和崔家，也不能將我們分開。」

蔡興海躬身，楊奉不語。

韓孺子也不向楊奉求助，對蔡興海說：「我需要你的幫助，你有多少人？」

「三十多個，給我點時間，還能再召集一些，有一些是我進宮前的同袍之友，還有一些是我當上督軍之後認識的，都願意幫我，沒問題。」

「府裡還有十五名太監……應該夠了。咱們得先打聽一下夫人什麼時候、從哪座門出宮，等在半路上，一擁而上……」

楊奉再也忍不住，打斷倦侯，「你們這是胡鬧，百王巷偏僻少人，羽林衛和虎賁衛過來鬧一下也就算了，從皇宮到崔府盡是繁華所在，你們一大幫人想等在哪個半路上？」

楊奉不滿地看了蔡興海兩眼，對倦侯說：「咱們自己的麻煩還沒解決，倦侯真要接夫人進府？」

韓孺子鄭重地點了下頭，「我知道這個時候應該謹慎，可是也不能謹慎過頭啊，我若是不接夫人來，就是告訴天下人倦侯盡可欺辱，以後的日子更不好過。」

「嗯……」楊奉開始認真考慮這件事，「倦侯所言有些道理，夫人是崔家的女兒，將她接來，對那些心懷不軌的狂徒倒是一次震懾。」

「對啊，一箭雙雕，必須得接！」蔡興海看上去比倦侯還要興奮。

楊奉再次打量蔡興海，「你從前只是一名雜役太監，所謂『督軍』連個品級都沒有，只是太后派駐軍中的臨時使者，憑什麼敢為倦侯效命？」

這話問得太直白了，韓孺子覺得有些過分，可是也很想知道答案。

蔡興海一開始低著頭，這時抬起來，傲然道：「楊公在軍中待過嗎？」

楊奉搖搖頭。

「軍中的將帥有兩種：一種是貴人，高高在上，就算帶兵幾十年，也未必認得麾下的將士，大家也聽他的命令，只要能破敵立功，誰不願意往前衝呢？可是一旦形勢不對，立不得功、保不住命，管他娘的乾脆就跑吧，反正彼此也不熟；另一種將帥是軍人，無論出身高低，都肯與士卒同吃同住，有功賞、有過罰，他以真心服眾，大家也願意為他賣命，既是為了建功立業，也是為了報答知遇之恩。」

蔡興海向倦侯躬身，「倦侯於我有知遇之恩，當初在宮裡，倦侯不以雜役為卑賤，委信於我，令我僥倖立功，今日之我也不因倦侯出宮而懷二心，楊公想知道原因，這就是原因：將帥裡貴人常見，軍人難求，恕我不敬，視倦侯為軍人。」

韓孺子還禮，不知說什麼才好。

楊奉重重地嘆了口氣，「好吧，我相信你，但是不要輕舉妄動，也不要再找人了，等我想個計畫。要接回夫人，只靠人多是不夠的。」

「遵命。」

韓孺子覺得氣氛過於凝重了，說：「把外面的人叫進來吧，他們是來幫忙的，留在外面實在無禮。」

蔡興海答應一聲，抬腿就要往外走，楊奉將他叫住：「等等，你這麼跟大家說……就說倦侯感謝諸位仗義相助，失德之人，不敢邀諸位入府，百王巷並非尋常之地，來往耳目眾多，請諸位速去，它日再謝。」

蔡興海先是疑惑，突然明白過來，「還是楊公見多識廣，我這就去……要是羽林衛和虎賁衛再來人呢？」

「他們不敢來，若是來了，我也有辦法應對。」

蔡興海快步跑出去。

韓孺子道：「你做得對，我不應該再連累更多的人。」

「連不連累要看時機，這種時候連累再多人也沒用，必要的時候，整個天下也要連累。」

如今連累天下的人是太后與崔氏，韓孺子嗯了一聲，心中生出幾分猶疑，「我將夫人接進倦侯府，不會害了她吧？」

「若要面面俱到，倦侯什麼也不用做了，接夫人進府可能會害了她，但讓她回崔家沒準傷害更大。誰也不能未卜先知，倦侯若是心存大志，萬不可搖擺，將帥一怯，百萬雄兵盡為羔羊。」

韓孺子一笑，「你說得對，我不會再猶豫了。」

蔡興海從便門跑回來，說道：「大家都很感激倦侯，說是隨叫隨到。」

楊奉到處看了看，「今晚應該沒事了。」

話音剛落，外面響起敲門聲。

蔡興海急忙護在倦侯身邊，楊奉也握住刀柄，來至門前：「哪位？」

「送禮的。」外面一個粗爽的聲音說。

楊奉顯然認得此聲，立刻開門，剛打開一點，一道身影躥了進來，可是腳步不穩，幾步之後摔下台階，正好倒在韓孺子腳前，叫了一聲哎呦。

蔡興海拉著倦侯後退幾步，護在身前。

門外的粗爽聲音又道：「這個傢伙在外面指揮，那些什麼衛都是他找來的。」

「有勞胡三哥。」楊奉道。

「嘿，等我還完人情再稱兄道弟吧。」

聲音消失，楊奉關門。

韓孺子這才明白，楊奉在府外還有安排，蔡興海不帶人來，他也能擊退羽林、虎賁兩衛的鬧事者。

韓孺子彎腰去看趴在地上的人，那人卻死活不肯抬頭。

蔡興海上前踢了一腳，喝道：「大膽狂徒，敢來倦侯府鬧事，不知死活嗎？抬起頭來！」

蔡興海又踢了兩腳，那人終於抬起頭，滿臉的憤恨之情。

「張養浩！」韓孺子大吃一驚，他認得這個人，是辟遠侯的嫡孫，他在宮中當侍從時曾見過，「怎麼……是你？」

韓孺子大惑不解，他記得自己沒得罪過張養浩，只有一次，為了去仙音閣捉奸，他帶張養浩等人一塊去，卻沒有事先告知實情。

「是我。」張養浩站起來，看了一眼拎刀的蔡興海，沒敢上前。

「為什麼……辟遠侯被釋放了吧？」韓孺子又想起一件事，皇太妃騙他寫下幾道聖旨，其中一道用來迷惑太后，被陷害的人正是辟遠侯張印。

「當然放了，太后知道我們家是忠臣，幾個月前就放了。」張養浩緊握雙拳，還是不敢上前，倦侯年紀比他小、身形比他瘦小，可身邊卻有握刀的太監保護。

「陷害令祖的人不是我……」韓孺子看了一眼楊奉，換上冷淡的語氣，「張養浩，回家去吧，去找……你的祖父，問問他是怎麼想的。」

「你怎麼知道……」張養浩驚訝地瞪大眼睛。

韓孺子這時真的知道了，「沒錯，我知道，你背著祖父做出這種事，我不怪你，但你必須回家向祖父認錯，傾聽他的建議，否則的話，我會將你……」

韓孺子不知該說什麼了，一邊的楊奉補充道：「將事情報給宿衛中郎將，讓他處理，私自調用羽林、虎賁兩衛，可是重罪，辟遠侯不知該做何解釋。」

張養浩臉色一變，「你、你真放我走？」

韓孺子點了下頭。

「好吧，我回去……找祖父……」張養浩拔腿跑到門口，發現大門橫著重閂，一個人搬不動，便門已經上鎖，更推不開，疑惑地轉身。

「張公子是侯門貴人，怎麼也不守規矩？」蔡興海揚了揚手中的刀。

張養浩目光閃爍，慢慢地跪下，「謝……謝倦侯寬宏大量，我回去一定跟祖父說……」

韓孺子揮了下手，楊奉這才慢條斯理地開鎖，放張養浩出去，然後重新鎖門，轉身說道：「我想到一個主意，能將夫人順利接到倦侯府。」

第七十二章 訛詐

張養浩走後再沒有人過來騷擾，廢帝的第一夜總算平安度過，韓孺子躺在又冷又硬的小床上，輾轉反側，腦海中總是出現初見崔小君時的樣子：瘦小的臉上沾著幾縷濕髮，大大的眼睛裡既驚慌又鎮定。

不管她是誰的女兒，都是自己的妻子，一定要接到身邊來，韓孺子再度下定決心。

楊奉說他想出了主意，當時卻不肯透露，而是讓倦侯耐心等待。

夜裡很冷，侯府裡連盆炭都沒有，韓孺子怎麼都睡不著，乾脆坐起來，裹被打量書房，雙眼慢慢適應了夜色，根據白天時的印象，能夠大致看出房內的擺設。

書架上先要填滿書，桌上要擺好筆墨紙硯，角落裡的薰爐沒必要保留，應該再添一具兵器架，擺幾柄刀劍……孟娥還會再來教自己內功嗎？接回崔小君之後，崔家會做出什麼反應？還有東海王，如果真是他繼位，就算只是傀儡，對自己也是一個極大的威脅……

韓孺子醒的時候天已經大亮，他裹著被子側躺在床上，身體蜷成一團。

張有才敲門進來，一邊搓手一邊哈氣，「真冷，冷得我都不餓了，不對，是更餓了，只是感覺不出來，肚子都凍僵了。主人也是一天沒吃飯，很餓了吧？」

韓孺子起身跺跺腳，「跟你一樣，覺不出餓來。」

「應該找個胖點的宮女給主人暖暖被窩……」

韓孺子連連搖頭，昨晚他攆走了所有的服侍者，這間書房只屬於他一個人，不想讓外人隨意涉足。

蔡興海在屋外喊道：「開飯啦，開飯啦，大家快出來，新鮮的、熱乎乎的飯菜啊！」

「連蔡大哥也不守規矩啦，當咱們是乞丐嗎？」張有才向門口跑去，「我去給主人端來。」

剛一推開門，蔡興海已經端來了，張有才接到手中，只看一眼就停下腳步，驚訝地說：「咦，怎麼只是米粥和鹹菜？這、這是從街邊弄來的吧。」

「花錢買來的，百王巷裡沒有商鋪，跑出好遠才買來的，請倦侯先對付一餐，楊公已經派人去添置米麵油柴了。」

「那也太簡陋了。」張有才看著熱騰騰的米飯，喉嚨蠕動，不停地咽口水。

「快端來，我已經感覺到餓了。」韓孺子叫道。

張有才將托盤放在書案上，眼睛還盯著米粥不放。

「出去吃飯吧，你在這裡盯得我不自在。」韓孺子笑道，一想到不用拜見太后、不用枯坐終日，他的心歡快地跳動起來。

米粥香甜，鹹菜脆鹹，正是絕配，韓孺子嚐過之後再也停不下，很快就吃完一碗，對站在門口的蔡興海讚道：「想不到宮外也有如此美食，難得的是做法簡單，只是碎米和蘿蔔。」

蔡興海笑道：「倦侯這是真餓了，吃慣之後就不覺得好了。」

楊奉走進來，對韓孺子說：「吃好了嗎？咱們出發吧。」

「去哪？」韓孺子站起身，以為楊奉要去接崔小君。

楊奉將簡陋的書房掃了一眼，「再怎麼著你也是列侯，去跟我將侯府該有的東西都要來。」

「侯府該有什麼？」韓孺子對此可是一無所知。

「跟我來吧。」楊奉轉身，韓孺子跟上去。

蔡興海畢竟已有職務，不宜跟隨倦侯外出，小太監張有才在廂房吃了三大碗粥，看到倦侯跟楊奉要走，放下碗追出房間，「等等我！」

又有一名小太監從對面房間走出來，皺著眉頭，不停拉扯著身上的衣服，好像很不高興，但是也跟在倦侯身後。

「你是誰？」張有才吃驚地問。

「我叫杜穿雲，江湖人稱飛龍俠，你叫什麼名字？」

「我叫張有才，哦，你是昨晚的那個小子，你是江湖人，怎麼……怎麼也來當太監？」

「呸，我才不是太監，我這是隱藏身份，保護你的主人。」

「那也不能搶我的位置啊。」張有才感受到了威脅，搶先幾步，離主人更緊一些，「既然是隱藏身份，你幹嘛告訴我姓名和綽號呢？這不就洩露了嘛。」

「嘿，你這個傢伙不知好歹……」

兩名少年邊走邊吵，到了大門外，楊奉喝道：「從現在起閉嘴，一直到回府之後才能說話，明白嗎？」

「他不說話我就不說話。」張有才道。

「你別挑釁就行。」杜穿雲更不服氣，他的年紀大些，可是身軀瘦小，跟張有才區別不大。

門外栓著兩匹馬，楊奉一匹，倦侯一匹，另兩人只能步行跟隨了，張有才不覺得有什麼，杜穿雲卻覺得不公平，張嘴剛要說話，看到張有才滴溜亂轉的眼睛，又閉上嘴。

韓孺子只在皇宮裡學過幾天騎術，勉強能駕馭坐騎，路上又都是積雪，不敢走得太快。

楊奉也不催促，與他並駕，邊走邊說：「倦侯府歸禮部主爵司掌管，缺東西就找他們要；你是倦侯，沒有封地，但是在戶部有一份俸祿，食租八千戶，不少啦，能與某些小諸侯一比；你是宗室子弟，在宗正府還有一份收入。他們既然不肯主動送來，咱們就去要。」

「能要來嗎？」韓孺子從來沒向任何人索要過東西，因此不是很有信心。

「待會就知道了。還有京兆尹衙門和巡城司，百王巷鬧這麼大動靜，他們居然都不來查看一下，實在是失職。最後再去一趟宿衛營，告羽林衛和虎賁衛一狀。」

「可是咱們已經答應張養浩……」

「不提他的名字就是。」

楊奉將這一天的事情安排得挺滿，韓孺子心裡卻沒底，暗自尋思，那些衙門既然一開始不肯盡職，貿然找上去恐怕也不會有結果，自己當皇帝的時候就是傀儡，現在成為廢帝，更沒有人在乎了。

可他什麼也沒說，想看看楊奉會用什麼手段。

離開百王巷之後，街道上開始熱鬧起來，路上的積雪都被踩化了，人來人往，沒人認得廢帝，對三名太監也只是多瞧兩眼而已。

韓孺子從來沒見過這麼多人，登基的時候人倒是不少，可那些儀衛、大臣、太監都跟木偶差不多，要麼站立不動，要麼亦步亦趨，不像這街上的人，腳下走著，嘴裡說著，誰也不用在乎其他人。

韓孺子很喜歡街上的氣氛，就是覺得過於吵鬧，讓習慣清靜的耳朵有點受不了。

張有才又變得興奮了，嘴一直就沒合攏，眼睛都直了，與他並肩行走的杜穿雲時不時發出嘲笑。

倦侯府在北城，禮部位於皇宮南門以外，繞行小半圈，半個多時辰後就趕到了。

這一帶的部司衙門不少，門戶無不高大莊嚴，向北望去，隔著城牆能見到高聳的泰安殿。衙門口都有兵丁把守，普通百姓不敢靠近，楊奉、張有才、杜穿雲都是太監打扮，剛一停下，就有門吏上來請安問話。

楊奉也不下馬，說：「禮部尚書元大人在勤政殿議政，留此坐堂的大人是哪一位？」

門吏嚇了一跳，知道這位太監不同尋常，「回公公，今日坐堂的是寧侍郎。」

「叫他出來，還有主爵郎中，一起叫出來。」

門吏再嚇一跳，「請問這是哪位貴人？」

韓孺子年紀小，穿著也不像官員，門吏因此猜他是貴人。

楊奉眉頭一皺，「讓你的大人出來，他們認得。」

門吏也算見過世面的人，越瞧老太監身邊的騎馬貴人越奇怪，正打量著，老太監的馬鞭甩了過來，在他頭頂發出一聲脆響，隨之是一聲怒喝：「還不快去！」

門吏抱頭跑進衙門，好像真的挨了一鞭子似的。

韓孺子小聲問：「有必要……這樣嗎？」

楊奉道：「按正常程序，咱們至少得三天之後才能見到管事的人，倦侯等得了嗎？」

韓孺子吐下舌頭，「我多看少說。」

衙門口的兵丁和門吏都在指手劃腳，楊奉全不在意，裡面走出一名穿官服的人，立於門內張望，楊奉認得這是一名低品級的小官，也不理睬，但是擋在倦侯身前，不讓對方看到。

小官左瞧右望，一臉困惑地回去了，又過了一會，裡面走出一名五十多歲的官員，門口的兵丁與門吏立刻躬身行禮。

官員神情冰冷，像是睡得正香的人被硬生生叫醒，十分不耐煩，也是站在門內，第一次出來的小官跑出來，對楊奉說：「閣下是哪位公公，怎麼連張帖子也不遞？」

楊奉不理他，拍馬前行兩步，讓出身後的倦侯。

門內的禮部官員終於看清來者的相貌，別人都不認得，他可認得，皇帝登基、退位的時候，他都在場，偷偷瞧過幾眼。

可他不敢相信，揉揉眼睛，突然大叫一聲，轉身就跑，將門口眾人嚇了一跳，在他們的印象裡，大人可從來沒有如此失態過。

被拋下的小官沒明白怎麼回事，但是態度越發恭謹，抱拳後退，「請稍等，再等一會，我這就……」

小官轉身也跑進衙內。

韓孺子忍不住又小聲問道：「咱們就這樣等著嗎？」

楊奉冷哼一聲，「倦侯現在是天下第一大煞星，站在哪個部司門口，哪裡的官兒就會嚇得魂飛魄散，等著吧，待會咱們要什麼有什麼。」

韓孺子既驚訝又好笑，想不到廢帝也有這麼大影響。

站在地上的杜穿雲聽到了兩人對話，忍不住插口道：「這不就是無賴嗎？地方上的混混常用這種手段。」

楊奉冷冷地說：「訛詐百姓的是混混，訛詐皇家的是豪傑。」

韓孺子啞然，昨晚他還被混混和官兵圍困過，現在卻以混混的手段訛詐官府，一暗一明之間，差別實在太大，他一時間有點搞不懂了

第七十三章　衙門口

禮部衙門裡亂成一團，偏偏尚書元九鼎平步青雲，前往勤政殿議政去了，坐堂的寧侍郎在這種事情上可不敢做主，急得團團轉，足足一刻鐘之後才冷靜下來，派人從後門出去，前往勤政殿找元尚書，又強迫一名小吏出門打聽一下：廢帝不老老實實在家裡閉門思過，來禮部做什麼？

小吏大義凜然地走出來，沒一會就跑了回來，向寧侍郎耳語數句，寧侍郎大怒，叫來主爵司郎中，劈頭蓋臉一通責罵，郎中面紅耳赤地一個勁道歉，最後卻又將問題拋了回去：「就請寧大人發話吧，屬下一點不差地照辦。」

寧侍郎被噎得說不出話來，門外等著的是大楚定鼎以來第一位廢帝，該受到何等待遇從無先例，最關鍵的是，誰也不知道朝廷真實的意圖，對廢帝太好太壞都可能是重罪。

寧侍郎唯一能做的事情就是繼續痛罵主爵司郎中：既然知道有這樣一件麻煩，為何不早上報？

郎中還是一個勁地承認錯誤並道歉，趁上司火氣減弱的時候，小心地提醒：「大人可能沒注意到，屬下昨天遞交的公文裡已經說了這件事，倦侯昨日才獲封，相關事宜總得花點時間。」

寧侍郎又被噎住了，心中埋怨倦侯行事不得體，身邊的小吏輕聲說：「據倦侯總管聲稱：侯府裡一貧如洗，米麵油柴樣樣皆無，倦侯餓了一天，所以才來要求東西。」

寧侍郎的怒火又轉向主爵司郎中，「廢物，你想餓死他嗎？誰給你的旨意，就算……也得將侯府封住啊，怎麼能讓他出來呢？」

郎中不住地點頭，「大人說的對，大人說的對……」

寧侍郎坐在那裡想主意，突然反應過來，厲聲道：「這可不是我的主意！」就算要將倦侯府封堵，也不是禮部的事情，寧侍郎出了一身冷汗，甚至暗生退意，官場險惡，走得好好的，不知從哪就會打來一悶棍。

衙門口，韓孺子已經等了將近半個時辰，坐在馬背上有點疲倦，可還是將身體挺得筆直，而且觀察周圍的人對自己的反應，也是一件挺有意思的事情。

數名門吏都退進了門檻後面，探頭探腦，十名兵丁卻不能撤離職守，只好昂首挺胸，一動不動地互相望著，餘光卻都向外瞥。

禮部是大衙門，來往公辦的人不少，這時沒一個人敢從大門進去，離得遠遠的，相臨的衙門裡跑出不少人，混在一起往這邊觀望。

「從此以後，大家更會將我視為昏君了。」韓孺子知道，自己的形象怕是很難扭轉了。

「既然朝廷說你是昏君，你就應該老老實實當昏君，並且利用這個名聲給自己撈點好處。」楊奉一點也不在意形象，衝著禮部大門口喊道：「為什麼還不出來人？倦侯不是朝廷分封的列侯嗎？禮部剋扣器物，到底被誰貪了？」

門口的幾名官吏跪下，衝楊奉作揖，無聲地求他不要亂喊亂叫。

楊奉又向遠處看熱鬧的人大聲道：「待會咱們去戶部要俸祿、去宗正府要說法、去刑部告狀、去吏部要人、去工部要木料，侯府都破成什麼樣子了，沒人管嗎？再去兵部……去兵部喝茶。」

他點一個部司，遠處就跑走一批人，沒多久，對面看熱鬧的人幾乎跑光了。

韓孺子尷尬不已，只好對張有才和杜穿雲苦笑。

張有才卻不在乎，還一個勁地攛掇，「被褥，府裡的被子薄得跟單衣一樣；炭，府裡一點炭也沒有，絲綢布匹，倦侯難道就只穿這套衣服？」

杜穿雲也不落後，「馬，多要馬。」

一隊騎士從遠方馳來，最後一撥看熱鬧的人也跑了。

騎士衣甲鮮明，一看就是皇宮宿衛，可他們顯然不是來送馬的，一到禮部大門口就將倦侯和三名太監團團包圍，那些守門的兵丁倒拖槍戟跑進門，和官吏們一塊躲進堂內，若非大楚律法嚴明，他們會連大門也關上。

張有才害怕了，靠近杜穿雲，不敢再吱聲。

韓孺子心裡多少有點怯意，臉上卻能保持鎮定，身板也是越挺越直。

楊奉不動聲色，仰望天空，對十步之外的騎士視若無睹。

騎士們也不說話，手中長戟垂直向上，似乎只要一放下就能刺到目標。

後面陸續還有騎士趕到，裡三圈外三圈，最後來了一名將官，眾騎士讓開通道，將軍直到倦侯馬前，翻身下馬，跪在雪地上磕頭。

韓孺子騎術不精，在馬上坐得久了，沒法下去，忙讓張有才將來者扶起來。

新任中郎將劉昆升滿臉通紅，卻不肯站起來，跪在地上說：「倦侯昨夜受辱，都是我治軍不嚴，還請倦侯責罰。」

韓孺子看了一眼楊奉，用緩和的語氣說：「據我所知，那些人都是掛名宿衛，平時不受約束，無法無天慣了，與中郎將大人無關。」

劉昆升在張有才的攙扶下起身，臉上仍然很紅，來到韓孺子馬前，目光卻看向楊奉，「倦侯有事，派一小吏來此言明就是，何必親冒風雪？若有閃失……」

楊奉道：「劉中郎將有所不知，倦侯府內是座空宅，朝廷委派的官吏一直沒有到任，哪來的『小吏』？有的話也就是我了。」

劉昆升臉更紅，他從前只是一名宮門郎，不擅長官場上這一套，實在沒辦法，小聲道：「能不能……請倦侯下來說話？」

韓孺子又看一眼楊奉，楊奉暗示他先不要動，然後說：「我們在這裡等禮部官員接見，這人沒見著，怎麼下馬啊？」

對方提出要求，劉昆升鬆了口氣，臉色也不那麼紅了，笑道：「倦侯休要在意，禮部官員並非無禮，實在是被嚇著了。」

劉昆升轉身向一名騎士揮手，騎士領命，與另外兩人下馬，大步走進禮部衙門，沒一會帶著一串官員出來，侍郎、郎中、員外郎等等十五六人，騎士們讓出一片空地，大小官員雁行排列，紛紛跪地磕頭。

韓孺子從楊奉那裡得到暗示，終於翻身下馬，劉昆升小心護著，將倦侯抱下來。

官員們只是磕頭，卻不說話，楊奉也下馬，說：「本來很簡單的事情，被你們弄得如此複雜，倦侯的冊立文書到了嗎？」

「到了，到了。」寧侍郎急忙回道。

「相關公文送到各部司了？」

「正在路上，有些應該已經到了。」寒冬裡，寧侍郎卻冒出一頭汗。

「嗯。」楊奉點點頭，「瞧，就是這點事，我也知道這事不怨禮部，可是主爵司不發公文，別的衙門沒法做事，對不對？」

「對對。」寧侍郎扭頭狠狠剜了一眼主爵司郎中。

劉昆升護著倦侯走出騎士的圈子，解釋道：「這些人都是驍騎衛的弟兄，是由我親自挑選的，來給倦侯當衛兵。」

「不合適吧，他們是皇宮衛士……」

「合適合適，他們最近幾天也是閒著，倦侯先用著，過陣子再說。」

韓孺子心裡明白，劉昆升乃奉命行事，卻說成是私人行為，日後裁撤宿衛的時候也方便。

楊奉上前一步道：「劉將軍，這些驍騎衛聽誰的命令？」

劉昆升一愣，「當然……要聽倦侯指派。」見楊奉皺眉，劉昆升立刻抬高聲音對眾騎士道：「從現在起，你們是倦侯府衛士，一切行動都要服從倦侯的命令，明白嗎？」

眾人齊聲應是。

楊奉這才滿意。

騎士圈外不知何時來了一頂小轎，四名轎夫滿頭大汗地站在前後，顯然是一路急跑過來的。

「倦侯一定累了，進去休息一會吧。倦侯暫且回府，所有問題馬上就能解決。」

轎子不大，卻很舒適，擺放著兩只裹有棉套的小炭盆，一只在腳下，一只在座位上。

韓孺子坐在裡面，掀開轎簾，劉昆升立刻湊過來，「倦侯有何吩咐？」

「希望沒給你惹麻煩。」

劉昆升一笑，低聲道：「怎麼會，倦侯讓我立了一功呢。」

倦侯此行，最倒霉的是禮部，應對無方，耽擱了半個多時辰，鬧得遠近皆知，事後必有人受罰，劉昆升表面上手忙腳亂、低三下四，實際上卻是來解圍的，倦侯一走，他自然算是立功。

韓孺子也笑了笑，覺得楊奉故意刁難禮部，肯定別有用意。

杜穿雲隨轎而行，小聲對身邊的張有才說：「當太監也不容易，主人騎馬坐轎，太監全靠兩條腿跟著。」

「哈，這算什麼，碰上好主人是一輩子的幸運，攤上不好的，嘿嘿……」

杜穿雲看著前方楊奉牽著的空馬，覺得「好主人」應該讓受累的隨從騎馬才對。

禮部大門口，一群官員望著倦侯被驍騎衛護送離去，好一會才站起來，一名小吏忍不住道：「這退位……怎麼比在位還厲害啊？」

幾道目光掃來，小吏嚇得縮頭後退。

楊奉這一鬧立竿見影，倦侯府門口進出者絡繹不絕，搬來大量器物與食物，數十名受指派入府的官奴與府吏立於門口，恭迎倦侯。

街道上還跪著兩排人，一看到倦侯的轎子就磕頭求饒，據稱都是昨晚的鬧事者。

將倦侯送入府內之後，劉昆升離去，留下二十名驍騎衛，數量雖然不多，可是有他們看門，不會再有人敢來找事。

回到書房裡，韓孺子長出一口氣，雖然是坐在馬背上示威，可也挺累。

楊奉關上門，將張有才和杜穿雲擋在外面，轉身道：「這麼一鬧，大家應該明白太后無意殺你，麻煩可去掉八九成。」

「只是八九成？還有什麼人要殺我？」

「或許是那些有意與太后作對的人吧。」

韓孺子馬上想到了崔家，可是想不出誅殺廢帝對崔家能有什麼好處，「明天就是初五，迎接夫人回府之事，還需早做安排。」

楊奉一笑，「這不已經準備好了嗎？」

韓孺子愣住，楊奉道：「還有什麼人比皇宮宿衛更有資格護送廢后車駕？」

韓孺子恍然大悟，對楊奉佩服不已，原來這次示威，做成的事情不只一件。

第七十四章 紙上談兵

晚餐頗為豐盛，韓孺子卻覺得不如早飯時的米粥鹹菜好吃，在一旁服侍的張有才也有同感：「吃的時候不覺得有什麼，現在鼻子裡全是那時候的味道，真是奇怪。」

飯罷，韓孺子回到書房裡，正房的臥室還在收拾，他仍要暫住此處。

房內擺著好幾只木箱，裡面全是筆墨紙硯和扇子、佩飾等小物件，就是沒有書，看來以後還得自己去買。

張有才進來點上蠟燭，問道：「主人，真的不用我服侍嗎？」

韓孺子搖搖頭，他喜歡一個人待在書房裡。

入夜不久，蔡興海回來了，他這一天也沒有閒著，一直在外面奔波，終於帶回至關重要的信息。

「明日黃昏時分，倦侯夫人會從北邊的蓬萊門出宮，走華實巷、佛衣巷和疏影巷，從後門送入崔宅。」蔡興海吐出一口氣，說：「這真是太過分了，夫人好歹曾是皇后，就算被廢，也有資格正大光明地出宮，從正門進家啊。」

韓孺子同情崔小君，更要將她接到倦侯府了。

楊奉的心思卻從來不在倦侯夫人身上，問道：「立帝之事可有消息？」

蔡興海嘆了口氣，「太后將東海王留在了慈順宮，中司監景耀這些天頻繁往來內宮與南軍之間，看樣子是要立東海王。」

「東海王也算是得償所願了。」韓孺子心裡還是有點嫉妒的，一想到以後可能要向東海王跪拜稱臣，更覺難受。

楊奉坐在一只箱子上，想了一會，說：「未必是東海王。」

蔡興海知道楊奉是個聰明人，可是更相信自己打聽到的消息，「外面都傳開了，說是崔太傅執掌南軍，要求太后必須立他外甥為帝，否則就要血洗京城。我在北軍的時候，那邊的將士人心惶惶，都認為說不定什麼時候就要開戰。」

「可你還是能帶一批人進城，說明北軍根本沒做好開戰準備。」楊奉說。

蔡興海撓撓頭，「沒辦法，北軍已經這樣一盤散沙多少年了，太后就算要與南軍對峙，也不會用他們。還有，我聽說好多大臣都跑去討好崔太傅，進不了南軍大營就去城裡崔宅遞帖子送禮，崔家大門前已經車水馬龍幾個月了。」

楊奉笑而不語，蔡興海聊了一會後便告退。

楊奉站起身，「倦侯怎麼看。」

「我瞭解的信息太少，沒辦法做出判斷。」

「瞭解的信息太多未必就是好事，倦侯得學會見微知著。」

韓孺子想了一會，「昨晚你曾經讓我思考一件事：貴為至尊，怎樣才能清晰表達出自己的意思。」

「嗯，你有答案了？」

「還沒有，我在想一個相反的問題：貴為至尊，要怎樣才能瞭解臣子真實的想法，這才是太后眼下最大的困境。」

楊奉點下頭，「設身處地，這是見微知著的關鍵，請倦侯接著說下去。」

「太后拖了五個月才讓我退位，期間謠言四起，如蔡興海所言，不少大臣投向崔家——或許這就是太后瞭解臣子真實想法的手段，觀其行，而不只是聽其言。」

楊奉不置可否，抬手示意倦侯繼續說。

「有討好崔家的，就有躲避崔家甚至反對崔家的，如此一來，太后就能看出大臣當中誰站在自己一邊。」

韓孺子沉思，想像自己就是太后、就是掌握大權的皇帝，事情慢慢變得明朗一些，「太后絕不會立東海王，東海王和我不一樣，他有崔家做靠山，立他為帝，會給朝廷一個錯誤信息，讓大臣以為崔家得勝、太后慘敗，那樣的話，她就再沒有翻身的可能了。」

楊奉終於點了點頭，「這正是我的猜測。」

韓孺子心中的困惑並未消除，反而更深了，「這麼顯而易見的事實，崔太傅看不出來嗎？等得越久對他越不利啊，還有那些大臣，他們也犯了同樣的錯誤嗎？」

楊奉微微一笑，「事情哪有這麼容易，倦侯只設身處地想過太后，還沒想過崔太傅呢。」

韓孺子又想了一會，嘆息一聲：「太難了，崔家在朝中根深蒂固，崔太傅又奪回了南軍兵權，勝算頗大，尤其是太后讓我退位，無異於向崔家示弱。太后縱有神機妙算，也未必能夠成功。怪不得有些大臣會因此投向崔家。」

「所以倦侯退位遠離紛爭，未必不是一件好事。」

韓孺子笑了笑，退位容易再想奪回位置卻難，他也只能坐山觀虎鬥，過過嘴癮了，「那太后會立誰當皇帝呢？韓氏子孫不少，可是桓帝之子只有我和東海王，立別人為帝，她的太后之位就有點名不正言不順。難道她還是要立東海王，但是想到辦法震懾崔家和群臣？」

「明天夜裡大概就能知道結果了。」楊奉沒說自己的判斷，「太后與崔家的鬥爭很可能會持續一段時間，但是明日一戰至關重要，對倦侯也很重要。」

「東海王若是正常稱帝，崔家勢力大漲，太后在朝中的影響力就會下降，到時候再有人來殺我就不是為了討好太后，而是為了討好崔家和東海王。」

「休息吧，咱們在這裡只是談論大勢，不用非得出結論，帝王之術有正有奇，大勢為正，你來我往的交手為奇，太后和崔太傅沒準會出奇招制勝，這是怎麼也猜不出來的。」

韓孺子卻沒辦法立刻心如止水，嗯了一聲，腦子裡還在不停琢磨，眼見楊奉已經走到門口，他說：「禮部官員見我如猛虎，難道他們提前瞭解到了什麼？」

楊奉停下腳步，「太后半年前破格提拔禮部尚書元九鼎，將他引入勤政殿，總不會是無緣無故吧。」

「那時候宮變尚未發生，難道太后早就想讓我退位？我母親只是正好說到了太后心坎上？」

「別想太多了，有些事情可能永遠沒答案，有些事情只有你到了那個位置才會明白。」楊奉推門出去，給倦侯留下一堆疑惑。

韓孺子自己脫衣、吹熄蠟燭，躺在床上久久不能入睡。

「崔家……」一想到崔家可能會將幾個女兒都嫁給東海王當皇后與嬪妃，韓孺子就覺得義不容辭，必須將夫人接回來。

可楊奉的輕鬆態度讓韓孺子感到十分意外，難道他認為崔家在與太后的爭鬥中必敗無疑，所以不在乎得罪崔家嗎？

楊奉想利用二十名驍騎衛直接將倦侯夫人接入府中，計畫很簡單，執行起來卻不容易。

次日一早，張有才過來服侍倦侯的時候，說：「昨天去禮部鬧一下還真有效，咱們府外盡是官兵，從街頭到街尾得有上百名。」

不只如此，由宗正府派來的府丞、府尉也開始正式履行職責，別的事情不怎麼管，對倦侯府的進出人等卻看得極嚴，姓名、相貌、事由、時間等等全都詳細登記在冊。

倦侯府的確安全了，卻也失去了一開始的自由自在，韓孺子覺得自己出門都困難，更不用說半路劫人了，心裡不由得有些著急。

楊奉卻一點也沒有急迫之意，他好像乾脆將今天的大事給忘了，整個上午都在與兩名府吏糾纏不休，這兩人是由朝廷指派的，既要為倦侯服務，也是公開的監視者，楊奉則是侯府總管，雖然沒有品級，管的事情卻更多一些。

為了爭論雙方的職責範圍，以及誰的地位更高一些，楊奉與府吏展開了寸土必爭的戰鬥，對方也不示弱，開口閉口這是宗正府的安排、這是多年的慣例。

眼見午時已過，韓孺子開始坐立不安，蔡興海跑進跑出，不停地給倦侯使眼色。

午後不久，蔡興海被逐出侯府，他不在指定的太監名單裡，又不是官奴，在府裡待得太久不成體統。

楊奉力爭，最後還是屈服，親自將蔡興海送出府，一同被逐的還有杜氏爺孫，這兩人來歷不明，更不能留在府內。

表面看上去，楊奉在一連串爭鬥中輸多勝少，身為總管，能管的事卻越來越少，他也不停地搖頭跺腳，顯得相當惱怒。

午後過一個時辰，楊奉終於贏得一場小小的勝利，徵得府吏的同意，要為倦侯請一位教書先生。

經過一上午的爭鬥，府丞與府尉早已疲憊不堪，聽說請來的先生是倦侯在宮中的師傅郭叢，勉強同意，郭叢曾在朝中為官數十載，值得信任。

楊奉趁勝追擊，馬上就要去請先生，而且是倦侯親自去請，「郭老先生的身份你們是瞭解的，幾個月前誅逆有功，蒙受朝廷重賞，若非年紀太大，本人堅決不肯入朝，現在至少是位尚書……」

府吏已經暈頭轉向，只好點頭，但是提出要求，兩名府吏、二十名驍騎衛以及幾大部司派來的官兵都得跟隨，絕不能再讓倦侯單獨騎馬招搖過市。

楊奉又爭了一會，勉強接受了條件。

韓孺子乘馬車出行，不是那種四面透風的華蓋馬車，而是轎子一樣的封閉車廂，大概是為他特製的，因為坐進去之後他發現兩邊的轎簾都被縫死了，沒法向外張望，外面的人也看不到他。

眼看離黃昏沒多久了，韓孺子怎麼算都覺得來不及，郭叢是名極講禮儀的古板君子，光是見面就得用掉不少時間。

結果郭叢根本不在家，或許是想遠離朝廷風波，老先生一個月前就已告老還鄉，回關東老家去了。

楊奉很是遺憾，跟來的兩名府吏卻很坦然，顯然早就知道此行必定無功而返。

韓孺子對楊奉卻只有「佩服」兩個字，他們終於擠出時間去接崔小君了，只是不知道要如何才能甩掉這兩名府吏。

第七十五章 劫車

欠下的人情總是要還的，即使是曾經貴為天子的倦侯也不能例外，回府的路上，他的隊伍被攔住了。

作為一名只有俸祿沒有封地的侯爵，他的隨從隊伍實在是過於龐大了，驍騎衛二十名、禮部儀衛十名、京兆尹衙役三十名、巡城司官兵三十名、不知哪些部司派來的隨從二十多名，加在一起超過百人，比進京朝拜的諸侯王排場還要大些。

就是這樣一支隊伍，居然遇見了攔路討賞的一群人。

北軍的渙散在京城臭名昭著，朝廷的歷次權力鬥爭中極少見到他們的身影，酒肆妓坊倒是經常能見到他們大呼小叫。

前天夜裡，他們幫倦侯撵走了一批鬧事者，當時安靜離去，這時卻來討要酒錢。

事實上，他們已經喝醉了，又是笑又是哭，有站在路中間的，有躺在地上耍橫的，不知道的人還以為他們是一群穿著盔甲的乞丐。

「武帝若是在世，早將他們砍頭示眾。」府丞恨恨地說，武帝之後，大楚連換幾個皇帝，都沒來得及處置北軍。

「好啦，誰都知道，北軍如此渙散，就是武帝種下的禍根，就算不敬，我也敢這麼說。」府尉說，他只是一名末流小吏，說話反而大膽些。

前去應對討賞者的楊奉匆匆跑回來，一臉的狼狽不堪，「我管不了，這幫傢伙簡直就是無賴，前晚保護倦侯的也根本不是這些人，他們就是打著北軍的旗號來訛人的。我是太監，主內，兩位是府丞、府尉，主外，沒錯吧？」

兩人不得已，只好接下這份不討好的差事。

對北軍兵痞最有效的手段就是亂棍打散，府尉心中已有打算，驍騎衛地位高，他支使不動，而且得留下保護倦侯，於是招呼其它幾支隊伍，去前方擊退討賞者。

府丞留下，一個勁地搖頭，感嘆今不如昔，「北軍從前也就在城外折騰，如今竟然鬧進城裡了，真是……哼哼。」

楊奉眼見府尉等人走遠，來到車前，掀開簾子，對裡面說：「來吧。」

韓孺子立刻跳了出來。

府丞嚇了一跳，急忙上前攔住，「倦侯，您是千金之體，別跟一群士兵見識，咱們馬上就能出發。」

楊奉擋在中間，「不能大意，誰知道北軍裡有沒有人心懷鬼胎，沒準這是布下的陷阱，請倦侯上馬，由驍騎衛保護繞路回府。」

楊奉的話似乎有理，府丞一愣神的工夫，倦侯已經跳上楊奉的馬，對二十名驍騎衛說：「你們奉命保護我，現在，跟我走吧。」

這些驍騎衛親眼見到中郎將大人對倦侯畢恭畢敬，哪有半點懷疑，立刻齊聲稱是，調轉馬頭，要與倦侯一塊另尋它路。

府丞這時候覺得不對勁了，回頭望去，府尉正率人在前路上驅趕北軍，大佔優勢，很快就能獲勝，但是想要阻止倦侯卻來不及。

「倦侯稍等……我跟您一塊……」

楊奉將府丞攔腰抱住，笑道：「這裡離侯府沒有多遠，大人有什麼可擔心的？」

府丞還在掙扎，韓孺子已經帶著驍騎衛跑出一段距離，向南拐入一條小巷。

韓孺子根本不認得路，遠遠望見守在街角的蔡興海，心中稍安，知道楊奉已經安排好了一切。

蔡興海翻身上馬，在前面帶路。

皇宮宿衛分為八營，共同特點是衣甲鮮明，驍騎衛全是鍍金甲，手持一丈多長的槍戟，極為醒目，街上的人老遠就讓出通道。

華實巷離皇宮太近，疏影巷已是崔家的地盤，蔡興海將眾人帶入佛衣巷，途中忽快忽慢，有意控制速度，直到一名北軍騎士迎面跑來，向他揮手，蔡興海開始全速前進。

韓孺子突然冒出一個念頭，蔡興海若是引他入彀，自己這回可是難逃一劫，母親告誡他不要相信任何人，出宮以來，他卻已經接二連三相信了許多人。

這個念頭只存在了很短的時間，韓孺子很清楚，要做事就得冒險、就得借助他人的力量，疑心太重只會令他成為無權無勢的「孤家寡人」。

佛衣巷很窄，勉強能容下兩匹馬並駕齊驅，一支十餘人的隊伍正走在其中，若非事前得知，誰也想不到廢后就在其中。

隊伍中的人大都步行，韓孺子驚訝地看到了兩輛馬車。

蔡興海在前面衝散了步行的隨從，大聲道：「後面的車跟上！」

隨從中有膽子大的，「你是何人？不知道這車裡……」

「當然知道，倒是你不認得我們嗎？」蔡興海轉身指向正在駛來的騎士。

那人認得驍騎衛的服裝，卻不認得倦侯，茫然道：「我們是奉宮裡的命令……」

蔡興海跟楊奉一樣，深諳虛張聲勢的門道，嘴裡吆喝著，揮舞馬鞭，像攆雞鴨一樣將步行隨從驅散，看了看兩輛馬車，對車夫說：「都跟我走！」

韓孺子趕到後便跳下馬，跑到第一輛馬車前掀簾看了一眼，裡面正是坐著崔小君，驚喜地衝他叫了一聲。

時間緊迫，韓孺子衝她點點頭，放下簾子，重新上馬，仍由蔡興海帶路，馳向百王巷，忘了對驍騎衛說一聲只帶一輛馬車。

這二十名驍騎衛是正式的宿衛士兵，與那些掛名者不可同日而語，心中有疑惑也不會表露出來，上司說過要聽從倦侯的命令，他們就一個字也不會多問，很自覺地分為兩隊，將兩輛馬車護在中間。

車夫是宮裡派出來的，只管趕車，反正是跟隨驍騎衛，就算出事也與自己無關，於是趕車緊跟，一步也不落後。

攔車、消失，整個過程只是一小會，佛衣巷裡剩下十餘名隨從，面面相覷，突然間分為兩夥，一夥跑回皇宮，一夥跑向崔家所在的疏影巷。

韓孺子帶著隊伍與楊奉等人匯合，蔡興海中途跑掉了。

府丞、府尉兩人氣急敗壞，卻不能對倦侯發作，見他無事，總算鬆了口氣，可是看到多出來的兩輛馬車，又覺得困惑不解。

「這是怎麼回事？」

楊奉嚴肅地問兩人：「倦侯府外人不可進入，家人總可以吧。」

「呃……當然，可是倦侯的家人……」府丞臉色突然一變，說話聲音都顫抖了，「這、這不行吧，沒有上司的命令……」

「上司說過不准倦侯夫妻團聚嗎？」

府丞與府尉一時間回答不出來，正愣神的工夫，倦侯、驍騎衛和兩輛馬車已經從他們身邊駛過，楊奉也追了上去。

「我早就說這件差事會要命，沒想到來得這麼快！」府丞悔恨不已，覺得上午就該拚死抗命不來倦侯府就任才對，可是眼下已沒有選擇，對府尉說：「你跟著，我回宗正府……」

韓孺子的心還在怦怦直跳，對追上來的楊奉說：「一切順利。」

「回府再說。」

隊伍已經亂了，除了驍騎衛還能排列整齊，其它部司派來的士兵都手忙腳亂，跟在隊伍後面奔跑。

到了百王巷，楊奉拍馬跑在前面，命令偏門大開，讓後面的隊伍直接駛入前院。

韓孺子下馬，又來到第一輛車前，這時車夫早已經躲到一邊，他掀開簾子，與崔小君相視一笑，說：「到家了。」

崔小君激動得說不出話來，只是點頭，身子發軟，由韓孺子扶持著走下馬車，太監和宮女早已等候多時，立刻就有數名宮女上前，迎接王婦。

府裡還有宗正府派來的官奴，看得傻了，根本不敢上前。

韓孺子對崔小君說：「妳先去休息，我待會就來。」

崔小君抓住他的手不放，淚眼婆娑，還是說不出話來，韓孺子心中的緊張不安全消失得乾乾淨淨，於是又笑了一下，「就算太后親自前來，也不能將妳帶走。」

崔小君鄭重地點了下頭，這才鬆開他的手，在宮女和太監的簇擁下去往後宅。

韓孺子誇下海口，心裡卻明白得很，他能留住妻子，最重要的前提就是太后不會多管閒事，崔太傅留在南軍，幾個月沒有進城，也不會為了女兒破例，除了這兩人，別人他都不怕。

楊奉下令關門，另送二十名驍騎衛找地方休息，韓孺子帶著幾名太監走向第二輛馬車，剛才太興奮，忘了問妻子一聲後面的車裡是誰，心中有點後悔，之前自己應該更鎮定一些，直接將這輛車留在原地。

韓孺子掀開簾子，看到一張驚恐至極的臉孔。一照面，對方愣住，他也愣住了。

「是你！」兩人同時喊出聲。

張有才好奇地探頭看了一眼，也是大吃一驚：「東海王！」

東海王嚇壞了，拚命往後躲，「這是哪裡？帶我來幹嘛？你已經不是皇帝了，殺我你也沒有好下場。」

韓孺子笑了，「這裡是我家啊，我沒想殺你，我都不知道你出宮了，這是意外。」

東海王似信非信，往外面望了幾眼，夜色初降，什麼也看不清，但是一旦稍微冷靜下來，他的反應倒快，「哦，你是要搶我表妹，把我也帶來了。」

韓孺子收起笑容，「你沒欺負她吧？」

「我們分別上車，幾個月來都沒見過她的面，怎麼可能欺負……你的膽子也太大了，敢劫人！」

韓孺子開始正常思考，「太后把你也送出宮，她到底要立誰當皇帝？」

東海王惱怒地哼了一聲，「咱們都被騙了，崔家也被騙了。」

第七十六章　老婦闖門

確認半路被劫真的只是一場意外，自己沒有生命危險之後，東海王發怒了，但他最恨的人不是韓孺子，而是太后。

「關了我這麼久，我每天變著花樣討好她，居然將我攆出來，連句解釋都沒有，兩名太監把我扔上車，我還以為……」東海王打了個寒顫，他當時以為自己命不久矣，所以一路上都沒敢吱聲。

「那太后究竟選誰當皇帝了？」韓孺子只關心這件事。

「還有誰？咱倆都被攆出來，她肯定是要自己當皇帝！」

「不可能吧？」韓孺子怎麼都覺得這種說法匪夷所思，對正走過來的楊奉說：「史書上有女帝嗎？」

「只在太古傳說中有過。」楊奉停在車前，看了一眼裡面的東海王，皺起眉頭，他對太后立誰為帝不感興趣，只覺得這第二輛車是個麻煩，「得把他送回去。」

「送到哪？」東海王不肯下車，緊緊抓住轎窗，「我不回宮，我是說我不跟你們回宮，我要去南軍找舅舅，讓他送我回宮……」

楊奉不客氣地放下轎簾，對韓孺子說：「得把他送回崔家。」

府丞去宗正府向上司報告情況，只剩府尉一個人留駐侯府，完全不知所措，急得團團轉，這時走過來，抓住楊奉的胳膊：「楊總管，這事你得負責，我只是一名小吏，上有老下有小，經不起折騰……」

楊奉拍拍馬車，「車裡的人是接錯的，你把他送回太傅崔宏府中吧。」

府尉使勁搖頭，「我不送，這事與我無關。」

「府丞溝通侯府與相關衙門，府尉是管什麼的？」

府尉啞口無言，名義上府尉要對侯府的安全負責，可他眼下最不想沾上的就是這種事。

「車裡不是倦侯的家人，請府尉看著辦吧。」楊奉推著韓孺子向後院走去。

東海王掀開轎簾一角，仍不肯出來，大聲道：「韓孺子，別把我留在這，送我回崔家！你親自送，不要這個傢伙。」

韓孺子想要說話，卻被楊奉推著往前走，停不下來。走出去沒多遠，身後一名太監追上來，氣喘吁吁地說：「崔家來人了，還不少。」

楊奉止步，「來得倒快，倦侯，你先擋一會，別讓他們過這道門，也別多說話。」

「我？」韓孺子心中沒有底氣，「我恐怕不行……」

「什麼事都得經歷一下。」楊奉拍拍倦侯的肩膀，轉身走回馬車前，將車夫叫來，命他駕車進入後院，自己跟隨其後，也不管裡面的東海王嚷些什麼。

韓孺子手忙腳亂，這跟面對宮中的逆賊不一樣，闖府者當中很可能有崔小君的親人，場面會十分尷尬。

楊奉甩手走了，韓孺子只能自己想辦法，命張有才將宮裡跟出來的太監全叫過來，列隊堵住第二道門，這時大門外的叫嚷聲已經傳來，府尉急得直拍腦袋，他得罪不起倦侯，更得罪不起崔家。

韓孺子將府尉叫到身前，「你想迎接崔家嗎？」

府尉拚命搖頭。

「那就帶著你們的人站到一邊去，別參與也別吱聲。」

府尉如蒙重赦，答應一聲，跑去向各部司派來的士兵傳令，然後自己先跑進一間房子裡躲藏，其他人站在前院角落裡擠成一堆，目光在大門和二門之間來回掃視，心裡既緊張又好奇，都想看看廢帝如何應對崔家。

前院不大，擠著數十名士兵，剩下的空地沒有多少。

一大群人氣勢洶洶地由大門進來，一眼就看到了封堵二門的太監與倦侯。

韓孺子心裡一沉，來者當中大都是女眷，正是他預料中最尷尬的場面。

一名滿面怒容的老婦人走在最前面，一大幫婦人緊隨其後，還有幾名男僕在外圍護衛。

這一邊的人比倦侯府的太監要多至少一倍。

闖入者在大門沒有遇到阻攔，氣勢更盛，一進院就大呼小叫，看熱鬧的士兵覺得不安全，許多人轉身鑽進屋子裡，只聽聲，不露面。

老婦停在倦侯身前，跟他差不多高，胖了一圈，將倦侯上下打量幾眼，一舉手臂，身後眾人全都閉嘴。

韓孺子比面對太后還要緊張，咳了兩聲，正要開口，對方先出招了。

「養不大、活不久、臉沒皮、眼沒珠的臭小子，你好大膽啊，敢搶崔家的閨女……」

口水撲面而來，被冬夜的寒風一颳，就像是雪片和碎冰的混合物，韓孺子無處可躲，只能身體後仰，慢慢後退。

張有才不服氣，跑出來要為主人撐腰，也是剛一張嘴就敗下陣來，老婦人指著他破口大罵：「小猴崽子上躥下跳想幹嘛？你下面沒把兒，上面也沒長眼睛嗎？你是什麼人，給崔家倒尿桶的資格都沒有……」

張有才光顧著舉手護臉，根本沒有還嘴的機會，韓孺子這邊壓力稍減，從另一名太監手裡接過巾帕擦擦臉，硬著頭皮上前一步說：「岳母大人……」

老婦突然閉嘴，用憤怒的目光盯著倦侯。

韓孺子知道自己認錯人了，這不是崔小君的母親，可是看年紀也不像東海王的母親，他對崔家女眷瞭解極少，實在猜不出這人的身份，一時間張口結舌，準備好的一番話沒法說下去了。

老婦扭頭對一名女子說：「他叫妳呢，還不過來見見妳的好女婿。」

女子四五十歲，個子不矮，可是一直彎腰低頭，顯得比老婦矮了半頭，這時也只是唯唯諾諾地稱是，既不敢看老婦，也不敢看倦侯。

原來她才是崔小君的母親。

韓孺子突然想起，崔小君曾經對他說過，兩位哥哥打架，將母親氣得直哭，而那名老婦的淚水大概都化成口水了，絕不會被任何人氣哭。

尷尬一點也沒化解，韓孺子猜測老婦肯定是崔家的長輩，很可能是太傅崔宏的母親、崔小君的祖母輩，可他還是不知該如何稱呼，只能在心裡暗暗埋怨楊奉，那名狡猾的太監肯定是故意躲起來的。

「老夫人大駕光臨，孫婿未能遠迎……」

韓孺子終於想出幾句話，沒說完又被老婦打斷，「你是誰的孫婿？崔家的女兒嫁的不是皇帝就是一方諸侯，你一個被扔出皇宮的廢帝，怎麼好意思跟崔家攀親？我都聽說了，你昨天跟乞丐一樣去各部索要財物，你連臉面都不要，幹嘛還纏著我的孫女？快將小君交出來。」

韓孺子生氣了，臉上還有點發紅，於是先躬身施禮，然後說：「嫁出去的女兒卻要往回搶，這就是崔家的臉面嗎？」

老婦不習慣被人頂撞，心中越發惱怒，眉毛豎起，鬥志勃發，「我孫女是嫁給皇帝，你是皇帝嗎？」

「小君是嫁給韓孺子，我現在仍是韓孺子。」

「哈，聽聽你自己的名字，好歹也是韓氏子孫、當過皇帝的人，居然叫什麼『孺子』。小君不能壞在你手裡，莫說你們只有夫妻之名，就算有了夫妻之實，崔家照樣能將她嫁得更好。」

韓孺子更生氣了，他與崔小君同床而不圓房，乃是宮中祕事，老太婆不知如何得知，張口就說，粗俗得令人難以想像她是當朝極品權臣的母親。

氣到這種程度，韓孺子反而冷靜下來，笑了笑，「小君從前是皇后，現在是倦侯夫人，老夫人想將她嫁得更好，莫非還要她當皇后嗎？」

少年的笑容讓老婦一愣，重新將他打量幾眼，老婦說：「怎麼，你以為崔家沒這個本事？」

天已經黑了，太后既然將東海王送出來，想必是已經施展了楊奉所謂的「奇招」，無論結果如何，對崔家都不利，而老婦顯然還對此一無所知，韓孺子又笑了笑，說：「崔貴妃來了嗎？」

韓孺子向老婦身後看去，跟來的婦人不少，沒有一個像是東海王的母親。

崔貴妃雖然也是桓帝之妃，但是桓帝死後她一直沒有得到冊封，因此不能被稱為皇太妃。

老婦後退一步，「我女兒沒來……」話未說完又向前一步，橫眉豎目地說：「少拐彎抹角，過了今天晚上，你小命難保，休想連累我的孫女。」

老婦率人硬要闖門，嘴裡大叫「小君」，十幾名太監擋在門口，寸步不讓。

韓孺子不願與女人相爭，在張有才的保護下退到一邊，張有才看得眼熱，「我去幫忙。」說罷衝進戰團。

一名婦人被擠出來，踉踉蹌蹌，韓孺子上前一步將她扶住，小聲道：「岳母大人。」

崔小君的母親不好意思地笑了一下，馬上推開女婿，躲到人群後面去。

一群婦女和太監正爭得不相上下，從大門外匆匆跑進來一名年輕男子，在人群中到處張望，喊道：「老君！老君！」

原來「老君」才是崔太夫人的正確稱呼，韓孺子心想，小君一定很受老婦的寵愛，才會起這樣的字。

男子連喊幾聲，混亂終於停止，老婦正在興頭上，唾星橫飛，痛斥眾太監，好一會才轉身，一時分不清敵我，對自家人也是惡聲惡氣，「勝兒，你來得正好，快點將這幫擋路的狗太監給我攆走。對了，宮裡傳出消息了嗎？」

男子名叫崔勝，是太傅崔宏的兒子之一，正是為此事而來，上前道：「大事不妙，我聽說東海王也被送出宮了，跟妹妹一塊出來的。」

東海王在宮裡上車，護送者都不知道車中是誰，崔家事前毫不知情，老婦怔住了，「東海王就要當皇帝了，怎麼會被送出來？」

崔勝氣急敗壞，「太后那個老……老……她立別人當皇帝了，百官正趕赴宮中，城門也都關閉，不准任何人進出，我沒法出去通知父親。」

老婦不信，連連搖頭，「不可能，桓帝就兩個兒子，一個在這，是廢帝，還有一個是東海王，太后還能立誰當皇帝？」

崔勝急得直跺腳，「我還沒打探到確切消息，可是我聽說幾位重臣都非常支持新皇帝，以為非他莫屬。」

韓孺子跟其他人一樣困惑，突然發現楊奉不知何時從裡面出來了，站在一群太監中間，面沉似水。

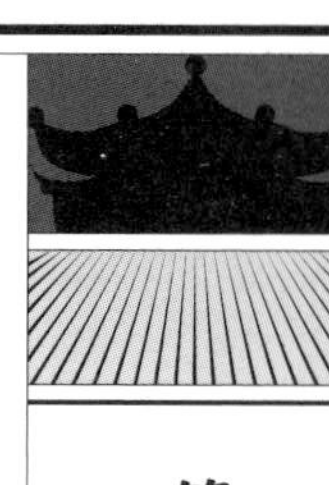

第七十七章 外祖母與外孫

崔家娘子軍敢直闖廢帝府邸是有底氣的，底氣來自於被崔家一手撫養長大的東海王，他幾乎板上釘釘即將成為新皇帝，突然間噩耗傳來，繼位者竟然另有其人，底氣瞬間被抽得一乾二淨。

崔家老君一輩子養尊處優，從來沒受過如此大的打擊，盯著孫子崔勝看了好一會，「你再說一遍。」

「我聽說太后已經選立新皇帝，很受大臣的歡迎。」

老君說發怒就發怒，掄起手掌狠狠打了崔勝一巴掌，「胡說八道、擾亂軍心，光是聽說，你確認了嗎？太后不立桓帝的兒子，還想立誰？」

崔勝捂著臉，「好吧，我再去打聽，可是傳言說東海王已經被送出宮……」

老君猛然轉身，對倦侯怒目而視，「你在半路上劫走了我的孫女……」

「您的孫女是倦侯夫人，這裡自然也是她的家。」韓孺子看了一眼楊奉，繼續補充道：「沒錯，東海王就在府中。」

此言一出，崔家人大嘩，既然東海王不在宮裡，那新皇帝肯定不是他了。

老君呆呆地站了一會，突然向後仰倒，崔勝和一群婦人及時扶住，崔勝剛挨過打，對祖母卻十分孝順，向韓孺子吼道：「老君要是出了事，崔家跟你沒完！」

韓孺子不明白這跟自己有什麼關係，可這名老婦也是小君的祖母，他不能見死不救，於是道：「扶到後面

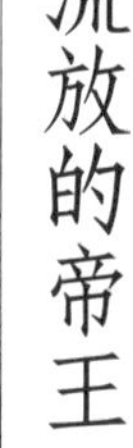

去吧。」

韓孺子帶路，太監們讓開，眾婦人扶著老君去二進院裡的正廳，崔勝本想跟著進去，被母親拉住，恍然想起還有更重要的事情，轉身向府外跑去，他得盡快將形勢打探清楚。

前院清靜了，官兵們面面相覷，從此對崔家娘子軍印象深刻，府尉從房間裡走出來，暗自慶幸自己躲過一劫，可是很快就生出更大的憂慮：大楚又有新皇帝了，倦侯前途未卜，自己可千萬不要受連累。

正廳裡，婦人們七手八腳地照顧老君，跟來的幾名男僕一個也沒敢進來，都在門外逡巡。

韓孺子趁亂將楊奉拽到一邊，指著老君低聲說：「我知道我要學許多東西，可是連這個也要學習？」

「撒潑老婦猛如三軍，倦侯久居內宅，好不容易出來，什麼都應該見識一下。」

韓孺子無言以對，可是總覺得不對，楊奉微笑道：「倦侯學國史的時候，可聽過和帝與太后的記載？」

「和帝在太后病榻前封幾個舅舅為侯？聽過。」

楊奉嗯了一聲，沒再說什麼。

韓孺子明白他的意思，可是覺得自己的母親既溫柔又聰明，絕對不會像崔家老君一樣撒潑，何況他也沒有舅舅。

老君悠悠醒來，忘了身處何方，也忘了孫女，顫聲道：「我的好外孫呢？他是不是當皇帝了？」

沒人敢回答，老君目光掃過，最後落在遠處的韓孺子身上，惡狠狠地說：「又是你，從出生開始，你就在破壞東海王的運勢，一直到現在，為什麼？為什麼你還沒死？」

韓孺子心中大怒，可是一想到楊奉的話，他便將這次經歷當成考驗，上前幾步，笑著說：「天將降大任於斯人也，必先苦其心志……總之要讓他先受苦，東海王運勢不好，是因為他受的苦還不夠多吧。」

老君挺身要站起來，剛離開椅子又坐下了，捂著心口說：「這個小子要氣死我了，打他，狠狠地打他。」

眾婦人嗯嗯了幾聲，誰也不動，只有一名婦人小聲提醒道：「老君，這裡不是崔府……」

老君一股火無處發洩，抬手搧了婦人一巴掌，「我又沒糊塗，要妳告訴我！」

婦人捂著臉訕訕退下，老君再次盯著韓孺子，說話語氣柔和了些，「這麼說，我的外孫也在你府裡，說吧，你要怎樣才肯將他放出來？」

「放出來？我倒想知道東海王怎樣才肯走出來。」

老君再度豎起眉毛，這時門外跑進來一個人，撲到老君膝下，抱著她的腿，又哭又鬧，老君也是心肝、寶貝地一個勁叫。

東海王的馬車就停在外面，他被嚇壞了，聽說崔家來人也不敢出來，直到確定真的沒有危險之後才跑出來見外祖母。

韓孺子不得不承認，就這麼一會，他的見識真的增加不少，他也在母親面前撒嬌，可是非常克制，從來沒像東海王這樣嚎啕大哭過，不過他覺得東海王的脾氣跟老君還真是匹配，不明白東海王之前為何從來沒提起過這位外祖母。

更讓他感到意外的是，那些婦人剛剛還噤若寒蟬，現在竟然都陪著抹眼淚，一個個哭得情真意切，連崔小君的母親也不例外。

處處皆有朝堂，眼前這一幕與皇宮和勤政殿何其相似。

韓孺子向楊奉微微點了下頭，表示自己真的學到了一些東西。

楊奉好像沒有注意到倦侯的動作，兀自沉思，韓孺子小聲問：「你猜出新帝是誰了？」

「我有一點猜測，可我不知道太后是怎麼做到的。」

韓孺子正要再問，那邊的東海王終於停止哭鬧，起身擦乾眼淚，轉身說道：「韓孺子，咱們都被太后騙了，她拋棄桓帝的兩個兒子另立新君，你和我得攜手對付她。」

老君淚水還沒擦乾，一手抓著外孫的手腕，臉上帶著近乎崇拜的微笑，抬頭仰視，顯然非常以外孫為榮。

韓孺子搖頭，「謝謝，無論誰當皇帝，我都會老老實實在這裡當倦侯，本來做皇帝就不是我的願望，現在更沒有這個想法了。我這裡還沒安頓好，不能招待客人，請諸位慢走。」

親外孫紆尊降貴，對方竟然沒有納頭便拜，老君不由得大怒，正要開口，東海王冷笑一聲：「你還真是無可救藥，機會送上門都不要，好吧，你就在這裡當縮頭烏龜好了，老君，咱們走。」

韓孺子側身做出送客的姿勢，嘴上不肯相讓，「祝你伸頭順利，越伸越好。」

若是從前，東海王會當場發作，可是今天又累又怕，實在沒心情吵架，而且還有更緊迫的危機要處理，只是冷哼一聲，拉著外祖母的手向外走。

老君很聽這個外孫的話，到了門口才想起還有一個孫女，「小君在這裡……」

東海王惱怒地又哼了一聲，「表妹背叛了崔家，她是自願來這裡的，您還念著她幹嘛？反正崔家的女兒好幾個，就當沒有她好了。」

「小君是我一手帶大的，她不會……」

「有什麼不會的？您來了這麼久，她出來見您了嗎？」

老君還想說話，東海王推著她往外走，「帝位都被人搶走了，您還關心一個無情無義的孫女？趕快回府，想辦法跟舅舅聯繫上，他在城外掌控南軍，我就不信太后真敢得罪舅舅。」

老君醒悟，加快腳步，「對對，外孫太聰明了，找你舅舅，這就去……」

眾婦人跟上，崔小君的母親假裝尋找掉落的東西，留在最後面，從韓孺子身邊經過時，低聲問：「你真的不爭帝位？」

「無根無基，我不做妄想。」

崔母點點頭，將一根簪子塞到韓孺子手裡，「好好待小君。」說罷匆匆追趕老君。

崔家主僕來得快去得快，沒一會已是無影無蹤。

韓孺子拿著簪子發愣，好一會才說：「武帝和桓帝居然能允許崔家飛揚跋扈這麼久？」

「武帝多疑，桓帝多慮，對他們來說，囂張的外戚比沉默的諸侯和大臣更可信。」

韓孺子從未領略過皇權真正的感受，所以很難理解武帝與桓帝的做法，然後他聯想到自己，「比如我，越像昏君反而越安全，因為昏君不會有人支持？」

楊奉笑著點點頭，「你離『昏君』的標準還差得太遠，這件事以後再說，太后選立的新君，對你倒是一個真實的威脅。」

「啊，別賣關子了，哪怕只是猜想，也告訴我吧，太后到底要立誰當皇帝？」韓孺子無法掩飾對這件事的在意，雖然過不了多久消息就會傳出來，他還是想早點知道。

「如果我沒猜錯——」楊奉扭頭看了一眼偷偷踅進來的張有才，沒有攆他，「太后選擇了前太子的後人繼位登基。」

「前太子？」

「武帝立過三位太子，前兩位分別是鉅太子和鏞太子，先後被誅，你應該聽說過吧？」

韓孺子點點頭，張有才站在他身後，小聲道：「兩位太子死在東宮，所以那裡鬧鬼，沒人敢去。」

楊奉不屑地哼了一聲，繼續道：「鉅太子、鏞太子的家人也受到株連，可是據說他們各有一個當時不到三歲的兒子倖免於難，算來一個應該十六七歲，一個應該六七歲，後一個很符合太后的要求，可是大臣們可能更支持第一個，不知太后是怎麼選的。」

「這樣一來太后不就得罪崔太傅了嗎？」韓孺子想不明白太后的用意。

楊奉想了一會，「只能是第一個，鉅太子生前最受信任的時候，曾經執掌過南軍，他的後人稱帝，有可能瓦解南軍對崔太傅的支持，而且他當太子長達十幾年，最受朝中大臣擁戴，可是——」

可是大太子的遺孤已經十六七歲，接近成年，太后再想控制朝政將會很難。

楊奉自言自語，幾乎忘了還有外人在身邊，「這樣還不夠，太后必須有更堅固的保障，才敢這麼做……」

白天跑掉的府丞慌慌張張地走進來，對倦侯說：「宮中傳旨，要求城裡有爵位的宗室子弟即刻去太廟拜見新帝。」

韓孺子和楊奉不用再猜了。

第七十八章 遺孤

這是個寒冷的冬夜，雪花無聲飄落在硬梆梆的地面上，韓孺子緊緊裹著厚絨披風，覺得雪花還沒鋪滿一層，他們這些人就得被凍死一批。

子夜前後，他又來到太廟，前幾次他都在正殿裡，這一回卻站在外面，身邊的熟人只有楊奉，陌生人倒是不少，都是有封號的宗室子弟，差不多有二三百人，加上貼身保傅，人數翻倍，太廟沒有房間容納這麼多人，只好讓他們暫時在露天裡等。

可憐這些天生貴胄，從小錦衣玉食，何曾受過這種苦頭，一個個凍得面色青白、四肢麻木，造反的心都有了，只是不敢宣之於口，反而要擺出孝子賢孫的嚴肅神情，實在無聊的時候，就偷瞄一眼廢帝。

這些人，韓孺子一個也不認識，他們卻都認識他。楊奉替他擋住了大部分好奇的目光，可周圍的竊竊私語聲還是跟雪花一起將他包圍。

太廟前方的宗室子弟並非隨意站位，而是按照爵位、親疏遠近、輩分、年齡等排序，數十名禮官維持秩序，再遠一點是幾百名持戟衛士，他們穿著鐵甲，在寒冬裡更冷一些，卻都站得筆直，沒有一點顫抖。

韓孺子雖只是倦侯，但是位比諸侯王，輩份更高些的諸侯王都不在京城，因此只有他站在第一排，凍得瑟瑟發抖，像是被推出來承擔罪責的倒霉蛋。

身後起了一陣喧嘩，韓孺子連回頭看一眼的興趣都沒有，他現在只想回家。

原來又有新人到來，地位頗高，被禮官帶到倦侯身邊。

「太祖戎馬一生，吃過多少苦，後代子孫卻如此不肖，連點寒冷都承受不住，天下若有大事，韓氏子孫全是待宰羔羊。」新到者埋怨道。

韓孺子不用看就知道是誰。

過了一會，東海王又開口了，這回聲音不那麼鎮定自若，「這天……也太冷了，這是要……殺人嗎？喂，你來多久了？」

韓孺子扭動僵硬的脖子，掃了一眼同樣裹在披風裡的東海王，咳了兩聲，說道：「快一個時辰了吧，我不知道。」

東海王靠過來，他帶來的太監想攔卻攔不住，東海王低聲道：「聽說了嗎？」

韓孺子搖搖頭。

「是鉅太子和鏞太子的後人，跟咱們平輩，也不知……她是從哪裡找來的。」在太廟裡東海王不敢提起「太后」兩字。

韓孺子不吱聲，一是太冷，二是說這些沒有意義。

東海王卻不肯閉嘴，而且只跟倦侯聊天，「這招真是太陰險了，讓你退位、把我留在宮裡、派景耀去談判，整整迷惑了崔家五個月！我舅舅……唉，他什麼都好，就是太過謹慎，當初若是發兵……唉，唉，我的命真苦啊……」

東海王唉聲嘆氣，韓孺子真想大聲警告他閉嘴。

終於，事情有了進展，東海王也閉上嘴，回到自己的位置上。

兩邊側門各走進一隊衛兵，然後是大臣，至少得有二百人，走在最前面的分別是宰相殷無害和兵馬大都督韓星。

大臣們顯然剛從溫暖的屋子裡走出來，體內殘留著一些餘熱，步履穩重，神情莊嚴，還沒凍得瑟瑟發抖。

在禮官的指示下，全體宗室子弟前進，來到太廟的丹墀下站立，文武百官分立左右，從這時起，再沒人敢隨意開口。

藉著燈籠的光芒，韓孺子看到宰相殷無害的臉有點發紅，不像是因為寒冷，更像是出於激動，似乎是剛剛哭過。

韓孺子今晚已經看過一位老太婆哭鬧，很慶幸不用看另一個老頭子的哭相。

一名司儀官側身站在台階上，洪亮的聲音在冬夜中顯得極不真實，「太后駕到！」

在一隊太監和女官的護送下，太后身穿朝服緩緩走來。

韓孺子不顧禮儀仔細觀瞧，很遺憾，王美人不在其中。楊奉輕輕拽了一下倦侯的披風，韓孺子垂下目光，還是看到太后身邊跟著兩人，一個十六七歲，個子比太后還要高些，神態極為恭謹，身上的服裝表明他絕不是宮中的太監，另一個比較小，只有六七歲，胖呼呼的，一臉茫然，總是回頭張望，大概是在尋找認識的人。

太后與這兩人站在了韓孺子和東海王前方。

宗室出身的兵馬大都督韓星上前，也是側身站在台階上，與喊話的司儀官對面。

「祖宗有靈，子孫跪拜！」司儀官喊道，聲音遠遠傳出。

太后帶領全體韓氏子孫跪在冰硬的青石地面上，膝下沒墊任何東西。

「一叩首！」司儀官可不管這些，此時此刻，他就是韓氏歷代皇帝的代言人，聲音不疾不徐，指揮數百名子孫磕頭。

跪拜三次之後，眾人起身，然後是文武百官，同樣跪拜三次，這是一次意外的拜祭，禮儀已經簡化許多。

兵馬大都督韓星在台階上再次向太廟跪拜，這回沒用司儀官喊話，他自己跪下，自己起來，然後宣讀一直握在手中的旨意。

他的聲音沒那麼大，卻還清晰，詞句古雅，引用的典故極多，大臣們聽得萬分激動，一直站在外面、被凍得腦袋發麻的宗室子弟們卻是一頭霧水，好一會才陸續明白過來，這是一篇洗冤昭雪的請命文。

按照慣例，韓星先是讚頌列祖列宗的功績，對武帝尤其不吝溢美之辭，然後鋒頭一轉，指斥那些引誘武帝做壞事的奸佞小人，羅列了一些人名，韓孺子驚訝地聽到了中司監景耀的名字。

接下來，請命文開始回憶武帝頭兩位太子的冤屈，聲情並茂，太廟前很快就哭聲一片，宗室子弟哭，大臣也哭，而且哭得更厲害些，甚至是捶胸頓足。

韓孺子已經算是見過「世面」了，此刻還是驚訝不小，站在他前方的少年和孩童乃是太子遺孤，痛哭流涕尚可理解，其他人哭什麼呢？就連東海王的肩頭也一聳一聳的，像是在哭，還有點像是在竊笑。

韓孺子哭不出來，也不會做樣子，只能將頭低下，盡量不惹人注意，可周圍的哭聲太有感染力，韓孺子無法不受影響，心生愧疚，覺得自己太過無情。

長長的請命文終於快要唸完，東海王韓樞和廢帝韓栯的名字被提到，他們兩個是不肖子孫，德薄福淺，不能繼承韓氏江山，因此要從前太子的後人當中選立一位。

隔著幾步，韓孺子也能聽到東海王的牙齒咬得咯咯響，他倒是無所謂，聽到「不肖孫栯」幾個字的時候，甚至沒有立刻想到這就是自己。

最關鍵的一刻終於到了，兩位太子各留下一名後人，鉅太子的兒子名叫韓施，今年十七歲，鏞太子的兒子名叫韓射，剛剛六歲，父親遇難時他還在母親腹中尚未出世，兩人雖然也列入皇室屬籍，卻一直備受冷落，連名字都是隨便起的。

韓孺子有經驗，知道最後成為皇帝的那一個，將會改名。

大臣們哭得更加響亮，韓孺子覺得其中一些人是真心實意的。

楊奉湊在他耳邊，小聲說：「鉅太子在位十多年，鏞太子也有六七年，他們在大臣當中根基頗深，大致來說，文官喜歡鉅太子，武官傾向鏞太子。」

韓孺子恍然，怪不得父親桓帝一度想要聯合外戚對付大臣，桓帝當太子的時間過於短暫，沒有與大臣形成緊密的聯繫，而韓孺子甚至沒有經過太子這個階段，與大臣毫無接觸，所以他的退位波瀾不驚。

韓孺子不覺得遺憾了，同時也明白，如果有一天他真能重返至尊之位的話，必須自下而上地建立根基。他扭頭看了一眼楊奉，不知這名太監能幫自己到什麼程度。

請命文讀畢，韓星脫稿說話，表示兩位太子不分上下，遺孤都有繼位的資格，為顯公平，要在列祖列宗的牌位前抽籤決定。

這就是太后與群臣商議很久之後拿出的方案，一直被扔在外面挨凍的宗室子弟們大吃一驚，可是沒人敢在這個時候提出反對，嗡嗡聲很快消失，連東海王也停止咬牙切齒。

太后帶著韓施、韓射拾級而上，進入太廟，群臣之中只有殷無害和韓星代表文武官員陪同進入，其他人都在外面等著。

太后的身影剛一消失，東海王就扭頭看著韓孺子，眼中流出真實的淚水，壓抑著聲音說：「你能相信嗎？你能相信嗎？」

韓孺子沒什麼不能相信的，於是露出一個無所謂的神情。

東海王臉上的神情由悲痛變成驚訝，直到這時，他好像才真的相信韓孺子對帝位不感興趣。

韓孺子的目標太遠大，此時此刻他的確顯露不出興趣。

抽籤進行得很快，外面的人等得熱血沸騰，幾乎感覺不到寒冷。

殷無害和韓星先走出太廟，帶著鉅太子的遺孤韓施，殷無害用老邁的聲音宣佈，韓施被封為冠軍侯、北軍大司馬。

結果已定，殷無害顯得有些失望，文官也大都嘆息，但是無可奈何，他們爭取過了，只能願賭服輸。

三人退到一邊，接著太后攜著韓射的手走出來，站在丹墀之上，高聲說道：「祖宗庇護，立武帝之孫韓射為太子。」

群臣山呼萬歲，包括韓施在內，紛紛跪下，前一刻他還有機會成為皇帝，這一刻已是人臣。

胖呼呼的小孩還在東張西望，不知在找誰。

楊奉在下跪之前扶住韓孺子，輕聲道：「倦侯獲准入宮不拜，除了面對列祖列宗，都不用跪。」

有特權的人不只他一個，還有韓星等七八人，遠處的禮官挨個查點，以確認無誤。

韓孺子低著頭，心中卻有一股火，既非怒火，也非妒火，而是一股說不清道不明的熱情之火：現在的他清晰地感受到了站在上面和站在下面的區別，他知道自己更喜歡哪一種。

儀式結束了，挨凍的宗室子弟陸續離去，大臣們繼續商討新帝登基事宜，以及如何應對城外的南軍。

回府的路上，韓孺子心中的火漸漸熄滅，他得面對現實，在這個寒冬裡，任何火焰都燃不起來。

進入倦侯府時天已微亮，韓孺子剛一推開臥房的門，早已等急的崔小君撲過來，兩人緊緊抱在一起。

寒冬裡，唯有這裡尚存一點溫暖。

第七十九章 願望

書房裡煥然一新，椅子上鋪著褥墊，書案上擺好了筆墨紙硯等物，新買來不久的書堆在地上，有一些尚未開箱，韓孺子要親手擺放，不過他想在書房裡「偷懶」的願望沒能實現。

白天，楊奉大多時間都待在書房裡，與倦侯討論朝堂形勢，基本上都是他說，偶爾提出一兩個疑問，足夠韓孺子想上一兩天。

下過幾場雪後，京城迎來難得的一個大晴天，楊奉卻毫無察覺，坐在書案對面，一張張地仔細查看剛剛送來的邸報。

邸報三五天一送，上面全是朝廷近期的重要公文，遠離皇宮之後，楊奉只能這樣瞭解朝中動向，雖然有點滯後，總比一無所知強。

楊奉揀出一張邸報，推到倦侯面前，韓孺子拿起來快速瀏覽了一遍，「崔宏這就認輸了？」

距離太后選出新帝已經十天，鏞太子的遺孤韓射尚未正式登基，這也是京城內外最為緊張的十天，太后出招，大家都在等太傅崔宏做出回應。

崔宏完全有理由憤怒，透過太監景耀，他已經與太后暗中談判了五個月，卻得到一個完全出乎意料的結果：東海王不僅沒當上皇帝，甚至連競爭帝位的資格都變弱了，要排在廢帝韓栯、鉅太子遺孤韓施，以及鏞太子遺孤韓射之後。

整個朝廷的格局為之一變，崔家不再是帝位不可或缺的參與者，楊奉對太后這一招讚不絕口，卻一直沒有弄明白太后是怎麼神不知鬼不覺找到這兩人，又與大臣達成一致意見的。

可崔宏畢竟掌握著京城最為精銳的南軍，仍然能與太后鬥個魚死網破，尤其是韓射剛被立為太子那天，鉅太子遺孤韓施的影響力尚未完全發揮出來，南軍仍然服從崔宏的命令。

那天，京城封閉全部城門，禁止任何人進出，城上守兵劍拔弩張。

城門一連封閉了三天，就算死人，也只能暫時存在家中，不能送到城外埋葬。

第四天，新任北軍大司馬韓施在城外閱兵，一向以懶散聞名的北軍居然聚齊了七八成，在訓練了一個上午之後，近十萬名將士面朝城牆山呼萬歲，聲震數里。

失去的戰鬥力不可能立刻恢復，但是北軍的舉動還是帶來了巨大影響，南軍對太傅崔宏的支持不那麼堅定了，越來越多的將士記起了鉅太子擔任大司馬的日子。

崔宏妥協了，不是一下子，而是一步步慢慢來，先是上書為自己擅回京師請罪，得到原諒之後，他也加入為前太子洗冤的行列，建議封韓施為王，而不是冠軍侯，這一建議被太后駁回。

韓孺子正在看的邸報是崔宏的第五道奏章，昨日送達。

中司監景耀受到指控，稱他是導致兩名太子冤死的罪魁禍首之一，他一直躲在南軍營地，崔宏保護了九天，終於將他交了出來。

「我以為景耀忠於太后，太后也信任景耀。」韓孺子對這件事一直沒有想得特別明白。

楊奉放下手中的邸報，「我說過，必要的時候整個天下都得『連累』，太后仍然信任景耀，可是不得不犧牲他，以換取大臣們的支持。」

「景耀真的害死了兩位太子嗎？」

楊奉笑了一聲，「鉅太子、鏞太子的死因我不是特別瞭解，可我知道，當皇帝想要殺一個人的時候，用不著自己找藉口，總會有無數的人揣摩聖意，主動提供藉口，景耀能升任為中司監，自然沒少做這種事情，但不是只有他一個。」

「可大臣們偏偏不喜歡他。」

「你去過勤政殿，如果你是議政大臣，會喜歡那個掌握寶璽的太監嗎？」

韓孺子笑著搖搖頭，「原來的中掌璽劉介呢？他是怎麼做的？」

「劉介是個純粹的掌璽之人，每天將寶璽送給皇帝，然後再收回，自己從來不在大臣奏章上蓋印。」

韓孺子一點也不喜歡景耀，可這時心裡卻生出一股寒意，大臣們表面上馴服，對闖入自己地盤的外來者卻是心狠手辣。

「太后利用齊王謀逆一案在朝中抓捕了不少人，大臣們都沒有反對，卻對一名掌印的太監恨之入骨，欲除之而後快。」韓孺子並不同情景耀，只是發出感慨，慢慢理解了父親桓帝對大臣的懼意。

「大臣們無論派別，都有一個共同的想法：君臣相輔，各管一片，就像是夫妻，至於誰是夫誰是妻，大臣和皇帝的想法可能不太一樣。君臣可以相處愉快，也有可能鬧矛盾，但不管怎麼說，不准外人插足，而太監就是外人。」

「太后不算外人嗎？」

「所以太后必須緊緊抓住一名傀儡。」楊奉沒再說下去，大楚朝廷風雨飄搖，人人都看在眼裡，可是誰也不知道大廈究竟會不會倒掉、何時倒掉，「眼下朝廷總算暫時穩定，如何應對北方的匈奴將是下一個挑戰。」

秋天的時候，匈奴果然大舉入塞，掠走了一些人口與財物，但沒有過分深入，邊疆楚軍以守為主，也沒有追擊，可是和平畢竟被打破了，新帝登基之後，必須先解決這個威脅。

如果我是皇帝……韓孺子忍不住想像自己會怎麼做。

楊奉不知道倦侯的心事，扭身向門口說：「進來吧。」

張有才抱著一落簿冊、紙張進來，往書案上一放，說：「上完課了嗎？」

他將主人與楊奉的每日議論當成授課，不敢輕易打擾。

楊奉哼了一聲，拿起幾張紙掃了一眼，立刻感到頭疼，「怎麼每天都有這麼多銀兩支出？」

「哈，楊總管，都說不當家不知柴米貴，您都當家了也不知道啊。咱們這怎麼也是一座侯府，上上下下近百口人，每天光是吃喝……」

楊奉抬手示意張有才不用說了，「得有一位帳房先生處理這些事情。」

韓孺子忍住笑，楊奉坐在屋子裡就能大致猜到太后等人在想什麼，卻弄不清小小一座侯府的帳目。可他沒資格嘲笑楊奉，他自己也看不懂，能看懂也不感興趣。

「下午我就出去聘請一位。」楊奉無奈地說。

張有才衝倦侯擠眉弄眼，韓孺子道：「有話你就說，難道你有現成的人選？」

張有才吐下舌頭，衝楊奉笑了笑，「宮裡出來這麼多人呢，沒準有人會算帳。」

楊奉冷冷地說：「別耍心眼，說吧，是誰？」

張有才不好意思地撓撓頭，「一起出宮的何逸何三叔從前在宮裡記過帳。」

楊奉對宮裡的太監不是特別熟悉，想了一會，說：「把他叫來。」

張有才高興地答應一聲，連跑帶跳地出去了。

「還好你只是倦侯。」楊奉莫名其妙地說了一句，然後道：「這些太監與宮女自願出宮必有所求，你處理一下吧。」

「咦，你又要丟下我一個？」韓孺子發現了，一旦事情比較繁瑣，楊奉總會丟下不管。

「我得出去打聽情況……」楊奉含糊地說，起身走了，韓孺子叫都叫不回來。

張有才帶著一名乾瘦的老太監回來，沒見到楊奉，感到很驚奇，「楊總管呢？」

韓孺子對這名老太監有印象，衝他點點頭，「不用他，我自己能做主。」
「那就更好了。」張有才長出一口氣，他更忌憚楊奉而不是主人，「何三叔從前在……」
韓孺子抬手制止張有才說話，對老太監何逸說：「你曾經在宮裡管過帳目？」
「只是燈火司，那裡日常損耗比較多，老奴記過十幾年的來往帳目。」
韓孺子不懂帳目，問不出細節，所以他問：「記帳並非重活，你為什麼要跟我出宮呢？」
「受到排擠了唄，上司總想將何三叔弄走……」張有才替老太監答道。
何逸苦笑數聲，「謝謝有才替我遮護，可是對主人我得說實話，呃……其實我是因為好酒，受不了宮中規矩太嚴，所以……」
光是提起酒字，老太監就在吧嗒嘴，笑得更尷尬了。
韓孺子也笑了，「你在宮中記帳可曾出錯？」
「哪敢啊？一兩油、一截蠟燭對不上，也要挨板子的。」
「咱們這裡的帳目沒那麼複雜，規矩也沒那麼嚴，可要是出錯——」韓孺子想了想，「罰你至少一個月不能喝酒。」
何逸睜大眼睛，「這比打板子還嚴！倦侯放心，我絕不會出錯。」
韓孺子轉向張有才，「說吧，你出宮之後的願望是什麼？」
張有才的眼睛瞪得更大，「主人不相信……主人懷疑我……」
「你們隨我出宮，我很感激，正好趕上今天我心情好，想要滿足你們的願望，盡可能，不是一定，說了，我想辦法，不說，那就算了，今後永遠不要再提。」
張有才在自己腦門上彈了一下，笑道：「主人要是這麼說，我還真有一個小小的願望。」
「嗯。」

「我希望學武功，今後能當您的侍衛。」

韓孺子大笑，明知這個小子只是嘴甜會討好人，心裡還是很受用，起身道：「何逸，你把積累的帳目處理了，然後問問所有出宮人的願望，等我回來處理。張有才，跟我出趟門。」

「去拜師學藝嗎？」張有才眼睛一亮。

韓孺子搖搖頭，他不想拜師學武，也不想打聽朝中形勢，此次出府只做一件事，「咱們去給夫人買幾隻小雞小鴨。」

第八十章 散心

張有才悻悻地從市坊裡走出來，拉著繮繩，對馬背上的倦侯說：「我被人笑話了。」

「為什麼？我不是給你錢了嗎？」韓孺子很意外，他本想親自去坊中轉一轉，可是跟來的府尉堅決不同意，以為倦侯在這種時候出府就已不太合適，親身進入市廛之中，更會讓人笑話，韓孺子只好與數名隨從等在坊外。

張有才指著路邊的積雪，「人家說冬天沒有小雞小鴨，只有殺來吃肉的活雞活鴨，可我記得宮裡最冷的時候也有小雞啊。」

「難道咱們來錯了地方，要去別處買？」韓孺子聽說過城裡還有一處大的市坊。

府尉本不知道倦侯此行的目的，聽到這裡不由得搖頭，開口道：「宮裡有暖室，炭火晝夜烘烤，冬日裡也如春夏，自然可以孵化出小雞小鴨，民間誰有財力做這種事情？」

韓孺子不好意思地笑了笑，「不知民間疾苦，說的就是我這種人了。」

府尉乾笑兩聲，「倦侯出身宗室，不知道這些倒也正常。」

韓孺子十天來第一次出門，而且對崔小君許諾過，不想空手而歸，對張有才說：「活雞活鴨也買一些，養起來，到了春天不就能孵蛋了嗎？」

「用來做菜的雞鴨也能孵蛋嗎？」張有才雖是窮人家的孩子，進宮卻非常早，同樣「不知民間疾苦」。

兩人都看向府尉。

府尉已經後悔剛才的多言了，只得含糊地答道：「應該可以吧。」

張有才高興地重去市坊，沒一會就回來了，身後跟隨兩名男子，每人手裡拎著兩只竹籠，籠內分別裝著五六隻雞鴨。

「買來了。」張有才興高采烈地說。

倦侯的兩名隨從上前接過竹籠，商販做成一筆大生意，心中也很高興，不認得這是廢帝，以為只是普通的貴人，賠笑道：「公子家中若是不急著辦酒席，這些雞鴨可以養上兩三日，只餵穀粒，還能再長些膘。」

張有才道：「長什麼膘？這些雞鴨能孵出小雞小鴨嗎？」

商販一愣，「呃……當然可以，只要……」

「等到春天嘛，我知道。」張有才前方帶路，引著倦侯回府。

望著離去的身影，年輕的夥計小聲道：「咱們賣的可都是母雞母鴨……」

「沒準人家早有公的呢。」商販可不管這些，「這些貴公子都這樣，圖一時新鮮，過幾天照樣殺了吃肉，還真能等到春天啊？」

韓孺子回到府中時已是黃昏，心情頗佳，可是一看到站在大門口的楊奉，心中略感惴惴。

楊奉看著籠中的雞鴨，平淡地問：「府裡沒雞鴨可吃？」

張有才搖頭道：「這不是吃的，要等春天的時候孵小崽兒，是送給夫人的禮物。」

楊奉笑著點點頭，跟隨倦侯一塊進府。

他一句指責也沒有，韓孺子反而越發心虛，邊走邊說：「我突然就想出去散散心，順便……瞭解一下民間疾苦。」

「好啊。」楊奉依然表現得極為平靜，「那倦侯瞭解到什麼了？」

當然不能說瞭解到冬天沒有小雞小鴨這種事，韓孺子想了一會，快到書房門口時說：「朝廷紛爭對民間的影響好像不是很大，街上人來人往，似乎都不關心南軍是否要攻城，也不關心——」他壓低了聲音，「究竟是誰當皇帝。」

「這只是表面，倦侯還應該出去多走多看。」楊奉止步說道。

「啊？」韓孺子吃了一驚，「你是說真的？」

「當然。」楊奉笑了笑，「整天坐在書房裡也不行，我給倦侯請來兩位武功教師兼保鏢。」

原來這就是楊奉今日出門的成果。

從書房裡走出兩人，韓孺子認得，正是杜摸天和杜穿雲爺孫，兩人此前被府丞逐出府，如今又被名正言順地請回來。

杜摸天笑著向倦侯抱拳行禮，杜穿雲卻不太高興，覺得看家護院有辱江湖好漢的名聲，對楊奉說：「要救倦侯幾次，我們才算還完你的人情？」

「倦侯若總是遇險，說明你保護不力，沒有提前發現隱患，有過無功，需要受罰，何來的償還人情？」

杜穿雲瞪大眼睛，好一會才憋出一句：「讀書人能說歪理，太監心狠手辣，讀書的太監……」

杜摸天將孫子推開，對倦侯笑道：「別聽他瞎說，我們爺孫肯定會盡心保護倦侯，一點粗淺功夫，倦侯想學，我們也絕不藏私。」

「能得兩位高人指教，感激不盡。」韓孺子還禮，他還真的挺想學武，可孟娥神出鬼沒，總也不在他面前現身。

「我瞧他文文弱弱的，吃不得苦，練不了咱們杜家功夫。」杜穿雲又回到爺爺身邊，上下打量倦侯。

張有才將雞鴨送到後院，這時回來了，一眼看到杜穿雲，好心情一下子全都沒了，便脫口說道：「你怎麼來了？」

「我們是被請回來的。」杜穿雲挺身道。

「請回來……當太監？淨身了嗎？記名了嗎？」

「呸呸，我才不當太監，我和爺爺是教頭兼保鏢。」

韓孺子對張有才說：「你不是想學武功嗎？正好跟我一塊學吧，這兩位都是江湖中知名的高人，能教咱們武功，是咱們兩人的幸運。」

杜穿雲挺胸，很喜歡「高人」這個稱呼，「跟我們學武功可是很辛苦的，你得……」

話沒說完，又被爺爺推出幾步遠，杜摸天道：「別聽他瞎說，今天晚了，明天倦侯能早起嗎？」

「能，我平時都是天沒亮就起床，就這兩天晚了點。」韓孺子在宮裡過的一直是早睡早起的生活。

「倦侯新與夫人團聚，難免晚起一點。」杜摸天笑道，「這樣吧，早飯前兩刻鐘，飯後一個時辰用來練功，下午若有時間，再抽一個時辰，如何？」

韓孺子點頭同意，心中有一個小小的疑惑，結果被杜穿雲問出來了，他跟猴子一樣靈活，被爺爺推開馬上就蹿回來，「起得早晚跟夫人有什麼關係？我要是跟爺爺睡一張床，起得反而更早……」

杜摸天拍出一掌，杜穿雲被推出十幾步遠。

楊奉帶著杜氏爺孫去找合適的練武場地，韓孺子進到書房裡，怎麼都覺得楊奉的平淡反應有點古怪，不由得有些坐立不安，本想回後宅見夫人，這時又改了主意，命張有才去將帳房何逸叫來，打算在晚飯之前再做點事情。

共有十五名太監、八名宮女自願跟隨廢帝出宮，大都是所謂的「苦命人」，韓孺子覺得自己必須盡可能滿足他們的願望。

何逸已經挨個問過，將大家的訴求一一寫下，交給倦侯。

他們的願望都很簡單：五名太監、四名宮女想要回老家，可是沒有盤纏，也不知家中是否還有親人；六名太監、兩名宮女年紀比較大，只想有個能經常曬曬太陽的養老之地，在宮中這卻是一個奢求；張有才「想」習武，何逸與另一名太監有酒就滿足，最後一名太監老實承認，他在宮中得罪了上司，一時害怕才出宮的，只求安穩，能有酒有肉就更好了；另有兩名年輕些的宮女一時興起跟著大家出宮，想了很長時間也沒說出願望。

韓孺子對每一個願望都點頭，何逸提醒主人：「宮裡的人都是記錄在冊的，必須先除名才能離京返鄉，這種事不用急，每年春天宮裡都會放一批人還鄉，到時一塊處理吧。」

總算做完一件事情，何逸告退，韓孺子坐了一會，問張有才：「你跟宮裡的苦命人還有來往嗎？」

「不多，就是從蔡大哥那裡聽說了一些消息。」

「你們說的那個沈三華，不會供出你們嗎？」韓孺子記得很清楚，沈三華也是苦命人之一，受刺客牽連入獄，一旦鬆口，其他苦命人可能都要倒霉，所以張有才等人才願意冒險幫助皇帝，可皇帝退位了，在這件事上幫不了他們。

張有才神情一暗，「沈三華和刺客裘繼祖幾個月前就都死了，沈三華沒有供出我們，太后不知道他也是苦命人，我們安全了。」

曾經喧鬧一時的刺駕事件就這麼終結，無聲無息，韓孺子甚至沒聽說過。

楊奉獨自回來，「新教頭已經選好練功地點，在後花園，明天開始倦侯就可以練功了，不求別的，起碼能夠強身健體。」

韓孺子示意張有才退下，然後對楊奉說：「我今天出門純粹是為了散心，沒想體驗民間疾苦。」

「我知道。」楊奉仍是不急不躁。

「你……不想說點什麼？」

楊奉想了一會，「倦侯還年輕，眼下也沒什麼事情非做不可，出去散散心沒什麼不好。」

「我還在等待機會。」韓孺子說，突然發現這是他退位之後第一次跟楊奉談論重新登基的事情，雖然兩人每天都議論朝中形勢，卻從來沒有提及未來。

楊奉走到書案前，一隻手按在上面，緩緩道：「倦侯有意就行，不要再說出口，如果可以的話，甚至不要再想。」

「連想都不能？」韓孺子覺得這可挺難。

「別以為心裡就是安全的，這世上有人能看破你在想什麼。」楊奉停頓片刻，用隨意的語氣說：「你不在的時候府裡接到一張拜貼，新任北軍大司馬、冠軍侯韓施明天上午要來拜訪，我已經同意了，正好安排在練武之後。」

韓孺子大吃一驚，不明白前太子遺孤來見自己做什麼，更不明白楊奉何以將這件事看得如此輕鬆。

第八十一章 拜訪者

韓孺子自動醒來，天還很黑，他扭過頭，慢慢地分辨出妻子頭部的輪廓，她睡得很熟，幾根手指露在被子外面，像是躲在帷幕裡向外偷窺。

韓孺子下床，悄悄穿衣，聽到床上傳來朦朧的聲音：「天還黑著……」

「我起來坐會。」韓孺子輕聲回道，原地站了一會，聽到床上沒有聲音，慢慢走到窗前坐下，靜靜地等待天亮。

侯府的後花院廢棄已久，還沒有收拾出來，杜氏爺孫昨天親自動手，掃開積雪，闢出一塊長方形場地，要在這裡傳授武功。

韓孺子與張有才換上緊身打扮，天剛亮就到了，老爺子杜摸天還沒來，只有杜穿雲一個人等在那裡，背負雙手，打量兩名「徒弟」。

張有才不喜歡對方的態度，「喂，這裡可不是你的『江湖』，見到倦侯你得行禮。」

「天地君親師，宇中五大，師傅佔其一，站在這裡，我是師傅，你們是徒弟，哪有師傅向徒弟行禮的規矩？」杜穿雲的身板挺得更直了。

張有才還想爭辯，韓孺子抬手示意他聽話。

杜穿雲點點頭，繼續道：「杜氏武功，天下聞名，多少人跪在地上哭著要拜我們爺倆為師，我們都沒有同意，你們二人也算是機緣巧合……」

張有才不屑地撅起嘴。

「不服氣是吧？來來，咱們較量一下。」杜穿雲挽起袖子，雖是大冬天他穿得也不多，只是一層棉衣，領口故意敞開些。

張有才還是有點自知之明的，「我不比，我就是一名普通的小太監，能打敗我的人千千萬萬，說明不了什麼，你若是真有本事，就去挑戰更厲害的對手。」

侯府裡找不出更厲害的對手，杜穿雲卻非要亮一手，到處看了看，指著附近沒掃過的積雪，「想看真本事，行，我給你們來一招『踏雪無痕』。」

杜穿雲緊緊腰帶，一提氣，撒腿就跑，快似奔馬，片刻間到了一棵樹下，沿樹繞了一圈，又跑回來，止步，輕吐一口氣，得意地說：「見過嗎？」

韓孺子和張有才向地面看去，潔白的雪上果然沒有腳印，張有才還是不太服氣，走過去仔細察看，自己一腳踩下去，腳印清晰，杜穿雲跑過的地方卻只有極淺的一點痕跡，「這也不算『無痕』嘛。」

張有才嘴裡嘀咕著，心裡佩服得緊，慢慢前行，查看每一道痕跡。

「我爺爺叫杜摸天，我叫杜穿雲，你就知道我們杜家的輕功有多厲害了，我爺爺還有一個綽號，人稱『一劍仙』，那就是劍法也很厲害，我的綽號叫『追電飛龍』……」

「又在吹牛。」杜摸天走來，推開孫子，「名號是江湖同道賞的，哪有自稱的？你一天換一個，到死也不會有自己的名號。」

張有才從樹後轉過來，笑著大聲說：「樹後有腳印，你中途休息了！」

「又沒說不可以休息。」杜穿雲小聲道。

杜摸天笑道：「倦侯別在意，我這個孫子嘴上沒把門的，就愛胡說八道。」

「令孫輕功蓋世，怎麼能算是胡說呢？」韓孺子對杜穿雲還是很佩服的。

杜摸天搖搖頭，「倦侯被騙了。」

張有才正好跑回來，詫異地問：「他鞋底有東西？那也做不到在雪地上腳印那麼淺啊。」

「爺爺，跟他們說這個幹嘛？」杜穿雲小聲道，拉扯爺爺的袖子，又被推到一邊。

「倦侯看過雜耍嗎？」杜摸天問道。

韓孺子搖搖頭，張有才道：「我看過，有耍猴的、登高的、舞刀的、吞火的……可有意思了。」

杜摸天笑著點點頭，「沒錯，有些人能將幾十斤、上百斤的大刀舞得虎虎生風，可是他們怎麼不去戰場上殺敵立功呢？」

「是啊，為什麼呢？」張有才極感興趣。

「因為舞刀是舞刀、戰鬥是戰鬥、打架是打架，所謂隔行如隔山，能舞動大刀的人，到了戰場上可能連刀都來不及舉起，戰場上的猛將到了巷子裡，可能連敵人從哪冒出來的都不知道。」

「是這樣啊，我還以為力氣夠大就行了。」張有才沒聽太懂。

韓孺子想起孟徹也曾經說過類似的話，他的武功明明很好，卻聲稱打不過五名士兵，現在想來，他未必是自謙，而是在拐彎抹角地說：他學的是江湖功夫，在戰場上打不過五名士兵，在巷子裡卻不一定。

「『踏雪無痕』這種功夫跟江湖雜耍差不多，能用來顯擺，能用來賺錢，是我們爺孫行走江湖沒飯吃的時候拿來賣藝的。真要是打架，腳底虛浮乃是大忌。」

「可以用來逃跑啊。」張有才替「踏雪無痕」想出一個用處，卻遭來杜穿雲的怒視。

「頂多跑出十幾步，有那勁頭，還不如腳踏實地跑得更快、更長久些。」

杜穿雲越來越驚訝，「爺爺，你把老底都給兜出來了，這是真要教他們武功啊？」

「當然是真教，倦侯不是江湖人，別拿江湖那一套騙人。」

此言一出，韓孺子和張有才都對杜老爺子印象極佳，一同施了禮，算是真心實意認他做師傅。

真師傅第一天傳授的武功極為簡單，活動活動腿腳，站在原地蹲馬步，累了可以起身休息一會，然後接著再蹲。

杜穿雲被爺爺揭了老底，十分不甘，也跟著蹲馬步，姿勢標準，從始至終一動不動，給兩位徒弟帶來不小壓力，輕易不敢起身。

總共只蹲了一刻鐘多一點，韓孺子覺得兩腿酸疼，張有才更是愁眉苦臉，連走路都不利索，「主人，我許錯願望了，能不能不學武功了？」

「不行，我學你就得學。」韓孺子可不能放走張有才，那樣的話他在杜穿雲面前會顯得更弱。

早飯時，崔小君一直偷笑，被韓孺子逼問多次，她才說：「我想起家裡的幾個哥哥，他們有段時間也是特別愛練武，起早貪黑，請來的師傅有十幾個。」

「後來呢？他們練成了？」韓孺子問。

崔小君咯咯直笑，「才沒有，他們練了幾個月，在府裡倒是打敗不少僕人，自以為很厲害，非要喬裝打扮出去與人打鬥，結果挨了打，被僕人抬回府，據說他們後來高喊自己是崔家的公子，人家不信，打得更狠。」

韓孺子也笑了，「我不出去打架，學武就是為了強身健體。」

「那就好，我看杜師傅也不是崔家請來的那種騙子師傅，他們天天吹捧我那幾個傻哥哥，讓他們自以為是，才敢出去惹事，後來這些人都被我母親攆走了。」

韓孺子卻想，這世上的騙子還真多，望氣者淳于梟據說就是個騙子，只是騙得比較大，能蠱惑諸侯王造反，連大儒羅煥章都視其為聖賢。

飯後又練了半個時辰，仍是蹲馬步，韓孺子休息了兩次，總算支撐下來，張有才卻總要賴，一次又一次地坐在地上，杜穿雲想了一個辦法，在張有才屁股下面豎著放置一截枯木枝，小太監再不敢坐下去，實在累得不行，就站起來走兩步。

「馬步得練幾天啊？」練功總算結束，張有才一拐一拐地走路。

「幾天？永無盡頭，我爺爺這麼大歲數，每天還要練一會呢。」杜穿雲活蹦亂跳，半個時辰的馬步對他毫無影響。

張有才苦著臉，後悔莫及。

韓孺子更衣換裝，準備迎接上午的拜訪者。

武帝鉅太子的遺孤韓施，雖然在太廟裡抽籤時沒能得到祖宗的垂青，與帝位失之交臂，卻被封為冠軍侯，接掌北軍，數日間就與精銳的南軍形成對峙之勢，風頭一時無二。

以他目前的地位，為何前來拜見廢帝？連楊奉都想不明白，甚至沒給倦侯太多提醒，只是建議他正常接待即可。

十七歲的韓施是韓孺子的堂兄，他來拜訪，倦侯理應出門迎接，可他又是廢帝，位比諸侯王，比冠軍侯要高貴一些。

府丞不敢獨自做主，昨天特意跑去宗正府向上司求助，得到的指示是：爵位為大，倦侯迎至二門即可，施拱手禮，稱對方「冠軍侯」，不需稱「兄」，更不能以「皇兄」、「皇弟」互稱，入廳之後，倦侯居主位，冠軍侯坐客席。

宗正府的安排頗為細緻，就差規定兩人的交談內容了。

上午巳時，冠軍侯韓施準時來訪，他顯然也接受過指導，在禮數上與倦侯配合得嚴絲合縫，像是演練過許多次。

兩人在太廟中見過一次，直到這時才有機會互相仔細觀察。

韓施看上去比十七歲要成熟得多，面帶微笑，頗有幾分豪爽氣息，眉目間與韓孺子見過的太祖畫像有幾分相似。

兩人互相謙讓了三次，並肩走入正廳，倦侯府丞這種情況下必須在場，冠軍侯韓施同樣也有官吏跟隨，在官吏之後，才是他們自己的貼身隨從。

一開始的交談中規中矩，韓施泛泛地感謝宗室的幫助，讚揚倦侯府的清淡雅致，並對倦侯的悠閒生活表示適當的羨慕，韓孺子微笑著敷衍，心想對方不會是特意來觀察自己心事的吧，韓施雖然成熟，卻也沒到一眼洞穿人心的程度。

韓孺子心不在焉，腿上的酸痛弄得他坐立不安，因此漏聽了幾句話，突然反應過來，「冠軍侯剛才說什麼？跟楊奉有關的那句。」

韓施微笑道：「我說我早聞楊公大名，可惜此前無緣得見，如今北軍缺一位軍師，不知倦侯肯否割愛？」

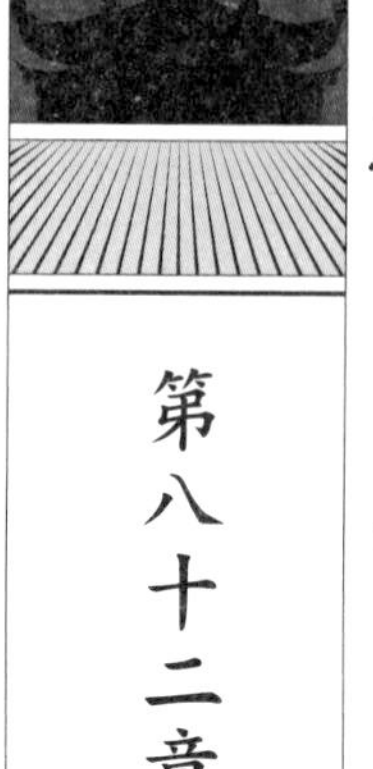

第八十二章 楊奉的過去

冠軍侯韓施親自前來拜訪，居然是為了聘請楊奉，韓孺子愣了一會，瞧向站在門口的太監，「你要請他當軍師？」

冠軍侯微微一笑，「軍師只是俗稱，現有北軍長史一職空缺，我諮詢過許多人，大家都向我推薦楊公。」

「北軍長史是做什麼的？」韓孺子隨口問道。

「協助大司馬治軍，主簿籍、軍法、公文……」

韓孺子笑了，「那你可找錯人了，楊奉連侯府百餘人的帳目都查不清楚，怎麼能管北軍十萬人的雜務？」

冠軍侯也笑了，「倦侯有所不知，長史乃軍中文吏之首，雜務自有下屬代勞，長史最重要的職責是協助大司馬治軍，地位堪比百員猛將。」

韓孺子坐在椅子上扭了扭身體，牽動酸痛的雙腿，不由得一呲牙。

冠軍侯韓施關切地問：「倦侯有傷嗎？」

「沒傷，早晨蹲了一會馬步。」

「哈哈，倦侯也喜歡武功嗎？剛開始練都有些不適，當年我也是這樣，後來得到一種膏藥，對緩解酸痛有奇效，過後我派人送一些到府上來。」

「冠軍侯客氣，我只是練功消遣，用不著膏藥。」

「練功是為了強健身體，既使小痛小傷也不可忽視，我那些膏藥也不是什麼貴重難得之物，倦侯試用一下無妨。」

「那……就卻之不恭了。」

韓施收起笑容，又問道：「我知道倦侯捨不得楊公，可是淺灘難容蛟龍，楊公如此人才，不出山做一番事業，實在可惜。」

「從前楊奉在宮裡當中常侍，給帝王出謀劃策，與皇宮相比，我這裡若是淺灘，北軍的水好像也沒有多深。」

韓施大笑，抱拳道：「倦侯說得對，是我無禮了。倦侯不願放人，我當然不能強求，只懇請倦侯一件事，它日若有放虎之意，北軍雖小，卻也能夠磨礪爪牙，以待虎嘯之時。」

「對不起，你說的『虎』是指楊奉？」

韓施點點頭。

「那也不用他日，今天就問問他。」

兩人一塊看向楊奉，說來說去，他們還從來沒徵求過這位當事者的意見。

楊奉行禮，說：「楊某待罪之身，幸得太后寬恕，派至倦侯府中擔任總管，自當盡心盡意服侍倦侯，不敢有半分妄想。楊某非虎，實乃一看家狗。」

冠軍侯大笑，「楊公自謙過甚。好，我已表明心意，不再叨擾，就此告辭。」

府丞問過宗正府，倦侯不必留飯款待，因此韓孺子也不挽留，起身道：「抱歉，讓你白跑一趟，我這裡閒著沒事的太監還有幾個，你若是看上哪個，我現在就送給你。」

冠軍侯當這是一句笑話，一笑置之。

韓孺子送至二門，由總管楊奉送至大門外。

書房裡，韓孺子靜坐不動，張有才剛想說點什麼，就被他揮手攆了出去。

他不需要別人的建議，只需要獨自思考。

楊奉回來了，比預估的時間要長一點，韓孺子問：「冠軍侯留你說話了？」

楊奉點點頭。

書房裡沉默了一會，還是韓孺子先開口，「冠軍侯能看破我的心事嗎？」

「不能，倦侯做得很好。」

韓孺子嘆了口氣，只有在楊奉面前，他不用隱藏自己那既危險又可笑的野心，「可你還是要走。」

「如果倦侯需要我留下，我不會走。」

韓孺子露出微笑，「現在的我需要你做什麼呢？冠軍侯說得沒錯，你是老虎，天生要在山林裡咆哮、爭鬥，在我這裡你卻只能捉捉老鼠。」

楊奉走到書案前，「咱們需要開誠布公地談一談了。」

韓孺子點點頭，盯著對面的太監，忍不住笑了，「真是奇怪，我認識你還不到一年，竟然把你當成了不可或缺的依靠，這是不對的吧？」

「皇帝是所有人的依靠，自己卻不能依靠任何人。」楊奉說，仍當少年是未來的皇帝。

「你真的相信我？」這是韓孺子最大的疑惑，連他自己都不相信還有稱帝的可能。

楊奉從邊上掇來一張凳子坐下，「倦侯對我過去的經歷還感興趣嗎？」

韓孺子點點頭。

楊奉曾經是一名書生，出身官宦之家，無奈父親早亡、家道中落，剩下孤兒寡母無處託身，「我母親是個非常驕傲的人，受不得親戚們的一點臉色，父親瞭解母親的脾氣，所以臨終前寫信將我們託付給一位素不相識的人。」

「素不相識？」韓孺子聽糊塗了。

「這世上有一種人，雪中送炭、扶危濟苦、不求回報，被稱為俠士，父親恰好聽說過這樣一位俠士。」

「你跟我說過，人不能自私到以為別人不自私。」

「嗯，俠士也有私心，他們要的是名聲，我給他們分了類，名聲最為純粹的是大俠，名聲裡摻雜著權勢的是豪俠，以名聲為工具撈取利益的就不算俠了，是豪傑，更差一等的是豪強，名聲在外，卻不是好名，而是惡名。」

韓孺子默默想了一會，「俊陽侯是豪傑。」

「他曾經算是豪俠，只可惜心志不堅，淪為豪傑，再過些年，花繽若是不死，可能就會是惡名昭著的豪強了吧。」

「令尊很有眼光，將楊公母子託付給了一位大俠，這位大俠一定很有名吧？」

「很有名，但倦侯不會聽說過。總之這位大俠比花繽要堅定得多，有始有終，養活我們母子十年，第一天什麼樣，最後一天也是什麼樣，沒有絲毫懈怠，雖說沒有錦衣玉食，卻也吃住不愁。」

「這位大俠是個好人。」韓孺子莫名想起了身在牢中的太監劉介，如果朝中多幾位這樣的大臣，自己或許也不至於被迫退位。

「大俠未必就是好人，他們有自己的一套行事規則，看不懂的人得不到半點幫助，還可能惹來殺身之禍。我父親看懂了，他寫的那封信頗為精彩，足以傳世，更足以揚名。」

楊奉想了想，笑著搖頭，沒將信的內容背出來，「說的遠了。後來那位大俠遇到了一點麻煩，被武帝下令誅殺。」

「啊？一點麻煩就被誅殺？俊陽侯所說的豪傑裡就有他嗎？」

「這位大俠殺過人，對他來說這是一點麻煩，可他的仇人不肯善罷甘休，又趕上武帝對豪傑勢力不滿，正好拿他開刀，武帝不分什麼大俠與豪強，專殺名氣最大的人。」

「武帝……為什麼這樣做？」

「他有理由，地方豪傑數量太多，其中一些勢力過盛，連地方官府都不敢招惹他們，朝廷追捕的逃犯，只要托庇於豪傑門下就能安全無虞，照這樣下去，朝廷只會剩下空架子。」

「所以武帝就不分青紅皂白地殺人？」

「嘿，皇帝高高在上，哪分得清下邊的青紅皂白？何況所謂青紅皂白是會變化的，俊陽侯花續曾經是天下聞名的豪俠，察覺到危險的時候，不也棄俠為傑？武帝殺人沒錯，可是遠遠沒有達到他的期望，他以為能夠殺一儆百，實在不行就全部殺死，結果總有不怕死的人前仆後繼，一批豪傑倒下，又有一批興起，數量更多。」

韓孺子還有許多疑惑，及時收住，問道：「楊公當年也被捲入其中了？」

「嗯，我是主動捲進去的，因為我得報恩、報仇。」

那時的楊奉無權無勢，沒能救下那位大俠，他帶著老母入京，遊走於權臣豪門之間，藉著武帝對豪傑的怒氣，數年間誅殺了導致大俠入獄的仇家滿門。

到了這時，楊奉就再也退不出豪傑與朝廷之間的恩怨了，他充當朝廷的爪牙，自然也惹來了豪傑的復仇，幸運的是，他算不上最鋒利的爪牙，甚至沒資格見武帝，所以承受的只是餘波。

即使只是餘波，對楊奉的打擊也不小，他丟掉了官職，失去了名聲，母親在窮困潦倒中病故，對兒子沒有半句怨言，妻子莫名其妙地死亡，留下不滿週歲的兒子，家裡時不時著火，街上總有刺客一樣的人跟蹤……楊奉不得不東躲西藏，甚至求助於他所得罪過的豪傑。

可能是他找錯了人，可能是他理解錯了規則，也可能是對方不肯原諒，怪事仍然不斷發生，楊奉感覺到危險就在身邊，即使搬離京城躲到外鄉，危險還是如影隨形。

幾年之後，楊奉終於醒悟，他得罪的不是某位豪傑，而是一個藏在暗處的幫派。

韓孺子越聽越驚，「你是說天下豪傑是個大幫派？」

「豪傑並非幫派，但是有個幫派藏在豪傑之間。我一直在尋找線索，但我首先得消失，避開他們的耳目。」

楊奉將唯一的兒子託付給他人，自己改名換姓，淨身之後輾轉進入東海王府為宦，終於，發生在身邊的怪事停止了，楊奉默默潛藏、默默觀察，他相信，一個勢力如此巨大的幫派，肯定會露出蛛絲馬跡。

「一直以來，我盯著的都是各地豪傑，直到齊王叛亂之後，我才明白自己望錯了方向：豪傑是一顆顆珍珠，有一條細線將他們串連起來，我只看珍珠，以為最大的那一顆就是頭目，其實隱藏其中的那條線才是關鍵，許多豪傑被利用了都不自知。」

「你是要報仇嗎？」

「報仇？我當然要報仇，但那只是一部分原因。」楊奉盯著倦侯，他只對兩個人說過實話，一個是死去的思帝，一個是眼前的少年，「我不能忍受被人玩弄於股掌之間，我要一場光明正大的決鬥，斬斷那條線，雖死無憾。」

韓孺子也終於明白了，楊奉是個瘋子，羅煥章、淳于梟都是瘋子，借助名聲保命的俊陽侯反而是正常人。可是想在近乎不可能的情況下重奪帝位，他只能先從這些瘋子裡尋找支持者。

「如果你肯真心幫我，我也可以幫你。」韓孺子說。

「你怎麼幫我？」楊奉冷冷地問。

「如果這世上真有一個你所說的神祕幫派，淳于梟必然是其中一員。」

「嗯，很可能。」

「他們很想讓天下大亂，對吧？」

「嗯。」

「那一名廢帝對他們來說是不是很有用呢？」

楊奉沉默不語。

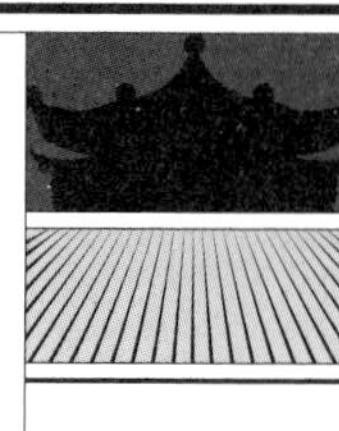

第八十三章 話別

侯府內外張燈結彩，準備迎接除夕之夜，楊奉將大事小情都交給府丞和帳房何逸處理，自己躲在屋子裡沉思默想。

可想的事情有許多，有過去也有未來，楊奉更願意想未來。

敲門聲打斷了他的思緒，「進來。」楊奉說，有點感謝這次干擾，再想下去，他怕自己會承受不了。

後院的一名侍女進屋，楊奉認得她是自願出宮的宮女之一，叫什麼名字卻不記得。

侍女停在門口行禮，「夫人問楊總管是否有空閒，夫人想見楊總管一面。」

楊奉很驚訝，想不出拒絕的理由，「呃……有空，請夫人稍等，我馬上過去……」

「夫人就在門外。」

楊奉急忙起身來到門口，果然看到倦侯夫人站在門外。

「夫人派丫鬟傳我一聲就是了，何必親自前來？」

崔小君笑了笑，「我也想出來走走，侯府這麼大，我還有許多地方沒去過呢。」

倦侯府當然沒有崔宅佔地廣大，不過在崔家她是小姐，生活區域只佔一小塊，在倦侯府她是女主人，擁有這裡的每一塊土地。

楊奉將夫人請進來，神情稍顯尷尬，倦侯的年紀就不大，夫人還要更小一些，令老於世故的楊奉不知該如何接待。

「倦侯又出門了？」崔小君問。

「倦侯出去購買年貨。」楊奉答道。

「他最近經常出門，每次都買很多東西回來，有時候我只是隨口一說，他也非要找遍全城。」崔小君打量了一眼房間，「倦侯真是糊塗，買來的東西都送進了後宅，也不想著其他人。桂蘭，你去將倦侯買回來的茶葉、果品、布帛等等都拿一份來。」

沒等楊奉推辭，侍女已經領命離去。

楊奉的房間不大，擺設也極為簡單，崔小君隨意走了半圈，轉身問道：「聽說楊總管要離開侯府？」

消息早就傳開了，楊奉沒什麼可隱瞞的，「是，正月結束之後我就去北軍任職。」

「恭喜楊總管，北軍長史雖非顯要之職，日後卻也前途無量。」

「我是一名太監，入軍為吏已屬破例，不會再有更大的前途了。」

「那楊總管為何還要棄倦侯而去？」剎那間，崔小君原形畢露，不再是文雅的倦侯夫人，而是一個心懷不滿的小女孩。

楊奉心中的尷尬終於消失，微笑道：「因為我在這裡沒什麼可做的。」

崔小君察覺到自己的失態，想要裝回剛才的樣子卻已做不到，雙頰不由得紅了，低著頭小聲說：「倦侯極為敬佩楊公，視楊公為師尊……您是因為失望才離開他的嗎？」

「失望？夫人何出此言？」

「倦侯離開皇宮之後什麼也沒做，就是練練武功，經常出門遊逛，買回一些無用的東西，可那不怪他，都是我……」

楊奉向夫人躬身，「夫人多慮了，我去北軍任職，正是希望能為倦侯帶來更多幫助，北軍長史總比侯府總管的幫助要大一些。」

「原來如此，都怪我胡思亂想，請楊公不要介意。」

「夫人心念倦侯，我只會高興，怎會介意？」

崔小君臉更紅了，咬著嘴唇想了一會，抬頭問道：「我要怎麼做才能幫助倦侯？」

「嗯……我對持家之術……」

「不不，不是持家，是真正的幫助。」

「我不明白夫人的意思。」楊奉其實明白，但是不想承認。

「倦侯他……應該當皇帝，大楚也需要這樣一位皇帝，不是嗎？」崔小君鼓起勇氣說。

「夫人知道這樣的話是大逆不道嗎？」

「就算被砍頭我也要這樣說，我瞭解太后，她根本不想選立一位合格的皇帝，只想要一名聽話的傀儡，可她的願望實現，大楚也就完蛋了。大臣們只想保住已經在手的權力，其實並不在乎宮裡的皇帝是誰，倦侯的敵人只有太后一個人……」

楊奉走到門口向外看了一眼，他的房間比較偏僻，外面沒有人，他轉身道：「夫人是想重當皇后嗎？」

崔小君一愣，「當不當皇后我不在意，我只是……」

「那就請夫人今後不要再說這種話，據我所知，倦侯對現在的生活心滿意足，這也是我為何放心離開的原因，今後我幫倦侯，也是幫他不受欺負，不是幫他重奪帝位。」

楊奉很擅長撒謊，即使面對一名過完年才十三歲的小姑娘，他也說得坦然從容，「老實說，倦侯並無稱帝的實力，幫助他不如幫助北軍大司馬韓施，他是鉅太子遺孤，在韓氏子弟當中最有資格繼位，能治軍，又有大批文臣的支持，唯一的遺憾是運氣不好，在太廟裡沒有抽到上簽。」

崔小君呆呆站了一會，垂頭說：「韓施不是運氣不好，而是太好了，父母雖亡，舅氏仍在，娶的妻子也是名門之女，一呼百應，因此不受太后喜愛。反倒是即將稱帝的當今太子，在京城無根無憑，母族皆在南方邊郡，正合太后心意。連大臣們也高興，他們表面上懷念鉅太子，其實不想再出現強勢的外戚，太后的哥哥上官虛一直沒有再封實職，也是太后討好大臣之舉。」

楊奉很吃驚，雖然這些事情都來自公開的信息，可是沒人敢公開談論，倦侯夫人住在深宅之中，居然也有這樣的見識，實在非比尋常。

但他還是搖頭，實話對一個人說就夠了，連韓孺子都能對妻子保守心中的祕密，他更不會洩露，「這些對倦侯都沒有意義，他已經遠離帝位之爭，夫人是希望他拚死一搏，還是想平安度過一生？」

「我……當然希望平平安安，可是……我知道倦侯有心事，很大的心事。」

果然同床之人最難隱瞞，韓孺子縱然守口如瓶，還是露出了一點破綻，楊奉微笑道：「那就想辦法化解倦侯的心事，讓他忘記皇宮裡的生活，你們還年輕，要過長久日子。」

「他真能忘記嗎？」崔小君又顯現出稚氣的一面。

楊奉甚至有點不忍心欺騙她，可他還是點頭，「他會的。」

這三個字不全然是欺騙，楊奉自己也有一絲懷疑：倦侯太年輕了，當他習慣了眼下的這種悠閒生活之後，還肯投入一步一個危機的奪位鬥爭中嗎？

楊奉從來不肯幫助無能之人，他去北軍，也是想觀察倦侯的雄心壯志能維持多久。

崔小君露出甜甜的一笑，「他若不想當皇帝，我就陪他在倦侯府裡一直到老，只怕朝廷……楊公以後真的會保護他，對嗎？」

「從我將倦侯從家中接出來的那一刻起，保護他的安全就是我的職責。」楊奉很高興終於能對夫人說出一句實話了。

崔小君告辭，沒一會，侍女送來大包小包的東西，楊奉都留下了。

韓孺子從外面回府，帶來更多的吃玩之物，興致勃勃地去後宅見夫人，傍晚，他來見楊奉，想要與他把酒話別。

張有才送來酒菜，不忘介紹道：「大成居的醬肉、興安樓的燒雞、老家衕衕的醃鵝掌……嘖嘖。」不等說完，張有才的口水快要流出來了。

「去廚房偷吃去吧。」韓孺子笑著攆走張有才，親自為楊奉斟酒。

楊奉也不客氣，拿起酒杯一飲而盡，韓孺子只喝一小口，再為楊奉滿上。

「夫人讓你來的？」楊奉連飲三杯後，問道。

「嗯，她說進入正月之後諸事繁雜，再難抽出時間給您送行。」

「你倒是很聽話。」

韓孺子撓撓頭，「她說得很有道理，新帝要在元月初一登基，接著要去太廟和各處祖陵拜祭，還要拜天地日月、宗室互拜……府丞看來不打算讓我休息了。」

「這是好事，參加這些儀式，能向眾人昭示太后對你的確沒有殺心，你能更安全些。但你還是要小心，太后只是暫時穩住了局勢，朝中的勢力比從前更加複雜。太后與崔家綳得太緊，都在小心翼翼地走獨步橋，誰也不願意在這種時候惹來猜忌，所以你很安全，不過一旦有人想要打破平衡……」

「殺死廢帝就是最簡單有效的挑事手段。」韓孺子明白這點，他現在出門都帶著杜穿雲，「你也小心，既任軍職，一切即按軍法行事，大司馬若想殺你，輕而易舉。」

楊奉冷笑一聲，「韓施強裝世故，內裡還只是一名不知世事的少年，他非常害怕，比你當初進宮時還要害怕，他不知道誰值得信任，卻又渴望得到幫助，對我來說，這是機會，並非危險。」

韓施的外表看不出破綻，但是韓孺子能理解這位太子遺孤的處境：太后心意難測，大臣表裡不一，外有崔氏虎視，內有宗室暗鬥……他的確有理由害怕、緊張。

「你總是在輔佐皇帝。」

「因為只有皇帝能與那個暗中的幫派較量。」楊奉看著韓孺子，明白少年的心事，「請你理解，如果北軍大司馬真是一名可塑之材，我會順勢而為，助他一臂之力，到時候也請倦侯順勢而為，在府中安心度日。」

韓孺子飲下杯中的殘酒，難以想像就在半年多前，自己還是賴床不起的寵兒，短暫的皇帝生涯改變了一切，他雖然沒有嚐過權力真正的味道，卻在最近的距離嗅到了香氣。

「他並非可塑之材。」韓孺子肯定地說，「他對帝位的渴望甚至不如東海王，朝中文臣之所以沒有全力支持他，想必也是這個原因，猶豫不決還不如清心寡慾。」

楊奉為倦侯斟滿一杯，倦侯年輕，缺少必備的經驗與手腕，但有一點是楊奉所欣賞的：他總能猜到最簡單、最本質的答案。

「我再給倦侯留一道題吧：太后和崔宏誰會先出招？出什麼招？」

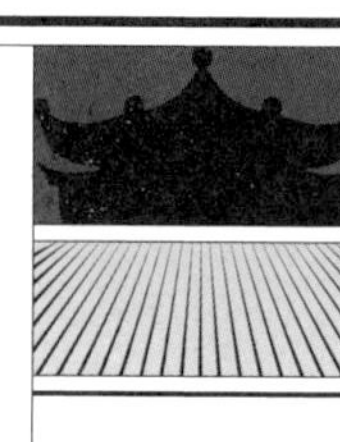

第八十四章 以下觀上

新帝的姓名由韓射改為韓枏，元月初一正式登基，大赦天下，啟用新年號「無為」。

在傳抄的邸報中，年號更換波瀾不驚，大臣遞交奏章，太后曰可，並無半點跡象暗示其間曾有過波折，史書上甚至不值得為此記一筆，全然沒有韓孺子在位時，太后與大臣之間的明爭暗鬥。

真相當然不可能這麼簡單，幾天前，在侯府書房裡，楊奉將這件事又當成問題拋給倦侯，韓孺子這回倒不用冥思苦想，他已經掌握了一些線索，足以得出結論：「半年前的那次宮變失敗了，最大的受益者不是太后，更不是重奪南軍大司馬之位的崔宏，而是朝中的大臣。兩強相爭，都要爭取大臣的支持，太后所放棄的一切，都是為了討好他們。」

楊奉點頭表示贊同。

韓孺子繼續思考，不過心中生出了一點疑惑，「都說崔家權傾朝野，百官皆出崔氏門下，為什麼我一直沒有看到呢？」

韓孺子想起自己在位期間，崔宏在關東戰敗，滿朝震動，群臣在勤政殿爭議太傅是否與齊王勾結，雙方各有道理，即使在那種情況下，也看不出誰肯定就屬於崔家的勢力。

至於那場宮變，參與者更多的是江湖人物，朝中官吏極少，位高者就一個俊陽侯花縯，還另有私心。

「權傾朝野、結黨營私、禍國殃民、悖逆不道……這些都是大臣們的說法，你得學會辨別這些詞彙背後的

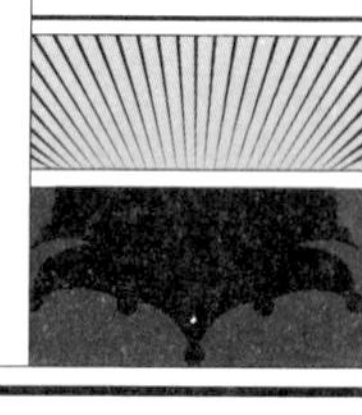

含義。」

「你是說『崔家的勢力』是大臣們編造出來的？」韓孺子難以相信。

楊奉笑了幾聲，「你還是太年輕，可惜郭叢離京了，你真應該拜在他的門下多學一陣。」

韓孺子更糊塗了，郭叢曾經給他講授過《詩經》，若論令人昏昏欲睡的功力，郭叢在幾位老先生當中絕對能排第一，韓孺子想不出自己能學到什麼。

楊奉卻不做解釋，繼續道：「剛進宮的時候，倦侯以太后為敵人，可是宮變之際，倦侯卻選擇站在太后這邊，為什麼？」

「因為皇太妃和東海王的威脅更大，是他們把我逼到太后那邊的。」韓孺子覺得這根本無需解釋，自己當時沒有別的選擇，可是話一出口，他開始明白楊奉到底想說什麼了。

楊奉笑道：「很多人都跟倦侯一樣，被迫投向某一方，這種投靠沒有忠誠，只有見風使舵，崔家當然有自己的勢力，但那都是崔家的親友，數量不多，更多的大臣是在隨波逐流，太后逼得緊一些，他們投靠崔家，太后稍稍鬆手，他們寧願保持中立，太后若是招手，他們很可能輕易背叛崔家。」

「可要是崔家扶植東海王當了皇帝，形勢就會調轉。」

楊奉點頭，聰明的倦侯總讓他想起之前的另一個學生，他們在一起相處的時間更長，關係也更融洽，可惜……楊奉不願再想下去。

無為元年元月初一，普天同慶，昨夜的爆竹香氣還未散盡，韓孺子與眾多貴戚一塊入殿朝拜新帝，各地的諸侯也都趕來，其中數位也有入宮不拜的特權，韓孺子與他們站在第一排，在禮官的指示下，向寶座上的新皇帝躬身行禮。

就在這時韓孺子想起了他與楊奉的那次交談，心中感慨萬千，當初他坐在上面時，曾經對下面的大臣有過幻想，以為會有某位耿直的大臣挺身而出，幫助自己擺脫傀儡身份，最終的結果卻是他的退位。

如今他站在下面，仰望上面的新皇帝，終於理解大臣們當初為何無動於衷。

登基大典結束，韓孺子回到侯府之後，立刻找來楊奉，滔滔不絕地向他講述自己的感受。

以下觀上，皇帝就像是寶座的一部分，沒人知道那個胖乎乎的小孩究竟在想什麼，可他的每一個動作、每一個眼神都會引來無限遐想：小皇帝向旁邊望了一眼，表明他心不在焉，對帝位沒有清醒的認識；小皇帝輕輕扭動一下屁股，表明他意志不堅，很可能熬不過殘酷的鬥爭；旁邊的太監說話時，小皇帝微微側身傾聽，表明他依賴宦官，不信任大臣……

韓孺子知道這些猜測有多可笑，也知道它們有多大威力，沒人願意幫助可能會失敗的人，誰都想站在勝利者那邊，就連他自己也不例外。幫助小皇帝的風險實在太大，而投向太后，或者只是袖手旁觀，才是更安全的選擇。

當初的大臣們對韓孺子大概也是這麼想的。

可是宮變的時候，自己的表現不夠優秀嗎？韓孺子稍一回憶就明白錯在哪裡，他當時所做的一切都發生在深宮裡，除了幾名太監，無人得見，當外面的大臣們突然得到太祖寶劍時，可以得出各種各樣的結論，未必全都歸功於皇帝。

其中起關鍵作用的人物是劉昆升和郭叢，這兩人拿走了寶劍，對大臣說什麼，大臣自然就信什麼。

韓孺子說得口乾舌燥，仍然意猶未盡，「劉昆升只是一名宮門郎，與朝中大臣聯繫不多，郭叢不一樣，他自己曾在朝中為官，弟子為官者甚多，即使致仕在家，也仍是官場中的一員，他不喜歡我，所以刻意隱瞞我的功勞。」

韓孺子長出一口氣，「看來還真是不能輕易得罪任何一個人，誰能想到我的命運一度被他掌握在手裡？」

楊奉含笑傾聽，偶爾嗯一聲，卻一直沒有表態，等到倦侯疲憊地坐下後，他才說：「看來轉換身份對倦侯很有好處。」

「有好處。」韓孺子喃喃道，腦子裡混沌一片，目光中盡是疑惑，「我被你影響了。」

「嗯？」

「你說豪傑中有一個神祕幫派，我一直在想這件事，結果——我現在覺得大臣之中也有神祕幫派了。」

「哈哈。」楊奉大笑，「看來你還是沒有完全相信我。」

「如果豪傑和大臣們之中有幫派，那頭目豈不就相當於另外兩個皇帝？」

「皇帝只有一個，但皇帝並非無所不能。」楊奉覺得今天不適合對倦侯說太多，起身道：「在我離開侯府之前，會想辦法安排倦侯去太學就讀，在那裡，你對朝廷的瞭解會更多一些。」

「太學？為什麼不是國子監？」

通常太學招收的是品學兼優的學生，國子監則偏向勳貴子弟，韓孺子的身份更適合後者。

「郭叢從前是國子監祭酒，但他在太學擔任教授的時間更長，如今為官的弟子大多出自太學，在那裡你會對郭叢有更多瞭解。而且國子監裡的紈絝子弟太多，學不到真本事。」

「大臣之中到底有沒有幫派，你為什麼不直接告訴我答案呢？」

「因為我沒有答案，我從前只當過小吏，後來淨身當太監，離官場越來越遠，對大臣只能遠觀，無從瞭解他們的祕密。」楊奉想了一會，「朝廷不是江湖，大臣也與豪傑不同，或許以後你能給我一個答案。」

楊奉佈置的作業越來越多，韓孺子壓力頗大，急忙道：「我這些天來每次出門都去市集遊逛，那裡算命的人不多，都說朝廷現在查得緊，許多算命者不是被抓就是遠走他鄉，尤其是望氣者，現在一個也看不到。」

「別急，越是費力尋找，他們就離你越遠，等到他們覺得有必要的時候，自會來找你。」楊奉突然變得嚴肅，「記住，如果你懷疑某人，不要輕舉妄動，立刻通知我。」

「你在北軍，我該怎麼通知你？」

書房裡沒有別人，楊奉還是壓低了聲音，「小春坊有一座醉仙樓，必要的時候你去那裡找一個叫『不要命』的廚子，他能聯繫到我。」

「不要命？他叫這個名字？」韓孺子又吃驚又好笑。

「他做菜放的鹽多，人家都說他『鹹死人不償命』，他又愛打架，所以大家乾脆叫他『不要命』，總之你去找他就對了。平時不要去，只在你一時聯繫不到我，又極需幫助的時候再去，他這個人……沒關係，你能應付得了。」

韓孺子點點頭，心裡又踏實了些，起碼楊奉不是一走了之，安排他去太學、留下一個緊急聯繫人，都表明了是真心相助。

「我今天看到太傅崔宏了。」韓孺子急著將自己知道的一切告訴楊奉，就像是受寵的學生急於說出答案。

「他終於進城了。」

太傅崔宏表面上向太后低頭，可是一直留在南軍營內，從不出來一步，更不進城。

「這是不是意味著崔宏要搶先出招？」韓孺子必須在意這件事，太后與崔家的鬥爭既會給他帶來危險，也可能是一次天賜良機。

「這意味著崔宏已經出招了。」楊奉說。

韓孺子一驚，崔宏出招了，他卻一點也沒看出來。

楊奉仍不肯多做解釋，「休息吧，明天你還要去太廟祭祖。」

韓孺子帶著疑惑回到後宅的臥房時，崔小君已準備了一小桌酒菜，笑道：「人家登基當皇帝，你何必如此興奮？」

「我高興是因為自己躲過一劫。」韓孺子也笑了，他不勝酒力，可還是給夫人和自己各斟了一杯。

兩人一邊吃一邊閒聊，韓孺子看出崔小君有心事，問道：「夫人又想起什麼小玩意了？明天……明天不行，過幾天我去給你買來。」

崔小君笑著搖頭，「之前買的東西還有許多沒開封呢，我在想正月裡……該不該回娘家？」

「回！」韓孺子幾乎是脫口而出，發現自己答應得太快了，補充道：「只要崔家還肯放你回來。」

韓孺子想，自己沒發現崔宏出招的跡象，崔小君或許能，然後他突然意識到，自己的妻子是太傅崔宏的親生女兒。

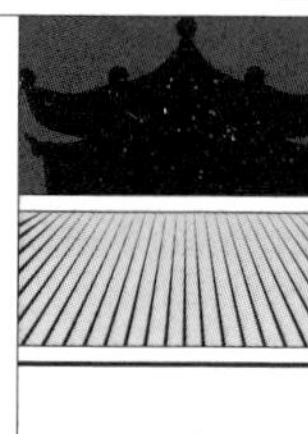

第八十五章 崔府

不用崔小君回娘家打聽消息，元月初三，太傅崔宏對太后發出的招數就公開了，正如楊奉所說，他早已發招，只是一開始沒被外人認出來。

太后的兄長上官虛自從丟掉南軍大司馬之職後，一直頂著上將軍的虛銜賦閒在家，在新帝登基前幾天，受到數位大臣的舉薦。

舉薦者有朝中大臣，也有地方官吏，很難說他們當中誰是想藉機討好太后，誰是受到崔家的指使，總之舉薦的奏章從各個管道送達勤政殿，不是很多，卻也足夠引起議政者的注意。

韓孺子在邸報中看到了這些奏章，沒有特別注意，只看了勤政殿的批覆，也就是太后的反應，太后拒絕了前幾份奏章，新帝登基的第二天同意了最後一份，任命上官虛為宿衛中郎將，專職保護皇宮的安全。

即使曾遭到親妹妹的背叛，太后還是別無選擇，只能信任親哥哥，皇宮裡接連發生意外，她的確不能再交給外人掌管。

擔任中郎將剛滿半年的劉昆升調任北軍都尉，官銜升了半級，其實等於遭到了貶黜。

直到這時，也沒有幾個人看出這些奏章背後的用意，可能連太后本人也沒看出來。

韓孺子跟大多數人一樣，以為這些舉薦都來自太后的授意或是默許。

元月初三，舉薦上官虛真正的用意顯露出來了，都察院的一名五品官員上書，先是讚揚太后的選擇正確，以外戚擔任中郎將早有先例，接著，他毫無隱諱地指出一個問題：太后的哥哥上官虛受封，當今天子的幾個親舅舅還被困在南方卑濕之地，這不公正，應該立刻將他們調回京城。

新帝韓枡出生不久便遭遇大難，父母雙亡，舅家吳氏被貶往南方，多年沒有聯繫，如今又被想起來了。邸報還沒有印發，楊奉當天傍晚拿回來一份傳抄的奏章，對倦侯說：「這就是崔宏的奇招。」

「崔宏要借助新帝的舅舅對抗太后？」這是韓孺子的第一個反應。

楊奉搖搖頭，「吳氏一家離京太久，在朝中已無根基，即使回來也不會對太后造成太大威脅。」楊奉是不會將答案直接透露出來的，韓孺子只能繼續想，好一會之後，他終於明白過來，「這份奏章的真實含義是要昭告天下，新帝的舅舅並非上官虛！」

楊奉嗯了一聲。

「我和東海王是桓帝之子，尊太后為母合情合理，新帝卻是鏞太子遺孤，與太后沒有半分關聯，這件事大家心知肚明，卻沒有人敢於挑破，這份奏章開了一個頭。吳氏一旦回京，風向對太后就更加不利。」

「沒錯，所以太后必須做出反擊，想一想太后會怎麼做？」楊奉又提出新問題。

「拒絕吳氏反京？懲罰上奏的官員？」

「大權在握的太后或許可以這樣做，可太后正在爭取大臣的支持，而大臣，必須站在『禮』這邊。」

「禮？」

「君君、臣臣、父父、子子，禮規定了上下尊卑各色人等該做什麼、不該做什麼，所有人當中，大臣最在乎禮，禮，下可以教化庶民，上可以制約帝王。」

「可大臣不也得守禮嗎？」

「當然，但他們的所得遠遠多於付出。帝王不願守禮，作為至尊者，禮對他們提出的要求太多，非聖賢難以做到，而帝王不想當聖賢；庶民也不太願意守禮，作為低賤之人，禮對他們來說更多的是服從與付出，所得甚少。」

「禮就是慣例。」韓孺子輕聲道，想起皇太妃曾經說過，慣例是朝中最強大的力量，有時候連皇帝都無法突破。

「也可以這麼說。總之太后不能直接駁回提議，等著吧，過幾天還會有更多類似的奏章，朝中有這樣一批人，維護禮儀的勁頭比守衛邊疆的將士還要不屈不撓，他們不會被收買，卻會在無意間遭到利用。」

「太后提拔禮部尚書元九鼎，就是要防備這天吧？」

「太后未必能提前猜到崔家這招，但她知道自己的地位於禮多有不合之處，所以要借助元九鼎的支持。」

太后與崔宏的鬥爭才剛剛開始，雙方派出的只是前哨，大將尚未出馬，很多圍觀者甚至沒看出烽火已燃。韓孺子只需冷眼旁觀，可他必須得去一趟崔府。

他已同意崔小君回家省親，倦侯夫人不是普通民婦，當然不能說回家就回家，必須提前通報，不僅要通報崔家，還得通報宗正府，以確定相應禮儀。

回想起來，韓孺子發現自己從進入皇宮的那一刻起就受到禮儀的束縛，他原以為這都是太后的指示，其實太后只是利用現成的慣例為己所用。

崔家做出回覆，歡迎女兒回府省親，同時也邀請了倦侯。

按理說，這也屬於應有的禮儀，可韓孺子還是感到意外，最終接受了邀請，想看看崔家會如何接待他這個廢帝女婿，而且崔小君也很希望能與夫君一塊回家。

元月初七下午，倦侯夫妻前往崔府，也就是在過去的幾天裡，為外戚吳氏呼籲的奏章開始增多，都被壓在勤政殿內，沒有得到回覆。

倦侯拜親的禮儀同樣經過宗正府和禮部的精心設計，太傅崔宏不在家，從禮儀上省去一個麻煩，崔宏的長子崔勝與妻子迎至大門外，引領倦侯夫妻進至前廳，互拜一番，然後到正廳奉茶，寒暄數語，崔勝之妻請倦侯夫人去內宅拜見祖母。

正規禮儀到這裡就結束了。

崔小君去往內宅與女眷相見，那裡沒有禮官監督，盡可以與親人互述衷腸，韓孺子卻留在正廳，低頭喝茶，偶爾抬頭與崔勝對上一眼，即使禮官已被崔家人請去喝酒，兩人仍然無話可說。

韓孺子慶幸自己不用去見崔家老君，那個老太婆登門撒潑的形象已經深印在他的腦海中，即使崔小君總說祖母沒有那麼壞，他也沒法改變印象。

至於崔勝，則是那個慌慌張張跑去向祖母求助，卻連詳情都沒打聽清楚的公子哥。

今天的崔勝看上去比較穩重，就是有點心不在焉，隔會打個哈欠，好像沒有睡足。

韓孺子終於知道什麼叫度日如年，與楊奉在書房裡議論時事，一整天都不覺得累，就算是每天的蹲馬步，他也已經習慣，能夠一次堅持下來，可是坐在崔府寬敞的正廳裡，品著據說十分昂貴的上等茶葉，不到兩刻鐘，他就覺得渾身不自在。

「侯府……沒有皇宮大吧？」崔勝終於憋出一句。

韓孺子點點頭，實在沒法開口回答。

崔勝也覺得尷尬，嘿嘿笑了兩聲，低頭喝茶。

門口腳步聲響，進來一個人，徑直走到倦侯身前，粗魯地打量他。

崔勝如釋重負，立刻起身，親暱地抱著來者的肩膀，介紹道：「倦侯，這是我二弟崔騰，你們年齡相仿，大家親近親近。」

崔騰十五六歲，臉上還帶著許多少年的稚氣，個子卻比哥哥要高半頭，身體圓滾滾的，不是很胖，也不是健壯，只能說肉很多，但是分布均勻，像個過分高大的嬰兒。

韓孺子起身，剛要開口說話，崔騰伸手將他推回椅子上，說：「你還我妹妹。」

韓孺子終於體會到禮儀和慣例的好處了，可是禮官不在，他只能自己想辦法應對這種尷尬局面，於是坐在那裡微笑道：「令妹就在後宅與老君相聚……」

「我見過她了，我讓她留下，她不同意，非要跟你走。」崔騰氣憤地說，臉上泛起一層紅暈，像是初熟的蘋果，這本應是很好看的顏色，出現在一名半大小子的臉上，卻有些怪異。

韓孺子真擔心崔騰會對自己吐口水。

崔勝急急忙忙把自己的弟弟拉至一旁，「妹妹已經出嫁，不是咱們崔家的人了，從前也沒見你對妹妹這麼關心。」

「我關心的不是妹妹，是東海王，妹妹跟他走了，東海王……」

崔勝怒道：「二弟，怎麼這麼說話呢？一點規矩也不懂！」

「我怎麼不懂規矩？他是一個廢帝，還讓著他幹嘛？等父親帶兵……」

崔勝伸手去捂弟弟的嘴，崔騰反抗，兩人就在客人面前揪扯起來，門口有兩名僕人，這時都低著頭，假裝看不見、聽不見。

崔小君曾經說過家裡人都不像樣，只有父親一個人苦苦支撐，韓孺子終於明白是什麼意思了，也難怪崔宏特別欣賞外甥東海王。

崔騰後退兩步，「大哥，你別攔我，我不是來打架的。」

「去，找你那夥狐朋狗友玩去吧。」崔勝不耐煩地說。

崔騰盯著倦侯，「咱們擲骰子，你贏了，我沒話說，你輸了，把妹妹留下。」

崔勝氣得臉比弟弟還紅，向外推搡，「去去，不成器的傢伙，拿妹妹當賭注，虧你想得出來。」

崔騰被推了出去，崔勝對兩名僕人厲聲道：「不准再讓他進來，給崔家丟人！」

僕人應是，心裡卻清楚，自己攔不住家裡的這位莽公子。

「倦侯見諒，我這個弟弟從小嬌生慣養，十幾歲還跟小孩子一個脾氣，以後咱們多來往，互相熟悉之後你就會發現他其實很好。他在外面的朋友比我還多，大家都說他仗義疏財，以後能成為大俠。」

韓孺子敷衍地笑了笑，若按楊奉的分類，崔騰頂多算是仗勢欺人的豪強。

眼看兩人又要陷入無盡的沉默之中，外面匆匆跑進來一人，差點被門口僕人當成二公子給攔住，待發現這是宗正府派來的官吏，僕人急忙退到兩邊。

禮官剛喝了幾杯熱酒，加上心中著急，又是一個大紅臉，連起碼的禮節都忘了，直接說道：「太后急召倦侯，命你即刻進宮。」

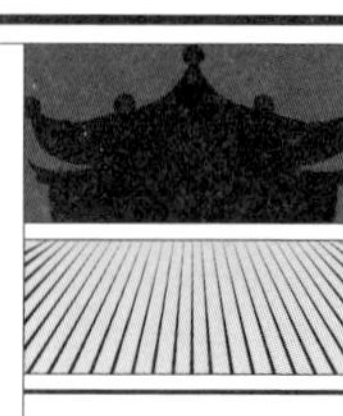

第八十六章 皇太妃的囑託

韓孺子來不及與夫人告別，就被送進府外的馬車裡，在一隊太監和宿衛的護送下直奔皇宮。

當他從車裡出來的時候，發現目的地並非太后居住的慈順宮，而是一條狹長的破舊小巷，隱約眼熟，恍然想起，這就是母親曾被關押過的地方，心中一沉，以為自己也要被囚禁起來。

數名太監不由分說，將廢帝擁進一座小院，接著將他推進一間小小的屋子裡，從外面將門關上，沒做一句解釋。

在這種情況下，誰也不能坦然無畏，最讓人害怕的不是近在眼前的危險，而是茫然無知，房屋陰暗逼仄，飄浮著腐朽的味道，韓孺子就像是被扔進了一處陌生的地穴裡，從任何一個方向都可能有野獸撲來。

他在門口站了一會，真想轉身砸門，求外面的太監將自己放出去，可他知道那沒有用處。

「陛下來了？」一個衰弱的聲音問。

韓孺子毛骨悚然，定睛看去，發現靠牆的角落裡有一張矮床，聲音就來自上面，「皇太妃？」

「嘿，我還是嗎？」

韓孺子慢慢走到床前，看到了那張憔悴的面容，半年不見，它已經失去往日的全部光澤，但是確定無疑屬於皇太妃。

被召進皇宮居然是為了見皇太妃，韓孺子迷惑不解，「我還以為……」

「以為我死了。」皇太妃替他說下去，休息了一會繼續道：「太后怎麼捨得讓我痛快死掉？她要一點一滴折磨我……」

「是妳要我來的？」韓孺子對皇太妃有幾分同情，可是實在不想聽她講述姐妹之間的恩怨。

「是嗎？哦，沒錯，是我要見陛下，沒想到她竟然同意了。」

韓孺子同樣意外，又往前走出一步，「有什麼能幫妳的嗎？」

「你是皇帝……」

「不，我不是皇帝，我已經退位一個月了。」

「太后沒有殺你？」

「看來沒有，我被封為倦侯，有自己的府邸，自由自在，過得很不錯。」

「自由自在？」皇太妃冷笑一聲，呼吸突然變重，劇烈地咳嗽了一陣，韓孺子想要扶她起來，皇太妃抬手拒絕，過了一會安靜下來，「怎麼可能自由自在？你以為自己飛上了天，其實身上還繫著繩索，她輕輕一拽，你就會跌到地面上。」

「那也比一直待在地面上強。」韓孺子說，即使這裡不是皇宮，他也不會對皇太妃開誠布公。

「說這些沒用，我找你來是想讓你幫我一個忙。」

「我已經退位了。」韓孺子提醒道。

「一個小忙，你不是皇帝，反而更容易些。」

「為什麼找我？」韓孺子不記得自己虧欠皇太妃人情，恰恰相反，皇太妃曾經欺騙並利用過他。

皇太妃似乎忘記了那些事情，無力地抬起手臂，示意韓孺子走得更近一些，突然又劇烈地咳嗽起來。

病人的要求難以拒絕，韓孺子遲疑著在床邊坐下，屁股下面是一塊硬木板，只有一層極薄的褥子。

「我就要死了，不用再受太后的折磨。」

韓孺子從皇太妃臉上、手上看不到傷痕，她所謂的「折磨」顯然只是一種說辭，沒能看到太后受到懲罰，對她來說大概就是一種折磨。

「我的屍骨不可能進入皇陵，死後無法陪在思帝身邊，是我最大的遺憾。」皇太妃不得不停下來休息一會，「城西有一座報恩寺，那裡有思帝的一塊替身牌位，替他出家消災的，那是他小時候……不管怎樣，那塊牌位肯定連著思帝的亡魂。」

皇太妃抬起床裡的那隻手，將一件東西塞到韓孺子手中，「這裡有我的魂魄，幫我把它掛在牌位上，只有你能做這件事，你當過皇帝，鬼神也得讓你三分。」

韓孺子低頭看去，手心裡是一條玉製的白色小魚，兩隻眼睛卻是紅色的，尾巴上有孔眼，穿著一根錦繩。

「人死後真有魂魄吧？」皇太妃問道。

「可能有吧。」韓孺子合上手掌，「我雖不能保證什麼，但是只要有機會，我就會去報恩寺，將它掛在牌位上。」

「這就夠了，你的話比宮裡的任何人都值得相信。」

韓孺子也撒過謊，可此刻實在不適合提起，他問道：「就這件事？」

「嗯，抱歉，我害過你，卻要求你幫忙。」

「太監們可能會將玉飾要走。」

「如果那樣，我就認命吧。」皇太妃嘆息道。

她好像無話可說了，韓孺子起身，沒有告辭，輕輕走到門口，敲了兩下，外面有人將門打開，他走出陰暗壓抑的小屋，重新呼吸到外面的空氣，感到一陣輕鬆。

一名太監走過來，盯著韓孺子的手掌，韓孺子也不做解釋，將手中玉飾交出去，太監接在手中，躬身道：

「請倦侯在此稍候。」

太監匆匆離去，想必是拿著玉飾去見太后。

韓孺子不想回屋裡去見皇太妃，就在小院裡來回踱步，見太監們管得不嚴，他又來到院門外，站在巷子裡前後觀望，幾名太監互望一眼，並未干涉，但是跟著出來，分別站在兩邊，無聲地替倦侯規定了一個活動範圍。

韓孺子無意亂跑，只想在寬敞的地方透口氣，可他怎麼也無法擺脫一個念頭：這裡曾經屬於他，哪怕只是名義上的皇帝，他也能調動苦命人和宮門郎為自己做事，現在他卻如囚徒一般站在這裡，說出的話對太監們不會再有半點威力。

隔壁的院子裡走出一名太監，衣衫襤褸，懷裡抱著幾根木柴，驟然見到巷子裡的馬車與人群，明顯嚇了一跳，再想退回去已經來不及，拋下木柴，跪在雪地上，垂頭發抖。

只是一照面，韓孺子認出那人居然是前中司監景耀。

太后對沒見過面的謀逆者大肆殺伐，對身邊的不忠者似乎更願意網開一面，看著他們由高處跌落，在泥土中掙扎。

兩名太監走過去，對從前的頂頭上司連罵帶踢，景耀爬回院中，再沒出來，數根木柴散落在外面。

足足等了近一個時辰，請示的太監匆匆跑回來，「請倦侯上車。」

韓孺子坐在車裡，幾次掀簾向外窺望，以確認馬車真的是在駛往宮外，直到出離宮門之後，他才安穩地坐好，只覺得渾身陣陣發軟。

在倦侯府門口，太監請倦侯下車，順便將玉飾歸還，仍是一句話不說。

倦侯府裡已經亂成一團，不停地派人前往皇宮打探消息，可是除了守在宮門外急得跺腳，他們打聽不到一個字。

張有才一直守在外面，只比倦侯早一步到家，全府的人幾乎都迎了出來，崔小君的眼睛都哭腫了。

韓孺子下車，命府丞賞賜送行的太監，向眾人笑了笑，然後牽著夫人的手回到後宅。

「我以為……我以為……」崔小君怎麼也止不住眼淚，這回卻是喜極而泣，「我求老君，可她……」

「沒事，是皇太妃要見我。」

「皇太妃？」崔小君吃了一驚，總算止住淚水。

韓孺子拿出那條玉飾，將事情簡單說了一遍。

「太后居然允許你去見她，還允許你將玉飾帶出來！」崔小君更驚訝了，「你真要去報恩寺嗎？」

「既然答應了，有機會就去一趟吧。」

「我要跟你一塊去，報恩寺名聲很大，都說那裡的菩薩最靈，我要給你多燒幾柱香。」

「給咱們。」韓孺子笑道。

「你不會……再去皇宮了吧？」

「這可難說，朝廷典儀我必須參加，太后召見我也不能不去……」

「不不，我是說你想『回』皇宮嗎？」崔小君第一次向夫君提出這個問題。

韓孺子搖頭，「那裡是一座監牢，皇太妃和景耀被囚禁在裡面，太后又何嘗不是？我不想回去，只想有朝一日能將母親接出來。」

崔小君靠在他的胸前，輕聲道：「那就好，我知道被人輕視的滋味有多難受，可我也知道爭權奪勢的路有多難走，崔家危在旦夕而不自知，我真害怕你也陷進去。」

「我現在是真正的『孤家寡人』，想爭也爭不了，你放心吧，我不會那麼愚蠢的。」

崔小君笑了，她喜歡現在的生活，越平淡越開心，挪開夫君的胸膛，她說：「等天暖一些，我要將後花園收拾出來，那裡地方很大，浪費就可惜了。」

「好，咱們一塊收拾花園。」
入夜不久，韓孺子去見楊奉，只有這位總管白天時沒去門口迎接倦侯。
韓孺子並不在意，將事情說了一遍，最後問道：「太后到底是怎麼想的？」
楊奉搖頭，「別問我女人的心事，我不懂。」
在楊奉看來，倦侯此次入宮與朝廷鬥爭並無關係，「你害怕嗎？」他問。
韓孺子盯著楊奉，好一會才道：「老實說，我被嚇壞了，成王敗寇，可失敗者的遭遇比『寇』要慘多了，相比之下，殺頭反而更仁慈些。」
「很好。」楊奉點頭道。
「很好？」
「如果一個人不瞭解面對的危險是什麼，那他的挺身而出只是魯莽，不是勇敢。倦侯害怕失敗，說明你能做出正確的選擇了。記住，沒人逼你，即使只做倦侯，也比你從前的生活要好得多。」
「倦侯的生活可說得上穩定？」
楊奉不語。
韓孺子早已做出選擇，「皇太妃說得沒錯，我的身上還繫著一條繩索，不只是太后，無論誰在另一端扯拽，我都會跌到地面。」
他頓了頓，「楊公無法忍受被人玩弄於股掌之間，我也不能。」

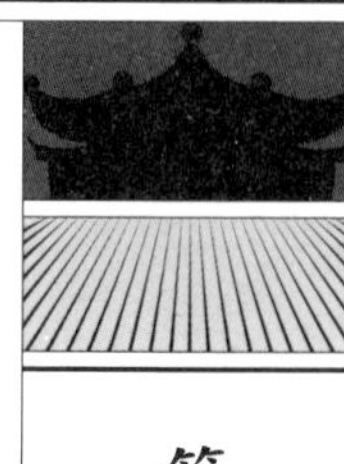

第八十七章 瘋僧瘋語

除了一點雄心壯志，韓孺子什麼也沒有，所以只能等待，耐心等待。

正月最後一天，楊奉走了，前往北軍擔任長史，臨別時告誡倦侯：「不可輕舉妄動，如果有人主動接觸你，一定要告訴我。杜氏爺孫可信，但他們是江湖人，不要對他們說太多。」

韓孺子記住了，他倒盼望著能有人來，哪怕是挑釁也好，可日子一天天過去，越來越平淡，倦侯府從來沒有客人登門，走在街上也沒有陌生人突然衝上來，皇宮裡的傀儡生涯在回憶中反而變得波瀾壯闊。

廢帝似乎被人遺忘了。

三五天一送的邸報裡也沒有多少新鮮事，太后最終沒能抵擋住朝臣的連番上書，將新帝的三個舅舅召回京城，給予重賞，卻沒有安排實權職位。太后與崔家的鬥爭至此告一段落，起碼表面上如此，韓孺子沒有別的消息來源，只能猜測雙方都在積蓄力量、等待時機。

春暖花開，崔小君興致勃勃地拾整後花園，韓孺子覺得自己該去報恩寺完成皇太妃的心願了。

報恩寺不是市坊，普通香客只能進到前殿燒香禮拜，想要見到先帝的替身牌位，得經過寺廟、宗正府、禮部、僧正司等多方允許，韓孺子正月就提出申請，直到三月才陸續得到回覆，最終在四月初三得以成行。

崔小君準備了大量禮物，金銀、香油、食物、衣物、珠串等等應有盡有，只要是報恩寺登記在冊的和尚，人人都有一份。

各方衙門最終證明他們拖延得這麼久，是有一點道理的，整個上香過程極其順利，從倦侯及夫人離府的那一刻起，一切按部就班，數名使者輪番前往報恩寺通報倦侯的位置，並帶回僧人們的情況。

這天報恩寺只接待倦侯一行人。

韓孺子覺得自己就像是在帶兵打仗，可這是場注定失敗的戰鬥，他甚至連戰利品都要提前為對方準備好。作為「勝利」的一方，報恩寺給足了面子，住持和十幾名僧人出寺迎接，眾星捧月般將年輕的夫婦二人迎入寺內客房，喝茶休息之後，前往正殿拜佛，廢帝在這裡也得彎下膝蓋，將神佛當成列祖列宗對待。

接下來就是不停地拜佛、拜菩薩，每拜一座殿，都要休息一小會，品嚐寺裡的素食，聽高僧誦經、與住持聊天。

午時之後才是此次上香的重頭戲——給僧人分發施捨，崔小君從僕人手裡接過一包包的東西，交給另一位僕人，這名僕人再轉給被叫到名字的和尚。

整個過程持續了一個多時辰，韓孺子站在夫人旁邊，不停地合十行禮，覺得比當皇帝還累。

傍晚時分，正規流程終告結束，倦侯夫婦去禪堂坐了一會，感受一下氣氛，崔小君回客房休息，韓孺子則在住持的引領下，去給先帝的替身牌位上香。

明天上午燒香乞願之後，他們才能回家。

供奉牌位的房間不大，打掃得一塵不染，住持老和尚對著牌位誦了一會經文，識趣地退下，只留下倦侯和一名隨從。

張有才長出一口氣，小聲道：「沒想到上午這麼麻煩，寺裡的和尚也太小氣了，連晚飯都不管。」

「僧人過午不食，咱們得入鄉隨俗。」韓孺子也是從禮官那裡聽說的，所以中午多吃了一點，現在倒不是很餓。

張有才揉揉肚子，「跟著杜氏爺孫練了這麼久的蹲馬步，終於有點用處，站了一天，居然能堅持下來。」

韓孺子笑笑，來到供桌前，觀看上面的牌位。牌位擺在一座小型木龕裡，細看時，發現牌位外面還裹著一塊黃綢，想必是為了遮擋先帝的名諱。

韓孺子取出玉飾，輕輕放在木龕裡，低聲道：「咱們沒見過面，我是你的弟弟韓孺子，受皇太妃之托，將這件東西送來……就是這樣。」

張有才跪在蒲團上，向牌位磕了幾個頭，說道：「思帝陛下，咱們也沒見過面，可是請您保護我家主人平平安安。」

韓孺子笑著搖搖頭，「你先出去，我在這裡單獨待一會。」

「是。」張有才又向牌位磕了一個頭，起身退出。

韓孺子獨自站了一會，怎麼也找不到感覺，他不認識這個哥哥，也不知道正常人家的兄弟該怎麼相處。他雙手合十拜了兩下，準備離開。

門外突然響起一陣喧嘩，好像有什麼人在大喊大叫，張有才推門而入，驚慌地說：「主人，我保護你！」

「怎麼回事？」

張有才一臉茫然，這時外面的聲音更清晰一些，分明是一個洪亮的聲音在喊：「著火啦！著火啦！」

韓孺子一驚，急忙走到門口，朝客房的方向望去。

沒有火情。

張有才幾步跑到住持身邊，「火在哪呢？」

住持老和尚一臉苦笑，「阿彌陀佛，沒有火，是名瘋僧在亂叫。」

張有才和韓孺子轉身看去，只見四名僧人正在牆角處合力按住另一名僧人。

「堂堂報恩寺裡還有瘋和尚？」張有才不太相信。

住持走到倦侯面前，合十道：「他不是本寺僧人，不知從哪裡來的，向來瘋瘋癲癲，前任住持看他可憐，允許他在寺中借住。他時來時不來，一個月前離寺雲遊，不知什麼時候回來的，藏在後寺，我們居然也沒發現，衝撞貴人，罪過罪過。」

韓孺子並不在意，「既是寺中僧人，也該得一份施捨，請住持放人，喚他過來。」

住持面帶難色，尋思了一會，還是對眾僧道：「放開光頂。」

張有才笑出了聲，「和尚的法號叫『光頂』，還真是……真是坦率。」

住持只是苦笑，「要不然怎麼說他是瘋僧呢。」

瘋僧光頂力量不小，那幾名僧人剛一鬆手他就跳了起來，四處看了看，「奇怪，好大的火光，怎麼說沒就沒了？」

「哪來的火，是你睡魘了吧。」一名僧人氣喘吁吁地說。

光頂突然拔腿前衝，他身邊的四名僧人根本來不及阻攔。眨眼工夫，光頂跑到倦侯身邊，二話不說，在他身旁繞了一圈。

韓孺子倒不害怕，伸手示意其他僧人不必相助，向光頂合十道：「和尚可好？」

光頂全身髒兮兮的，頭髮有兩三寸長，看不出年紀，一雙眼睛卻極為明亮，盯著倦侯看了一會，突然轉身，衝倦侯撅起屁股，「讓它說，嗯，我們挺好。」說罷，噗地放出一股臭氣。

張有才護在主人身前，「大膽光頂……吃素的和尚也這麼臭……」

韓孺子掩鼻躲開，住持揮動袍袖，「阿彌陀佛，罪過罪過，光頂，你不怕死後墮入地獄嗎？」

光頂哈哈大笑，口誦一偈：「放盡腹中氣，身空體亦空。請佛心頭坐，地獄笑撞鐘。老和尚，你擔心我墮入地獄，我卻擔心你永淪人間，沒有出頭之日呢。」

住持不願與瘋僧爭論，一邊誦經，一邊示意另外四名僧人動手攆走光頂。

瘋僧那一句「永淪人間」卻令韓孺子心中一動，上前一步道：「且慢，同為報恩寺僧人，不可區別對待，張有才……」

「咱們的施捨是按人頭準備的，一點多餘也沒有。」張有才不願給瘋僧好處，「都怪住持，有瘋僧也不提前知會一聲。」

「怪我、怪我。」住持笑著承認，「倦侯不必費心，寺裡僧人眾多，我們勻一份給光頂就是了。」

瞧住持看光頂的眼神，事後勻給他的大概只有一頓棍棒。

「佛看世人平等，世人看佛卻分大廟小廟、金身泥身，瘋和尚不是和尚嗎？」光頂不依不饒。

韓孺子向張有才道：「大師說得對，給他銀子。」

張有才捂住腰間荷包，「不是吧，主人，聞人家臭氣就夠倒霉了，還要給錢，這、這上哪說理去？」

韓孺子笑道：「不可拿世俗眼光看待高僧。」

張有才聽不懂那些瘋話，自然也就不覺得對方是高僧，嘴裡嘀咕道：「高僧……也沒見有多高。」不情願地從荷包裡拿出一小塊銀子，見主人神情不滿，只得又拿出幾塊，湊夠十兩，遞給瘋僧。

光頂不客氣地一把抓過去，放在嘴裡咬了兩下，隨手扔掉，「與其施捨我銀子，不如給我點別的。」

張有才氣得滿臉通紅，四名僧人急忙去揀地上的銀子，要還給倦侯。

韓孺子卻越發恭謹，問道：「大師想要何物？」

「剛才我看到你全身紅光，像著火一樣——你將身上的衣服捨我吧。」

「那可不行！」張有才急忙拒絕。

光頂也不強求，大笑數聲，突然向前一躥，將倦侯扛在肩上就往前跑。

張有才和住持等人都嚇了一跳，慌慌張張地追趕，大叫著命令光頂放人。

韓孺子也嚇了一跳，揮拳往光頂背上砸去，梆梆幾聲，就像是擊在枯木上，震得手疼。

光頂對寺內路徑極熟，拐了幾個彎，將倦侯放下，「小氣的施主，沒意思。」說罷自己跑了。

張有才等人追上來，圍著倦侯道歉，住持又叫來幾名僧人去追光頂，無論如何要讓他請罪。

光頂人影已無，聲音卻在：「朝陽明日不東升，赤焰西沖天下驚！哈哈，天下驚！」

住持一邊為倦侯撣灰，一邊說：「倦侯恕罪，光頂平時沒這麼瘋，今日不知是怎麼了，唸的東西也是胡言亂語，絕非佛門之語。」

韓孺子越發覺得瘋僧的話中別有深意，或許他就是自己一直在等的人？

第八十八章 不醉不歸

報恩寺遭遇意外，張有才氣得要將光頂「燒個精光」，韓孺子卻無意追究，住持千恩萬謝，當晚特意增加十四名高僧徹夜誦經，為倦侯夫婦祈福，瘋僧一事就這樣被壓下去，隨行的禮官佯裝不知，對他們來說，一切沒有事前安排好的意外，都不存在。

崔小君回府之後聽說了這件事，沉吟道：「沒準他真是一位世外高人，可惜我無緣得見。」

「還是不見的好，那個瘋僧……瘋得不像話。」韓孺子一想起來鼻子裡還有股臭氣。

「非常之人自有非常之語、非常之事。」崔小君家裡也有佛堂，從前沒少讀佛經，微有些困惑地說：「『朝陽明日不東升，赤焰西沖天下驚』，聽上去不像佛家語，倒像是民間讖語……算了，夫君不要當真，或許那真是個無聊的瘋和尚。」

韓孺子一笑置之，上床躺下，心裡卻不能不當真。

在他看來，那句似通非通的詩並非蘊含深義的讖語，而是一條簡單的謎語，出謎的人很了解倦侯近幾個月的行蹤。

過去的幾個月裡，韓孺子隔三岔五出去閒逛，購買各種好吃、好玩之物，隨從一開始還限制他的去向，後來慢慢地懈怠下來，睜一眼閉一眼，任憑倦侯與商販討價還價。

韓孺子最常去的地方是東西兩市，尤其是離家比較近的東市，那裡有一條小巷，聚集了大量的算命先生，從前望氣者也在其中，齊王兵敗之後，望氣者或被抓或逃亡，一個月前才有所恢復。

韓孺子以為在那裡能找到淳于梟的線索，楊奉所謂的神祕幫派也有可能主動接觸廢帝，可這樣的事情一直沒有發生。

「朝陽明日不東升，赤焰西沖天下驚。」

韓孺子心想，瘋僧光頂或許在提醒他：要找的人不在東市，而在西市。

西市他也去過，那裡同樣有算命者，數量比東市少多了，只佔據一條巷子的幾個門臉。

身為一名廢帝，他做任何事情都不能表現得太有目的性，因此，足足等了半個月，他才前往西市，宣稱要買一些布匹給府裡的人裁製新衣。

西市布店眾多，韓孺子騎著馬，在哪家店門外停下，張有才就進去跟掌櫃交談，杜穿雲和另外兩名隨從在外面陪著倦侯。

裡面的夥計捧出布樣，韓孺子點頭，就是要一匹，搖頭，夥計再換一種。

杜穿雲不太愛逛街，主人乘馬，他在地上步行，心裡更不高興，抱著肩膀打哈欠，說：「府裡總共一百來人，要買多少布料啊？我看連做壽衣都夠了。」

府裡人都知道少年教頭不會說話，倦侯不在意，另外兩名隨從自然也不在意。

「多做幾套，經常換新衣裳不好嗎？」韓孺子笑道。

杜穿雲看看身上的衣服，「當然不好，練武之人，衣服越新穿著越不舒服……」

話還沒說完，倦侯已經拍馬往前走了，杜穿雲對走出店門的張有才說：「勸勸你的主人，他現在越來越有紈絝子弟的派頭了。」

店裡會派夥計將選好的布料送到倦侯府，張有才只管付錢，拍手笑道：「紈絝子弟有什麼不好？多少人想當還當不上呢。」

杜穿雲又是撇嘴又是搖頭。

韓孺子沒找著「赤焰西升」，卻在前方看到了「紅火」兩個字。

那是一間關門歇業的店鋪，看樣子有段時間無人打理了，門板斑駁陳舊，兩邊貼著的春聯只剩下一小截隨風飄動，字跡黯淡，若非特意觀看，很難被人發現。

「紅火」就是「赤焰」，可接下來該找誰呢？韓孺子開始懷疑自己是不是想過頭了，沒準那真是一名單純的瘋僧，自己心中有事，才會受到吸引。

四名隨從跟上來，張有才感慨道：「西市這麼熱鬧，寸土寸金的地方，竟然也有開不下去的店鋪。」

另一名隨從笑道：「店主也是糊塗了，在大名鼎鼎的不歸樓對面賣酒，偏偏又是這麼小的店面。」

「這裡從前是賣酒的嗎？那可真是選錯了地方。」張有才也有同樣看法。

韓孺子扭身看去，對面就是一座高大的酒樓，街上人來人往，路過門口的時候都忍不住提鼻子一聞，好像這樣就能佔點便宜似的。

韓孺子沒聞到酒味，一抬頭，與樓上的兩道目光對上了，那人好像只是到窗口隨意一望，馬上退了回去。

到了這個時候，韓孺子再無懷疑，指著酒樓說：「這裡很有名嗎？」

張有才和杜穿雲對這種事沒有經驗，年長的隨從舔舔嘴唇，「『不醉不歸，一醉入仙』，說的就是不歸樓和醉仙居，在京城，這兩家絕對是第一流的品酒之處，還有南城的……」

「今天不急著回府，就在這吃了。」

倦侯發話，隨從當然高興，樂顛顛地前頭帶路，韓孺子跳下馬，將繮繩交給隨從，笑著對杜穿雲說：「怎麼，你不能喝酒嗎？」

「我酒量好著呢，可是——」杜穿雲皺著眉頭，「你要是打算天天過這種日子，不如把我們爺倆放走吧。」

韓孺子從來沒有透露過自己到處閒逛的目的，這時也不打算說，「那可不行，你們爺倆救過我，我得報答你們，讓你們過衣食無憂的日子。」

光是「衣食無憂」四個字就令杜穿雲頭痛不已，他喜歡江湖，習慣了四海漂泊的日子，初進侯府時還有幾分新鮮，到了現在只覺得無聊，捏捏自己的肚子，好像連肥肉都長出來了，「不行，哪天我得找楊奉，只要他……」

張有才從後面推著杜穿雲前行，「真是怪人，有福不享，非要遭罪，喝酒去、喝酒去，我就不信江湖上的酒比這裡還好。」

午時未到，酒樓裡的客人不是很多，夥計請他們上雅間，韓孺子只要樓上臨窗的位置，「風景也是一道好菜。」

夥計見多這種附庸風雅的人了，笑道：「從這裡正好能望見太掖池的外湖，運氣好的時候，或許能看到宮裡的畫舫，不過今天夠戧，公子來得太早了些。」

張有才在後面不屑地哼了一聲。

韓孺子還真沒有資格嘲笑夥計，他在宮裡只有一次去「捉奸」的時候看過一眼太掖池，之後就再也沒到過水邊，更沒見過遊船畫舫是什麼樣子。

韓孺子到樓上靠窗坐下，由夥計推薦了幾樣酒菜，張有才將椅子和桌面又擦了一遍，得到主人的允許之後，與其他隨從興高采烈地找另一桌坐下，拍桌子要酒，杜穿雲畢竟年輕，幾句話就拋去心頭的小小不滿，挽起袖子要與兩名年紀大的隨從鬥酒。

倦侯和夫人心軟，管教不嚴，僕人自然也就比較隨便。

韓孺子放眼向窗外望去，果然在遠處看到一片水，那水應該通往皇宮，近處是鱗次櫛比的房屋，街上人聲鼎沸，在樓上聽著卻不刺耳。

酒菜端上來，韓孺子挨樣嚐了嚐，確實別有風味。在他身後，隨從們吆五喝六，杜穿雲年紀雖小，酒量卻大，而且要用大碗暢飲，張有才跑過來幾次，見主人不需要服侍，跑回去放心吃喝起來。

韓孺子的目光終於掃向對面的客人，客人也在看著他。

那是一名四五十歲的中年男子，頭上戴著一頂像是道士冠的帽子，身上卻穿著書生的長衫，三縷長髯，相貌不俗，讓人猜不透他的身份。

「這位公子好像不常來這裡。」客人先開口了。

樓上只有三五桌客人，互相聊天倒也尋常。

「第一次。」韓孺子舉杯道。

「公子若不嫌聒噪，我有一點小小提醒，午前飲酒易傷肝，不妨以鮮魚佐之。」

韓孺子拱手稱謝，叫來夥計，給兩桌都上時鮮魚餚，然後順理成章地請對面那人過來併桌飲酒，張有才等人打量了那人幾眼，見他比較文雅，沒有特別在意。

「在下林坤山，未請教公子尊姓大名？」

「在下姓韓。」韓孺子沒報出自己的名字，林坤山也不多問，只以「韓公子」相稱。

兩人有一搭沒一搭地閒聊，隔桌四人已經喝到酣處，張有才酒量最小，但是不敢喝太多，還能勉強保持清醒，兩名成年隨從已經面紅耳熱，杜穿雲搖搖晃晃，雙方都不肯服輸。

林坤山稍稍壓低聲音，說：「時值暮春，韓公子怎不出城踏青？」

「也有此意，只是不知何處風景值得一觀。」

林坤山點點頭，往桌上倒了一點酒水，以指蘸酒，寫了幾個字，嘴裡說：「此處最佳。」

小南山暗香園，等韓孺子看過，林坤山將字跡抹去，起身拱手告辭。

韓孺子聽說過小南山，那裡並非知名的踏青之地，暗香園則從未有過耳聞。

他心中很興奮。

午時過後，倦侯一行人回府，韓孺子身上盡是酒氣，沒有去後宅，就在前廳休息，張有才歪歪斜斜地去叫醒酒湯，杜穿雲喝多了更不守禮儀，坐在一張椅子上呼呼大睡。

韓孺子在廳裡來回踱步，思索下一步計畫，他不會通知楊奉，那個太監自從去了北軍之後就再也沒有來信，韓孺子打算得到更多信息之後再說。

廳裡沒有其他人，剛剛還在大睡的杜穿雲突然跳起來，來到倦侯身邊，緊緊握住他一條胳膊，嚴肅地問：

「你怎麼會與江湖術士打交道？」

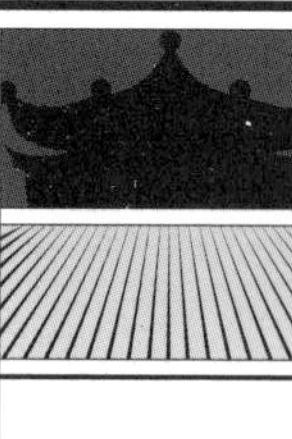

第八十九章 過界

杜穿雲年紀雖小，卻是個真正的老江湖，他穿著侯府僕人的服裝，對方沒看出他的來歷，他卻一眼認出林坤山必是江湖術士，當時也不戳穿，直到回家之後才向倦侯言明。

韓孺子開始還想抵賴，笑著推託說：「只是隨便聊天，就算他是江湖術士也沒關係吧。」

杜穿雲臉上紅撲撲的，神情卻很嚴肅，「倦侯，我打娘胎裡就開始行走江湖，別的不懂，這點小把戲可瞞不過我，你們兩人可不是『隨便聊天』。你若是信得過我，就跟我說實話，信不過，我這就去找爺爺，收拾包袱走人，不在這礙眼，日後府裡真出了大事小情，江湖朋友也不會笑話我們杜氏爺孫沒本事。」

韓孺子被說得啞口無言，臉也紅了，恰好張有才端著醒酒湯進屋，他低聲道：「待會去書房裡說。」

張有才一臉傻笑，努力保持身體平衡，「『不醉不歸』，我就沒醉，不也回來了？」

「往哪走呢？」杜穿雲上前接過托盤，碗裡的湯已經撒了一半，他將托盤放在桌上，拉著張有才往外走，「走，我帶你找地方吐去。」

「好吃好喝的一頓酒席，幹嘛要吐？」張有才腳步虛浮，跌跌撞撞地跟著出去了。

韓孺子沒喝多少酒，這時一下子全都醒了，呆呆地坐了一會，拔腿向書房走去。

沒過多久，杜穿雲來了，也不敲門，直接進屋，臉色差不多恢復正常，看不出剛剛醉過，「張有才睡覺去了，嘿，那點酒量，還好意思說他跟我拚過酒。」

韓孺子起身走到杜穿雲面前，恭敬地抱拳行禮，「我得向你道歉，我既然留你當保鏢，就不該對你有所隱瞞才是。」

杜穿雲無所謂地一揮手，「你也不用事事坦白，可那個林坤風明顯是騙術門裡的人，我怕倦侯上當，萬一出點事，我們爺倆沒法向楊奉交待，那個死太監……你知道……」

杜穿雲無奈地搖頭。

韓孺子問道：「你們跟楊奉到底是怎麼結識的？你只說欠他一條命，從來沒告訴過我詳情。」

「你想知道我就告訴你，我和爺爺長年行走江湖，朋友比較多，有一位交情不錯的朋友叫做趙千金，白馬縣人士，不知怎麼跟望氣者攪和在一起，楊奉捉拿欽犯的時候，把趙千金給殺了，我們當然得報仇……你臉色怎麼變了？」

「淳于梟！」韓孺子脫口道，不知自己臉色有變化，「原來你也知道望氣者！」

「當然知道，那也是江湖中的一行，跟我們井水不犯河水，也能交得上朋友，可淳于梟他們過界了。」

「過界？」

「怎麼說呢……」杜穿雲皺眉沉思，希望用簡單的語言向倦侯說清江湖的規矩，「就說淳于梟吧，他蠱惑齊王造反，我們不在乎，還挺佩服他，朝廷追捕他，我們也不在乎，必要的時候還得收留他、幫助他，可淳于梟自己想造反，那就是過界了，我們不僅不幫他，見面了還得收拾他。」

韓孺子聽糊塗了，「蠱惑齊王造反和他自己造反有什麼區別？」

「區別大了，蠱惑別人造反，那是生意、是本事，關鍵是蠱惑，不是造反，所謂見人說人話、見鬼說鬼話。你想造反，我順著你說，賺點錢養家糊口，這有罪嗎？是你自己要造反，不是望氣者逼你造反。這就像你愛看奇術，我表演踏雪無痕，然後收你點錢，沒錯吧？」

韓孺子笑著點頭。

「可我要是用輕功跳進你家偷東西，甚至殘害人命，那就為江湖所不恥了。望氣本來就是三分實七分虛，說得越大越好，你想成仙，他也說『三年小成、十年飛升』，可淳于梟真的自己要造反，那就跟賣藝不成直接搶錢、白天展示輕功晚上偷東西一樣了。」

「江湖規矩和朝廷律法不太一樣。」韓孺子聽懂了杜穿雲的意思。

「那是，我們江湖上的規矩更合理。」杜穿雲大言不慚。

韓孺子並不覺得江湖規矩更合理，但他確實開始明白江湖人的行事準則了，「酒樓裡的那個林坤山就是淳于梟的人。」

「你確定？」

「我聽楊奉說過，淳于梟用過許多化名，其中一個叫林乾風，乾對坤、風對山，林坤山就是林乾風。」

「你是有意等他？」

韓孺子將瘋僧光頂的事講述一遍，最後說：「我答應要替楊奉找出淳于梟，如果淳于梟真想造反的話，很可能會對我這個廢帝感興趣。」

「如此說來咱們的目的是一樣的！楊奉這個死太監，也不提前知會一聲。」杜穿雲恨恨地說，心裡對「死太監」還是很佩服的，「我和爺爺也想抓住淳于梟，弄清楚他是不是真要造反，如果是的話，沒啥說的，我們認錯了趙千金，從此不再為他報仇，如果不是，就算楊奉對我們有饒命之恩，該報的仇還是得報！」

杜穿雲的話擲地有聲，韓孺子笑道：「淳于梟要造反的證據太多了，既然你也是知情者，那太好了，把你爺爺請來，咱們一塊商量個對策，然後想辦法通知楊奉。」

「必須告訴他們兩人嗎？」

「為什麼不？」

杜穿雲不愛坐椅子，跳到旁邊的一張凳子上，蹲著對倦侯說：「你想啊，爺爺會說『這事太危險，你們老實待著，交給我處理』，楊奉會說『嗯，你們做得很好，放心吧，我已經定好計策』，過兩天他又會說『那不是淳于梟，只是他的一個弟子，希望下次你們的信息能準確一點，不要浪費我的時間』。」

韓孺子笑了幾聲，「你學得還真像。」

「林坤山應該不是淳于梟本人吧？」杜穿雲問。

「年紀和相貌跟傳說中的不像。」

「那不就得了，做事得做實，咱們連淳于梟在哪都不知道，說出去豈不讓爺爺和楊奉笑話？」

「你是說咱們自己找出淳于梟？」韓孺子本來確有此意，被杜穿雲一說，反而有點含糊了，這名少年江湖經驗豐富，說到出謀劃策，比楊奉可差遠了。

「難不成做什麼事都要靠長輩？那這一輩子也休想讓人瞧得起。」

這句話打動了韓孺子，皇權在十步以外、千里之內，離他已經很遠，如果個人的十步之內也經營不好，皇權只會離得更遠。

「就咱們兩個人？」

「我會找外面的人幫忙。」

「你寧願找外面的人，也不找你爺爺和楊奉幫忙？」

「哎，你們這些公子哥……這是主導別人和被人主導的區別，爺爺和楊奉會讓咱們到一邊去等著，我找的人自然聽我的。」

「主導別人和被人主導——好吧，告訴我你想找誰，還有具體計畫。」

「幹嘛？不相信我嗎？」

「我不想被你主導。」

杜穿雲愣了一會，笑了出來，從凳子上跳下來，「嗯，有點上道了，我差點以為你沒希望了。記得鐵頭胡三兒嗎？」

韓孺子點點頭，他記得這個人名，聽過聲音，卻沒有見過本人。

「他在京城有不少朋友，或許能打聽到林坤山和那個瘋和尚的底細。」

韓孺子覺得這個主意不錯，「好，知彼知己，百戰不殆。」

「那是當然，你等我消息。」

「不行，我得和你一塊去。」韓孺子牢牢記住了「主導別人和被人主導」的區別。

杜穿雲上下打量倦侯，「看不出來，你還有幾分膽量。」

「這是咱們兩人的計畫，誰也不能甩開誰。」

「好，你跟林坤山約過時間嗎？」

「沒有，他只寫了地點，沒寫時間。」

「那就不著急了，明天晚上……」

張有才敲門進來，睡眼惺忪，看到杜穿雲一下子變得精神，「咦，你怎麼在這裡？你不是最討厭書房嗎？」

「有看書的工夫還不如蹲馬步、練套拳。」杜穿雲鄙夷地打量房間裡的書籍，突然抖了兩下，像是突然發現自己落入了敵人的陷阱，急忙往外跑，雙手不停在身上拍打，「晦氣，真是晦氣，竟然在書房裡待了這麼久……」

張有才呆呆地說：「不學無術的傢伙。」

韓孺子隨手拿起一本書，心裡卻在琢磨他與杜穿雲能做成什麼事。

倦侯夫人崔小君這些天來一直忙著重整後花園，目前已有成效，晚飯的時候她就在說那些花花草草，上床之後仍是意猶未盡，突然說：「你今天怎麼不愛說話？」

「啊？白天喝酒，頭有點疼。」

「你該愛惜身體，這兩天不要出門了。」

「嗯。對了，明晚我要夜練，就在書房休息了。」

「什麼武功，還要夜裡練？」

「吸取……日月精華，也不是每天夜裡都要練，偶爾，我不想打擾你。」

崔小君噗嗤一聲笑了，「你是要得道升仙嗎？我覺得你最近好像連呼吸都不正常了。」

「是嗎？」韓孺子已經養成一有機會就運行逆呼吸的習慣，雖然沒什麼用處，可他心裡還存著一線希望，認為某天孟娥會突然出現，檢查他的內功進展。

他轉過身，看著妻子的身影，感覺到她呼出的氣息，忍不住上前輕輕吻了一下。

「啊。」崔小君猝不及防，推開丈夫，轉身衝向另一邊。

韓孺子輕輕笑了一聲，仰面躺好，踏實地入睡。

崔小君等了一會，發現丈夫的呼吸又變得有些古怪，顯然是已經睡著了，不禁又好氣又好笑，還有幾分失望，在被子下面慢慢移動手臂，握住丈夫的一隻手，也睡著了。

一夜無夢。

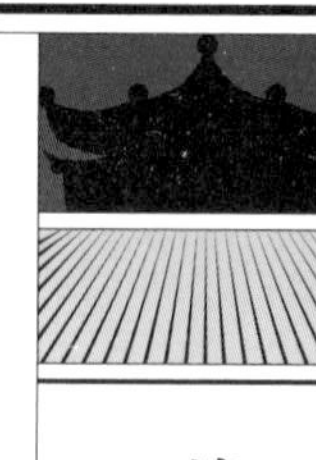

第九十章 賭局

書房裡，杜穿雲上下打量倦侯，「你穿成這個樣子要幹嘛？」

韓孺子裡面穿著平時的練功衣，外面裹著一件長長的黑色披風，頭上戴著遮雨的斗笠，「咱們不應該隱蔽一些嗎？」

杜穿雲已經換掉僕人的衣裳，穿著短衣長褲，看上去就像是一名剛結束晝間勞作的普通少年，「你這個樣子不叫隱蔽，是在警告外人不要干涉你做壞事，你說他們會不會聽？尤其是那些巡街的官兵會不會聽？」

杜穿雲說話總是很衝，韓孺子習以為常，摘下斗笠，問道：「說吧，我該怎麼裝扮？」

杜穿雲接過斗笠扔到一邊，「不要披風……算了，你的模樣一看就是公子哥，留著披風吧，不要斗笠，你就是被我帶去賭錢的富家子弟，多帶銀子，備用。」

韓孺子身上沒錢，轉向張有才，「把你身上的銀子都給我。」

韓孺子和杜穿雲要在夜裡出門，瞞得了其他人，瞞不了張有才，而且也需要他的掩護。

張有才不情願地解下荷包，「為什麼不帶我去，我也練了幾個月武功……」

「不行，你得留下，萬一有人找我，你得幫我遮掩。」韓孺子接過荷包，也不知裡面有多少銀子，隨手塞進懷裡。

「那你們早點回來，杜穿雲，保護好主人，他若是出事，我非……唉，他要是出事，我非死不可，拿你也沒辦法了。」

「有我在，能出什麼事？」杜穿雲生性灑脫，受不得千叮萬囑，轉身就走。

韓孺子和杜穿雲從後門離府，張有才在裡面關門，約好明天四更左右過來開門。

侯府後面是條小巷，走出不遠就是大街，天剛黑不久，街上的行人還很多，杜穿雲在街口雇了一輛騾子車，直奔南城。

韓孺子第一次坐這種車，覺得很顛簸，雙手緊緊抓住車板，對即將開始的冒險多少有一點緊張，問道：「你怎麼對爺爺說的？」

杜穿雲盤腿坐在對面，「說什麼？沒什麼可說的，我經常夜裡出門。」

「在侯府裡也是？」韓孺子壓低聲音，不想讓車夫聽見。

「當然，府裡那麼無聊，我總得出來透口氣，再說江湖上的朋友也得來往。」

「你在城裡認識很多朋友嗎？」

「沒有一百，也有八十，京城裡豪傑不少，聽說過我們爺倆的名聲，願意跟我們結交……」杜穿雲滔滔不絕地說起來，偶爾會提及韓孺子聽說過的名字，都是他退位第一天前去倦侯府相助的閭巷豪傑。

到了地點，車夫抱拳對杜穿雲說：「這位小哥認識的人真不少，沒啥說的，這趟我請了，不要車錢。」

杜穿雲抱拳還禮，「無功不受祿，車錢得給。」

「四海之內皆兄弟，就當是交朋友了。」車夫跳上車，甩鞭驅騾而去。

韓孺子十分驚訝，「這個趕車的……」

杜穿雲得意洋洋，「他想必也是江湖中人，聽我說了這些話，願意與我結交。」

「可你們連姓名都沒說。」

「哈哈，這你就不懂了，朋友交往哪能那麼勢利？我說了許多事情，他總能打聽到我是誰，以後我也得找他，一塊喝頓酒。別小瞧趕車的，車行裡也有英雄豪傑。」

韓孺子並不小瞧車夫，只是覺得這種交往方式有點拐彎抹角，而且容易洩密，但他沒說什麼，往四周望了望，二更未到，天已經很黑了，藉著月光能看到周圍全是低矮的民房，中間鑲著一塊塊空地。

「那些都是……菜園子嗎？」

「對啊，所以這叫鮮蔬里啊。」

「我還以為是仙人的仙……現在去哪找鐵頭胡三兒？」

「跟我來。」

杜穿雲並非京城人士，卻對路徑很熟，前面帶路，拐進曲折的巷子裡，在一戶人家門前停下，舉手敲門。

裡面有人低聲問道：「哪位？」

「小杜，來找胡三哥。」

裡面沒聲了，過了一會，院門打開，走出一名大漢來，先看看杜穿雲，扭頭又看韓孺子，認出來之後不由得一驚，失聲道：「是你！」

「胡三哥認得我？」韓孺子之前沒見過鐵頭胡三兒的樣子，這時暗自在心裡稱讚，只看外表，這人是一條好漢。

胡三兒人高馬大，關上院門，拉著兩人走出一段距離，躲在陰影裡，對杜穿雲低聲道：「你瘋啦，怎麼把他帶來了？」

「是他自己要來。」杜穿雲不服氣地說。

「的確是我自己要來見胡三哥。」韓孺子解釋道。

胡三兒大為尷尬，也不知道該怎麼稱呼倦侯，撓撓頭，「這裡是賭錢的局子，你……你來幹嘛？」

杜穿雲搶先道：「跟三哥打聽個人。」

胡三兒立刻警惕起來，「我又不是京城的土著，跟我打聽什麼？」

「可三哥認識的朋友多啊，不找你找誰？再說楊奉……」

「行行，別提他，你們想打聽誰？」胡三兒對太監楊奉頗為忌憚，偏偏欠他人情，發作不得。

「有一個騙子行的，自稱林坤山，四十歲左右，個子比我高比你矮，頭戴道冠，身穿長衫，面白，三縷髫鬚，常在西市坊的不歸樓閒坐。」杜穿雲記得倒牢。

韓孺子補充道：「還有報恩寺的瘋僧，法號光頂，跟林坤山肯定有聯繫。」

「不是說打聽一個人嗎？怎麼變成兩個了，還有嗎？」

兩名少年搖頭。

胡三兒尋思了一會，「打聽這兩人要幹嘛？倦侯是貴人，最好遠離是非，杜穿雲，你可別亂攛掇，當心惹禍上身。」

杜穿雲雙手一攤，「一樁小事，你不幫忙，我們去找別人，我好歹也在城裡結交了幾個朋友，就是認識的時間不長，不像三哥這麼知根知底……」

「少說沒用的，你小子就是嘴快，盡給你爺爺惹事。在這等著，我去問問。」胡三兒轉身走回小院。

「成了。」杜穿雲笑著說。

韓孺子覺得自己悟出了一點門道，小聲說：「你們江湖人不熟的時候客客氣氣，相熟之後反而隨意。」

「是嗎？我倒沒注意。三哥很有本事，鐵頭功縱橫江湖，更厲害的是手上功夫。」

「拳法？掌法？」

「擲骰子。」

「啊？」

「別小瞧這門功夫，就靠著幾粒骰子，三哥才能走遍天下，到哪都能吃得開……」

杜穿雲又開始吹噓，韓孺子明白了，敢情在江湖裡什麼都不能小瞧。

胡三兒回來，二話不說，先在杜穿雲頭頂狠狠拍了一巴掌。

「嘿，你又不是我爺爺，幹嘛打我？」

「打你的多嘴多舌，這是什麼地方？你帶著倦侯來這裡就不應該，還要大嚷大叫，生怕別人不知道嗎？」

杜穿雲哼哼幾聲，沒再說話。

「倦侯，我必須得問一聲，您打聽這兩個人幹嘛？」

「說來慚愧，我中了這兩人的連環計，損失了幾百兩銀子，銀子不多，只是……咽不下這口氣。」韓孺子早就想好了謊言，心中有點羞愧，可是實在不想隨便洩露祕密——他對鐵頭胡三兒還不熟。

站在旁邊的杜穿雲驚訝地瞪大眼睛，對倦侯的好感又增加幾分。

胡三兒點點頭，「原來如此，倦侯既然找到我胡三兒，我不能不管，這樣吧，我把銀子給你要回來……」

韓孺子搖頭，「我要的不是銀子，一是想出口氣，二是想了解一下這兩人怎麼就能騙得到我，以後也好長個記性。」

鐵頭胡三兒想了一會，說：「光頭不是尋常人物，我得罪不起，我勸倦侯也別惹他，光頭肯定不是故意針對您，大概是受人之托幫個小忙。」

韓孺子吃了一驚，沒想到瘋僧光頭居然是一位「惹不起」的江湖大人物，點頭道：「好，騙銀子的是林坤山，我就找他。」

「我不知道林坤山是誰……」

胡三兒話剛出口，杜穿雲怒道：「一個不能惹，一個不知道，合著你什麼都沒打聽到，虧我在倦侯面前把你一通吹捧……」

「再嚷嚷，我這就拎著你去見杜老爺子，問問他知不知道孫子在做什麼。」

杜穿雲閉嘴。

胡三兒向倦侯道：「我沒打聽出林坤山的來歷，但是知道他在哪，要我把他揪來嗎？」

「當然，那就更好了。」韓孺子沒想到事情這麼容易，「在哪？咱們一塊去吧，我和杜穿雲能幫忙。」

「呃……這個地方倦侯去不得。」

「為什麼？我已經到這了。」

胡三兒不知該怎麼說，杜穿雲開口了，「倦侯很好說話，不用跟他遮遮掩掩，不就是妓院嗎？我去得，他也去得。」

「別胡說！」鐵頭胡三兒喝道，「我找個地方，倦侯在那等會，您說的那個林坤山有人見過，他這些天每晚都住在一戶娼家，我去把他給您帶來。」

「那就有勞胡三哥了。」韓孺子的確不想去那種地方。

鐵頭胡三兒將倦侯和杜穿雲送進賭局旁邊的一間屋子裡，自己走了。

隔壁擲骰子的聲音很響，韓孺子坐在土炕上，有些心神不寧，「胡三哥一個人去沒事吧，我不應該對他隱瞞事實。」

「放心吧，他有分寸，肯定會叫人幫忙。」杜穿雲倒不擔心，只是有點手癢，「也不知道三哥什麼時候才能回來，要不我過去賭兩把？算了，被他知道又得向爺爺告狀……」

杜穿雲忍住賭性，雙手捂住耳朵，來回踱步，嘀咕道：「不能賭啊……」

整整一個時辰過去，杜穿雲疑惑地說：「胡三哥平時辦事挺穩當的一個人，怎麼這時還沒回來？」

沒等韓孺子開口，隔壁賭興正濃的一夥人，突然沒聲了。

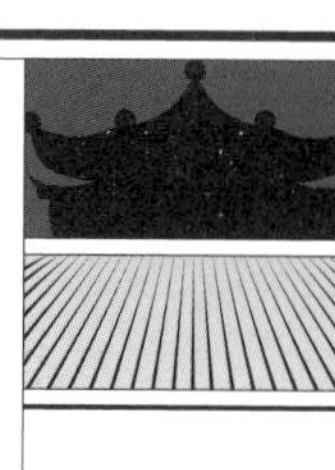

第九十一章 夜逃

隔壁的骰子聲、叫罵聲突然消失，杜穿雲反應奇快，轉身吹滅油燈，躥到倦侯身邊，嚴陣以待。

院子裡響起鐵頭胡三兒的洪亮聲音，「杜穿雲，你個小兔崽子，快給老子滾出來……」接下來是一連串的咒罵。

雖說江湖人彼此間越熟越隨意，胡三兒也有點過分了，杜穿雲對倦侯低聲道：「留在這，別出去。」隨後抬高嗓門與胡三兒對罵，大步走出房間。

很快，罵人聲轉到了隔壁，那些賭徒乖乖離開，好像是見到了令他們特別害怕的人。

終於，韓孺子聽到了那人的聲音，沙啞，帶著不知何地的口音，含含糊糊的，可是他一張嘴，讓胡三兒和杜穿雲都閉上嘴。

「要我說，這就是一場誤會，老杜名滿江湖的一位人物，不至於做出這種事，小杜，你來說說。」

杜穿雲與此人顯然不是很熟，因此比較客氣，「侯五叔好，沒想到這點小事把您老人家給惹出來了，早知如此，給我天大的膽子也不敢出頭，忍氣吞聲我能做到。」

「咦，好你個小杜，人小嘴利，咱京城乃是天子腳下，豪傑輩出，咋就讓你一個後輩忍氣吞聲了？」

杜穿雲長嘆一聲，「侯五叔既然讓我說，那我就不客氣了，這位林先生……真是林先生吧？」

「在下姓林，名北游。」

韓孺子隱約認出這就是林坤山的聲音，貼牆細聽，隔壁屋裡好像有不少人，大都保持安靜，那位侯五叔顯然很能震得住場面，杜穿雲之前在車上吹噓自己認識多少京城豪傑，卻沒有提起過此人。

「林先生還記得我嗎？」杜穿雲的聲音問。

「恕我眼拙，一劍仙杜老爺子的大名天下誰人不知，可惜無緣得見，不知我哪裡得罪了閣下。」

杜穿雲哼了一聲，「我給你提個醒，昨天，不歸樓。」

「哦，你是廢帝的一名隨從！」

「正是。」

「杜老爺子也在廢帝府中？」

「當然。」

「杜老爺子平生嫉惡如仇，專與官府作對，怎麼會……」

「這是你的老本行，你還不清楚嗎？」

林北游吃驚得聲音都變了，「杜老爺子也入我們這行了？」

「偶一為之，大魚自己上鈎，我們總不能不要吧？侯五叔，你明白了吧，事情就是這樣，我們在前，林先生在後，是他不守規矩。」

「這個……我當時不知道杜老爺子……這位小杜昨天也沒按規矩跟我打招呼啊。」

兩人你一言我一語地爭吵起來，韓孺子大致聽懂了，杜穿雲假裝自己也是騙子，指責另一個騙子林北游搶他的生意。

韓孺子正聽著，自己這間屋的後窗突然飛來一物，正中脖頸，不由得一驚，馬上又大喜過望，因為他感受到一陣熟悉的濁氣凝滯。

韓孺子再不猶豫，輕輕跳上土炕，翻窗而出，外面是一片菜地，月光皎潔，沒有半個人影，心中納悶，忽聽屋內門響，急忙蹲身躲在窗下。

「沒人，姓杜的小子沒撒謊。」

「仔細搜搜，萬一真有大魚，可別漏了。」

聲音就在頭頂響起，韓孺子緊貼牆壁，用披風將自己裹住，也不知這樣能不能騙過對方。

幸運的是那兩人沒有低頭細看，只是向遠處遙望。

「地上沒有新鮮腳印。」

「那也出去看看，別讓人說咱們辦事不力。」

兩人跳窗而出，手裡都拎著刀，其中一人正好踩在披風的一角上，韓孺子屏息凝氣，一動也不敢動。

「你左我右。」兩人轉身，打算沿著房屋繞一圈了事。

腳一動，那人發現腳底不對，低頭看去，與窗下的一雙眼睛對上了。

韓孺子血都涼了，想要拚死一搏，身體卻僵硬得像石頭一樣。

那人愣住，胸膛一挺，就要放聲呼叫，一口氣沒吐出來，整個人就已貼著牆壁軟軟倒下。

另一人剛邁出一步，察覺有異，回手就是一刀，好在韓孺子還沒站起來，刀從他頭頂掠過，在土壁上劃出一片碎屑，接著他也貼牆緩緩倒下。

倒下的兩人一左一右，將韓孺子夾在中間，於是他更站不起來了，只覺得心跳加速，心臟幾乎要從胸膛裡跳出來。

一道身影從房頂跳下，向韓孺子伸出手。

握住這隻手，韓孺子終於起身。

那人黑衣蒙面，領著韓孺子走出幾步，止步回身，示意他脫掉披風。

披風的確礙事，韓孺子慢慢解開，盡量不發出聲音，將披風捲起抱在懷裡，跟著黑衣人繼續前行。

兩人順著牆壁和籬笆走出一段路，黑衣人推開柴門，讓韓孺子先出去。

外面是一條極窄的小路，到了這裡相對安全一些，韓孺子低聲道：「孟娥，我知道是妳。」

黑衣人走出來，關好柴門，嗯了一聲。

「杜穿雲和胡三哥還在裡面，不能丟下他們兩個。」

「沒有你，他們更安全。」果然是孟娥的聲音。

「可是……」韓孺子想說裡面死的兩個人會惹來麻煩，孟娥已經邁步往前走了，他只得跟上，暫時拋下疑慮，「妳好久沒來了，我一直在練妳教我的內功。」

孟娥不吱聲，小路盡頭是條巷子，她指著前方說：「那邊有人接應你，別對他們提我。」說罷要走。

「等等。妳還會來教我內功嗎？」

孟娥盯著他看了一會，「初三、十三、二十三，你到書房休息，我或許會去。」

孟娥在牆邊的陰影裡快速行進，韓孺子跟在後面，幾步之後失去了她的蹤影，一肚子疑惑只能暫時忍住。

剛走到巷子出口，橫向衝出一人，一手將韓孺子勒住，另一隻手掩嘴。

接著又衝出三人，一人低聲道：「鬆手，是倦侯。」

「杜老教頭！」韓孺子認出說話者，心中一寬，「杜穿雲還在……」

「不用管他，倦侯快隨我走。」

兩人架著韓孺子，另兩人跑去牽馬，韓孺子沒有反抗之力，直到上馬跑出一段路，又問道：「杜穿雲和胡三哥真沒事嗎？」

「瘦猴子欠我人情，不敢對穿雲怎樣。」杜摸天說。

瘦猴子顯然就是那位「侯五爺」，更可能是「猴五爺」，韓孺子卻不放心，「我在屋後可能……可能不小心殺死兩個人。」

杜摸天勒馬，驚訝地打量倦侯，「不小心？」

「天太黑，我沒看清……」

「被殺的不是瘦猴五爺吧？」

「肯定不是。」韓孺子急忙搖頭，他走的時候還能聽見屋子裡的沙啞聲音。

「那就沒事。」杜摸天拍馬繼續前行。

一進入北城，杜摸天下馬，將坐騎交給另外三人，向他們小聲道謝，然後拉著倦侯步行，避開巡街的兵丁，回到侯府後面的小巷裡。

後門打開，張有才帶著哭腔說：「謝天謝地，主人總算回來了。」

「請倦侯留在府中，今天就不要出門了。」杜摸天說，看到倦侯點頭，他從外面關上門。

「杜穿雲呢？」張有才從倦侯手裡接過披風。

「在後面。」韓孺子答道，杜摸天顯然去接孫子了，杜穿雲的處境並不安全。

到了書房裡，韓孺子喝了一杯涼茶，定定心神，對張有才說：「你去休息吧，沒事了。」

「沒事？這可不叫『沒事』，以後打死我也不敢讓主人晚上出門了。」張有才好像也經歷了一場冒險，他突然想起一件事，「可不是我向杜老教頭告密的，他找到我的時候就已經什麼都知道了。」

「我明白。」韓孺子笑了笑，洩密者很可能是那名車夫，杜穿雲在路上說得實在太多了，「我在這小睡一會，天亮的時候叫醒我。」

倦侯要休息，張有才只好退出。

書房裡的簡便小床還在，韓孺子坐在上面，卻沒有躺下，他擔心杜穿雲和胡三兒的安危，也在反思自己的行為。

他實在太莽撞了，將江湖想得太簡單，對什麼是十步之內也沒有清楚的認識。

最後他想起了孟娥，她是一個非常奇怪的人，在皇宮裡格格不入，與江湖人似乎也不是一路，行事詭祕，總能在最危險的時候出現。

天快亮的時候，韓孺子撐不住了，倒在床上，只想睡一小會，結果一睜眼天已大亮，他騰地坐起來，茫然問道：「什麼時候了？」

張有才守在邊上，回道：「快要中午了，主人吃早餐還是午餐？」

韓孺子毫無胃口，「杜穿雲和杜老教頭回來了嗎？」

「還沒有。主人放心吧，他倆輕功那麼好，就算打不過也能逃跑，估計待會就回來了。」張有才其實有點擔心，卻不能在主人面前表現出來。

韓孺子心一沉，可是跟張有才打聽不出什麼，「夫人找過我嗎？」

「嗯，夫人的侍女來過，我跟她說主人昨晚練功太累，還在休息。」

「好。你先退下吧，杜氏爺孫若是回來，馬上帶他們來見我。」

「是，主人吃點東西吧，都是現成的。」

韓孺子點點頭，書案上放著一盤食物，他怎麼也吃不下，比當初受困在皇宮裡還要焦躁，張有才每次敲門，他都會興奮不已，可是看到小太監一個人進來，又會大失所望。

臨近黃昏，張有才又一次敲門，這回他終於帶來一個人，卻不是杜氏爺孫。

楊奉走進書房，四處看了看，說：「倦侯好大的膽子。」

第九十二章 怎麼辦

楊奉是韓孺子最想見到的人之一，希望從他那裡得到解釋與指引；楊奉也是韓孺子此刻最不想見的人，就像將屋子鬧得天翻地覆的孩子害怕父母回家。

楊奉穿著軍吏的便服，轉向張有才，「去將我從前的舊衣裳拿來。」

「是。」張有才知道這不是開玩笑的時候，立刻執行命令，沒敢多問。

韓孺子卻不得不問，「杜老教頭通知你的？他和杜穿雲呢？不會有事吧？」

「有事的不是他們，是你。」

「我？沒人看到我，那兩人……」

楊奉抬起手，「等會再說。」

張有才匆匆跑回來，抱著楊奉從前的太監服飾，「都是洗乾淨的。」

「嗯，你可以走了。」

「我能幫忙。」

「好啊，那就幫我個忙，從這裡走出去，沒叫你不要進來。」楊奉抖開衣裳，直接穿上。

張有才訕訕地退出去。

「好了，說吧，盡量簡短一些，我只聽真話。」楊奉坐在一張凳子上。

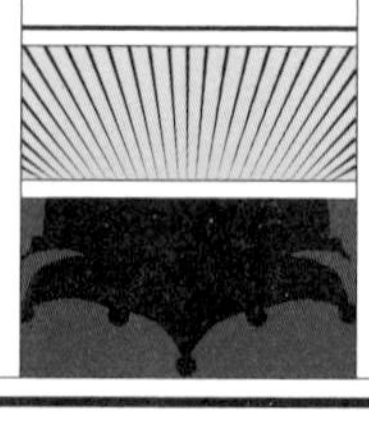

「我在報恩寺遇見一名瘋僧……」韓孺子從頭講起，一直說到自己如何逃出南城菜園，唯獨隱去孟娥搭救那段，聲稱那兩人是不小心被自己殺死的。

楊奉偶爾嗯一聲，等倦侯講完，他說：「不錯，只有一件事，那兩人並沒有死，只是被人以重手擊暈，倦侯不可能有這種功力，所以出手者是杜摸天，記住了嗎？」

韓孺子怔了一會，「我還要向別人講述這些事情嗎？」

「嗯，幸運的是他們的反應比較慢，被我搶先一步。」

「『他們』是誰？」

「待會你就知道了。」楊奉隨手拿起一本書，「這是你最近在看的東西？」

那是一本古人詩集，韓孺子整理書架時翻出來的，他拿起另一本書，「不是，我在看前朝史書。」

楊奉接過史書，隨即扔向角落，「廢帝不應該看這個，會讓人懷疑你有異心，讀詩不錯，消愁解悶、怡情養性。」

「可我沒看過這本書……到底誰要來？」

「我不知道。」

楊奉那副知曉一切卻偏偏不肯透露的樣子，十分令人惱火，可韓孺子有點心虛，只能忍耐，坐在書案後面胡思亂想，「是宮裡的人？」

「難說。」

疑問很快就解開了。

外面有人敲門，得到倦侯的許可之後，府丞進來了，看到楊奉，明顯一愣，「楊公不是去北軍……你從哪道門進來的？我怎麼不知道？」

「我是侯府總管，從任何一道門都可以進來。」

「你不是總管，你是北軍長史。」

「府丞大人再去查查，我的名籍肯定還在侯府。」

府丞臉一紅，他有正事在身，不願與楊奉爭執，轉向倦侯，說：「宗正府派人來了，倦侯得見一下，是在廳裡，還是在書房？」

「就在這吧，帶他們過來。」韓孺子稍稍鬆了口氣，宗正府比皇宮要好對付一些。

宗正府派來了三名官員，帶頭者是一位姓華的少卿，不大不小的官，卻足以令大多數皇室和外戚子弟感到心驚。

廢帝的存在對宗正府來說永遠都是一個噩夢，忽視他，不行，重視他，更不行，華少卿敢來面對噩夢，靠的不是勇氣，而是上司的命令。

「倦侯請起。」華少卿語氣嚴肅，他今天不是來聊天的。

倦侯入宮不拜，聽取宗正府的命令時更不用下跪，但他得站起來，以示尊重。

華少卿拿出一捲紙，慢慢打開，仔細看了一會，好像之前不知道裡面的內容似的，然後收起來，用抑揚頓挫的語調說：「本官此來是要調查一件事情，希望倦侯能夠知無不言、言無不盡。」

「當然。」韓孺子反而不緊張了。

華少卿揮揮手，另兩名官吏拿出自帶的筆墨紙硯，放在書案上，準備記錄。

華少卿看了一眼坐在凳子上不動的太監，問道：「你是……」

「倦侯府的總管楊奉。」

府丞湊過來耳語數句，華少卿皺起眉頭，這正是為官者最深惡痛絕的意外，他盯著楊奉看了一會，權衡再三，沒有跟太監說話，而是問府丞：「為什麼他的名籍還留在倦侯府？」

府丞額上的汗冒個不停，「楊奉是太監，按理說是不能為官的，冠軍侯力保，天子降旨，破例允許他擔任北軍長史，如何處理名籍，從前沒有過先例，所以……所以……」

所以事情就耽擱了，沒人知道這種事該找誰處理，自然也就沒人自找麻煩，可麻煩卻找上門來。

華少卿察覺到這件小事之中可能存在的陷阱與危險，使個眼色，示意府丞不要再說下去，接下來整個詢問過程中，他都當楊奉不存在。

「倦侯請坐。倦侯半個月前在報恩寺曾經遇到過一名瘋僧，對吧？」

「對。」

「請倦侯詳細說一下當時的經過。」

有楊奉提醒在先，韓孺子沒有半點隱瞞，將當時的場景詳細講述了一遍。

華少卿不停點頭，偶爾問一句「後來呢」，再無其它表示。

「倦侯當時沒有將此事報給宗正府？」

「宗正府有人跟去，我以為用不著報告。」

「『朝陽明日不東升，赤焰西沖天下驚』，倦侯以為是什麼意思。」

「就是太陽明天不會從東邊升起，西邊會有紅色的火焰讓天下震驚。」

華少卿仍然不動聲色，「後來倦侯又看到過這句詩嗎？」

「沒有，但是我看到兩個字，讓我想起了這句詩。」

「倦侯詳細說說。」

韓孺子又將前天在西市發生的事情講述一遍，同樣沒有隱瞞，只改變一點，他本是有意前往西市，這時卻成為了無意閒逛，看到「紅火」兩字，才想起瘋僧的詩句。

華少卿這時的問題比較多些，感到滿意之後，他說：「倦侯昨晚私自出府了？」

韓孺子點頭，細說經歷，旁聽的府丞大吃一驚，又一次萌生退意，只是捨不得這份俸祿。

詢問結束，韓孺子覺得自己的說辭遠非無懈可擊，對方卻沒有追根究底，華少卿比剛到時還客氣些，謝過倦侯，拱手告辭，府丞送行。

韓孺子呆呆地坐了一會，對楊奉說：「光頂和林坤山不是淳于梟派來的？」

「看來不是。」

「有人想陷害我？」

「看來是這樣。」

「如果我去了小南山暗香園，還會有更大的陷阱等著我，他們會說我有天子氣，如果我不反駁——我不可能反駁，官兵就會來抓我！」

「看來你想了許多。」

楊奉一句一個「看來」，韓孺子聽膩了，直接問道：「宗正府今天為什麼不抓我？」

「因為宗正府沒有更多的證據，過兩天你很可能會接到一份訓斥。」

「那他們為什麼還要來呢？」

「這是朝廷的慣例，今天宗正府來人收集一點證言，下回可能就是宮裡的人，還有刑部、大理寺、京兆尹……等到需要的時候，即使你什麼都沒做，日積月累的證據也能置你於死地。」

「我還以為太后放過我了。」

「你以為放過就是徹底遺忘嗎？即使太后忘了，也會有人替她記得。這些證據可能永遠也用不上，只是以防萬一。你要知道，只有那些能輕鬆解決『萬一』狀況的官吏，才有機會平步青雲。」

韓孺子心裡一陣陣發冷。

「但這不是關鍵，朝廷運作歷來如此，哪個王侯身上不是背著幾副枷鎖？一身輕的人反而要警惕。關鍵在於是誰在陷害你，宗正府會記下你的每一個錯誤，但不會故意設圈套，對他們來說，那實在太冒險，而且沒有必要。」

「東海王。」韓孺子連想都不用想，「一定是他，他很清楚我對望氣者很感興趣。」

「嗯，你打算怎麼辦？」

韓孺子有點臉紅，「抱歉，我沒有立刻告訴你報恩寺的事情。」

「別向我道歉，你應該自己做決定，我頂多參謀一下，不能事事替你做主。」

只要楊奉在面前，韓孺子就一刻也不得鬆懈，必須努力思考、不停思考。

「我該怎麼辦，我該怎麼辦……杜氏爺孫和胡三兒還好嗎？」

「他們沒事，此刻應該正與梁信猴把酒言歡。」

「梁信猴就是那位猴五爺？」

「江湖人愛湊數，有個『俊侯醜王布衣譚』不夠，還有『矮楊高柳，肥馬瘦猴』四位豪傑，梁信猴原本叫梁信厚，厚重的厚，為了對上瘦猴，硬改為猴子的猴。他應該沒問題，頂多是被東海王等人利用。」

「東海王利用江湖人對付我，我也要以其人之道還治其人之身，杜氏爺孫和鐵頭胡三兒能幫我，還有你當時請來的那些閭巷豪傑。」

「這算是一個辦法，可我要提醒你，與江湖人打交道要極其小心，只能讓他們欠你，絕不能你欠他們，許多人被江湖吞得皮骨無存，就是在這一點上犯了錯，貪圖一時之便利，欠下無盡之人情，不還不行，還又還不起。」楊奉頓了頓，「對杜氏爺孫，你快要做過頭了。」

韓孺子心裡一激靈，想起杜穿雲說過的那些江湖規矩，江湖中的是非對錯與官府不同，與普通百姓也不同，他當時只想到對自己有利的一面，卻忽略了不利的另一面。

人不能自私到以為別人不自私，韓孺子發現自己險些犯下大錯，他還有點好奇，楊奉從前受過多大的傷害，才會對江湖人如此警惕？

他的夢想是要重奪帝位，在江湖裡陷得太深，會讓他離朝堂越來越遠，甚至站到對立面，最後只能跟俊陽侯花繽一樣亡命天涯。

「東海王利用江湖人陷害我的同時，也給他自己留下了把柄——我得想辦法接近他。」

韓孺子只能得出這樣的結論，他必須「回到」自己真正屬於的那個人群才是。

第九十三章 以一敵多

倦侯府丞姓曾，府尉姓鄭，一對難兄難弟，經常在一起喝酒，菜餚雖不豐盛，好在能互相訴苦。

「兄弟苦啊，勤勤懇懇半輩子，好不容易熬成七品小官，結果被送到這裡，沒招誰沒惹誰，天天提心弔膽，真怕哪天無緣無故地跟那位一塊掉腦袋。唉，我要是在朝中有個靠山，或許能拿出幾百兩銀子打點一下，也不至於這麼倒霉。」

「大人知足吧，好歹您還有機會升遷，我這個小小府尉比您低一級，俸祿少得連養家糊口都難，累死累活無非就是得到幾句誇獎，想升官？想都不要想！」

兩人碰杯，一飲而盡，惱怒之餘，心裡也覺得舒坦不少。

外面有人敲門，隨後進來一名老奴，也不懂得請安，默默地走來，放下手中的食盒，將裡面的酒菜一樣樣取出，擺在桌子上。

曾府丞和鄭府尉莫名其妙，都以為是對方的功勞，互相看了一眼，知道出錯了。

「老劉，誰讓你送來的酒菜？沒弄錯吧？」鄭府尉問道。

「廚房。」老劉含糊地說，將空食盒收好，拎著離開。

「是那位讓人送來的？」府尉猜道，廚房只聽兩位主人的命令，送菜的總不至於是夫人，私下裡，他們稱倦侯為「那位」。

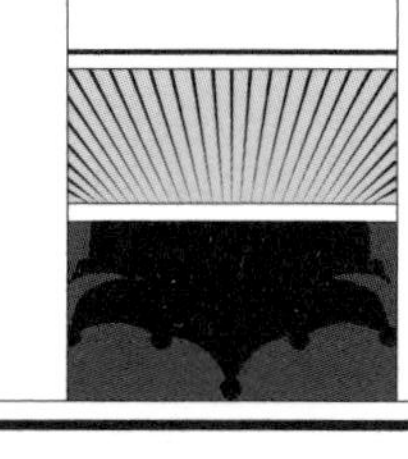

看著滿桌的魚肉，曾府丞咽咽口水，卻不敢動筷，「那位是什麼意思？從前可沒有過……不會又要惹事，提前封咱們的嘴吧？」

鄭府尉膽子更大些，扯下一整條雞腿，狠狠咬了一口，「管他呢，那位就算惹事，咱們也攔不住，不如當個飽死鬼。」

曾府丞心中不寧，可酒菜的吸引力太強，再晚一會，另一條雞腿恐怕也要落入府尉肚子裡，於是一揮手，抓起大半隻雞，張嘴就啃。

一丞一尉推杯換盞，只求今朝有酒今朝醉。

對韓孺子來說，這卻不只是「今朝」的事情，他派人送去酒菜，以後每天都有，目的不是討好，更不是收買，而是化解怨憤——丞、尉都是小官，由宗正府直接委派，他們沒能力幫忙，卻有能力毀掉王侯。

對杜氏爺孫，一桌酒菜可不夠。

十兩黃金、百兩紋銀，這只是開始，張有才笑呵呵地將賞賜捧給杜摸天。

爺孫二人在外面待了兩天兩夜才回府，杜穿雲這回是真醉了，搖搖晃晃，拿起一塊金子，吐著舌頭說：「這是什麼？炸得挺黃，不知脆不脆。」

杜穿雲要將金子往嘴裡送，被爺爺一巴掌拍掉。杜摸天還很清醒，向倦侯抱拳道：「倦侯這是何意？」

「小子無德，擾動兩位清修，備此薄禮，不成敬意。還有一份是給胡三哥的，煩請杜老教頭轉送。」

杜摸天露出一絲狐疑，杜穿雲卻沒想那麼多，他認出了金銀，雙手接過來，大聲道：「倦侯給的，咱們就收下吧，爺爺，其實這也不算多，咱們可救過……」

杜摸天在孫子頭上敲了一指，厲聲道：「少得意，憑你的本事也想救人？」

「難道不是嗎？」杜穿雲不服氣地問。

杜摸天最清楚，擊暈猴五爺兩名手下的人不是杜穿雲，也不是他，倦侯暗中另有保護者，也不說破，拱手笑道：「既然倦侯慷慨，我們爺倆就不客氣了。」

杜摸天畢竟是老江湖，已經明白倦侯不願虧欠人情的用意。

韓孺子恭恭敬敬地還禮，從此以後對杜氏爺孫越發優待。

華少卿過來問話之後的第三天，宗正府又派來一名官員，宣讀了一份訓誡，責備倦侯的無故外出，用詞還算溫和。事後，每日都享受到好酒好肉的府丞悄悄向倦侯說：「恭喜倦侯，有了這次訓誡，您就是普通人了。」

對廢帝來說，成為普通人乃是一種「上升」。

又過了兩天，倦侯終於獲准前往國子監就讀，楊奉本來計畫讓他去太學，沒能成功。

要去讀書的前一天夜裡，韓孺子藉口要溫習功課，留在書房裡過夜，這天是四月二十三，他與孟娥約定的日子。

對這位神祕的宮女應該遵守什麼規矩？皇宮？朝堂？江湖？韓孺子猶豫不決，楊奉似乎比較瞭解孟娥，卻不肯給予建議，自從那次來過之後，他沒有再出現，韓孺子連與他談論一下朝廷大勢的機會都沒有。

將近三更天，韓孺子吹熄蠟燭，坐在床上，默默運行逆呼吸，他能感覺到體內有一股溫熱的氣息在流動，卻不知道有什麼用處。

「你可以學習下一階段的功法了。」對面的一個聲音說。

韓孺子忘了自己是在黑暗之中，搖搖頭，說：「不行，咱們得先聊一聊。」

「聊什麼？」

「妳是大臣的女兒，要為家族洗清罪名、報仇雪恨？」韓孺子說出第一種猜想。

對面沒有回答。

「或者妳是某國的王族之女，想要借助大楚的力量復國？」

「別亂猜了。」孟娥終於開口，「我也不為難你，內功是免費的，什麼時候你有資格爭奪帝位，我會告訴你一切，願不願意接受交易，到時候你再決定，我不勉強。」

「過去幾個月妳一直沒有出現，是以為我不想爭位了吧？」

「嗯，是這樣。」孟娥也不否認。

「我去冒險，並不意味著就要爭奪帝位，妳應該知道，我現在一無所有，就算練成了妳的內功，我也不可能闖入皇宮再當皇帝。」

「你不用對我說實話，反正押注的是我，如果你沒有奪位之心，或者奪位失敗，我的損失也不大，只是一套內功而已。」

孟娥還是那麼直白，韓孺子發出笑聲，「妳哥哥知道妳的選擇嗎？」

「他知道，太后也知道，我已經被逐出皇宮，不再是侍衛了。」

「妳為什麼不來倦侯府呢？」韓孺子又驚又喜。

「暗中更適合我。」

韓孺子馬上又感到不安，「如此說來，太后其實知道我……她為什麼不直接除掉我，永絕後患？」

「這種事情不要問我。你還要不要學內功？」

「當然。」韓孺子站起身，「我還想學妳的武功，那些江湖人都沒有妳厲害。」

孟娥又不吱聲了，韓孺子說：「妳要是不願意就算了，我只是想學點……有用的武功，以一敵多的那種。」

「我可以教你。」

「太好了。」

「但是不能以一敵多，世上根本就沒有這種武功。」

「前兩天妳一下子就擊暈兩個人，當初在皇宮小巷裡，妳不是一個人打敗了十多名刀客嗎？」

「你覺得我在哪個位置？」孟娥提出一個古怪的問題。

韓孺子想了一會，「妳在門口。」

「現在呢？」

「在窗下，不對，在書架……也不對，在房梁上？」

「明白了嗎？」

孟娥的聲音就在耳邊，韓孺子伸手劃了半圈，手臂所及之處一無所有，「明白什麼？」

「你覺得房間裡有幾個人？」孟娥換了一個問題。

「兩個，我和你。」

「真的嗎？」

韓孺子覺得身後有東西掠過，馬上轉身查看，背部不知被什麼東西打了一下，他再轉身……攻擊來自各個方向，書本、紙鎮、毛筆等物都成為暗器，好像有四五個人同時圍攻。

「我明白了。」韓孺子叫道，這些打擊並不重，卻很令人惱火。

攻擊停止了。

「妳在暗，我在明，如果我不認識妳的話，會以為屋子裡有好幾個人。這就是妳以一敵多的技巧：在暗處虛張聲勢，讓對方以為遭到了圍攻，因此倉皇逃跑。」

「嗯。」

「光明正大地對陣，妳打不過十個人？」

「我又沒有三頭六臂，怎麼可能打過十個人？三個我都嫌多，除非他們都不會武功，或者願意一個接一個上來與我單打獨鬥。」

韓孺子若有所悟，慢慢坐下，「虛則實之，實則虛之，妳的破敵之道很符合兵法。」

「我不懂兵法，我只知道能在暗處的時候就不要站出來。」

這的確是孟娥一直以來的行事準則，韓孺子笑道：「妳跟江湖人完全背道而馳啊，他們都希望自己的名氣越大越好，妳卻一點也不想要，那些刀客甚至不知道自己是被誰打敗的。」

「所以我在江湖上一點勢力也沒有，想做成大事，只能求助於太后或者皇帝。」

韓孺子點頭，「之前在皇宮裡，妳是怎麼讓宮女昏睡不醒的？」

「一點藥粉，這種東西你最好不要用，尤其對江湖人更不要用，這對他們來說是大忌。」

「可妳在南城菜園裡一下子就將那兩人擊暈，總該是真實的武功吧？」

「嗯，如果你想學，這個可以教給你。」

「想學。咱們非得摸黑說話嗎？我快不記得妳長什麼模樣了。」

「模樣總會變，記得也沒用，你知道是我就行。聊完了嗎？我不能整個晚上都留在這裡。」

「聊完了。等等，還有最後一個問題，妳一直在附近保護我嗎？」

孟娥沒有馬上回答，等了一會她說：「當然不是，我有自己的事情要忙，五天也未必來一次。」

「那妳怎麼會跟到南城去？」

「一半是湊巧，一半是猜測，你從報恩寺回來後就顯得心神不寧，我猜你肯定要做什麼事，所以這半個月裡觀察得比較勤一些，差不多兩天一次。」

「這也是藏在暗中的好處，我還以為妳一直躲在府裡呢。」

「至少要有三個人才能做到時刻保護你。你說這是最後一個問題，怎麼越說越多了？」

「沒了，還請妳教我練功吧。」韓孺子自覺獲益匪淺，不僅對武功有了更多瞭解，還想出一個接近東海王的辦法。

虛張聲勢用到極致，就是一股實實在在的力量，這正是眼下的韓孺子所需要的「武器」。

第九十四章 缺錢

天氣悶熱，打完一套拳後免不了全身出汗，韓孺子、杜氏爺孫坐在亭子裡納涼，張有才站在旁邊，四人品嚐剛從井水裡拿出來的新鮮瓜果，說說笑笑，好不愜意。

老太監何逸從遠處走來，進入亭子向倦侯請安，笑道：「主人現在空閒嗎？」

韓孺子忙讓何逸坐下，請他吃瓜，「瞧我的記性，好幾次了，你說要和我談談，我都給忘了。」

「主人忙碌，一時想不起來也是有的。」

倦侯的確很忙，每天忙著去國子監點卯、在家裡練功，剩下的時間到處閒逛，喜歡什麼就買什麼。

「現在正好閒著，有事你就說吧。」

「呃……」何逸欲言又止。

杜摸天察言觀色，起身道：「我回房睡會，穿雲，跟我走。」

杜穿雲正吃得開心，嗯了一聲，不太願意起身。

韓孺子拉著杜摸天坐下，「別急，我還想接著聽老教頭說些江湖逸聞呢。都是自家人，無需迴避，老何，有事你就說吧。」

杜摸天沒再動，杜穿雲接著啃瓜，老太監何逸笑了笑，不管有沒有外人，他都必須跟主人談談，這是帳房的本分。

「那個……主人，咱們……府裡可是有點……」

「缺什麼東西了？我去買。」

何逸笑著搖頭，「府裡的東西只多不少，就缺一樣。」

「什麼？」

「錢。」

「錢？」韓孺子笑了，轉向杜摸天，「王侯之家，居然也有缺錢的時候。」

杜摸天笑而不語，杜穿雲擦擦嘴，「這有什麼，我聽說皇帝還有手頭緊的時候呢。」

在倦侯府，「皇帝」是個不合時宜的詞，只有杜穿雲想說就說，倒不是膽子大，而是早就忘了倦侯曾經當過皇帝。

何逸尷尬地笑笑，「那個，府裡不只是手頭緊，還有點入不敷出。」

「怎麼可能？」韓孺子收起笑容，真有點吃驚了，「我不是有幾千戶的歲入嗎？宗正府定期的賞賜也不少，府裡總共一百來人，不至於用得這麼快吧？」

何逸撓頭，「事情跟主人想得不太一樣。」

「你說說。」

何逸咳了幾聲，「侯府的收入不少，可是支出也不少，基本上三四成要用來祭祖，一年好幾次……」

「這麼多？」

「主人位比諸侯王，祭祖的時候自然也要與諸侯王一個標準，可人家有國有地，收入比咱們高得多……」

「明白了，那還剩下六七成呢，也不少了。」

「還有三四成收入要用於宗室間的人情往來。」

「咦，我跟其他王侯從無往來。」

「是是，可人不往來，禮物得往來，慣例如此，比如上個月濟南王世子大婚，咱們送了十斤黃金、綾羅綢緞十匹、璧玉十雙……」

「我怎麼沒聽說這件事？」

「我將禮單放在主人桌上，主人寫過『閱』。」

「哦，可能是我沒細看。能不給嗎？我連濟南王是誰都不知道，更不認識他的世子。」

何逸再次撓頭，「恐怕不行，規矩是宗正府定下來的，每一樁都有先例，違背不得。」

韓孺子也撓頭了，「那我以後少買東西吧。」

「府裡的東西夠多了，主人的確沒必要再買，但那也省不了多少，最好咱們也能有幾次婚喪嫁娶……錯了錯了，瞧我這張破嘴，罰它……罰它……」

「罰它一天別沾酒。」韓孺子笑著在石桌上拍了兩下，「我懂了，錢的事情我來解決，你只要管好帳目就行。」

「那就好，主人您忙，我不打擾了。」何逸告退。

張有才一邊嚼瓜一邊說：「敢情王侯也有難處，人情往來繁多，還不能拒絕，關鍵在於咱們是有往無來，難怪入不敷出。」

「並非所有王侯都這麼拮据，別人家要麼有國有土，要麼有人做官，總有來錢的方法。」韓孺子很清楚，他這個位比諸侯王的倦侯，還不如一位普通的縣侯、鄉侯富裕。

「怎麼辦？也去買地、放債？」張有才沒忘了吃瓜果，跟杜穿雲就像比賽一樣。

「哎，管它呢，船到橋頭自然直，反正餓不著。」

杜穿雲吃夠了，打個嗝，將沾滿汁水的雙手在衣服上擦了兩下，「你這麼窮，還總給我們爺倆賞賜，真是太大方了，我們還剩下十幾兩黃金和幾十兩白銀，爺爺，先還給倦侯吧。」

杜摸天笑著斥道：「那點金銀還不夠侯府走一次人情的。」

張有才仍在啃瓜，「主人給你們的賞賜不少啊，也沒見你們買東西回來，怎麼就剩這麼點了？」

「江湖裡人情更重，四海之內皆兄弟，有錢當然要大家一塊花，難不成留著生崽兒？」杜穿雲十分不屑，在他眼裡，積累財富乃是可恥的行為。

韓孺子也不喜歡談錢，揮手道：「少說這些掃興的事情，杜老教頭，我一直想問你來著，如果我當初相信林坤山，去了小南山暗香園，接下來會發生什麼？」

「這可難說，騙術千變萬化，常走江湖的人都有走眼的時候……」

「有啥走眼的，騙術再多，歸結起來也就三招。」杜穿雲不知謙虛為何物，一說起江湖事跡更是滔滔不絕，「不是錢，就是色，再就是權，什麼化銅為金、變鉛為銀、設局賭博、房中祕術、外調當官等等，看你對什麼感興趣了。」

「要是我，肯定對化銅為金感興趣。」張有才終於啃完，看著盤子裡剩下的幾塊瓜戀戀不捨。

「你是太監，也就能對金銀感興趣。」杜穿雲冷冷地說，又向倦侯道：「我打聽過了，林坤山這個人不簡單，名字一大堆，最常用的是林北游，懂陰陽、會算卦、能望氣，被他盯上的人，十有八九家破人亡。」

「我沒錢，也沒權，他盯上我幹嘛？」

「那我就不知道了，要是猜的話，我覺得他最終要騙的人可能不是你，而是利用你的地位、身份，去騙真正有錢的人，反正騙子的目的總是一個，就是錢。」

「去，就你懂得多。」杜摸天喝道，將孫子從石凳上推開，「倦侯別放在心上，事情已經解決了，只要我們爺倆還在府中，沒有騙子敢盯上您。」

韓孺子一笑，談起別的事情，心裡卻沒有忘記這個話題。

在國子監讀書一點也沒有想像中那麼艱苦，入學將近十天，韓孺子還沒見過其他弟子，也沒坐下來聽過一次課，每天去露一面，小吏傳話說功課取消，理由各種各樣，然後韓孺子就可以回家了。

一開始，他以為國子監不願意接納廢帝，後來從府丞那裡瞭解到，國子監向來如此，許多勳貴子弟都是派僕人去點卯，只在禮部檢查的時候，本人才會去一趟，每年最多十來次。

韓孺子覺得真不公平，他當皇帝的時候每天聽課，風雨無阻，朝中勳貴反而悠閒自在。

於是他也不再去國子監，讓張有才一個人去點卯。

帳房何逸稟事之後第二天，韓孺子正琢磨著怎麼將話題再轉到「騙術」上，杜穿雲先找上門來了。

張有才正好去了國子監，韓孺子一個人在書房裡看書，杜穿雲敲門進來，警惕地看著一屋子的書籍，盡量少沾晦氣，「找你商量件事。」

「嗯。」韓孺子放下書。

杜穿雲盯著倦侯看了一會，直接問道：「你想大賺一筆嗎？」

「我又不是商人……」

「可你缺錢啊。」杜穿雲瞪大雙眼，總是自稱「老江湖」的他，在勸說別人的時候不太能沉得住氣。

「你先說說怎麼回事吧。」

杜穿雲拉過一張凳子，坐在書案對面，直直地看著倦侯，「在鮮蔬巷，為了過猴五爺那一關，我說我們爺倆也在騙你，比林坤山要早。」

「當時我在隔壁，聽到了。」

「猴五爺信了，按規矩，林坤山不能再接觸倦侯。你賞的那些金銀，我們爺倆其實是拿出去分給江湖同道了，跟他們說這就是騙來的。」

「錢不夠是吧？需要多少，你儘管開口。」

杜穿雲一個勁搖頭，「再從你這裡拿錢，我們不真成騙子了？我有一個想法，不用你的錢，還能給江湖同道一個交待。」

「你說。」

「林坤山能透過你弄到錢，為什麼咱們自己不能呢？」

「自己怎麼能從自己身上弄錢？」

「林坤山肯定知道，我去將他捉來，一審問就清楚了。」

韓孺子連連搖頭，「不行，不能再冒險了，讓我想想。」

「林坤山這種人四海為家，今天還在京城，明天可能就去江南了，他一走，騙錢的祕密也就被帶走了。」

韓孺子心裡明白，林坤山的「祕密」就是引誘倦侯暴露稱帝野心，沉吟良久，他說：「你想設計一次真正的騙局，好堵住江湖中人的悠悠之口？」

「對啊，要不然他們會說杜氏爺倆是騙子。」在杜穿雲的思維裡，騙王侯將相可以揚名，騙江湖同道卻是可恥之舉。

韓孺子再次沉吟，「杜老教頭怎麼說？」

「我跟他說了，他不感興趣，反正對猴五爺撒謊的是我不是他。」

「但他也不阻止你？」

「爺爺從來不阻止我做事，他常說能保得了我一時，保不了我一世，江湖是自己闖出來的，不是爺爺帶出來的。」

韓孺子深有同感，楊奉對他的做法也與此差不多。

「我倒有個想法，不用林坤山，也能弄到些錢。」

「你？」杜穿雲不相信倦侯也會騙術。

韓孺子其實已經想了好幾天，杜穿雲再晚來一會，他就會主動去找杜氏爺孫，「你會賭博？」

「當然，爺爺說我還沒學會走路呢，就會擲骰子了。」

「那你應該很厲害了。」

「不是我吹噓，論輕功和劍術，我頂多算是二流，玩骰子才是一流，不知道多少江湖好漢在我面前連褲子都輸光了。」

韓孺子抬手在書案上輕輕一拍，「那就好辦了，我認識幾位既有錢又愛賭的勳貴，何不從他們那裡撈一筆？」

杜穿雲想撈的是金銀，韓孺子的目標卻是一條大魚。

第九十五章 賭徒與賭徒

骰子被扔到桌上，歡快地蹦蹦跳跳，不知憂愁，卻專以主人的憂愁為樂。

張養浩一拳砸在桌子上，三粒骰子輕輕地抖動一下，帶著一絲輕挑，沒有改變點數，「老子跟你們拚了！」張養浩怒吼一聲，將周圍的人嚇了一大跳，以為他要撒潑，在賭局裡，這種事常有。

張養浩舉起拳頭，沒打向任何人，而是一拳下去將骰子砸得粉碎，賭友們無不哈哈大笑，有出言譏諷的，有好言相勸的，但他們都知道一件事，辟遠侯的嫡孫沒錢了，於是七手八腳地將他推了出去。

天剛擦黑，裡面的賭徒們才小試身手，張養浩就被驅逐出場，他砸碎了幾粒骰子，卻擺脫不掉如蛆附骨的羞恥感。

屋裡走出一人，「嘿，養浩兄，沒事吧？」

「沒事。」

「要不再玩一會？我可以再借你一點賭本。」

「改天吧。」張養浩不敢再借，他已經欠下一大筆錢了。

那人沒有催迫，在他肩上拍了兩下，「你家底子厚，這點輸贏不算什麼，開心就好，明天再來，我找幾個新手跟你玩。」

張養浩苦笑，抱拳告辭。走在街上，他心中的怒氣又升了起來，在袖子裡握緊拳頭，真想找人打一架，卻

又沒這個膽量，辟遠侯嫡孫在京城裡只是眾多勳貴子弟之一，當街打架不僅難以取勝，還可能受到彈劾。

沒有同伴，沒有僕從，張養浩一下子落入凡間，覺得自己跟街上的販夫走卒沒有多少區別。

估計別人也是這麼想的，一名僕人裝扮的少年從對面匆匆跑來，街道很寬，兩邊都有餘地，他卻只顧低頭前行，徑直撞在錦衣公子身上。

少年僕人個頭瘦小，力氣卻不小，張養浩被撞得連退數步，向後摔倒，以手扶地，才沒有過於狼狽，他也是學過武功的人，挺身而起，拋去最後一點謹慎，要拿撞人者撒氣。

「哎，你走路怎麼不看人？」撞人者先發作了。

張養浩一愣，心中更怒，對方就算是皇帝的寵僕，他也不管了，挽起袖子大步迎上去，「看人？先看看你這個小兔崽子……」

撞人者認慫了，轉身就跑，嘴裡大喊「救命」。

街上行人誰也不會多管閒事，張養浩邁步追趕，還沒逮到人，已經在心裡將對方捶了十幾拳。

撞人者身小體輕，跑得很快，張養浩追了大半條街，距離還是保持在十幾步遠，自己反而累得氣喘不已。

撞人者跑進一條小巷，張養浩咬牙猛追，他對這一帶很熟，知道那是一條死衚衕，正好來個甕中捉鱉。

小巷裡還有別人，天色半暗，大街上的燈光照不到這裡，張養浩發現對面是兩個人時，放慢了腳步，警惕地到處觀察，確定對方只有兩人，而且都比自己矮小之後，他的膽氣又壯了起來，大步迎上去，兩個拳頭握得咯咯響。

「張養浩。」對面一人叫出了他的名字。

張養浩一驚，這個聲音他有點耳熟，於是再次放慢腳步，最後乾脆停下，「你是……」

「是我。」那人前行兩步。

張養浩終於認出對方的身份，大吃一驚，「怎麼是你？」

韓孺子又上前一步，拱手笑道：「為何不能是我？」

張養浩臉色忽紅忽白，想跑，覺得不合適，留下，似乎更不合適，「那是你的僕人？」他生硬地問。

「見諒，我不想與你在街上相見，只好出此下策。」

張養浩愣住了，「你想見我？你不應該見我，你不應該見任何人。」

「因為我是廢帝？」韓孺子笑著問。

張養浩真覺得不對勁了，轉身要跑，那名瘦小的僕人不知何時繞到了後面，衝他拱手道：「張公子講點禮貌，正聊天呢，幹嘛要走？」

張養浩有自信能夠輕易打贏這兩名少年，哼了一聲，又轉回身，「想報復我們張家嗎？去告御狀吧，張家不怕。」

「你誤會了，咱們遠日無仇近日無怨，何來報復一說？我找你是有事商量。」

張養浩又哼一聲，突然醒悟這可能是一個陷阱，馬上抬高聲音，「辟遠侯滿門忠烈，我張養浩絕不做忤逆不孝之事，倦侯，你找錯人了。」

韓孺子笑著搖搖頭，「周圍沒人，我找你商量的是這個。」韓孺子舉起右手晃了兩下，空拳裡傳出幾聲脆響。

張養浩對這聲音簡直太熟悉了，「你找我……賭錢？」

韓孺子長嘆一聲，「我原以為皇宮裡無聊，沒想到出了皇宮更無聊，我見過你和幾名侍從玩這個，一直覺得挺有意思。」

張養浩入宮當侍從的時候，跟同伴偷偷擲骰子，被當時的皇帝見過一次。

「你、你……」張養浩覺得廢帝不是這種人，轉念一想，自己從前也沒想當賭徒，閒極無聊才走上這條路，「太后允許你這麼做嗎？」

「我又不住在宮裡，用不著太后允許。」

張養浩不吱聲，他很清楚，與廢帝打交道是要冒風險的，他之前冒過一次險，勾結一批勳貴宿衛想要殺死廢帝向太后邀功，結果沒有得逞，回家之後還被祖父狠狠揍了一頓。

「反正這半年來，我出門沒人阻止，逛街買東西沒人阻止，受詔進過一次皇宮，出來時也沒人阻止，哦，只有一次，就是前幾天，我晚上偷著出去玩了一會，宗正府給我下了一份訓誡。」

「你接到訓誡了？」張養浩對這件事最感興趣。

「嗯，一位姓華的少卿找我問清經過，我還以為沒事呢，結果宗正府還是給我一份訓誡，唉，真是倒霉。」

「倒霉？這是幸運，訓誡意味著紀錄在案，不再追查，說明你真的沒事了。原來太后……」張養浩及時收住後面的話，暗自後怕，太后的心事誰也猜不透，當初若是真殺了廢帝，張家可能已被夷族。

韓孺子讓他想下去，這是他從孟娥那裡悟出的招數，東一下、西一下，只勾勒大概，讓對方自行描繪整個形象。

「你真要賭錢？」張養浩有點相信了。

「要不然幹嘛呢？金銀財寶留在手裡也沒用，還不如拿出來消遣。」

張養浩心中一動，「你會玩骰子？」

「跟僕人玩過幾次，挺簡單，骰子一扔，比大小唄，可是跟他們玩實在沒啥意思。」

「那是當然，僕人能有幾個錢？輸贏的數目必須能讓自己心動才行。」張養浩不只心動，還心癢起來，在賭場裡，千金易得，新手難求，他自己就是從新手變成賭棍的，為此付出了慘重代價，欠下一大筆錢，不敢回家告訴祖父。

「幾百兩銀子夠嗎？」韓孺子問。

「呸，你也不怕別人笑話，沒有一千兩銀子別來找我，最好是幾萬兩，這樣才會有人願意跟你玩。」

「幾萬兩好像有點麻煩。」

「你好歹當過……你從宮裡出來的時候，沒帶點寶物嗎？」

「有，但不能動。黃金行嗎？」

「當然行！」張養浩高興得差點要跳起來，連日來的陰霾一掃而空，不要說是廢帝，就算是當今皇帝，他也不管不顧了，「你帶著了？」

「誰沒事帶黃金上街啊。我就是想找人玩玩，可實在不認識什麼人，咱們也算是不打不相識，所以想問問你有沒有門路。」

張養浩嘿嘿笑了兩聲。

「也不是非得擲骰子，只要好玩就行。」

「好玩的事情多得是，可哪樣也不如骰子。嗯，讓我想想……你的身份比較特殊，不能隨便找人陪你玩。你到底能拿出多少黃金？」

韓孺子撓撓頭，「我也不知道，得回家查一查，幾百兩總有，銀子也有兩三千兩……你問這個幹嘛？我要贏錢，不是輸錢。」

張養浩大笑，「那是當然，我就是想知道什麼人才配得上倦侯。行，我心裡有數了，給我兩天時間，專門給你安排一場，不過醜話可先說在前頭，我不能白幫忙，你若輸錢，那就算了，你若贏錢，得分我三成，這是規矩。」

「我在家玩的時候從沒輸過。」

「哈哈，那就更沒問題了，新手氣運旺，你肯定能旗開得勝。」

「好，兩天，我準備好金銀，等你回信，別晃點我。」

「放心，我怎麼找你，直接造訪？」張養浩已經開始著急了。

「別，丞、尉不是我的人，向宗正府多嘴多舌就不好了，明天、後天……大後天吧，中午你在我家後巷走一走，我派人跟你接洽，怎麼樣？」

「一言為定。」張養浩看到了還債和翻本的希望。

等張養浩走了之後，杜穿雲說：「原來有錢人這麼好騙，早知這樣，我還學什麼『踏雪無痕』啊，早該進騙術行了。」

「先別高興，你真的對骰子很拿手吧？」韓孺子已經見識過杜穿雲的本事，卻沒有見過別人擲骰子，無從比較起。

「我拿人頭擔保。話說回來，這個傢伙太貪心了，居然要抽三成！」

「到時候再說，希望他真能找來『配得上』的對手。」

「京城裡的王侯將相一大把，肯定沒問題。」

韓孺子的目標卻只有一個人，他擔心自己的手段太迂迴，繞不到目標身邊。

「回家。」韓孺子說。

家裡人對倦侯這趟出行一無所知，還以為他在後花園練功呢。

崔小君正在臥房裡秉燭繡花，頗為專心，聽到夫君進屋也沒扭頭。

她離那個目標更近一些，韓孺子卻不忍心再利用她。

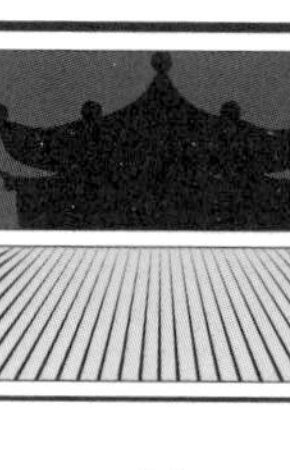

第九十六章 第一份邀請

敢於包天的膽子不多，賭博絕對能在其中佔據一席之地。

張養浩真的找來三個人與廢帝玩骰子，加上他本人，正好湊足五位，本來一切順利，廢帝的手法跟他的一樣尷尬，幾乎就是來送錢的，可是千不該萬不該，當廢帝聲稱自己累了，讓隨從代玩一會的時候，張養浩等人想也沒想就同意了。

一個時辰過去，外面的夜色正深，四名勳貴子弟跪坐在席子上，呆呆地看著幾粒骰子，還是沒明白這一切究竟是怎麼發生的。

除了張養浩，其他人從一開始就沒報出姓名，只以「公子」相稱，年紀都是二十來歲，久浸賭場，還從來沒輸得這麼慘過。

杜穿雲跪坐在四人對面，雙手按在膝蓋上，目光一遍遍掃視，等他們下注，他一點也不急，正在贏錢的人都是如此。

張養浩輸得最多，那都是他好不容易東挪西借來的銀子，「多少了？」他扭頭問道。

韓孺子百無聊賴地坐在角落裡的一張椅子上，拿起桌上的一張紙，對著油燈看了一會，「不多，四位公子加在一起才剛過六千兩。」

四人帶來的現銀不多，早已輸光，記在紙上的數目都是欠帳。

一位公子憤怒地在席子上捶了一拳，對杜穿雲說：「你使詐！」

「骰子是你們的，我怎麼使詐？你倒是使一個給我看看。」

「換倦侯上來，我們不跟你玩了。」另一位公子說。

「我上場的時候你們都說沒問題，現在又反悔了？換倦侯上來，行，先把帳結了。」杜穿雲伸出一隻手，面對勳貴子弟毫無懼色。

「不玩了，說好的是倦侯，跟一個僕人玩什麼？」第三位公子站起身。

「你也可以找僕人替你擲骰子啊。」杜穿雲笑呵呵地說。

三位受邀而來的公子氣哼哼地要走，韓孺子招呼他們過來，「等等，我不太懂規矩，但你們得在這紙上畫押簽字吧，要不然以後我找誰要錢去？」

三人止步，一塊看向張養浩，來賭博之前他們說好了絕不透露身份，因此連貼身隨從都沒有帶進來。

「找我就行了，這三位公子由我擔保。」張養浩硬著頭皮說。

「那就好，三位慢走。」韓孺子抱拳送行，三人剛一出門，他就對張養浩說：「沒想到還真贏了，來來，咱們分成……」

張養浩急忙跑到門口，向外看了一眼，關上門，轉身小聲道：「你要害死我嗎？」

「你不想要錢嗎？近兩千兩銀子呢，雖然不多，也是你應得的。」韓孺子沒計較分成比例，願意給張養浩三成。

這些銀子差不多能夠抵消他今晚輸掉的賭本，可要是被那三位公子聽到，他可就麻煩了。

「呵呵，幹嘛不要。」張養浩慢慢走向倦侯，不過目光卻是一直看向杜穿雲，「倦侯從哪找來了這樣一位高手？」

「沒找，我問府裡的人誰會玩擲骰子，他站出來，我就帶過來了。」韓孺子指著桌上的紙，「這些銀子真能要回來吧，別讓我空歡喜一場。」

「放心，大家都是有頭有臉的人物，他們家裡也不缺這點銀子，頂多三天，肯定送到倦侯府，你想好怎麼收、怎麼向府丞解釋就行了。」

「那就成了，我們也告辭吧。說實話，輸贏不大啊，我還以為一晚上幾萬兩呢。」韓孺子顯得很失望。

張養浩乾笑兩聲，「他們是為倦侯而來的，你讓別人替你玩，人家當然不感興趣。」

「我也覺得意思不大，算了，結完這筆帳，以後我不找你了。」

「別，倦侯想玩大的，我能找到人，不過人家可能也會找高手代戰。」

「我沒意見，你去找吧。」韓孺子將記帳的紙按住，「好歹你得畫個押吧，不是不相信你，可就這麼一張紙、一堆數目，我拿在手裡不踏實。」

張養浩笑著走過來，提筆簽字，「不出三天，這堆數目就是真金白銀。」

張養浩親自送主僕二人出門。

賭博地點離百王巷不遠，是一座大宅子的小跨院，有一道單獨的門通往後巷，非常隱蔽。

倦侯府後門，張有才正緊張地守候，看到主人平安歸來，長出一口氣，「就這一次吧，以後不要在夜裡出去了。」

「看情況吧。」韓孺子笑著說。

來到書房裡，杜穿雲道：「今天做得不好。」

「你贏得還不夠嗎？這些錢裡有三成歸你。」

「當然不夠。你太早讓我出場了，今晚應該你自己上場，輸點錢也沒事，釣起他們的興趣，下次賭的時候就能贏得更多，現在他們有防備了，下回要麼不玩，要麼也找來高手。」

「你怕高手？」

「玩骰子我就沒怕過誰，不過京城裡的確有幾位高手，我沒把握每次都能贏，不知道這幫王侯子弟瞭不瞭解他們、能不能請到。明天我出去打聽一下。」

杜穿雲不願在書房多待，轉身走了。

張有才服侍倦侯就寢，小聲嘮叨：「主人身份非同一般，不能總是以身涉險，好不容易穩定下來，府裡什麼都不缺，夫人溫柔賢惠……」

「一個晚上，我贏了差不多三千兩銀子，杜穿雲兩千兩。」

張有才一怔，嘴巴張合幾次，艱難地說：「咱們不缺這點錢吧？」

「來得容易，幹嘛不要呢？而且積少能成多，以後就是幾萬、幾十萬兩！」

「我覺得……」張有才輕嘆一聲，「主人休息吧。」

好賭的倦侯肯定會令有些人感到失望，韓孺子卻不能多做解釋，也不想解釋，遊手好閒不正符合「昏君」的形象嗎？

杜穿雲不在乎這些，整件事情對他來說就是一場江湖遊戲，樂在其中，次日一整天他都在府外打探消息，後半夜才回來，早晨來叫倦侯一塊去練功時，笑道：「一切順利。」

當天下午，張養浩送來了銀子，直接登門拜訪，被府丞記錄也不在意。

他還送來一份請柬：後天是衡陽侯夫人七十大壽，夫人乃武帝之姊，人稱「衡陽主」，因此遍邀宗室子弟赴宴。

宗室貴戚家中有事，倦侯府要按規矩送禮，這還是第一次收到邀請，不過韓孺子注意到，落款並非衡陽侯或衡陽主，而是散騎常侍柴韻。

張養浩解釋道：「柴韻是衡陽侯的孫子，在家中最受寵愛，跟咱們年紀相仿，因此單獨邀請一些人赴宴，不用去行禮，咱們玩自己的，倦侯中午到就行。」

張養浩告辭，府丞十分緊張，再多的好酒好肉也不能讓他睜一隻眼、閉一隻眼，立刻前往宗正府報告，等到傍晚，得到的回答只有一句「知道了，回去吧」，連份正式的公文都沒有。

雖然心裡還不踏實，曾府丞總算可以名正言順地閉上一隻眼了。

杜穿雲摩拳擦掌準備再戰，府裡眾人都為倦侯獲得邀請感到高興，只有一個人例外。

崔小君注意到夫君休息時間不像從前那麼準時了，偶爾還會留在書房裡單獨過夜，這天晚上，換衣上床後，她沒有躺在被窩裡，而是坐在床內，要與夫君好好談一談。

韓孺子後上床，只好坐在對面，笑道：「這是怎麼了？妳也要練功嗎？」

孟娥傳授了新法門，韓孺子每天都要花一點時間打坐，這種事情可沒法向夫人隱瞞。

崔小君兩條腿偏向一邊，絕非打坐的姿勢，正色道：「聽說衡陽主大壽，倦侯也收到了邀請。」

「沒錯，就是後天，妳不高興嗎？」

「不是不高興，只是……倦侯瞭解衡陽侯一家嗎？」

韓孺子搖搖頭，「我只知道衡陽主是武帝的姐姐。」

「衡陽主當年顯赫一時，桓帝能成為太子，據說她有不小功勞。」

「怪不得她敢邀請我。」

「真是衡陽主邀請倦侯嗎？」

韓孺子想裝糊塗，尋思一下還是決定說實話，「是衡陽侯的孫子柴韻，應該是一樣的吧？」

崔小君嘆了口氣，「果然如我所料。」

「妳料到什麼了？」

「柴韻不是好人。」

「妳認識他？」韓孺子有些意外。

「我不認識他，我的幾個哥哥認識，他們都是狐朋狗友，看我哥哥做過的那些事情，就知道柴韻是什麼品行了。」

韓孺子一顆心落地，他的計畫即將成功，勳貴子弟之間聯繫頗多，在皇宮裡，東海王雖然有意隱瞞，還是顯出了他與張養浩熟識，透過這條線，韓孺子相信自己很快又能見到東海王，弄清楚他到底有無陰謀。

「你笑什麼？」崔小君問。

「我在笑嗎？」韓孺子摸了摸自己的臉。

崔小君嚴肅地說：「不要向我隱瞞，你是有意接觸柴韻那些人吧？」

「我的確想多接觸外人，但是沒有主動找過柴韻，是他找我。」

崔小君向前挪了一點，「那你更要當心了，最好不去，他們真不是好人，你跟他們不是同類。」

「我也不是好人，妳不怕我嗎？」韓孺子很喜歡妻子的嚴肅表情，忍不住要開個玩笑。

崔小君臉色微紅，低聲道：「你連怎麼做壞人都不知道……」

韓孺子收起笑容，「我得接受邀請，倦侯府擋不住『壞人』，所以我得知道『壞人』究竟是什麼樣子，才能有所準備。」

平安終究只能維持一時，崔小君心中失落，臉上卻沒有表露出來，她要盡一切努力保護夫君，「我二哥崔騰和柴韻關係最好，因為他倆是同一種瘋子，聽說——」崔小君猶豫一會，「聽說他們親手殺過人，你非要接受邀請的話，一定要小心，帶著小杜教頭，別讓他離開半步。」

第九十七章 獨立小王國

柴韻二十歲了，比韓孺子大得多，若是論脾氣，的確還像個孩子。他在一群同伴和奴僕的簇擁下，風風火火地來到大門口後，突然止步，微微低頭翻眼，盯著受邀而至的廢帝，好像哭鬧多時、苦盼數日的駿馬終於買來了，而他正在評判這匹馬的好壞，稍不如意，他就會發作，好讓世人明白，自己不是一個能被隨便糊弄過關的人。

韓孺子剛下馬，張有才與杜穿雲分侍左右，與對邊的人群相比，他這邊勢單力薄，杜穿雲甚至做好了打架的準備，根據他的江湖經驗，這種誰也不說話的對峙，乃是大打出手的前兆。

倦侯位比諸侯王，出門前，府丞特意提醒他，不要搶在主人前面行禮，衡陽侯一家再有權勢，柴韻也只是一名散騎常侍，地位上比倦侯低了一大截。

所以韓孺子沒動，柴韻打量他，他也打量柴韻，順便掃視柴韻身邊的跟隨者，沒有看到東海王或者崔騰的身影，不禁略感失望。

柴韻皮膚白晰，玉雕般的臉上沒有一點瑕疵，要不是眼神中戾氣過重，倒有幾分像是穿上男裝的少女。

崔小君提醒過倦侯，千萬不要取笑柴韻的陰柔之氣，據說他曾經為此殺人，被殺者並非普通百姓，家人卻也不敢告官，只能忍氣吞聲。

眼前的青年全身都是嬌慣氣，可說他親手殺人，韓孺子還是覺得很難相信，傳言總是誇大其辭，朝堂與江湖莫不如此。

柴韻臉上突然露出笑容，燦爛且親切，眼中的戾氣一掃而空，更像個天真的孩子，只是身材比較高大。他抱拳迎上前，大聲道：「終於把你盼來，總算能看清楚你的模樣了。」

「你見過我？」韓孺子抱拳還禮，這不是正式見面，一切從簡。

柴韻很自然地拉住韓孺子的一隻胳膊，轉身對眾人說：「去年我在皇城裡仰望倦侯，當時就在想，可惜了這樣一位人物，當什麼皇帝呢？說是至尊之身，其實勞心費力，比僕役還要辛苦，還不如咱們普通人家的孩子自由自在，沒想到他真就不當皇帝了。」

一群勳貴子弟當中，只有柴韻自稱「普通人家的孩子」時坦然自若，也只有他敢當眾提起廢帝的往事，或許是天真爛漫，或許是暗含諷刺，誰也聽不出來，反正跟著拊掌大笑就對了。

韓孺子也笑了，「那就不要讓我失望，讓我看看什麼是自由自在。」

「我沒看錯，我就知道能和你成為朋友。」柴韻很高興，拉著倦侯的胳膊走向眾人，向他介紹十幾位來賓，都是王侯將相家的公子，頭銜多得記不住，還有五六個人，明明穿著貴人的錦衣，無論柴韻說什麼，都搶著附和，臉上的笑容就沒有完全消失過，卻沒有得到應有的介紹，好像他們只是僕人。

衡陽主的七十壽誕正在前廳火熱進行，柴韻的小宴則在一座獨立的小院裡舉辦，地方雖說小些，勝在沒有長輩管束，對柴韻來說的確自由自在。

這是柴韻的獨立小王國，一伸手就有僕人送上斟滿的美酒，一句話就能引來滿堂喝彩，一咳嗽就有侏儒上來翻跟頭講笑話，一冷場就有客人搶著挑起新話題……

只有韓孺子用不著太明顯地討好柴韻，他是這裡最尊貴的客人，也是柴韻特意展示的「奇珍異寶」，兩人共坐主桌，享受眾星捧月的待遇，唯有一點韓孺子推脫不掉，他得喝酒，不停喝酒，杯中的酒剛喝下一點，馬上就會滿上，根本無從拒絕。

他覺得自己過去十幾年喝過的酒加在一起都沒有今天多。

酒過三巡，柴韻被家僕叫去給祖母磕頭拜壽，他前腳剛走，小院裡的氣氛急轉直下，剛才的熱鬧就像是一場夢境，做夢的人一醒，夢也就跟著破滅：諂媚者收起僵硬的笑容，稍事休息，侏儒和僕人狼吞虎嚥地偷吃酒肉，客人們或茫然呆坐，或小聲交談，誰也不願意在主人缺席的時候浪費有趣的話題。

失去柴韻的陪伴，韓孺子一下子露出原形，他是廢帝，是「孤家寡人」，沒人過來跟他說話，甚至沒有目光願意看過來。

只有張養浩例外，倦侯是他請來的，不能表現得太冷淡。

「倦侯喝得盡興嗎？」張養浩站在桌前，低聲問道。

韓孺子喝得暈暈乎乎，以為自己在用很小的聲音說話，其實整間屋子裡的人都能聽到，「只是喝酒聊天嗎？什麼時候玩骰子？」

張養浩會心一笑，「等天黑，不過今天不玩骰子，柴小侯有新花樣，輸贏更大，包倦侯滿意。」

柴韻尚未繼承爵位，大家已經開始叫他「小侯」。

韓孺子也笑了，杜穿雲向他保證過，無論怎麼賭都不怕，於是探身在張養浩的肩上重重拍了兩下，「有你三成。」

聲音還是太大了些，張養浩臉一紅，急忙道：「不不，這回我一點不要，輸贏都是倦侯的。」

張養浩轉身要走，韓孺子一把抓住，「先給我透個口風。」

張養浩苦笑道：「我真不知道，總之柴小侯很會玩，絕不會讓倦侯失望。」

韓孺子放開張養浩，扭頭看向站在身邊的杜穿雲，杜穿雲正盯著桌上的殘酒，在江湖上，他算是有名號的人物，到哪都能得到熱情接待，站在一邊看別人盡情吃喝的經歷可不多。

「還等什麼？」韓孺子說。

杜穿雲一笑，再不客氣，拿起酒壺往嘴裡倒，也不用筷子，伸手抓起燉肉大嚼，然後對矜持的張有才說：「這就是為什麼我不愛當太監，早晚我會重返江湖。」

張有才輕哼一聲，他是皇宮裡出來的人，就算肚子餓得咕咕叫、口水多得幾乎要流出來，他也得保持鎮定，絕不能給主人丟臉。

張養浩開了個頭，一名少年勳貴走過來，向倦侯拱手道：「倦侯還記得我嗎？」

「你是中山王的外孫……」韓孺子回憶柴韻的介紹，怎麼也想不起名字。

「我叫文遣，家父現任涿郡太守。」

「哦，文公子，來喝一杯？」

文遣搖搖頭，湊近一些低聲道：「我押倦侯大勝。」

「押我什麼？」韓孺子沒聽懂。

文遣在桌上輕輕敲了兩下，瞥了一眼正在大吃大喝的杜穿雲，「千軍易得，一將難求，倦侯能找來這樣的壯士，賭什麼都不怕。」

「當然。」韓孺子還是沒聽明白，再想問的時候，文遣已經轉身走了。

韓孺子酒醒了一半，悄悄觀察，這才發現有些客人時不時往主桌偷瞄，感興趣的目標好像不是廢帝，而是那個一手酒壺一手肥肉的杜穿雲。

「扶我更衣。」韓孺子說，張有才立刻上前一步，攙著主人起身，然後伸腳踢了一下，杜穿雲才反應過來，放下酒肉，將手在身上擦了擦，扶住倦侯另一邊。

院子不大，茅廁離正廳也不遠，倦侯離開後，裡頭似乎更熱鬧了一些。

「撒尿就撒尿唄，說什麼『更衣』啊，我還想呢，咱們也沒帶多餘的衣裳啊。」杜穿雲向張有才抱怨。

張有才不理他，韓孺子走出茅廁，腳底還有些虛浮，頭腦卻清醒不少，「杜穿雲，你要小心，他們肯定查出你的底細了。」

「那又怎樣？反正我知道，京城最厲害的幾位骰子高手都沒來這裡，對這些公子哥，就算是以一敵百我也能贏。」

韓孺子搖搖頭，覺得事情沒那麼簡單，「怎樣能將酒吐出來？」

杜穿雲二話不說，一拳擊在倦侯肚子上，隨後讓開，韓孺子不由自主彎腰嘔吐，張有才輕拍主人的後背，「我還沒來得及提醒……」

韓孺子直起身，從張有才手裡接過巾帕，擦擦嘴，笑道：「好多了。」然後對杜穿雲說：「他們今天想賭的肯定不是骰子，等他們提出玩法的時候，你給我一點暗示，有把握贏，就……戳我一下，沒把握，就連戳兩下。」

「行，反正咱們必須得贏，偷雞不成蝕把米，那可就丟人了。」

三人向宴會廳走去，張有才說：「杜穿雲，你手勁大，可得輕點，這是咱們的主人，不是敵人。」

「他是你的主人，我和爺爺留在府裡只是為了還楊奉的人情，順便弄點銀子花花。」杜穿雲絕不承認自己低人一等。

此時柴韻已經回來了，正在廳裡轉圈，看到倦侯，臉色隨即由陰轉晴，大笑著迎上來，「我還以為倦侯偷跑了呢。」

「還沒盡興，怎麼會跑？」韓孺子笑道，發現廳內的氣氛並未恢復最初的熱鬧，每個人都有所期待地看著柴韻。

外面剛剛黃昏，柴韻看了一眼，正色道：「寡酒難飲，吃吃喝喝沒什麼意思，倦侯想玩點遊戲嗎？」

「正是為此而來。」

「這個遊戲需要一點膽量。」

「韓某不才，膽量比酒量稍多一些。」

柴韻大笑，突然冷下臉，「那我就不客套了，倦侯知道崔騰這個人吧？」

韓孺子點點頭。

「算起來，崔騰還是倦侯的舅子，可我聽說你們的關係不是很好。」

「我聽說柴小侯與崔騰乃是好友。」

柴韻重重地一哼，像孩子似地跺了一下腳，「姓崔的王八蛋，我跟他不是朋友，是仇人，今晚就要去找他報仇，倦侯敢去嗎？」

「不是賭錢嗎？」韓孺子一愣。

「有錢，打傷一名武師，五百兩，打死，兩千兩，誰若是能活捉崔騰，我給他一萬兩。」說著說著，柴韻的目光轉向了杜穿雲，「你的劍術跟賭術一樣好嗎？」

杜穿雲的眼睛亮了。

第九十八章 反目成仇

骰子、美酒、武功，如果只能在這三者當中選一樣，杜穿雲會難為死，如果只是按喜歡程度排個順序，他會毫不猶豫地選武功，用武功來打架、賺錢，真是說到了他的心坎上，為了讓這一刻完美無缺，他轉身從桌上端起一杯不知屬於誰的酒，一飲而盡。

「殺一個兩千兩，有上限嗎？」

柴韻笑著搖頭。

「活捉崔騰一萬兩，殺死呢？」

柴韻收起笑容，「只准活捉，不准殺死。」

杜穿雲皺起眉頭，正要說什麼，發現張有才不停地用腳尖踢自己，突然想起來，這不是江湖好漢的聚會，他不能自己做主，得聽倦侯安排，於是退後一步，在倦侯手臂上輕戳了一下，「我的劍只聽倦侯的安排。」

柴韻大笑，「忠誠之劍才是天下最利的劍，倦侯，我真羨慕你。」

韓孺子微笑道：「劍是利劍，但不可輕易出鞘。」

柴韻的笑容消失得比風還快，「怎麼，倦侯不想玩嗎？」

「想玩，只怕玩不起。」

場面有些尷尬，柴韻冷冷地看著倦侯，揮揮手，客人、奴僕紛紛退出，杜穿雲和張有才得到倦侯的示意之後才離開。
房間裡很快只剩下兩個人，柴韻說：「放眼整座京城，沒幾個人敢主動邀請你上門。」
「柴小侯有膽量。」
「多少人想跟我玩，我都看不上，你卻不知珍惜。」
韓孺子哭笑不得，對方好像比他還要年幼，於是正色道：「我來了，這就是珍惜，可我有些事情不明白。」
「有什麼不明白的？」柴韻歪頭瞪眼，更像孩子了。
「我聽說你與崔騰交情不淺，怎麼會反目成仇？」
「你對這種事情感興趣？」柴韻覺得倦侯的反應很奇怪。
「實話實說，我跟崔家也有一些過節，所以……」
柴韻在倦侯肩上重重拍了一下，笑道：「我就是因為這個才找你的啊。我聽說了，你當皇帝的時候，崔家總想把你廢掉，讓東海王登基，結果竹籃打水一場空，笑死我了。」
柴韻喜怒無常，轉眼間對倦侯又像親兄弟一樣自然隨意了，「至於我和崔騰，沒錯，我們曾經是朋友，挺投脾氣，玩得也不錯，可這個傢伙太不仗義，居然搶我的女人！」
柴韻狠狠一跺腳，白潤的臉上泛起一層赤紅，眼中滿是戾氣，好像懷著天大的冤屈。
「崔騰調戲柴小侯的妻妾了？」韓孺子著實吃了一驚。
柴韻用怪異的目光打量倦侯，「就算是親生兄弟也別想見到我的愛妻寵妾，崔騰更不行。」
「柴小侯的女人是……」
柴韻大笑數聲，「倦侯真是……沒有經驗，我說『我的女人』當然是指別人家的女人，不是我自吹自擂，憑著我這副皮囊，再加上一點小小的名聲、才氣，天下的女人隨便我挑，別說是小家碧玉，就算是大家閨秀、將相之女，我也照樣能得手，比如崔家的幾個女兒……」

「嗯？」韓孺子不自覺地露出怒容。

柴韻這時倒不強橫，忙笑道：「該死，我忘了倦侯夫人也是崔家人，倦侯別多心，崔家看得嚴，我對崔家的女兒只有耳聞，無緣親見，我是說若非看在崔騰的面子……算了，我換個說法吧，比如某位將軍的女兒，定親之後的一個月就被我哄到手，她上月成親，現在還寫信給我，約我再見呢。」

柴韻得意洋洋，韓孺子心中厭惡至極，臉上卻不顯露，「崔騰搶走了將軍的女兒？」

「不是，她又不是絕色天香，到手也就算了，崔騰想要，讓給他就是。是另外一個，歸義侯的女兒，我在她身上花費了將近一年時間，最近剛有點眉目，崔騰半路殺出來，仗著他父親崔太傅的勢力，居然前去提親。崔騰明明知道我的心事，胡尤若是嫁入崔府，我哪還有機會？」

「胡尤？」

「歸義侯的女兒，你不會沒聽說過吧？」

韓孺子搖搖頭，「歸義侯……是歸順大楚的匈奴人吧？」

「對對，現在的歸義侯是第二代，他的女兒胡尤——嘖嘖，見過的人都說是天下無雙，崔家……我不說崔家，總之胡尤艷壓群芳，世間獨有之尤物，大家不知道她的閨名，所以就叫她胡尤，胡人之尤物。」柴韻一臉的想望，「我若得此女，甘願折壽十年。」

韓孺子心中的厭惡更深，笑道：「崔騰提親，你也可以啊。」

「唉，誰讓我成親早呢，如今已是一妻三妾，別看歸義侯沒什麼勢力，卻有幾分骨氣，堅決不肯讓女兒作妾，崔騰還沒成親，佔了便宜。再給我一點時間，哪怕只有一個月也行。」柴韻恨恨地揮了一下拳頭。

「所以你跟崔騰因為這個反目成仇了。」

「崔騰不僅搶先提親，還來警告我，不要打擾他未過門的妻子，否則就要跟我斷交。我怕他？崔太傅眼下掌控南軍，可他得意不了太久，可惜了胡尤，嫁到崔家還不得跟著一塊倒霉？」

韓孺子最初懷疑這是一個陷阱，與柴韻相處越久，疑心越少。這個人無恥到天真，完全不知道自己的醜陋，要說這種人會演戲，而且滴水不漏，就跟杜穿雲突然間變成諂媚之徒一樣不可思議。

可他還剩下幾個疑問，「我明白了，柴小侯受了欺負，要報仇，可是打架能阻止崔家娶親嗎？」

「我只需要讓崔騰延遲一段時間就行，等我享受過胡尤之後，崔騰想接手就接手吧。」柴韻得意地輕笑，韓孺子不得不承認，即使在這種時候，柴小侯仍然很英俊。

韓孺子沉吟片刻，「柴家不至於找不出能打架的人吧，為何非要用我的隨從？」

問到這裡，表明倦侯已有幾分心動，柴韻無恥，卻一點也不傻，轉身背對門口，低聲道：「必須是倦侯和倦侯家中的高手出面，才能教訓崔騰。」

「呵呵，我不這麼覺得。」

「因為東海王啊。」

「又關他什麼事？」韓孺子正是為東海王而來，沒想到兜了一圈，終於聽到這三個字。

「咱們不是普通百姓，打架的時候不只看誰人多勢眾，還要比地位，比如對方出一位五品文官，咱們起碼得有從五品的武將，再低就丟人了，還可能惹來麻煩，禮部和宗正府那幫老傢伙，別的不管，一聽到『以下犯上』四個字，就跟惡虎撲食一樣，不管是非對錯，先參一本。」

韓孺子想不到動貴子弟打架還有這種花樣，搖頭笑道：「東海王要替崔騰出面？」

「沒錯，京城裡的諸侯王沒有幾位，不是年紀太大，就是膽子太小，倦侯位比諸侯王，與崔家又有過節，由你應對東海王，正合適。至於倦侯的那位高手，他是江湖人，惹事後可以一走了之，比自家養的奴才方便多了，實在不行，交出去也無所謂。」

韓孺子搖搖頭，「我府中總共沒幾個人，可經不起損失。」

柴韻心照不宣地笑了，用更低的聲音說：「張養浩跟我說了，倦侯喜歡骰子，其實我明白你的苦處。」

「我的苦處？這是什麼話？」

「我當倦侯是朋友，倦侯也別拿我當外人，你這個侯爵虛有其位，除了朝廷給的一點俸祿，別無餘財，開銷卻不少。你說是喜歡骰子，其實是喜歡金銀。當然，誰不喜歡呢？可世上就是這麼不公平，有人受困於錢求告無門，有人卻是金山銀山花不完，幹嘛不平均一下呢？可也不能隨意平均，總得講點交情。我柴韻是講交情的人，跟你說實話，我在女人身上從來不花錢，頂多送幾件便宜的珠寶首飾，或者香囊汗巾什麼的，但是對朋友，你去打聽打聽，柴小侯吝嗇過嗎？崔騰說是太傅之子，這些年來花了我近萬兩銀子，我有多說過一句、猶豫過一下嗎？」

韓孺子聽得夠多了，「杜穿雲活捉崔騰能得一萬兩？」

「倦侯所得是他的五倍，但這話我不對外人說，絕不讓倦侯面子上難看。」這點規矩柴韻還是懂的，「怎麼樣？」

「不會真惹出事吧？」

「頂多死幾名奴僕和武師，還能出什麼事？倦侯看住自家的劍，別讓他亂捅就行了。其他人都懂規矩，也不會真對公子們下手。」

「嗯，聽你一說，這事倒也有趣。」

「有趣得很，咱們若是贏了，崔騰和東海王一年抬不起頭來，倦侯的仇也報了，還有一大筆錢可拿，今後若是再缺錢，跟我說一聲就行。」

「跟錢無關……」韓孺子也會半推半就，這種本事不用人教。

柴韻知道事成了，摟住倦侯的肩膀，笑道：「當然，咱們講的是交情，來，把大家都叫進來，一醉方休，然後去找崔騰報仇。」

「就是今晚？」

「對，就是今晚，但是得等衡陽主就寢，老祖宗最喜歡我，每天非得看我一眼才能安心入睡，今天是她的壽辰，我不能讓她失望。」

無恥之徒倒是位孝順的孫子，可是韓孺子對柴韻的印象卻已無法改變，「今晚肯定不行，你另選一個時間吧。」

「可是我跟崔騰已經約好了。」

「那也不行，我今晚必須回府，杜穿雲也沒準備好。」

柴韻顯得不太高興，但是沒有堅持，慢慢鬆開倦侯，「好吧……」突然抓住倦侯的肩膀，「倦侯不會被吹枕邊風吧？」

「不會，我跟崔家人做不成親戚。」

韓孺子堅持回府，想找的人不是崔小君，而是孟娥，萬一東海王那邊真的設置了陷阱，他得有人保護。

第九十九章 師出有名

孟娥很少問東問西，這回卻要問個清楚，「你去打架，想讓我暗中保護你？」

「這不是單純的打架，之前的林坤山肯定是東海王派來的，他在策劃陰謀，這次打架沒準也是他策劃出來的。」

「明知是陰謀，你還要湊過去？」

「躲在遠處，就只能等著東海王發招，反而更容易受傷，不如迎上去捅破陷阱，不是嗎？」

書房裡沒有聲音，韓孺子站起身，「還在嗎？妳是同意還是不同意？」

還是沒有聲音，韓孺子無奈地搖搖頭，只好坐下，喃喃道：「就當她同意了吧。」

書房裡很黑，近乎伸手不見五指，韓孺子還很精神，不想這麼快上床睡覺，坐在椅子上無意識地晃動雙腿，一遍遍地自問：還能重新坐回皇帝的寶座嗎？自己是否在做一件愚蠢而可笑的事情？

他自己都忍不住要嘲笑自己了。

外面響起輕輕的敲門聲。

「誰？」

「倦侯尚未入睡嗎？」

居然是夫人崔小君，她極少來書房，入夜之後的到訪這是第一次，韓孺子十分意外，急忙起身，摸黑走到門口，打開房門，看到她一個人站在外面，更覺意外，「妳怎麼來了？」

崔小君笑了笑，她只穿了貼身的小衣，看上去分外單薄，「我睡不著，就想過來看看，你要是太忙……」

「不忙。」韓孺子伸手將夫人拉進來，轉身去找火石袋子，「我來點燈。」

崔小君拽住倦侯，「不用，我就是來看你一眼，待會就走。」

「妳害怕了？」韓孺子握住她的雙手。

崔小君微微扭過臉，「不怕，就是……就是……」

「有時會覺得睡覺的地方不屬於自己？」

「你也有這種感覺？」崔小君抬起眼睛，反射出一絲月光。

「跟我來。」韓孺子牽著她的手往外走。

「去哪？」崔小君一步一停，還是跟著出屋了。

倦侯府很大，人卻不多，此時都已休息，整個府中寂靜無聲，韓孺子帶著妻子在環廊下悄悄行走，在一間廂房門口停下，裡頭的呼嚕聲抑揚頓挫。

「這是曾府丞。」韓孺子小聲說，「他今天肯定喝了不少，連呼嚕聲裡都有酒味。」

崔小君噗嗤笑出聲來，屋裡的呼嚕聲稍稍減弱，她急忙以手掩口，沒一會，呼嚕聲又起。

「他不會回家嗎？」她小聲問。

「他可以回家，可我聽說他家中的老婆很厲害，所以他寧願住在這裡。」

崔小君斜眼打量倦侯，韓孺子連忙補充道：「我和他不一樣，他總是不回家，我十天才有一天住在書房……」

崔小君笑著推他離開，「別在這說話，把人家吵醒了。」

兩人在廊下緩步行走，韓孺子一一介紹裡面住著什麼人，講解他們鼾聲的特點。

「初時如籬上麻雀，展翅飛起又如南遷鴻鵠，忽忽焉已是大鵬一飛衝天——這是鄭府尉。」

「這個呼嚕像是在吧唧嘴，肯定是帳房何逸，他做夢也在喝酒哩。」

「磨牙、說夢話，這個是張有才，我一直不好意思告訴他真相，他以為自己是這世上睡覺最安靜的人。」

「離前面的屋子遠點，杜穿雲住在那，他說自己眼觀六路、耳聽八方，而且房門上有機關，我覺得他在吹牛，可是……今天就不考驗他了。」

兩人一進進院子往後走，越往後住的人越少，他們的臥房在第三進，正房、廂房加在一起也只住了四五個人。

兩人站在自己的臥房門口傾聽，裡面的侍女睡得正香，根本不知道女主人悄悄離開，更不知道倦侯夫婦正像小偷一樣站在外面。

「她睡著之後一點聲音也沒有。」崔小君用極低的聲音說，「每天晚上我都想起來到外屋去看一眼。」

韓孺子一笑，攜著她的手，繼續今夜的小小探險。

後花園裡不住人，經過崔小君一個多月的打理，這裡已經初具形態，種種奇香異味在夏夜裡隨風飄蕩，夫婦二人不用再像小偷一樣躡足潛蹤了，並肩走在甬路上，捕風聞香，傾聽蟲鳴蛙唱。

「感覺好點了嗎？」韓孺子問。

崔小君笑著點頭，確實，倦侯府更像是屬於她的家了。

兩人找了一塊石頭坐下，喁喁細語，不覺月過中天，崔小君靠在倦侯肩上睡著，韓孺子將她輕輕抱起，送回臥房，住在外間的侍女一無所覺。

到了床上，崔小君仍然緊緊抱住他的一條胳膊，韓孺子合衣而臥，希望這一刻能夠永遠持續，思緒卻不由自主又轉到了得而復失的帝位上，他最清楚不過，崔小君的恐懼是有道理的，倦侯府只是暫借給他們的施捨之物，說不定哪一天，一切都會被奪走。

看過的史書越多，韓孺子想得越明白，廢帝只在一種情況下可能平安度過後半生，那就是新皇帝地位穩固，普天之下再無異心，廢帝自然會遭到遺忘，可大楚的現狀與之相差十萬八千里，那個胖呼呼的小孩連爭奪皇權的資格都沒有。

大楚注定要亂，廢帝注定不得平安。

次日一早，韓孺子一睜開眼睛就看到了崔小君的笑臉。

「抱歉，昨晚打擾你練功了。」

「反正我也成不了絕頂高手，偷懶一兩次沒關係。」韓孺子攬住她的脖頸，崔小君笑著躲避，外面的侍女敲門進來了，看到倦侯也在床上，不由得一呆。

韓孺子已經通知孟娥，接下來，他要準備加入柴韻和崔騰的決戰，如果這只是勳貴子弟之間的一場胡鬧，他希望能藉機與更多人接觸，如果這是東海王策劃的陰謀，他要給東海王一個教訓。

杜穿雲已經準備好了，找出自己的短劍，一遍遍打磨，聲音尖銳刺耳，讓站在一旁的張有才臉色變幻不定，「你、你真要殺人啊？」

「當然。」杜穿雲頭也不抬，摸摸劍刃，繼續打磨，「你沒殺過人？」

張有才搖頭，「可我見過，不只一次。」

「嘿，那是兩回事。」杜穿雲拔下一根頭髮，對著劍刃吹過，看著兩截頭髮飄落，稍微滿意。

屋子另一頭，韓孺子正在與杜摸天交談，這麼大的事情，他不能對杜穿雲的爺爺隱瞞。

老爺子並不驚訝，淡淡地說：「玩玩就好，別惹出事。」

杜穿雲抬頭說：「放心吧，爺爺，我出手有分寸。」

「嘿，你才鬥過幾次，就敢說自己有分寸？打架不是比武，就算是經驗豐富的老劍客，也保不齊失手。」

張有才低聲道：「原來你沒真殺過人。」

杜穿雲瞪他，卻沒有反駁。

杜摸天起身向倦侯拱手告辭，沒多久又回來了，扔給杜穿雲一根硬木棍，長度與短劍相差無幾，「用這個。」

杜穿雲剛磨好劍，十分滿意，看著膝蓋上的木棍，大為不滿，「我是劍客，不是乞丐，拿根木棍算什麼？我寧可空手。」

「那就空手。」杜摸天對孫子從不客氣，「劍客是那麼好當的嗎？爭強好勝、嗜殺無度，那是用劍的混子，不是劍客。」

「爺爺，你還帶我當過刺客呢。」

「大國師出有名，小民行必有因，當初刺殺楊奉是為朋友報仇，你什麼時候見過爺爺無緣無故打架？」

杜穿雲低頭不語，韓孺子覺得杜摸天這些話是在說給自己聽的，但他也沒有吱聲。

杜穿雲無奈地收起磨好的短劍，拿起木棍，嘆了口氣，「好吧，就用它，就算對方真刀真槍，我也絕不濫用兵器，頂多挨幾刀，死不了。」

杜摸天從孫子手裡奪過短劍，送到倦侯面前，「請倦侯保留此劍，用與不用，由倦侯決定。」

韓孺子起身，鄭重地接過短劍，「我不會讓此劍蒙羞。」

老劍客笑笑，轉身走了。

杜穿雲茫然不解，「我跟著爺爺行走江湖這麼多年，他居然相信你而不相信我！」

韓孺子對張有才說：「禮尚往來，去衡陽侯府請柴小侯前往西市不歸樓一聚。」

當天下午，柴韻帶著兩名隨從應邀而至，一進雅間就拱手笑道：「倦侯挺會選地方，不歸樓不錯，前些年我常來，可這裡的酒太素，我們現在常去南城的蔣宅和城外的逍遙莊，那才是好地方，酒好，人也好。」

韓孺子假裝聽不懂，笑道：「人好有什麼用，我又不能對著掌櫃、夥計喝酒。」

「哈哈，倦侯真是有趣。」

兩人客套一番，坐下喝酒聊天，隨從站在一邊捧場，得到主人的暗示之後，都退出雅間。

「倦侯決定了嗎？」柴韻直接問道。

「為什麼不呢？就當玩了。」

「好，倦侯此言深得我心，不就是玩嘛。像咱們這種人，當官不願意到處磕頭，經商捨不得這張臉，也受不得風霜，人生在世，無非就是在這骷髏世界中走一遭，結交三二知己，遍嘗世間美味，採摘閨中芬芳，一個字，玩唄。」

「玩就好好玩，我可不想輸。」

「放心，我都安排好了，倦侯露面，杜穿雲出劍，一切水到渠成，我打聽過了，崔騰那邊沒有高手，把他捉來好好羞辱一番，讓他再不敢囂張，咱們也算是揚名了。」

「我還有一件事要問。」

「倦侯請說。」

「歸義侯同意崔家的求親了嗎？」

柴韻微微一愣，「他有什麼不同意的？那老兒巴不得能與崔家結親。」

「我有一個主意，如果歸義侯同意親事，咱們就說崔騰迷戀匈奴女子，對大楚不忠，如果歸義侯不同意，咱們就說崔騰仗勢強娶，總之咱們是路見不平、仗義而為。」

柴韻又愣了一會，突然大笑道：「你他娘的真是聰明，這個朋友，我交定了！」

第一百章　荒園混戰

王侯子弟打架跟普通人也沒有多大區別，約好時間、地點，見面之後先是互相挑釁、揭老底，衡量對方實力，都覺得己方勝算大，那就是一場混戰；一方膽怯，引發的就是追逐戰；如果有大人物居中勸說，也有握手言和的可能。

柴韻和崔騰的這一戰沒有勸說者，一位是衡陽主寵孫，一位是崔太傅之子，沒人敢蹚渾水。

時間是下午，中午吃飽喝足，正好發洩過剩的精力。

地點是城西北的一座荒園，這裡曾經屬於某位王侯，多年無人居住，只有一名老僕留守，一見情形不對，早躲進屋子裡呼呼大睡。

園內雜草叢生，暗藏條條小路，全都通向一塊空地，空地緊挨一座半毀的亭子，周圍立著三五棵高樹，幾條野狗躥來躥去，一發現有人來，驚慌逃跑。

崔騰一夥先到，佔據了半座亭子，七八十人，多半是貴公子，剩下的大都是奴僕，真正的武師只有五個人，站在最前方，一個個昂首挺胸，手持齊眉棍。

柴韻的隊伍來得稍晚，人數卻更多一些，將近百人，同樣多半成員是勳貴子弟，武師更少，只有三個，杜穿雲不算在內，他穿著僕人的服裝，跟隨在倦侯身邊，他的任務是趁亂活捉崔騰。

張有才也想來，被韓孺子拒絕。
韓孺子本以為這次約架也會選在夜裡，柴韻卻想著晚上回去給老祖母請安，因此希望天黑之前結束戰鬥。看到滿園子半人高的芳草之後，韓孺子放心了，在這裡孟娥完全可以隱藏起來保護他。
老實說，他挺喜歡今天的感覺。
太陽升起不久，他們就聚在一起吃吃喝喝，許多人之前已經見過面，這回就算是「老朋友」了，對廢帝的敬畏與警惕逐漸消失，幾杯酒下肚，他們也敢過來跟倦侯打招呼，其中數人跟張養浩一樣，在皇宮裡當過侍衛，面對廢帝發出拐彎抹角的感慨——更像是幸災樂禍，可這總比視而不見要好一點。
等到柴韻親自出面再度向眾人介紹倦侯時，大家的熱情達到了頂峰。韓孺子發現，如果別看得太認真，也別想得太多，他能接受這些熱情，甚至可以小小地感動一下。
這份幻覺是張養浩無意間打破的，眾人當時正要出發，一片混亂，他走過來，已經喝多了，摟著倦侯的肩膀，大著舌頭說：「這樣……多好，從前我瞧你就不是……當皇帝的料，你缺少那個……那個氣度，一看就不自信，現在你就好多了……好多了，哈哈。」
張養浩大概是好心，韓孺子聽在耳中卻如萬針攢心，臉上擠出微笑，「你也不錯，比在皇宮裡自在。」
張養浩指著倦侯不停晃動手指，似乎要說幾句發自肺腑的真心話，被朋友拽開，加入到出門的隊伍中去。
杜穿雲緊跟倦侯，低聲問：「看準時機，別等我被人砍得不能動了，才想起來把劍給我。」
「放心吧。」韓孺子拍拍貼腿垂下的短劍，偷偷攜帶兵器的人不只他一個，大家的想法都一樣，萬一對方帶著兵器，自己不能吃虧，反倒是三名武師只帶棍棒。
韓孺子暗自敬佩一劍仙杜摸天，他是真正的老江湖，沒讓杜穿雲帶劍。
兩夥人在荒園中相遇，最先吵起來的不是帶頭人柴韻與崔騰，而是各自的同伴。

「張三，你竟然敢來！欠我的銀子還沒還，今天咱們做個了斷。」

「李四，上次挨打不夠是吧，今天還得再打！」

「二哥，你怎麼在那邊？咱們家可不出叛徒。」

……

這些勳貴子弟彼此都認識，恩怨不少，一開始還以認人為主，吵得不算激烈，慢慢地怒氣上升，開始有人動手，你掄我一拳，我踢你一腳，被朋友和僕人們拉開，今天的主角畢竟不是他們。

柴韻越眾而出，舉起右臂，雙方都安靜下來。

「崔騰，別躲在後面了，出來說話。」

崔騰從五名武師身後走出來，站在台基上，居高臨下，「行啊，小柴子，找來不少人，沒把你的乳母也叫來？你害怕的時候不就喜歡吃她的奶水嗎？」

柴韻大笑數聲，「崔騰，你出門的時候剛和你家老君聊過天吧，嘴巴一樣臭。」

「少廢話，咱們比人頭，然後開打。」崔騰顯然不是第一次約架，頗講規矩。

「等等。」柴韻高舉雙臂，吸引眾人的注意，然後大聲道：「諸位公子，今天這一架要打得明明白白，這位崔騰崔公子，大家都認識，乃是當朝太傅、南軍大司馬崔宏之子，仗著家中的勢力，強行向歸義侯的女兒求親。歸義侯一家嚮往衣冠禮儀之國，不遠千里前來投誠，天子當年親迎城外……」

「你在說什麼？」崔騰打斷柴韻，一臉的莫名其妙，這可不是他記憶中的小柴子。

柴韻不理他，繼續道：「歸義侯一家奉公守法、老實本分，多年來從未惹過是非，可就是這位崔公子，仗著父親的權勢，強行提親，歸義侯不同意……」

崔騰臉紅了，怒道：「誰說歸義侯不同意了？他說女兒還小，要等兩年……再說這關你屁事？你不就是垂涎胡尤的美色……」

「愛美之心人皆有之，可我今天來見你是要秉持公道，不能讓你敗壞大楚的名聲，讓歸義的匈奴人以為大楚都是你這種仗勢欺人的無恥之徒。」

崔騰脾氣本來就暴躁，被柴韻一番話說得義憤填膺，伸出手臂，抖了好一會才吐出幾個字：「打，給我打斷他的賤骨頭！」

僕人先衝上去，他們手中也都拎著長短不一的棍棒，不管三七二十一，前後一通胡掄，嘴裡哇哇大叫，半天也打不著一下。

雙方的武師更講究些，推開奴僕，互相抱拳行禮，說了幾句，捉對廝打，崔騰一方多出兩名武師，站在邊上掠陣，沒有加入戰團以多敵少。

勳貴子弟們隨後參戰，空地太小，他們衝入附近的雜草叢中打鬥，都很小心，沒有拿出自己藏著的兵器。柴韻和崔騰大叫大嚷，一會隔空對罵，一會指揮他人，忙得不亦樂乎。

也有一些人自恃身份，拒絕參戰，向兩邊退卻，只在嘴上助威。韓孺子就在這些退卻者當中，杜穿雲已經沒影，他要趁亂活捉崔騰，這時不知躲到哪去了。

戰場越擴越大，加入的人也越來越多，可是真打的沒有幾對，除了那幾名武師，其他人都想以多欺少，少的一方通常轉身就跑，與大量同伴匯合之後，反身再追。

慢慢地，韓孺子離空地越來越遠。

這跟他想像中的打鬥不太一樣，他還以為武師們會一個接一個地上場比武，其他人只管叫好呢，結果這是一場實實在在的混戰，混亂到分不清誰和誰是一夥的。

一名少年舉著棍棒，大喊大叫著撲來，韓孺子覺得自己好像在柴府中見過此人，正想仔細辨認，棍子已經砸過來了，他不想打架，轉身就跑。

在草叢中沒跑出多遠，追趕者沒影了。

韓孺子感到失望，還有幾分可笑，原來這真是一場勳貴子弟之間的混戰，沒有章法，沒有陰謀，連唯一說得過去的藉口，都是他想出來的。

早知如此，他真不應該接受柴韻的邀請。

可事已至此，總不能就這麼一走了之，他身上還有杜穿雲的短劍，於是韓孺子轉身往回走，結果迷失了路徑，到處都有人聲，他分不清方向。

「嘿，你也來了。」附近的一個聲音說。

韓孺子轉身看去，居然瞧見了東海王。

「我剛才沒看到你。」韓孺子立刻警惕起來，四處張望。

東海王從草叢裡走出來，獨自一個，連名僕人都沒有，「我坐在亭子裡，真是要命，本來說好先比爵位的，沒想到說打就打。嘿嘿，我就猜到柴韻肯定會拉攏你。」

東海王看上去比在皇宮裡正常多了，沒那麼囂張跋扈，看到韓孺子好像還挺親切。

「我也猜到你會來。」韓孺子打量東海王，按道理，他們各站一方，應該打一架才對，他的內功雖然還沒有什麼起色，好歹跟著杜氏爺孫蹲了幾個月馬步，練過一套拳法，不怕手無寸鐵的東海王。

「你不是真要打架吧？」東海王止步笑著說，左右看了看，見沒有外人，繼續道：「爭奪帝位才應該拚個你死我活，為這兩個傢伙，值得嗎？」

韓孺子也笑了，馬上又沉下臉，「林坤山和報恩寺的瘋和尚是你指使的吧？」

東海王聳聳肩，「沒錯，是我，你為什麼不老老實實地去小南山暗香園呢？讓我白費周折。」

沒想到對方承認得這麼痛快，韓孺子不由得愣住了。

「我若想害你，用不著這麼複雜的計畫，其實我是想跟你聊聊。」

「聊什麼？」

附近傳來叫喊聲，似乎有一群人衝過來，東海王道：「今晚子時，齊王府後巷，有膽子你就來見我，我一個人，你帶幾個都行，咱們聊聊皇帝的事情，還有楊奉。走吧，回去勸勸，柴韻和崔騰都是瘋子，別讓他們真惹出事來。」

第一百零一章　草叢中的雙腳

事後，荒園對決被吹得天花亂墜，越是當事者越言之鑿鑿，將混戰描繪成一場空前絕後的慘烈大戰，死傷無數，鮮血染紅了雜草，幾天之後，那塊土地上開出的花都是紅色的……

對這些傳言，韓孺子將來會覺得可笑，但當時卻的確感受過真實的緊張。

杜穿雲活捉了崔騰，這一點也不難，崔家二公子根本沒想到有人真敢對自己下手，站在亭子台基上，一邊指揮武師和僕人戰鬥，一邊與柴韻對罵，武師們也懷著同樣的想法，因此只顧賣力表演，沒有特意保護主人。

杜穿雲繞到亭子後面，突然跳出來，撲倒崔騰，抱著他在地上滾了一圈，然後扛在肩上跑進草叢裡。

事情發生得太快，崔騰毫無反抗，連叫喊都沒有，周圍的武師與僕人甚至沒有發現異常，只有柴韻看到了這一幕，不由得哈哈大笑，「崔騰鼠輩，今日落入我手，看你還敢囂張！」

雙方的幾名武師打得都不認真，忙著擺花架子，聽到柴小侯的話，一塊望去，全都大吃一驚，崔家的武師急忙追去，柴家的武師則退回保護主人。

「來我這幹嘛？還不快去追，不能讓崔騰被奪走！」柴韻怒道。

兩名武師離去，一名武師堅持留下，以防萬一。

如果說之前的混亂雙方心照不宣，自從崔騰被抓之後，混亂失控了。沒幾個人看到當時的場景，傳言像蝗蟲一樣在草叢中不斷跳動變化，從「崔騰被抓」迅速變成了「崔騰被殺」，柴韻一夥人有不少事先聽說過活捉計畫，這時竟也莫名其妙地覺得柴小侯有可能做出殺人之舉。

韓孺子與東海王分頭亂跑，無論走到哪都聽到有人喊「崔二公子死了」，不由得大驚，此事若真，杜穿雲可惹下了不小的禍事。

韓孺子本想回到亭邊的空地上，不知怎麼跑到了牆邊，正要調頭，一棵大樹上傳來輕輕的叫聲：「嘿，我在這。」

杜穿雲像頭豹子似地將獵物帶到了高處，這時正蹲在一根樹枝上衝倦侯招手。

「崔騰……」韓孺子正要發問，聽到附近有叫喊聲，急忙跑到樹後，小心翼翼地爬上去。

杜穿雲將倦侯拉上去，讚道：「身手挺靈活，以後可以跟我學輕功了。」

韓孺子笑了笑，在樹枝上不敢亂動，只能扭頭觀望，直到抬頭才看見崔騰，他坐在更高一些的樹枝上，雙手放在身後，大概是被捆起來了，嘴裡塞著布，既憤怒又害怕，臉色青紅不定。

「把他交給柴韻。」韓孺子說，看到崔騰沒死，他鬆了口氣。

「不急，多嚇他一會……有人過來了。」杜穿雲指著遠方。

「行了，做到這足夠了，讓他們自己救人吧，咱們走。」韓孺子抬頭又看了一眼崔騰，想對他說幾句，又覺得沒必要，順著樹幹慢慢下去。

杜穿雲還沒玩夠，可是不能違背命令，只好一躍而下，站在地上將倦侯接下來。

「他們能將崔騰救下來吧？」韓孺子抬頭望去，崔騰坐的位置不矮。

「那麼多人，搭人梯也把他弄下來了。」杜穿雲一點也不擔心，他在樹上已經觀察過了，帶頭向無人之處走去，「原來這麼簡單，白瞎我的精心準備了，柴小侯會給咱們銀子吧？」

「他看到你帶走崔騰了？」

「看到了。」

「那就行。」韓孺子相信柴韻不至於賴帳，而且此時他在意的不是這件事，東海王今天的表現讓他感到困惑，心中猶豫著要不要赴今晚之約。

前方的杜穿雲停下了，韓孺子差點撞上，「怎麼了？」

「噓。」

韓孺子以為杜穿雲發現了其他人，斜身向前方看去，心中猛地一震。

一雙人腳從草叢中露出來。

杜穿雲扭頭看了一眼，見倦侯沒有特別驚恐，說：「去看看，難道真有人打架下死手了？」

韓孺子感到不安，可還是跟著杜穿雲走過去。

草地上躺著一名衣裳整潔的青年，身下的雜草卻已被鮮血染紅。

「這是誰？不像武師或者僕人，也不像柴韻請來的傢伙。」杜穿雲驚訝地問。

韓孺子的心提起來了，這是一場胡鬧，不應該死人，如今卻有一具屍體擺在眼前，而且他覺得眼熟，不由得上前一步，彎腰仔細觀察，那張臉孔已經失去生機，嘴唇微張，眼神空洞。

韓孺子見過死人，卻是第一次見到死人的眼睛，只覺得體內陣陣發涼，然後終於認出了死者的身份，「他是匈奴王的質子。」

「質子是什麼玩意？」

「匈奴王送到大楚當人質的王子。」

「匈奴人，看著不像……那還好，匈奴人都很壞，死就死了吧。」

韓孺子搖搖頭，「有點不對，你看看他真死了嗎？」韓孺子膽子夠大了，也不敢靠屍體太近。

杜穿雲走過去，伸手探探鼻息，趴在胸口上聽了一會，抬頭道：「死透了。」

附近傳來一陣喧嘩，韓孺子示意杜穿雲別吱聲，兩人都蹲在地上，可來者若是走近，還是能發現他們。

「找到二公子了，他還沒死！」有人喊道，喧嘩聲漸漸遠去。

韓孺子長出一口氣。

杜穿雲莫名其妙，「是你殺的人？」

「當然不是。」

「那你緊張個什麼勁？咱們走吧，讓別人處理屍體。」

韓孺子沒動，想了一會，低聲說：「事情不對勁。」

「怎麼了？這幫傢伙根本不會打架，保不齊有人一時失手。」

「不對，附近沒有打架的痕跡，屍體是從別處搬來的。」

「那也跟你沒關係啊。」杜穿雲平時最愛惹事，這時卻覺得倦侯多事了。

韓孺子越想越不對，他記得這名匈奴王子，此人曾經在宮裡當侍從，還跟張養浩打過架，身為質子，在京城很孤立，不可能受邀參加柴韻和崔騰之間的爭鬥，如今卻無緣無故死在這裡，十分可疑。

「把屍體搬走，先藏起來。」韓孺子說。

杜穿雲睜大眼睛，「你……」

「快點，沒時間解釋。」韓孺子的心事本來就重，身為廢帝之後更是狐疑多慮，死者身份特殊，大楚與匈奴正在交戰，他不想在這種時候惹來麻煩，甚至有一種感覺，拋屍者選擇這個時機，沒準就是為了陷害廢帝。

「往哪藏啊？咱們也不可能背著屍體到處走。」杜穿雲左右看了看，突然貓腰跑進草叢，沒一會又回來了，「真幸運，附近有一口枯井，扔進去吧，一時半會沒人能發現。」

杜穿雲抓住屍體的雙手，抬頭對倦侯說：「幫忙啊，我一個人可不行。」

韓孺子有點希望杜穿雲能一個人扛走屍體，可是沒辦法，只好上前幫忙，抓住雙腳。

兩人抬著屍體悄悄行進，一聽到遠近的叫喊聲就停下來等待一會，好在崔騰吸引了園中所有人的注意，一時無人到這邊來。

枯井離著不遠，兩人將屍體扔進去，附近找不到可遮蓋之物，反正井裡面黑黢黢一片，站在上方望不見異常。

「幸虧是咱們先發現屍體。」韓孺子說，只走了一小段路，他已用盡了力氣，勉強掙扎著起身，打算盡早離開是非之地。

「咱們走的是出園小路之一，待會很有可能還會有人走，那灘血跡怎麼辦？」杜穿雲對這種事更仔細些。

「不管了，只要屍體今天不被發現就行。」

遠處的叫喊聲變得響亮，韓孺子和杜穿雲匆匆離去，沒有親眼目睹後面的事情。

這天夜裡，韓孺子忍住好奇心，沒有去見東海王。作為廢帝，怎麼胡鬧都沒事，頂多坐實「昏君」的稱號，若是不小心捲入朝廷陰謀，卻是死路一條。

崔小君察覺到倦侯的異樣，卻沒有多問。

第二天一大早，柴韻派人來請倦侯。

韓孺子和杜穿雲一塊去的，柴韻親自出府相迎，喜形於色，「昨天你們兩個走得太早了，沒看到崔騰的醜態，他嚇哭了，當眾大哭，笑死我了。他還說要讓崔太傅殺了你和我，給他報仇，可我知道，他根本不敢對家裡人說起這件事，哈哈……」

柴韻叫來自己最好的幾個朋友，一塊宴請倦侯，席上眾人慷慨激昂，好像剛從戰場上歸來，吹噓自己的膽量，嘲笑敵人的懦弱。

有人提起了那片血跡，可是在一連串誇張的傳言當中，真實的血跡反而無人關注。

酒過三巡，柴韻湊到倦侯耳邊低聲說：「銀子已經送到府上，一兩不少。」

韓孺子笑笑，這筆錢柴韻本人其實沒出多少，他設了一個賭局，輸贏只看倦侯的手下敢不敢活捉崔騰，他贏了，足夠支付六萬兩銀子。

「今晚一塊出去玩吧。」柴韻笑著發出邀請。

「玩什麼？」

柴韻大笑，「跟我來就是，肯定讓你玩得開心。」

韓孺子本想拒絕，正好張養浩過來敬酒，仗著酒勁大聲道：「柴小侯，出去玩可不能忘了我，倦侯是我給你請來的。」

「都去，大家都去！」柴韻豪爽地說，引來一片歡呼。

韓孺子笑著舉杯，算是答應了，目光卻時常盯向張養浩，怎麼想都覺得匈奴質子的死亡與此人有關，只是不明白這背後究竟藏著什麼陰謀。

第一百零二章 勳貴的玩法

一行人先去了南城的蔣宅，這裡是一處私宅，並非公開的玩樂之地，普通百姓有錢也進不去，柴韻卻能通行無阻，到這裡就像回到家一樣。

作為「新人」，韓孺子心懷惴惴，結果這裡卻與他想像得完全不一樣，裝飾得精緻清新，迎來送往的僕人跟皇宮裡的太監一樣小心謹慎，如無必要，幾乎從不開口，連走路都沒有聲音。

蔣宅的主人是名四五十歲的男子，身材高大，一捧醒目的鬍鬚，穿著打扮像是一名員外，親自迎接柴韻，引向內室，一路詼笑，即使柴韻揪鬍子，他也不惱，笑得很開心，對倦侯他則非常客氣，並未表露出特別的興趣。

「柴小侯，你得賠我損失。」在房間裡，主人佯怒道。

「咦，我們剛進來，連酒還沒喝一杯，何來損失一說？蔣老財，你想錢想瘋了！」柴韻也不惱，知道對方還有話說。

蔣老財正色道：「柴小侯是知道的，能在我這裡稱為貴客的沒有幾位，柴侯算一位，還有一位你認識。」

柴韻臉色微沉，「崔騰。」

「對啊，現在倒好，柴小侯一出手，崔二公子估計好長一段時間不會來我這裡，你說，這筆損失應不應該算在你頭上？」

柴韻大笑，一把揪住那捧鬍子，「你個老滑頭，帳算得倒清楚。行，崔騰不來，我多來兩次不就得了？況且，我不是帶新人來了嗎？」

蔣老財向倦侯笑著拱手，點到即止，退出房間，安排歌伎和侍酒者。

房間仿古制，眾人席地跪坐，身前擺放食案，柴韻與倦侯坐主位，張養浩等四人分坐兩邊，六名年輕女子侍酒，兩名歌伎輪流唱曲，調子都很舒緩，有幾曲頗有悲意。

沒人說話，公子們傾聽曲子，侍酒者盡職斟酒，不出一言。

韓孺子聽先生講過《樂經》，裡頭盡是微言大義，真說到鑑賞力，基本為零，只覺得唱曲者哼哼呀呀，毫無趣味可言，柴韻卻聽得頗為入迷，偶爾還跟著哼唱，興之所致，乾脆側身臥倒，枕在身邊侍酒者的腿上。

侍酒者熟練地向柴韻嘴裡小口倒酒，另一隻手輕拂膝上人的鬢角，好像他是一條聽話的小狗。

曲風至此一變，兩名歌伎顯然非常瞭解柴小侯的心事，憂傷轉為靡麗，眉目傳情，卻又半遮半掩，即使是從無經驗的韓孺子，也能聽出曲中的挑逗之意。

張養浩等人都已放開，與身邊的侍酒者耳鬢廝磨。韓孺子不喜歡這種事，低著頭默默喝酒，侍酒女子幾次靠近，他都不做回應，女子很乖巧，向柴小侯望了一眼，不再有更多動作，只是老實斟酒。

柴韻起身，侍酒者和歌伎會意退下，他笑著問道：「倦侯不喜歡這裡嗎？」

「香味太重，薰得我頭疼。」韓孺子想了一會才找出藉口。

其他五人大笑，柴韻道：「我明白了，是我太急，不該帶倦侯來這種地方，走，到別處玩去。」

「這裡其實也不錯。」韓孺子有點擔心柴韻會將自己領到更不堪的地方去。

柴韻卻是想起什麼就必須實現的人，起身向外走去，張養浩等人興致正濃，只能戀戀不捨地起身跟隨。

另一間房裡，杜穿雲和幾名僕人正與一群侍酒女子打得火熱，杜穿雲年紀不大，懂的卻不少，正神采飛揚地講笑話，逗得眾女咯咯嬌笑，手中酒壺不停灑酒。

柴韻往裡面看了一眼，扭頭對倦侯說：「這小子是個玩意，倦侯願意將他讓給我嗎？出多少錢我都願意。」

「他不是僕人，是我請來的教頭……」韓孺子可不會將杜穿雲讓給任何人。

柴韻也是說著玩，拉著韓孺子就走，「就讓他們在這玩吧，咱們去別處。」

韓孺子想叫杜穿雲，其他公子一擁而上，不由分說，推著他就走。

天已經黑了，六人跳上馬，將僕人扔在蔣宅，縱馬在街上奔馳，柴韻已有些醉意，放聲呼嘯，驚得路人紛紛躲避。

回到北城之後，柴韻收斂一些，情緒又變，居然憂國憂民起來，與倦侯並駕而行，說道：「倦侯大概覺得我只是一名酒色之徒，其實我何嘗沒有凌雲之志？可是有什麼用？大楚已然如此，與其費力不討好，不如隨波逐流，倦侯以為呢？」

「我現在就在跟著你『隨波逐流』，連去哪都不知道。」

「哈哈，倦侯還是皇帝就好了，我願意從此不碰酒色，專心給你當一名忠臣。」

一提起「皇帝」二字，張養浩等人都自覺得放慢速度，離他們遠一點，話無遮攔不僅是膽量，更是一種特權，柴韻有，他們沒有。

韓孺子搖頭，「在皇宮裡最開心的時候也不過是天氣變好一點，哪有機會夜馳京城？」

「說得好！」柴韻鞭打坐騎，加快速度，韓孺子等人追隨其後。

路上遇上一隊巡街官兵，柴韻也不減速，當著官兵的面拐進一條巷子裡，官兵大呼小叫地追了一會，也就放棄了。

「跟官兵不能講理！」柴韻大聲道，興奮勁又起來了，「越講理，他們越懷疑你有問題，能跑就跑，他們都很懶，不會追太久，而且一旦追不上，他們也不會上報，以免擔責任。」

話是這麼說，可也只有柴韻這樣的人敢於實踐，萬一被捉，他有辦法逃脫懲罰，別人斷然不敢嘗試，張養浩等人緊緊跟在柴韻身後，神情慌張，直到身後再無追兵，才放肆地大笑。

六人騎馬在街巷中轉來拐去，韓孺子隱約覺得路徑有些熟悉，他嘴上說要「隨波逐流」，心裡卻沒做好準備，忍不住又問道：「咱們這是要去哪？」

柴韻沒有回答，過了一會他勒住坐騎，「到了。」

這裡顯然是某座府第的後巷，韓孺子正努力辨認，張養浩吃驚地說：「這不是崔宅嗎？」

韓孺子想起來了，這裡的確是崔宅，他從前來過，走的是正門，因此沒有馬上認出。

「沒錯，就是崔家，咱們來跟崔騰開個小玩笑。」柴韻興致勃勃，又往前走出一段路，指著一扇門說：「崔騰受了驚嚇，不敢回內宅，肯定住在這裡。」

張養浩開始害怕了，拍馬上前小聲勸道：「柴小侯已經贏了……」

柴韻神情立變，冷冷地斜睨張養浩，「你怕了？」

「不不……」張養浩更怕眼前的人。

「你從前跟崔騰玩過，不想得罪他？」

張養浩露出訕笑，「崔二昨天連膽都嚇破了，誰願意跟這種人玩？」

柴韻這才笑了，咳了兩聲，向同伴們各看了一眼，突然縱聲高呼：「崔騰，出來爬樹啦！」

柴韻連喊幾聲，停下來又看向同伴，張養浩等人既害怕又興奮，也跟著大叫崔騰爬樹，只有韓孺子沒開口，在一邊笑著傾聽，心裡卻在感慨，勳貴本應是大楚的根基，卻已衰落成這個樣子，皇宮裡的人大概永遠也看不到、想不到，自己還曾經幻想過張養浩會是未來的猛將與忠臣，其實只是一廂情願。

後門突然被推開，從裡面衝出一大幫人，手持刀槍棍棒。

柴韻早有準備，拍馬就跑，大笑不止，張養浩等人跑得更早，其中一人甚至跑在柴韻前頭，只有韓孺子沒經驗，跑慢一步，一根棍子從身後飛來，擦肩而過，把他嚇了一跳。

身後的叫罵聲漸漸消失，柴韻放慢速度，對追上來的倦侯笑道：「這只是一個尋常的夜晚。」

韓孺子笑著搖頭，這些人的玩法的確超出了想像，他還感到納悶，宗正府、禮部平時嚴肅得跟獄卒一樣，連走幾步路都有規定，難道對勳貴子弟們的胡鬧一無所知？或者知而不管，就跟那些巡街官兵一樣，追不上就乾脆當事情不存在？

夜色越來越深，柴韻的玩興也隨之越來越濃，繼續走大街、拐小巷，中途又撞上一次官兵，來不及加速逃跑，柴韻乾脆停下，與帶頭的軍官打招呼。軍官顯然認得柴小侯，不僅沒有呵斥，還熱情地送行一段路。

在一條特別安靜的街上，柴韻再次停下，指著前方的一座府第，「倦侯知道這是誰家嗎？」

韓孺子早就繞暈了，對這裡毫無印象，在夜色中連東南西北都分不清，於是搖頭，「不知道。」

「這裡就是歸義侯府第，咱們去拜訪京城第一尤物吧。」

韓孺子一驚，「這不好吧……」

柴韻笑道：「倦侯真是老實人，這回不是突然襲擊，也不是趁夜尋香，咱們是受邀而來。」

「受邀？受誰的邀？」

「當然是美人胡尤。」柴韻拍馬前行，「全要感謝倦侯，是你出的主意，才能讓我得到美人的注意，今早受邀，約我子夜會面。」

韓孺子此前建議柴韻師出有名，可沒想到會得到這樣的結果，「既然是約你，我們跟著不合適吧。」

「有什麼不合適的？胡尤艷名遠播，誰不想看一眼真容？你們都是我最信任的朋友，有此機遇，我怎可獨享？」

韓孺子還在想藉口拒絕，張養浩等人卻都激動不已，一個勁地感謝。

「盛名之下其實難拂，這種事我見多了，萬一胡尤令人失望，你們得替我做個見證，今後再有人提起胡尤，咱們一塊打他的嘴。」

「如果胡尤真是天下無雙的美人呢？」一人笑著問道。

「想我柴某也配得上胡尤之美，那就請諸位替我揚名。」柴韻十分得意。

歸義侯府的正門不開，一行人騎馬在牆下緩行，很快張養浩指著前方說：「有了。」

一道木梯斜斜靠在牆邊，靜候佳客。

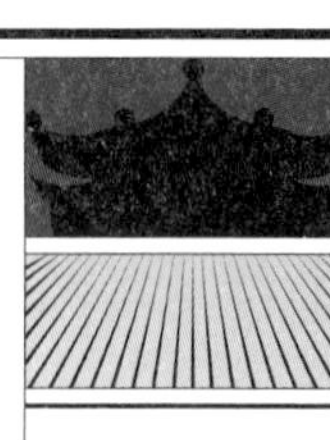

第一百零三章　持弓少女

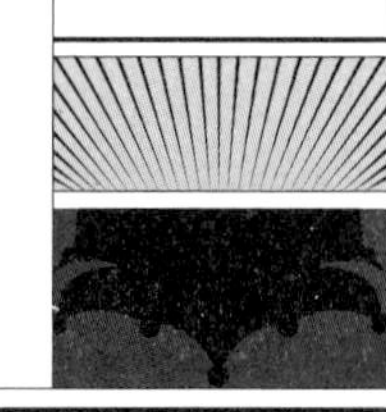

柴韻是偷情高手，除非美人在懷，否則他是不會輕易放鬆警惕的，事先就將美醜兩種可能都說清楚，跳下馬，將韁繩交給張養浩，雙手按住木梯壓了兩下，確定沒有問題之後，對之前在崔宅後巷跑得最快的那位公子說：「七郎，你先進。」

被叫作七郎的青年一愣，「啊？我先，不合適吧。」

「呸，想什麼呢，讓你進去探路，你剛才跑得不是挺快嘛，現在給你機會走在最前面。」

七郎臉一紅，不敢拒絕，雙手扶梯向上攀爬，中途停下，低頭問道：「柴小侯，裡面不會有危險吧？」

柴韻冷冷地道：「我等你告訴我呢。」

七郎訕笑一聲，只能繼續攀爬，到了牆頂，向裡面望了一會，小聲道：「烏漆墨黑的，看不到人。」

「廢話，當然沒人，胡尤是侯門之女，難道還能等在牆下？快點進去，到處踩踩，不是惡作劇的話，就叫我一聲。」

七郎很不情願，嘀咕道：「早知如此，應該帶一名僕人……」可還是翻過牆頭，「這邊也有梯子。」

「小點聲。」柴韻斥道。

牆內安靜了，柴韻向倦侯微笑道：「偷香竊玉的勾當終歸有一點風險，曾有一位前輩，被家主逮到，從頭到腳澆了一桶尿水，從此聲名掃地，只能在煙花之地尋花問柳，大門小戶的良家女子誰也不肯接近他了。」

韓孺子笑著搖頭，心裡更鄙視眼前的柴韻，而不是那位「前輩」。

「柴小侯，裡面沒事。」牆內傳來七郎的聲音。

柴韻笑笑，整整衣裳，緩步上梯，走到牆頭時俯首道：「一個個進來，無論如何讓你們一睹芳澤，不虛今晚之行，然後……請諸位恕我禮數不周，自己回家去吧，還想去蔣宅的，就在那裡等我，一切花銷算在我頭上。」

張養浩等人喜不自勝，趕快找地方將馬匹栓好，跑回來搶梯子，明知胡尤沒有等在牆內，也想先進去。

「進來吧。」牆內傳來柴韻的聲音。

張養浩等人象徵性地向倦侯謙讓了一下，爭先恐後地攀梯登牆。

「倦侯，就差你了。」柴韻的聲音說。

韓孺子內心猶豫良久，終於下定決心，不想再跟柴韻瘋下去，便小聲道：「你們玩吧，我……我要回家了。」

牆內安靜片刻，柴韻大概十分不滿，再開口時聲音十分冷淡，「胡尤……歸義侯小姐也邀請你了，進來吧。」

「我？」韓孺子驚詫不已，可他還是不想進去，「我不認識她，也不想認識，我還是回家吧。張養浩，如果你們去蔣宅，請幫我告訴杜穿雲，讓他快點回府。」

牆內沒有聲音，韓孺子就當柴韻同意了，邁步向栓馬的樹下走去，幾步之後又停下了，轉身向牆頭望去，覺得奇怪，柴韻說話的語氣不對，竟然稱胡尤為歸義侯小姐，就算進牆了，似乎也沒必要突然變得講禮貌。

牆頭上多出一人，筆直站立在上面，韓孺子看不清對方的容貌，可是能看到那人正開臂引弓，看架勢是要射擊，目標除了他不會有別人。

韓孺子大驚，下意識地拔腿就跑，只要十幾步，就能躲到馬匹後面，可是箭矢更快，嗖地一聲，利箭從頭頂掠過，正落在前方數步的地方，刺在土中，微微顫抖。

韓孺子急忙止步，牆頭上傳來一個嚴肅的女子聲音，「第二箭射的是人，別以為天黑我就看不準。」

韓孺子的心怦怦直跳，怎麼也想不到會發生這種事情，對方的箭的確很準，自己肯定跑不過，只得慢慢轉身，說：「我跟妳無怨無仇。」

「少廢話，上來。」女子語氣越發嚴厲。

韓孺子慢慢走向木梯，希望孟娥還能像從前那樣突然冒出來救自己，可今晚柴韻帶著他騎馬亂跑一氣，除非是神仙，誰也不可能追到這裡。

這是柴韻等人設下的陷阱？韓孺子心中一震，扶住梯子，抬頭對上面的人影說：「妳為東海王做事？」

「什麼東海王、西海王，再廢話……射傷你的腿，拖你上來。」

女子沒說射死，而是射傷，這讓她的威脅更可信幾分，韓孺子無法，只得攀梯上牆。

牆頭上，女子仍然彎弓搭箭，箭鏃對準韓孺子。

夜色正深，月光卻很明亮，韓孺子終於大致看清了女子面容，那是一張極為美麗的臉孔，他不知該如何形容，只覺得心中一動，險些從牆頭掉下去。

女子與他年紀相仿，心智卻很成熟，一看舉動就知道對方在想什麼，將弓弦又拉開一點，冷冷地說：「果然是一個昏君。」

「妳就是胡尤……不不，歸義侯的女兒？」韓孺子問道。

女子垂下手臂，弓與箭互換手掌，右手揮動長弓，韓孺子無路可逃，只能跳進牆內，背上還是挨了一下。

歸義侯家的牆沒有宮牆那麼高聳，卻也不矮，韓孺子落地之後震得腳掌發麻，在地上坐了一會，站起轉身，只見柴韻等五人在牆邊一字排開，正無奈地衝他苦笑，還有兩男一女手持刀劍看著他們。

「抱歉，我沒有選擇。」柴韻笑道，似乎不是特別緊張，指著身邊的七郎，「這個小子最壞。」

一名持刀男子低聲道：「閉嘴，沒讓你說話。」

柴韻閉嘴，做出一個安撫的動作，請對方不要激動。

牆上的女子下來了，對持刀男子說：「大哥、二哥，你們去將梯子和外面的馬都帶進來。」

兩名男子點頭，一塊離開，走偏門去取梯子和馬匹。

只剩下兩名女子當看守，一人持弓，一人持劍，年紀都不大，後者顯然是名丫鬟，柴韻也算見過世面，本來就不怎麼害怕，現在更不怕了，拱手笑道：「在下柴韻，受邀而來，小姐英姿颯爽，待客之道更是別緻。」

「誰讓你帶這麼多人來的？」歸義侯的女兒再次引弓。

柴韻更不怕了，「小姐見諒，這幾人都是我最好的朋友，久仰小姐大名，非要跟著我來，如今已經見過了，可以讓他們走了，我自己留下。」

韓孺子無法相信柴韻居然如此色膽包天，明明很聰明的一個人，竟然看不出這些人是故意設下陷阱。

持劍的丫鬟說：「這人的嘴太髒，讓我刺他一劍。」

柴韻抬起雙臂，臉上仍然保持微笑，「我不說話就是，除非小姐讓我開口。」

歸義侯的女兒則仍然冷若冰霜，「其他人報上名來。」

柴韻不怕，其他人也就不怎麼害怕，甚至相互擠眉弄眼，意思是說「胡尤」果然名不虛傳，就是少了幾分美人該有的溫柔，從張養浩開始，幾人分別報出自己的姓名與身份。

歸義侯的女兒轉向倦侯，韓孺子沒開口，剛才柴韻喊出倦侯，對方已經認出他的身份，用不著再說一遍。

「昏君，被廢掉了也不老實。」歸義侯之女說道。

韓孺子越想越覺得事情不對勁，歸義侯的女兒就算脾氣大點，也不至於和兩個哥哥一塊迎接「情郎」，

「誤會，我根本不知道今晚會來這裡。」

「難道不是你出主意，讓柴韻以我家的名義與崔騰打架？」

韓孺子看向柴韻，這是兩人私下的交談，居然傳到了當事者耳中，柴韻再次苦笑，「我也是想為妳揚名，誰知傳得這麼快。」

韓孺子正想解釋，歸義侯的兩個兒子回來了，帶著馬匹與梯子，連射在地上的箭矢也一併取回。

這兩人的年紀也不大，都不到二十歲，說是兄長，臉上卻比十四五歲的妹妹還顯稚氣。

「來了六個，怎麼處置？」一名少年問。

「越多越好。」歸義侯之女向柴韻問道：「你還告訴過別人要來這裡嗎？」

柴韻急忙擺手，「沒有別人了，就是這幾位朋友，我連僕人都沒帶，還特意在城裡兜了幾圈，都按小姐的要求做的。」

「信呢？」

柴韻從懷裡取出一方折好的香帕，仔細打開，露出裡面的信箋，「在這，我一直貼身收藏。」

持劍丫鬟上前一把奪下信箋，笑道：「信是我寫的，貼身收藏也感動不了我。」

丫鬟雖然不醜，比起小姐卻差遠了，柴韻大失所望，馬上又笑道：「雖非小姐手書，我就當是小姐的筆墨，這片心意總是真的。」

韓孺子真想提醒柴韻少說話。

一名持刀少年上前道：「別浪費時間了，帶他們去見父親。」

直到這時柴韻才稍覺害怕，「不必了吧，今晚就見歸義侯，是不是太早了些？不如過些天我正式登門拜訪。」

兩名少年一臉怒容，歸義侯之女卻笑了一聲，「你很想知道我的名字吧？」

自從看清楚小姐的容貌，柴韻的謹慎就丟得乾乾淨淨，點頭笑道：「晝思夜想……小姐不用當著他們的面說。」

「說出來無妨，一個名字而已，我是匈奴右賢王的後裔，名叫金垂朵……」

「好名字。」柴韻讚道，連究竟是哪兩個字都不知道。

「我們一家要重返匈奴，需要一位帶路人。」金垂朵繼續道，手中的箭一直對準柴韻腳下。

「在京城好好的，為什麼要回匈奴？」柴韻可捨不得這麼美的人離開，「而且我也不認得路啊。」

金垂朵的聲音越來越冷，「但是現在用不著你了。」

說罷，抬起弓箭，拉開弓弦，眾人還沒明白怎麼回事，一箭射出，正中柴韻前胸。

柴韻驚訝地張大嘴，低頭看著胸前的箭，怎麼也無法相信這是真的。

張養浩等人撲通坐倒在地。

金垂朵轉身，又從箭囊裡取出一支箭，對倦侯說：「你給我們帶路。」

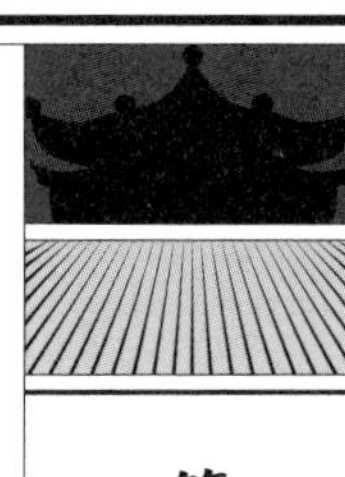

第一百零四章 張家的利益

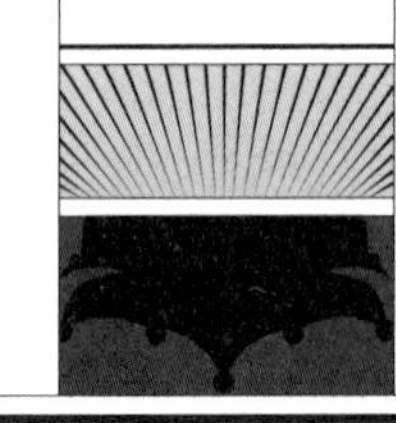

大多數人都相信自己不會輕易死亡，有些人的這種信念特別強烈，柴韻就是這種人，有時候他甚至會故意靠近所謂的「險地」，玩得開心，同時也能證明自己冥冥中受到庇護。

因此，他無法理解胸前的箭是怎麼回事，更無法理解射箭者是怎麼想的。

張養浩等人明白得很，坐在牆下嘴裡大叫、雙腳亂蹬。歸義侯的兩個兒子舉刀喝令他們閉嘴，其中一人向妹妹皺眉道：「幹嘛殺死他？」

金垂朵盯著廢帝，緩緩道：「謀大事者最忌猶豫不決，父親一直拿不定主意，這回他沒有選擇了。」她頓了頓，「咱們都沒有選擇了。」

包括她的兩個哥哥在內，所有人都大吃一驚，金垂朵殺柴韻居然只是為了堅定家人一塊逃離大楚的意志。

韓孺子心中既恐懼又敬佩，瞥了一眼站在原地搖搖晃晃的柴韻，說：「妳想順利出關前往塞北，抓我是沒用的，朝廷不在乎我的命，柴小侯……」

柴韻發出嗬嗬的聲音，金垂朵又轉過身，「無恥之徒，死有餘辜。忠武將軍的女兒遭你始亂終棄，嫁人之後被夫家嫌棄，寫信向你求助的時候，你在哪？她前些天自殺了，正在黃泉路上等你。你來招惹我，就是自尋死路。」

柴韻根本沒聽進金垂朵的話，只是驚愕地看著箭矢，抬起雙手想將它拔出來，遲遲不敢動手。

金垂朵彎弓、射箭，動作一氣呵成，射出第二箭，柴韻終於結束心中的疑惑，倒下了。

沒人尖叫，沒人吱聲，就連金垂朵的兩個哥哥也屏息凝氣，他們瞭解妹妹的脾氣，卻是第一次見她殺人，心中頓生敬畏。

金垂朵又取出一支箭，說：「不用這麼多人，只帶昏君一個就夠了。」

靠牆而坐的四人從驚恐中清醒，明白這句話的含義，幾乎同時下跪，磕頭求饒。

金垂朵沒有射箭，對兩個哥哥說：「就讓我一個人動手？」

兩名少年身子微微一顫，已經不敢與妹妹爭辯，晃晃手中的刀，走向四名勳貴子弟。

七郎滿面淚水，「金二哥，咱們同在羽林衛執戟，求您念在同僚之誼……」

不說這話還好，一提起羽林衛，金二怒從心頭起，咬牙道：「同僚？你跟那些欺負我的人才有同僚之誼！」

七郎呆住了，努力回憶之前是否有過示好之舉，結果一件也找不到，甚至連金二的名字都想不起來，對面的金二已經舉起刀，就要砍下去。

「住手！」這聲音來得太及時了，再晚一會，七郎就會步柴韻的後塵。

一名中年男子匆匆走來，金氏兄妹同時後退，叫了一聲「父親」。

歸義侯來到牆下，俯身查看柴韻，起身時已是滿面怒容，衝著手持弓箭的女兒低聲道：「孽障，妳是要害死全家人嗎？」又轉向兩個兒子，「你們也不看住她！」

金大、金二低頭不語，金垂朵卻昂然道：「事已至此，後悔也沒用了，父親，準備出發回草原吧。」

歸義侯又急又氣，原地轉了一圈，對女兒說：「哪有妳想的那麼容易？都王子已經三天沒信了，沒有他指引，咱們回草原不就是送死嗎？你忘了，金家的祖先歸降大楚……咱們連本族的話都不會說啊，去草原投靠誰？」

「就算浪跡天涯，也比留在京城受人欺負強。父親，難道你忘了那些人是怎麼欺辱您和兩個哥哥的？還有我，您的清白女兒，被他們胡亂編排，有誰當咱們金家是真正的列侯？別再猶豫了，父親，都王子來，大家一塊走，不來，咱們自己走，我瞧都王子也未必真是有膽識的人。」

眼前確實已無路可走，可歸義侯還是拿不定主意，到處看了一眼，指著倦侯，「他怎麼來了？」

「和柴韻一路貨色。」金垂朵輕蔑地說。

「他不肯翻牆進來，和柴韻不像是同一種人。」金二辯道，只是沒什麼底氣，妹妹一眼看過來，他立刻閉嘴。

歸義侯長嘆一聲，「大楚多難，金家只怕也無法倖免。我派人再去都王子那裡打聽一下消息，你們準備一下，天一亮就出城，然後……」歸義侯再次打量倦侯，「把他送給崔太傅，或許能換來一點保護。」

「崔家不可信。」金垂朵反對。

歸義侯氣哼哼地道：「我的傻女兒，妳想得太簡單了，此去塞北千里迢迢，咱們一家人怎麼可能走得到？」

金垂朵低頭小聲道：「別帶家眷，咱們騎馬，很快就到了……」

歸義侯大怒，「胡說，難道連你們的母親也不要了？她留在京城就是死路一條。快將這裡收拾一下，別驚擾到外人。」

歸義侯匆匆離去，金垂朵一臉的不服氣，「她才不是我的母親……」然後對兩個哥哥說：「父親已經同意了，你們動手吧，只留昏君一個人就行了。」

韓孺子覺得還是閉嘴的好，他現在想不出任何自救的計畫，只能靜觀其變。

其他四人可沒法冷靜，一個勁地磕頭求饒，張養浩望著歸義侯的背影，大聲道：「我知道都王子在哪！」

歸義侯轉身回來，「你見過都王子？」

張養浩這時候只想活命，什麼都顧不得了，「都王子已經……已經死了。」

歸義侯一家大驚失色，兩個哥哥揚起刀，金垂朵又一次拉開弓弦，張養浩急忙道：「不是我殺死的，不是我。」

韓孺子猜出是怎麼回事了，都王子就是匈奴質子，死後被拋屍在荒園裡，此事果然與張養浩有關。

「究竟怎麼回事？都王子被誰殺死的？」金垂朵厲聲問道。

張養浩對這名少女最為恐懼，向後挪了挪，緊緊靠著牆壁，壯膽說道：「我說實話，妳別殺我。」

金垂朵抬起弓箭，「你不說實話，我現在就殺你。」

歸義侯上前攔下女兒的弓箭，「大楚是怎麼對待我們這些人的，我不說你也清楚，金家只想重回故土，別無它求，你說實話，我將你們留在府中，早晚有人前來搭救。」

金垂朵極度不滿，忍了又忍，才沒有反駁父親。

牆下四人磕頭謝恩，張養浩戰戰兢兢地說：「都王子、都王子是被林坤山找人殺死的。」

金家人全都一愣，不知道林坤山是誰，韓孺子卻是一驚，「林坤山！」

眾人的目光看過來，歸義侯猶豫一下，決定還是讓張養浩說，於是道：「林坤山是什麼人？」

「林坤山是一名江湖術士。」

「江湖術士和都王子有什麼仇怨？你在撒謊。」金垂朵總是要威脅一下才肯放心。

張養浩哭喪著臉，「我怎麼敢撒謊？真是林坤山找人暗殺了都王子，他說大楚和匈奴在北疆對峙，一直小打小鬧，需要一個理由展開大戰。」

「大楚和匈奴開戰，對一名江湖術士有什麼好處？」歸義侯莫名其妙。

張養浩真想編出一個合理的謊言，可他沒有這份急智，只能實話實說：「北疆開戰，我爺爺就可以重返戰場，遠離京城的是非，我也可以去戰場上建功立業，謀一份前程。」

金垂朵怒道：「就為了這點小事，你們殺死了匈奴王子？」

對張養浩來說，這卻不是小事，「我父親早亡，爺爺自從討齊之戰以後就賦閒在家，他身體不好，若是不能再掌軍權，我們張家……」

「閉嘴！」金垂朵喝道，又要引弓，仍被父親攔下。

歸義侯能理解張家的野心，問道：「都王子什麼時候遇害的？」

「前天凌晨，在一位……一位姑娘家裡，她將都王子引出來，讓林坤山找來的刺客下手。」

歸義侯不想追問其中細節，「這麼大的事情，京城怎麼沒有消息？」

「他們將屍體藏起來了，還沒有被人發現……」

歸義侯尋思這件事對自家的影響，金垂朵卻發現漏洞，「不對，你剛才說殺死都王子是為了挑起大楚和匈奴的戰爭，為何要將屍體藏起來？難道不應該將事情張揚得越大越好嗎？」

張養浩更不敢隱瞞了，硬著頭皮說：「我們將屍體放在城內的一座荒園裡，就是柴小侯和崔二公子打架的那座園子，本想……本想……」

「本想什麼？」金垂朵追問道。

「本想嫁禍給我。」韓孺子早知如此，聽張養浩說出真相還是覺得很氣憤，上前兩步，「所以你鼓動柴韻邀請我，還讓我帶上杜穿雲，當時園子裡只有杜穿雲能悄無聲息地殺死匈奴質子，發現屍體之後，朝廷立刻就會懷疑到我。」

張養浩點點頭，承認了。

金家人反而糊塗了，金垂朵說：「怎麼又牽扯到昏君了？」

「林坤山說，倦侯是廢帝，有理由挑起邊疆戰事，正適合嫁禍，而且還會引發朝中各方勢力的互相猜忌，朝廷就更要依賴辟遠侯了，張家……將會獲益良多。」

韓孺子真不知道說什麼才好了，「你沒跟你的祖父商量過吧？」

張養浩搖搖頭，「祖父年紀大了，我不想……他不敢做這種事情……」

「你被林坤山騙了，他根本沒想幫助張家。」韓孺子不知該指責張養浩的愚蠢，還是佩服林坤山的蠱惑能力。

金垂朵插口道：「等等，說來說去，都王子的屍體呢？」

「被我發現之後扔到枯井裡去了。」韓孺子道，不覺得還有隱瞞的必要。

金垂朵多看了他一眼，沒說什麼，似乎覺得這個「昏君」也不是那麼「昏」。

張養浩覺得性命還不安全，「你們想逃回……返回塞北，這很好啊，對我們的計畫也有利，我也可以幫你們，準確地說，林坤山能幫你們，他認識的人很多。」

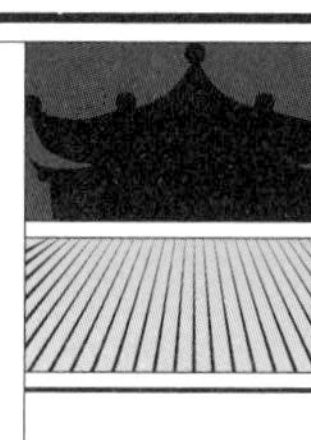

第一百零五章 匈奴人

韓孺子很想抓到林坤山問個明白，結果卻可能淪為對方的俘虜。他沒有選擇的權力，歸義侯一家已經走投無路，女兒金垂朵的計畫過於簡單，父兄都不同意，尤其是歸義侯，還是希望能找出一條穩妥的逃亡之路。

都王子已經死了，他們更需要幫助。

天快要亮了，金家人將柴韻的屍體藏在一間空屋子裡，歸義侯出府打聽消息，兩個兒子押著張養浩去找林坤山，留下女兒和丫鬟看守其他俘虜。

七郎等三人雙手、雙腳被縛，坐在牆角處，一聲不敢吭，只有韓孺子未受束縛，坐在一張凳子上，身後站著持劍的丫鬟，前方幾步，金垂朵來回踱步，每次轉身的時候都要看一眼倦侯。

韓孺子終於忍不住了，開口道：「妳想說什麼？」

金垂朵止步，手裡仍然握著長弓，只是沒有搭箭，「都說你是昏君，不是很像。」

「都說妳是……也不像。」韓孺子說完就後悔了，他現在可惹不起這位說殺人就殺人的少女。

果不其然，金垂朵臉色一寒，抽箭、搭箭、射箭，動作快得不可思議，眨眼間，箭矢貼著韓孺子的耳邊掠過，射中他身後的牆壁，將看守他的持劍丫鬟嚇了一跳，「小姐，妳……的箭法還是跟從前一樣準。」

坐在牆角處的三個人更是嚇得瑟瑟發抖。

韓孺子反而不怕，只動了動眼珠，「這樣一來，妳就少了一支箭。」

「我的箭足夠將你們殺死五回。」

「我們有四個人，你只剩十四支箭，不夠殺五回。」韓孺子糾正道。

金垂朵低頭看了一眼腰間的箭壺，果然只剩十四支箭，她本來帶了二十支箭，可她有個習慣，有事沒事都要放一箭，箭術就是這麼練出來的，有些箭沒收回來，自然數量越來越少。

「我把你留下，不是為了通關。」金垂朵非要想辦法嚇一嚇這個昏君不可，「一名被攆下來的廢帝，我知道朝廷不會把你當回事。」

「嗯。」

「我要將你獻給匈奴大單于。」

「大楚都不當回事的廢帝，到了匈奴就能受到重視了？」

金垂朵微微一笑，更顯嬌艷，任誰看到這張笑臉都會心動不已，難以相信她是一名敢殺人的小魔頭，「你在大楚是廢帝，到了匈奴卻是大楚的『前皇帝』，我相信，大單于肯定很想要你，有前皇帝在手，匈奴大舉南下的時候，將更加名正言順。」

韓孺子不得不承認，這名少女有些見識，於是正色道：「妳說自己是匈奴人，可妳對匈奴瞭解多少？」

「反正比你瞭解得多。」

「匈奴如今分為東西兩部，各立單于，妳打算投奔哪一位？」

金垂朵不語，神情變得嚴厲。

韓孺子自顧自說下去，「西單于在武帝時連遭敗績，遁走千里，十幾年沒敢東進南下，想必不是妳要投奔的人。東單于早年間降附大楚，藉齊王叛亂之際禍亂邊陲，可惜齊王不經打，東單于還沒準備好，就失去了內應，這讓他很尷尬，因此屯兵塞北，不敢與大楚決戰。」

金垂朵仍然不開口。

韓孺子只能透過邸報瞭解一些朝廷大事，沒有楊奉幫助解讀，他全憑自己的想像解讀那些枯燥的公文與奏章，想到什麼說什麼，不管準確與否。

「妳想將我交給東單于，可種種跡象顯示，東單于並無大志，只想趁機撈點好處而已，沒有意外的話，他很可能在今年秋季之前再次向大楚稱臣。」

韓孺子完全是自己得出這個結論，沒有可靠的依據，可他卻說得非常肯定，好像這是朝中大臣的共識，「廢帝對東單于來說是個燙手山芋，他不僅不會感激金家，還會非常惱火。把我送給東單于，還不如把妳自己送過去……」

金垂朵引弓的速度極其之快，剎那間已是箭在弦上，厲聲道：「你什麼意思？」

韓孺子不自覺地抬起雙手，隨後慢慢放下，他還是很怕這名少女放箭的，「這是匈奴的傳統，各王通常要選一個女兒嫁給單于做姬妾，金家初回匈奴，理應遵守傳統，而且東單于也會選一個女兒嫁給歸義侯，雖然輩分有點亂，但他們就是這麼做的。」

金垂朵放下弓箭，「你怎麼知道得這麼詳細？」

「書上看來的，歷代匈奴傳裡都這麼記載，我想現在也不會改變。東單于已經……六十多歲了吧？」

金垂朵還沒說什麼，韓孺子身後的持劍丫鬟已經著急了，「小姐，妳不能嫁給老頭子，妳的夫君應該是一位年輕的王子，都王子就不錯，可惜他被殺死了。」

「別胡說。」金垂朵臉色微紅，隨後傲然道：「我誰也不嫁，我要自己帶領一支軍隊，我不知道匈奴有什麼傳統，但我知道草原上有女首領。」

「沒錯，但都是單于的妻妾，老單于死亡之後，她們不願嫁給新單于，偶爾會得到特許，獲得一支軍隊或是部落。」

金垂朵再次沉默，她沒怎麼讀過書，對草原和匈奴只有一些美好的幻想，分不清倦侯的話是真是假，更沒法反駁。

尋思了好一會，她終於開口：「照你這麼說，留著你完全沒用，乾脆把你殺掉算了。」

「有用，怎麼會沒用？」韓孺子急忙反駁，生怕晚一步就會挨上一箭，「用處就在那個林坤山身上。」

「他只是一名江湖術士……」

「那不是一個簡單的江湖術士，他能說服辟遠侯的兒子為他做事，還想挑撥大楚與匈奴開戰，從中漁利，林坤山背後必然有朝中強大勢力的支持，金小姐不妨想一想，這個躲起來的勢力會是誰？」

韓孺子受楊奉的影響，不自覺地給出題目，金垂朵一時沒反應過來，真的思考了一會，然後不太確信地說：「太傅崔宏？」

「何以見得？」

「太后和皇帝用不著找藉口與匈奴開戰，崔宏身為南軍大司馬，當然希望邊疆有戰事……可是不對，崔宏殺死都王子就行了，為什麼要嫁禍給你？」

「因為崔宏的外甥東海王與我有私仇。」韓孺子馬上說道，其實覺得這個回答有漏洞，東海王實在沒必要用這麼複雜的方法報復他。

金垂朵沒聽出破綻來，盯著倦侯看了一會，目光轉向牆角的三個人，「昏君說的是真話嗎？」

兩人點頭一人搖頭，馬上搖頭的人變成點頭，點頭的一人開始搖頭，還剩一人不知所從。

金垂朵怒道：「你們是在消遣我嗎？」

七郎壯膽說道：「我們……我們真的什麼都不知道。」

金垂朵輕哼一聲，問倦侯：「好吧，就算你說得對，你能有什麼用？」

「與其將我交給林坤山，不如將林坤山交給我，金家若能協助我挫敗崔家的陰謀，自會得到太后的重賞，比無依無靠地去投奔東單于好處更多。」

金垂朵笑得花枝亂顫，好一會才說：「我差一點相信你，原來你想讓金家替你賣命，你是廢帝，我們為什麼要幫助你？太后又為什麼會重賞？我們連柴韻都殺了，怎麼可能回頭？」

韓孺子正要開口，身後的持劍丫鬟突然厲聲道：「不知死活的傢伙，把口水擦乾淨，再敢多看小姐一眼，剜出你們的眼睛。」

原來金垂朵笑的時候，那三人看得呆住了，渾然忘了自己身處險境，被丫鬟一說，才反應過來，慌亂低頭，在膝蓋上擦嘴。

金垂朵強忍怒火，對丫鬟說：「我去休息一會，妳看著他們，別聽昏君胡說八道，記住了嗎？」

「記住了，小姐。」

金垂朵剛一出門，丫鬟便輕聲笑道：「小姐一定是去翻書查匈奴習俗了，全怪你多嘴多舌，小姐看書慢，一整天也未必能找得到。」

「我告訴妳在哪本書裡，妳可以……」

韓孺子一片好心，丫鬟卻將劍放在他的肩上，「小姐不讓你胡說八道，你就不准胡說八道。」

「我不胡說八道，正常說話可以嗎？」

丫鬟想了一會，「可以。」

「妳不是匈奴人吧？」

「不是。」

「那妳為什麼還要去草原呢？」

丫鬟轉到倦侯面前，看著他，「你還真是不死心啊，連我都要勸說。我為什麼要去草原？因為小姐要去唄，上天入地，我都跟著她，匈奴人還是大楚人都不重要，我就是小姐的丫鬟。」

韓孺子還要再說，丫鬟用劍指著他，「我笨，但是不傻，你又在胡說八道了，乾脆我在你嘴上來一劍。」

韓孺子閉嘴搖頭，表示不再說話了。

他手中既沒有權力，也沒有門路，實在想不出怎麼樣才能說動金家。

當天下午，金氏父子先後返回，歸義侯十分緊張，「柴韻和倦侯失蹤一事已經傳開了，很多人在找他們，咱們一家人得盡快出城。」

韓孺子以為張養浩會趁機逃跑，結果他老老實實地跟回來了，臉上甚至有一絲同謀者的得意，看都不看坐在牆角的三名同伴，等歸義侯說完，張養浩道：「林坤山邀請歸義侯一家出城相聚，他能護送你們平安前往塞北。」

歸義侯看著兩個兒子，「你們見到那個江湖術士了？」

兩人點頭。

「可信嗎？」

兩人互望一眼，長子說：「林坤山是位了不起的人物，肯定有辦法將咱們一家人送走，我們相信他。」

歸義侯點頭沉吟，韓孺子問道：「要去城外哪裡？」

「小南山暗香園。」張養浩無意隱瞞。

第一百零六章 河邊小寨

小南山是座不大的荒山，出京城南門十餘里就能望見，可附近沒有什麼暗香園、明香園，放眼望去盡是荒野。

天色將晚，四輛馬車停在路邊，歸義侯從車窗探出頭來，「張公子，快到了吧？」

張養浩遙望荒山，心虛地說：「快了，應該……快了。」

京南一帶比較荒僻，歸義侯一家顧不得掩藏行跡，紛紛從車裡跳出來，只見夕陽半落，倦鳥入林，景致還是很美的，可官道上連行人都沒有，極遠處似乎坐落著村莊，怎麼看都不像是貴人之家的園林。

「前方就是小南山了吧？」金大公子說。

「不是說好有人接應嗎，人在哪呢？」金二公子順著官道望去。

「事情有詐，你們太輕信了，我早就說過，咱們父子幾人輕騎北上，今天都能跑出幾百里了。」金垂朵手裡仍然握著弓，連箭都拿出來了。

張養浩餘光瞥見了她手中的兵器，心裡一陣陣發毛，「說好天黑前有人來接，還差一會，林坤山是個守信之人，絕不會誑騙咱們，那對他也沒有好處。」

「沒準他報官了，把金家人引出來，來個人贓俱獲。」金垂朵冷冷地說。

車廂裡傳來女子的叫聲，隨後是一陣抽泣，歸義侯怒道：「別嚇唬你母親，她膽子小。」

金垂朵發出一聲既像嗯又像哼的聲音，四處觀望，尋找埋伏的跡象，結果是她第一個發現來者，「就是那些人嗎？」

眾人向荒野中望去，原來有一條被樹木遮擋的小路，此刻正有十幾人向官道跑來，身影忽隱忽現。

在沒看清之前，張養浩不敢回答，金家人紛紛亮出兵器，就連歸義侯也拔出佩劍。

那些人來到近前，穿著破爛，不像官兵，也不像江湖人，更像是一群難民，一名三十多歲的漢子大聲道：「你們是要往北邊去的嗎？」

這是事前商量好的暗號，張養浩急忙下馬，拱手道：「烈日當空，閣下可否指條明路？」

金家人面露喜色，只有金垂朵皺起眉頭，不喜歡這些似是而非的話。

漢子上前，抱拳道：「在下晁化，在此恭候多時了，請諸位下馬離車。」

金垂朵微微引弓，大聲道：「等等，先把話說清楚，沒有馬、沒有車，我們怎麼走？」

金垂朵容貌出眾，晁化目光低垂，不好意思看她，「這些馬和車要繼續前行，另換新車運送諸位。」

歸義侯衝兩個兒子使眼色，讓他們攔在妹妹身前，他自己去將家眷叫出來，總共三名妻妾，早已嚇得花容失色，一下車就將歸義侯團團圍住，握住胳膊不放。

歸義侯動彈不得，只好讓長子去將另一輛車裡的俘虜帶出來。

韓孺子下車，扭頭向京城的方向望去，樹木遮擋，連城牆都看不見。

七郎等三人被捆成一串，也被帶出城，張養浩堅持這麼做，他之前說話太急，忘了避諱，暫時還沒想好如何處置他們，只好留在身邊。

四名車夫是金家的僕人，下來與主人站在一起。

十多名來者上車，熟練地吆喝著，沿著官道繼續前進，只留下晁化一個人陪伴歸義侯一家。

荒郊野外，前不著村後不著店，天色越來越黑，眾人心中不能不怕，三名妻妾不停地在侯爺身上擦眼淚，惹得金垂朵焦躁不安，每每想要說話，都被兩個哥哥攔下。

張養浩心裡也不踏實，問道：「林先生怎麼沒來？」

「別急，很快你就能見到他了。」晁化的確一點都不急，穩步走到倦侯面前，端詳片刻，拱手深揖，「草民見過陛下。」

韓孺子好久沒聽到有人稱自己為「陛下」了，不由得一愣，勉強嗯了一聲，什麼也沒說，事情越來越詭異，他已經無法猜測走向。

其他人比他還要驚訝，張養浩欲言又止，聽到馬蹄聲響，問道：「晁化，是你的人嗎？」

「應該是。」晁化站在路邊，沒多久，從進城的方向駛來三輛馬車，停在眾人面前，一名車夫衝晁化點了下頭，兩人顯然認識。

「請諸位上車。」晁化指著三輛車，「女眷請上中車，其他人上前後車……」

沒人動彈，倒不是心存懷疑，而是這幾輛車實在太破了，拉車的是騾子，車廂盡是窟窿，跑來時嘩啦直響，似乎隨時都要散架。

「林先生派來的就是這種車？」連張養浩都忍受不了。

晁化笑道：「諸位是要悄悄逃出京城呢，還是風風光光地到處遊玩？」

張養浩明白過來，「對，咱們不能再坐華麗的馬車引起官府的懷疑，大家快上車吧……呃，我要留在京城，可沒想逃跑。」

金家人沒有退路，七郎等三人頻頻向張養浩望去，卻沒有得到回應，也只能上車。

韓孺子與金家父子同乘一車，誰也不瞧誰，走出很長一段路之後，金二公子說：「好像一直沒有拐彎，咱們在回京城！」

其他人也發現了，歸義侯向車外望了好幾次，可是夜色越來越深，什麼也看不見，自我安慰道：「咱們想回草原，自然要往北邊去，可天色已晚，今天進不了城……」

「你們回草原能得到什麼呢？」韓孺子對此疑惑已久，忍不住開口詢問。

歸義侯與長子聽而不聞，金二公子惱怒地說：「只要不在京城受氣，去哪都行。」

「可也不用非回草原啊，你們一家歸義已久，恐怕……適應不了那邊的生活。」韓孺子也沒去過草原，只憑書上的記載就覺得金家人在塞北寸步難行，沒準就是小姐金垂朵能堅持得久一些。

金大、金二垂頭不語，他們想逃離京城，卻沒有下定決心前往草原，與妹妹不同，他們對塞外沒有太多幻想。

歸義侯長嘆一聲，「如果都王子沒死……大單于歡迎金家回去，別擔心，他還是會歡迎咱們的，這是金家的榮耀，也是大單于的榮耀。」

歸義侯在安慰兩個兒子，一邊的韓孺子聽明白了，都王子聲稱能將金家帶回草原，現在他死了，這份承諾變得不那麼可靠。

「東單于如果真想讓你們回去，就該派人來接，或者暫時撤兵，麻痺大楚的邊疆守衛，這些事情匈奴做了嗎？」

歸義侯不語，半晌才道：「都王子知道這些……」

車輛晃動得更加劇烈，似乎拐上了崎嶇小路，幾人都緊緊抓住車廂，不再說話，韓孺子暗想，看樣子金家人凶多吉少，自己被連累其中，真是倒霉。

顛簸的路走了很久，將近半夜才停下，晁化請眾人下車。

歸義侯的三位妻妾全身酸軟，丫鬟扶一位，歸義侯自己扶兩位，金垂朵拒絕幫忙，她倒是一點事沒有，握著弓，警惕地到處觀瞧。

他們進了一處靠水的村寨，不大，也就幾十座草屋，全都破破爛爛，寥寥幾處燈光，響起一陣狗叫，很快又消失了。

「這裡就是暗香園？」張養浩吃驚地說，這與他的預期差別太大了，甚至難以相信在京城附近還有這麼破的村子。

「從來就沒有暗香園。」晁化冷淡地說，「這裡是河邊寨，諸位先休息一下。」

「是暫時的吧？」歸義侯惴惴地問。

「林先生呢？在這裡嗎？」張養浩只關心這件事。

晁化都不回答，開始安排住處，叫出兩名老婦，帶走女眷，歸義侯越來越驚慌，卻不敢反抗。

晁化給倦侯單獨安排了一間屋子，別人不敢吱聲，金垂朵不幹了，上前道：「等等，這是我抓來的俘虜，不是你們的。」

晁化無所謂地說：「小姐打算怎麼辦？要親自看守他嗎？」

金垂朵差點要取箭，「我要你的保證，不會私自將他放走，或是帶到別的地方去。我聽到你稱他『陛下』了，就算他現在還是皇帝，也是我的俘虜，明白嗎？」

晁化笑道：「明白，河邊寨位置偏僻，外人難進，裡面的人也輕易出不去，小姐放心好了。」

韓孺子連自己在哪都不知道，的確沒法逃跑，老實地進入指定的房屋裡，坐在低矮的土炕上，一點睡意也沒有。

晁化退出之前說：「委屈陛下了，事情很快會變好的。」

韓孺子很想叫住此人問個明白，可他覺得晁化不會對自己透露實情，於是嗯了一聲，任晁化在外面關上門，聽見鎖頭的響聲，他這是被囚禁了。

時間一點一滴過去，寨子裡安靜下來，只聞蟲鳴蛙叫此起彼伏，讓韓孺子想起了自家的後花園，想起了與夫人夜遊的場景，突然心痛如絞，自己為什麼非要出來冒險呢？老老實實待在家裡當倦侯不好嗎？

不久之後他想起來了，正是擔心倦侯的安穩生活無法長久，他才貿然行事，沒想到連到手的安穩也失去了。

他站起身，摸到門口，輕輕推門，又往旁邊摸索，想看看有沒有逃出去的可能。

絕不能坐以待斃，這就是他全部的想法。

牆壁混合著泥土與草秸，摸著非常粗糙，韓孺子摸了半圈，門外突然響起一個低低的聲音，「嘿，醒著嗎？」

韓孺子馬上回到門口，透過門縫往外看，只見到一個模糊的人影。

「是妳？」

「是我。」果然是金垂朵的聲音，頓了一下，她繼續道：「跟我逃走吧。」

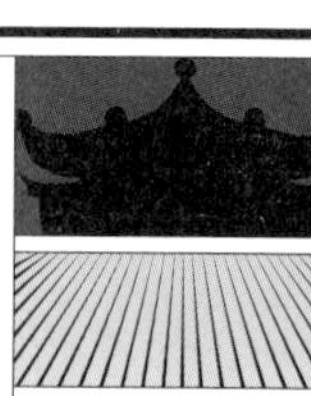

第一百零七章 老漁夫

韓孺子沒有多少考慮時間，立刻說了一聲「好」，外面的人捅鎖開門，韓孺子驚訝地問：「妳怎麼會有鑰匙？」

「噓，別吵醒附近的狗。」

韓孺子走出「牢房」，看到外面有三個人，金垂朵、丫鬟和金二公子，四個人互相看了一會，誰也沒動，他們都不認識路。

韓孺子招招手，示意其他人跟他走，晁化安排房間的時候，他趁機觀察過周圍的形勢，夜裡看得不太清楚，只能瞧出大概，但他心中已經有了一個初步的逃亡計畫。

從正門走出去是不可能的，那裡有守衛，雖說看得不嚴，四個大活人走出去還是會被發現，而且外面的路不好走，很容易被追上，韓孺子想走水路。

寨子依水而建，必有舟船，韓孺子此前特意尋找過，發現一處像是簡易碼頭的地方。

他猜得沒錯，離他們不遠有一處斜坡，盡頭是一座伸至水中的木橋，兩邊停著七八條小船。

「有人會划船嗎？」韓孺子小聲問。

金二公子點點頭，「我划過。」

這就行了，韓孺子走到橋上，正要上船，突然收回腳，解開繫船的繩子，用力將船推開，讓它隨流飄蕩，

金垂朵等三人先是一愣，馬上明白過來，分別去解繩推船，最後只留一條。

金二找來了一支槳，四人上船坐穩，金二輕輕划水，離寨子漸行漸遠。

他們鬆了口氣，韓孺子又提出那個問題：「妳怎麼會有鑰匙？」

金垂朵與丫鬟坐在對面，冷淡地回道：「鑰匙就在晁化身上，制伏他，自然就有鑰匙了。」

「妳沒殺他吧？」韓孺子覺得晁化不全是壞人。

「嘿，他叫了你兩聲『陛下』，你就真當他是忠臣了？」金垂朵十分不屑。

「晁化肯定是寨子裡的頭目，殺死他會給你的父母兄長惹下麻煩。」

金垂朵握著橫放膝上的長弓，盯著韓孺子看了一會才說：「沒殺，只是把他捆起來。」

「你們……就這麼拋下其他人不管了？」

「閉上嘴，你現在還是俘虜。」

韓孺子笑笑，四處遙望，只見一片片的蘆葦與無盡的水域，對金二說：「別離陸地太遠，等天亮咱們就能辨別方向了。」

「嗯。」金二應道。

「對了，還未請教你怎麼稱呼？」

金二看了一眼對面的妹妹，低聲道：「我叫金純忠。」

「今年多大？」

「十七。」

「哦，我今年十四，應該叫你金二哥……」

「不敢當。」

對面的金垂朵道：「跟他這麼客氣做什麼？他是俘虜，你應該嚴厲一點。」

「嗯。」金純忠誰的話都聽，專心划船，同時藉著月光觀察陸地，不能離得太遠，也不能靠得太近，以免擱淺。

丫鬟卻不當倦侯是俘虜，笑道：「聊聊天有什麼不好的，我叫蜻蜓，跟你同歲，也是十四，小姐大你一歲，今年……」

「就妳話多。」金垂朵打斷丫鬟說話，「咱們現在還在京城附近，離草原遠著呢，必須步步小心，一點也不能大意。蜻蜓，妳帶好盤纏了？」

蜻蜓拍拍肩上的包袱，「都在這，金銀都有。」

「二哥，你帶好通關文書了？」

金純忠點點頭。

「你們連通關文書都有了？」韓孺子有些驚訝。

「哈，你以為很難嗎？三百兩銀子一份，便宜得很。」

韓孺子隱隱仍覺得自己是大楚皇帝，不由得嘆息一聲，邊疆正與匈奴軍隊對峙，後方居然買賣通關文書，照這樣下去，難道大楚真的要完蛋？

丫鬟蜻蜓低聲道：「不讓我們聊天，妳自己……」

四人逃出來的時候已是後半夜，半個時辰之後天色漸亮，金純忠划累了，韓孺子接手，試了試，發現也沒有多難。

等金純忠再次接手，韓孺子說：「你們兩個同父同母，與金大公子不是同一個生母，對不對？」

金純忠笑道：「你猜得真準。」

朝陽在金垂朵側後方升起，照得她與蜻蜓籠罩在一片光芒之中，韓孺子暗自稱讚，站起身尋找京城的方向，可這裡地勢太低，周圍又有蘆葦、樹林遮擋，根本瞧不見城池的蹤影。

「那邊有漁夫，咱們可以打聽一下。」韓孺子指著不遠處的蘆葦蕩。

一名老漁夫手持長蒿撐著小船也在向他們靠近，遠遠地大聲道：「早啊，有收穫嗎？」

韓孺子回道：「我們不是來打魚的，乘船遊玩，一時迷路，請問老丈，去往京城怎麼走？」

「我就說嘛，附近村子哪有你們這樣的俊俏人物。去京城你們可走錯方向啦。」

韓孺子不想回頭，「煩請老丈指引，什麼地方能夠登岸，我們想走陸路回京。」

「這樣啊，那你們跟我走吧，靠岸之後我再給你們指條路。」

「如此甚好，上岸之後必有重謝。」

韓孺子看向蜻蜓，丫鬟緊緊抓住包袱，看樣子不想將錢用在這種事情上，金垂朵卻很大方，「給他一百兩銀子。」

蜻蜓瞪大雙眼，「小姐，妳以為我是騾子，能帶一箱銀子嗎？我只帶著……銀子不多，只能給五兩，已經不少啦，小姐，我在家裡侍候妳五個月，才能拿到五兩。」

「五兩夠了。」韓孺子說，他這半年來經常在外面買東西，大概了解銀子的價值。

老漁夫卻不在意銀子多少，已經調轉方向，撐船向蘆葦蕩裡划去，動作看似舒緩隨意，速度卻比後面的船快多了，沒一會就到了蘆葦蕩邊，停船等候。

金純忠有點擔心，「不會上當吧？」

韓孺子還沒開口，金垂朵道：「咱們是趁夜逃出來的，消息不可能這麼快傳到這裡，而且他就是一名老漁夫，有什麼可怕的？」

金純忠再無疑問，努力划船。

趁著還有一段距離，韓孺子問：「你們真的不管歸義侯了？」

金垂朵臉色微怒，等了一會還是回答了，「你也看到了，父親迷戀……帶著那三個妖精我們是不可能到達草原的。柴韻是我殺的，我走之後，父親可以自己選擇是走是留，大哥願意留在父親身邊，我管不了。」

「那些人不是要送你們一家去草原嗎？」

「嘿，他們要的只是你，對金家根本不感興趣，晁化這些人都是本地村民，離家從未超過百里，怎麼可能送我們去千里之外的草原？我要自己去，就帶著二哥和蜻蜓。」

「還有我。」韓孺子提醒道，「妳還是要將我送給東單于當禮物？」

船已經靠近老漁夫，金垂朵不再說話。

「前邊就能靠岸。」老漁夫指著蘆葦蕩裡，「真巧，你們遇見了我，再往前，至少得十里以外才能停船，離京城就更遠了。」

「多謝老丈，請問此湖何名？」韓孺子站在船頭與老漁夫交談。

「呵呵，你們連湖的名字都不知道，就敢來遊玩，膽子真大。這是拐子湖，沒啥景致，估計你們也是誤闖進來，從前沒聽說過吧？」

韓孺子搖頭，他的確沒聽說過。

老漁夫放慢速度，讓小船跟上，韓孺子問道：「這附近有一個河邊寨嗎？」

老漁夫扭頭看了他一眼，「你們從河邊寨過來的？」

「不是，可我們得到過提醒，最好不要靠近那裡。」

「提醒得對，河邊寨不是好地方。」老漁夫沒有多做解釋。

韓孺子小心地問：「寨子裡的人……是強盜嗎？」

老漁夫又回頭看了他一眼，「算是吧。」

「這裡離京城不過二三十里，竟然能有強盜聚集？官府不管嗎？」自從進入河邊寨，韓孺子就有這個疑惑，很想問個明白，對面的丫鬟蜻蜓好奇地聽著，金垂朵卻好像不感興趣，輕輕撫摸膝上的弓。

「官府？強盜就是官府送到這裡的。」

「此話怎講？」韓孺子越發驚訝。

「你是當官的？」

「不是。」

「那你問這些做甚？」

「我認識一些朝中的大臣，如果真有什麼徇私枉法的事情，或許可以傳達一下。」

金垂朵不屑地輕哼一聲。

老漁夫想了一會，頭也不回地說：「去年京師地震，你經歷了嗎？」

「當時我就在……城裡，記憶猶新，地震跟強盜有什麼關係？」

「地震會震塌房屋、會死人，拐子湖裡的水湧上岸，淹沒不少村莊，人是跑出來不少，可是沒吃沒住，只好當強盜。」

「咦，我記得很清楚，當時朝廷發放不少粟米救濟災民，應該是人人有份。」

老漁夫大笑數聲，「朝廷好啊，可惜我們這離朝廷太遠了。」拐子湖就在京城附近，老漁夫出言嘲諷，隨後嘆息道：「去年地震之後朝廷的確發來了一批糧食，可地方官吏沒有發放，而是高價售賣，價格是平時的十倍以上。」

「會有這種事？」韓孺子難以置信。

「去年米貴如金，今年就會恢復正常，貪官們將去年應發的粟米算入今年的租稅，強迫百姓按手印領取，可其實百姓拿到手的只是一張紙條，能用來抵今年的秋租，到時候貪官們再用去年賺來的錢買低價米湊數。可是有幾戶人家能挺過這一年？要麼餓死，要麼賣兒鬻女，要麼……就去當強盜。河邊寨早就有，裡面沒多少人，自從去年開始，人就多了，今年看情況吧，若是再來一兩次天災人禍，去入夥的人還會更多。」

韓孺子義憤填膺，「豈有此理，天子腳下，怎麼會有如此膽大妄為的貪官？究竟是誰，請老丈告訴我。」

老漁夫再次大笑，船已靠岸，他將長篙伸來，說：「大楚就需要你這樣的好皇帝。陛下，請上岸吧。」

第一百零八章 真龍天子

老漁夫居然認出了廢帝的身份，韓孺子等人驚愕不已，金垂朵反應最快，騰地站起，過程中已經彎弓搭箭，對準了目標，「早知道你有問題。」

老漁夫微笑道：「金姑娘小心。」

「你也認得我……應該是你小心。」金垂朵將弓弦又拉開一點，距離如此之近，她就算閉著眼睛也不會射偏。

老漁夫手持長蒿指指水中，金垂朵用餘光瞥了一眼，險些尖叫出聲，水裡竟然有好幾隻手掌按在船身上，她立刻調轉弓箭，那些手掌卻消失了，顯然都躲在船底下。

另外三人也發現了異常，一個拔刀，一個抽劍，只有韓孺子兩手空空。

老漁夫道：「諸位無需緊張，我們並無惡意，請上岸，將兵器留在船上。」

「休想。」金垂朵視弓如命，平時睡覺都要放在身邊，怎肯輕易交出，說著話，對準老漁夫就要放箭。

老漁夫手中長蒿在水裡一戳，潛伏於船下的數人開始動手，小船劇烈搖晃，站穩都難，更不用說瞄準射箭，丫鬟蜻蜓尤其害怕，抱著包袱顫聲道：「小姐，我不會游泳……」

金垂朵也不會，一想到落水之後的窘迫與狼狽，她服軟了，「停手，我們上岸便是。」

老漁夫又在水中戳了一下，小船逐漸恢復平衡，金垂朵很不服氣，她有把握立刻射殺老漁夫，可還是逃脫不掉落水的結局，猶豫了一會，終於恨恨地放下手中的弓箭，金純忠和蜻蜓鬆了口氣，跟著放下刀劍，四人陸續上岸。

水下的人露面，原來是三名十多歲的少年，只穿短褲，跟魚一樣靈活，翻身躍進小船，拿走兵器，高高舉起，向老漁夫炫耀。

金垂朵轉過身，心中惱恨不已。

韓孺子向老漁夫拱手道：「在下有眼不識泰山，請問老丈怎麼稱呼？」

老漁夫跳到岸上，將長蒿扔給一名少年，拱手還禮，笑道：「陛下太客氣了，我姓晁，名永思。」

「河邊寨的晁化……」

「是老朽犬子，我剛得到諸位離寨的消息，正想去通知其它村寨，沒想到一出港就與諸位遇上了。哈哈。」

「消息傳得這麼快？」金垂朵不太相信。

晁永思一笑，對船上的一名少年說：「泥鰍，去通知寨子裡的人。」

少年答應一聲，跳上岸，鑽進蘆葦叢中，抓起一件衣裳，邊跑邊穿，那些蘆葦密集得幾乎沒有落腳之處，他卻如履平地，跑得飛快，一會工夫就消失了，比在水中划船可快多了。

金垂朵小聲道：「他們只有三人，咱們……」

不等她說完，蘆葦叢中又走出將近二十人，男女老少都有，手持長蒿或鋼叉，站在晁永思身後。

金垂朵無話可說了。

晁永思道：「前面不遠是晁家漁村，陛下打算休息一會，還是立刻回河邊寨。」

「休息一會。」韓孺子說，雖然再次落入重圍，他仍然保持鎮定。

那些漁民全都又瘦又黑，一臉的窮苦相，雖然手持兵器，卻沒有咄咄逼人之勢，似乎比被俘的四人還要緊張。

晁永思帶路，漁民們簇擁著俘虜回村，不敢靠得太近，跟在後面小聲議論，一名大膽的少年突然跑到前頭，看了一眼韓孺子，轉身跑回人群中去，興奮了好一會。

蘆葦叢中的小路極為隱蔽，若無人引領，四人無論如何也走不出去。

村子不大，只有十幾戶人家，晁永思將他們請入自家院中，搬來兩條長凳請他們坐下，「屋中髒亂，就不請四位進去了。」

又有數人趕來，加在一起三十來人，差不多就是漁村全部的居民，不是老弱就是婦孺，沒有一名青壯年男子。

在這種情況下，說不緊張是不可能的，韓孺子只是掩飾得好，他在皇宮裡有過多次被人圍觀的經歷，算是比較有經驗，在人群中找到一名幾歲的孩子，對視片刻，露出一個笑臉。

孩子嚇得躲在大人身後，眾漁民輕聲驚呼，對「皇帝」會笑感到很驚訝。

金家兄妹卻不自在，尤其是金垂朵，手中無弓，她就像是失去了左膀右臂，看到韓孺子居然還能笑出來，她和哥哥都很意外。

不久之後，一名矮壯的漢子推開人群，衝到韓孺子面前，極不客氣地打量，「你就是皇帝？」

晁永思喝道：「驢小兒，不得無禮！」

「什麼禮不禮的，捨得一身剮，敢把皇帝拉下馬，今天我就要試試。」驢小兒的確是一副驢脾氣，挽起袖子，真要上來扯拽。

晁永思上前將他推開，「不成器的傢伙，你從哪來？來做什麼？」

驢小兒撓撓頭，這才想起自己有任務在身，「晁三哥說了，誰逮到皇帝就留在原地，他帶人過來。我來的路上碰見小泥鰍，他說皇帝在這，我趕快過來看看，昨晚我錯過了。這個皇帝白白淨淨的，是真的嗎？」

「難道你以為皇帝長得跟你一樣？」

晁永思擋在中間，驢小兒總想繞過去，但是不敢推搡，目光一轉，看到了坐在另一條長凳上的兩名女子，指著金垂朵說：「這個小姑娘也白白淨淨的，是皇后嗎？」

「我不是。」金垂朵氣憤地說。

晁永思道：「趕快回寨子裡去，這沒你的事。」

驢小兒不情願地向院外走去，「皇帝有了，十里八村的好漢們也要聚齊了，說造反就造反，大家等著吧，就快有好日子過了。」

晁永思不住搖頭，將圍觀的村民也都勸走，對韓孺子說：「陛下見諒，粗鄙之人不懂禮數。」

「千萬不要再稱我『陛下』，我退位已經半年了。」

晁永思轉向兩名女子，笑道：「小姐還是不要妄動的好，晁家村地形複雜，你們走不出去，掉進水窪裡，後果不堪設想。」

金垂朵悻悻地哼了一聲，抬頭快速望了一眼，視線所及，不是蘆葦就是樹林，連條路都看不到，那些漁民雖被勸走，卻沒有回家，而是站在遠處指指點點，一有動靜就能跑過來。

晁永思又向韓孺子說：「陛下乃是被迫退位，如今被立的皇帝是偽帝，陛下才是真龍天子。」

韓孺子不知如何應對，金垂朵道：「恭喜你啊，又當皇帝了，有了這批忠臣，奪回大楚江山指日可待。」

晁永思呵呵笑道：「指日可待誇張了些，不過既然是真龍，必有一飛沖天之日。」

韓孺子開口道：「晁老丈見過望氣者吧？是哪位？林坤山，還是淳于梟？」

晁永思收起笑容，正色道：「陛下還不知道吧，京畿一帶至少有十位望氣者巡遊村屯，講述陛下的事跡，『真龍陷落淺灘，必然南游求助，助之者飛黃騰達，不助者淪落地獄，世世不得超生。』」

韓孺子再次啞口無言，金垂朵忍不住道：「你們真相信？」

「有什麼不信的？陛下這不就出現在京南了嗎？跟預言一模一樣。」

韓孺子自己最清楚，他出現在這裡並非偶然，而是望氣者策劃的結果，可他們為何平白無故地宣揚自己是真龍？這對他們有什麼好處？

與韓孺子同坐一張長凳的金純忠也忍不住問道：「望氣者說這種話，官府不管嗎？」

「官府就知道收租、抓人，哪管這種事？」

「不是說去年的賑災粟米能抵今年的秋租嗎？」韓孺子道。

晁永思笑了一聲，隨後嘆息，「這就是人禍了，去年天災不斷，今年又要和匈奴打仗，天下各郡縣都在徵人、催租，今年的租是不收了，官府要收的是明年、後年的租。」

韓孺子怎麼也想不到，百姓的生活居然如此艱辛，他原以為自己的遭遇夠悲慘了，現在才知道，即使退位，他也生活在一座更大的皇宮裡，對民間艱辛一無所知。

金家兄妹互相看了一眼，他們自認為是匈奴人，不好表達看法。

「天災人禍接二連三，全是因為真龍失位，讓那些蝦兵蟹將擾亂江湖。只要陛下重返至尊之位，天下自然太平無事。」

韓孺子如坐針氈，覺得自己擔不起這麼高的期望，金家兄妹和丫鬟都用驚訝地目光看著他，更讓他感到不自在。

「事情沒有那麼簡單……」

「當然，真龍也得借水而興、憑風而起，拐子湖只是開始，陛下振臂一呼，天下百姓必然響應……」

韓孺子聽不下去了，起身道：「你不是漁夫，也不是本地人，你是……你是望氣者！」

晁永思微微一笑，拱手道：「陛下看出來了，但我的確是本地漁夫，少年時讀過幾年書，也曾在江湖中闖蕩過，數年前拜淳于梟為師，至今小有所成。」

晁永思指著韓孺子頭頂數尺的地方，輕輕晃動手臂，「陛下頭頂的天子氣越來越濃了。」

包括韓孺子在內，四人都往他頭頂看去，丫鬟蜻蜓看得尤其認真，可是什麼也沒瞧見，小聲嘀咕道：「哪有天子氣啊？要說天氣倒是不錯，晴空萬里。」

韓孺子搖搖頭，「我要見淳于梟，不管你們在玩什麼把戲，我要立刻見淳于梟。」

晁永思笑道：「陛下稍安勿躁，淳于師正在為陛下的一飛沖天四處奔走，等陛下見到他時，天下必然不同於今日。」

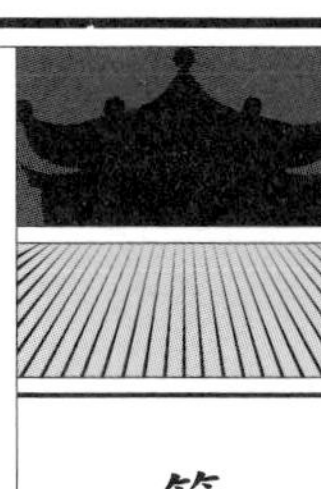

第一百零九章 觀賞皇帝

越來越多的人湧入小小的漁村，有人乘船，有人騎馬，更多的人則赤腳步行，走進晁永思家的院子，盯著「皇帝」看幾眼，或點頭，或搖頭，或者再多看一眼坐在不遠處的金垂朵，轉身就走，只有少數人行禮。

晁永思解釋道：「都是窮苦人，不懂規矩，陛下莫見怪。」

韓孺子不見怪，只是覺得這些人並沒有將自己當成「真龍天子」，見怪的是金垂朵，有一次甚至衝著來者喊道：「我不是皇后！」說完自己的臉先紅了，對方笑著離開。

來者大都自帶雞鴨魚肉和米麵酒蔬，觀賞過皇帝之後，就去找地方借灶做飯，沒多久漁村內炊煙四起，到處都有人互換食物、彼此介紹。

丫鬟蜻蜓從包袱裡拿出幾塊乾糧，分給小姐和公子，猶豫之後也分給韓孺子一塊，唯獨沒給老漁夫。

聞著瀰漫全村的飯菜香氣啃乾糧，對誰都是一種折磨，韓孺子咽下半塊之後說：「大家的生活好像也不錯。」

晁永思笑著搖頭，「他們都抱著孤注一擲的想法，事成，自有榮華富貴，事敗，免不了一死，因此將家裡能吃的東西都帶來了，你瞧他們，連骨頭都捨不得扔。能將他們聚在一起的人，就是陛下。」

韓孺子笑了，覺得自己擔不起這個身份。

河邊寨的人也來了，晁化跑進院子，看到韓孺子之後，終於放下心來，然後向金氏兄妹苦笑道：「兩位何必如此呢？我又沒有惡意。」

「那可難說。」金垂朵冷冷地回道。

「爹，為什麼不讓他們進屋？」晁化最後才向父親說話。

晁永思望著院外的人，「好不容易請來陛下，當然要讓大家都看一眼，免得他們疑神疑鬼。」

「這些人哪來的都有，我連一半都不認識，人多嘴雜，保不齊會有官府的探子……」

「膽子別那麼小，官府根本看不到咱們這。」

「還是請陛下去河邊寨吧。」

「不，就留在這，日後大功告成，咱們晁家漁村也能名留青史。」

「爹，現在不是想這個的時候……」

晁化拽著父親去院外說話，你一言我一語，爭論得很激烈。

金垂朵小聲道：「一群烏合之眾，八字還沒一撇就有分歧，咱們還有機會逃走。」

金純忠忐忑地說：「父親他們沒有來，會不會……」

「不會，殺人是為了警告，悄沒聲地殺掉有什麼意義？」

金純忠不吱聲了，金垂朵看向韓孺子，「你想留在這裡當皇帝，還是跟我們走？」

「跟你們走不就是當俘虜嗎？」

金垂朵想了一會，「要不然這樣，你跟我們去草原，我讓大單于封你做王，不比在京城當廢帝要好？」

韓孺子搖頭不語，他可不相信金垂朵有這個本事。

四名村婦走進院中，捧著四盤熟魚，分別送到四人面前，一個個臉通紅，低頭不敢說話，只是不停地將食物往前送。

韓孺子最先接過熟魚，說聲「謝謝」，筷子就是兩根細細的蘆葦桿，他夾魚吃了一口，滿口的土腥味，差點吐出來，可是送魚的老婦正滿懷期待地看著他，這顯然是她精心烹製的食物。

韓孺子笑了笑，「好吃。」硬著頭皮吞下大半條魚，搖頭道：「實在吃不下了。」

老婦已經滿足，接過魚盤，一臉歡笑地離開。

金純忠吃了小半條，金垂朵和蜻蜓只吃了幾口，就都笑著退還食物，聲稱自己吃飽了。

村婦們倒不計較，認定了公子、小姐的胃口就這麼點大。

她們剛一出院，就有一群孩子撲上來，七手八腳地搶走熟魚，抓在手裡大嚼。

金純忠小聲道：「想不到就在京城附近也有如此貧困的百姓。」

晁化從外面走回去，對韓孺子說：「請陛下進屋休息吧。」

「我們呢？」金垂朵問。

「請三位去另一間屋。」晁化抓了抓頭髮，補充道：「要不我派人送三位回河邊寨吧，歸義侯還在那裡。」

「不，我們留在這。」金垂朵此時不想見父親。

晁化將韓孺子送進一間屋子裡，「林先生很快就到，他會向陛下說清楚一切。」

「他去哪了？」

「事發突然，林先生去召集各地義士了，今天來一批，以後還會更多。」

晁化轉身要走。

「等等。」韓孺子必須試著說服每個人，「你真的相信……我是真龍天子嗎？」

晁化盯著韓孺子看了一會，嚴肅地說：「從前只信四五分，現在信七八分。陛下身處險境還能如此鎮定，非常了不起，換成是我，只怕早就嚇得屁滾尿流了。」

「那這個呢？」韓孺子指著頭頂。

「天子氣嗎？反正我是看不出來，但是林先生很有本事，他既然說有，那就一定有。」

「你就這麼相信他？」韓孺子在不歸樓見過林坤山，並不覺得那人擁有強大的蠱惑力。

「當然相信，他能一眼看穿你的心事，知道你想要什麼。」

「望氣者曾說服齊王造反，結果呢？」

晁化搖搖頭，「不對，是齊王執意造反，望氣者勸說不成，全都提前離開了，所以齊王落網伏法，望氣者被抓的卻沒有幾個，因為他們早就料到了。齊王太著急了，他只有一點天子氣，應該多養幾年。」

晁化看向韓孺子頭頂上方，「我真希望也有林先生的本事，他說陛下的天子氣已經有幾丈高，我父親說他也能看到，今天早晨，他一眼就認出了您。」

「幾丈高的天子氣，那不把屋頂都給捅漏了？」

晁化笑了幾聲，拱手告辭。

屋子很小，除了一鋪土炕，沒什麼多餘的擺設，屋頂低矮，韓孺子用力一跳就能摸到，還有一股陳年的霉味不停地往鼻子裡鑽。

他坐在炕上，漸漸覺得這兩天所經歷的一切都不真實，大楚剛剛經歷過武帝的鼎盛時期，怎麼突然間就衰弱成這個樣子？回想自己看過的史書，找不到任何答案。還有那些望氣者，明明很普通，為什麼能夠無往不利？說什麼都有人相信，上至王侯，下至普通百姓，就連學富五車的大儒，都以崇拜的語氣談起淳于梟等人。

簡陋的房門突然被推開，衝進來十來個人，將屋子擠滿了，之前出現過一次的驢小兒也在其中，指著炕上的韓孺子說：「瞧，這就是皇帝，你們還不信嗎？除了皇帝，誰能養得這麼白淨？」

屋子裡有點暗，眾人湊過來仔細觀瞧，有人甚至抬手想摸一下，最後卻沒敢將手伸過來。

「你真是皇帝？」一人問道。

韓孺子不吱聲，嚴肅地回視對方，那人訕訕地退到後面去。

驢小兒是個莽撞人，天不怕地不怕，大聲道：「皇后呢？皇后怎麼不在？她比皇帝還白。」

韓孺子突然舉起右臂，將面前的人嚇了一跳，紛紛後仰，接著他慢慢揮動手臂，像是在摸索什麼東西。

沒人敢開口詢問，就連膽子最大的驢小兒也閉上嘴，跟著皇帝的手掌轉動眼珠。

韓孺子不知道自己要做什麼，只是厭煩了被人圍觀，可是總不能就這麼一直揮手，於是他說：「你們當中有人心懷鬼胎。」

眾人又是一驚，往後退了兩步。

「你怎麼知道？」驢小兒問，他的膽子還是比別人大些。

韓孺子指著頭頂，「它告訴我的，只要有壞人接近，我的氣就會不純，還會發出聲音，你們聽不到，我能，它告訴我——心懷鬼胎者就在我的面前，你們……」

他本想讓眾人退出房間，不要來打擾他，結果目光一掃，人群中的一名漢子突然撲通跪下，顫聲道：「皇帝饒命，皇帝饒命，小人狗膽包天……」

韓孺子一驚，其他人則大吃一驚，立刻將此人按住，質問他的來歷。

原來那人是鄰村的無賴，聽說有人要造反，還請來了皇帝，於是過來探聽消息，心中的打算是要向官府告密，尚未實施，就被真龍天子「看破」，嚇得他跪地求饒。

韓孺子想不到真能詐出「壞人」來，嚴格來說，此人只是動動歪心思而已，韓孺子放下手臂，「把他帶出去，好好查一查，村子裡可能還有心懷鬼胎者，我頭上的氣……」

他的目光只是一掃，眾人拖著無賴爭先恐後地往外跑，只剩下驢小兒一個人，呆呆地看著真龍天子。

「嗯……」韓孺子剛發出一點聲音，驢小兒也轉身跑了。

接下來的時間，再沒有人進屋圍觀皇帝了，晁氏父子先後來過一次，老漁夫神情激動，盯著韓孺子頭頂看了好一會，出門之後長嘯一聲，兒子晁化多問了兩句，也對皇帝能看出內奸驚詫不已。

「蠱惑人心好像也沒有那麼難。」韓孺子對自己說。

午後不久，林坤山終於來了，獨自進屋，「陛下總能令我驚訝，我們沒有看錯人。」

「你是這一切的策劃者？」

林坤山點頭，「我只是策劃者之一，不過我能回答陛下的疑問。」

韓孺子一肚子疑問，一時間反而不知從何問起，「望氣者是怎麼取得這麼多人信任的？」

林坤山大笑，「陛下不問江山、不問帝位，卻問到此事，果然並非凡種。上次見面我沒能取得陛下的信任，那是我的失誤，今天我一定要彌補，讓陛下見識一下望氣者的本事。」

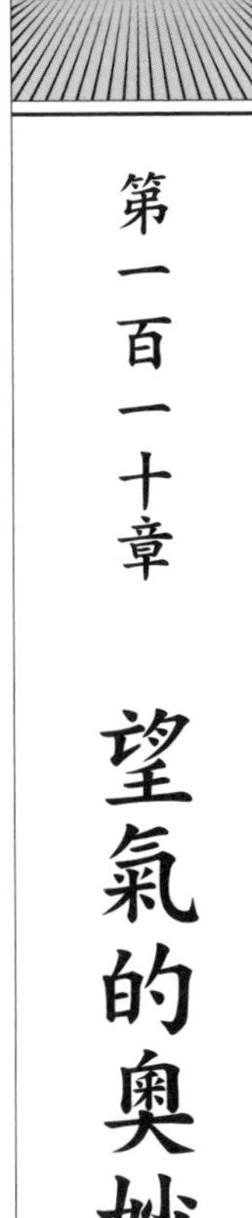

第一百一十章 望氣的奧妙

韓孺子站在籬笆牆內向外遙望，有些人也在望他，更多的人則離他遠遠的，專注於自己的事情，生怕打擾到那股神奇的「天子氣」。

「你在看什麼？」一個聲音好奇地問。

韓孺子轉身，看到蜻蜓正站在他身後，順著他剛才的目光望去，卻不知道該看什麼，離著稍遠一些，金垂朵站在門內，不肯過來。

「我在等著看奇跡發生。」韓孺子轉回身，繼續遙望。

蜻蜓又望了一會，終於找到了目標，「你是說那個像老道的人？」

韓孺子點點頭。

林坤山戴著一頂像是道冠的帽子，卻穿著書生的長衫，在村子裡信步閒遊，很少脫離韓孺子的視線，偶爾會有人跟他打招呼，兩人熱情地交談數句，然後拱手告辭。

「他會變戲法嗎？」

「不，他在演示怎麼跟陌生人打招呼。」

「這就是你說的『奇跡』？看來皇宮裡真的很枯燥，沒準老道找的人是他早就認識的……」

後面傳來一聲催促的咳嗽，蜻蜓道：「哦，小姐讓我告訴你，不准他們再稱小姐為『皇后』。」

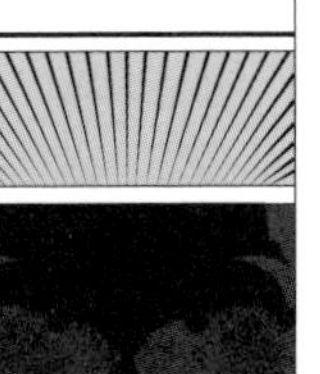

「好啊，也請妳告訴妳家小姐，讓他們別再稱我『陛下』、『真龍天子』了。」

「咦，小姐若是能讓他們聽話，還找你幹嘛？」

「是啊。」

蜻蜓困惑地撓撓頭，終於醒悟過來，「哦，你是說你也不能讓他們聽話……有話不能直接說嗎？非得拐彎抹角，顯擺你讀過書嗎？」

「抱歉。」韓孺子笑著說，目光仍然不離林坤山。

「反正我傳話傳到了。」蜻蜓要走，又停下了，問道：「你剛才真的一眼就看出了內奸？」

「湊巧而已。」

「嗯，小姐也是這麼說的，看來你不會法術。」

「當然不會。」

「武功呢，你身手好嗎？」

「我若是身手好，就不會……」韓孺子及時收住「拐彎抹角」的話，直接道：「不好，很一般。」

「那你怎麼不害怕呢？」

「你們也沒怕啊。」

「不一樣，我們算是客人，雖然惹出點麻煩，也還是客人，想走就走，只是……不知道該怎麼走，不像你，被困在這裡了，在誰手裡都是俘虜。」

「對啊，我在誰手裡都是俘虜，所以早就習慣了。」韓孺子笑道，他一開始是有點害怕的，現在卻只有好奇。

「皇帝不好當，廢帝更不好當。」蜻蜓深表同情，身後又傳來幾聲咳嗽，她只好走回去，在門口小聲抱怨道：「閒聊也不行嗎？」

林坤山回來了，身邊還跟著一個人，那人三十來歲，身材敦實，雖然衣裳破舊、膚色黝黑，腰板挺得卻直，頗有幾分英武之氣。

那人來到韓孺子面前，恭敬地拱手道：「草民周比拜見陛下。」

韓孺子拱手還禮。

周比看了一眼身邊的林坤山，繼續道：「我的要求很簡單，能當個將軍，指揮千八百人就行，以後我會努力作戰，請陛下留意。」

「好。」韓孺子平淡地說，周比卻如蒙重賞，面露喜色，拱手後退，比來時更顯恭謹。

林坤山笑著請皇帝回「宮」。

「我與周比之前從未見過面，對他一無所知，他倒是聽說過我的名字。」林坤山背朝門口站立，「周比是一名農夫，學過一點武功，不到一柱香的時間裡，他視我為知己，將心中隱密的願望說出來，在此之前，他從未對人說過自己想當將軍，因為那只會惹來恥笑。」

若是讓蜻蜓來猜，她肯定以為這是林坤山和周比做好的局，韓孺子卻相信這是真本事，因為要求是他臨時提出來的，而且他在遠處看得很清楚，周比並不認得林坤山，剛開始交談的時候露出明顯的迷茫。

「陛下可以再提要求，我去實現。」林坤山說。

韓孺子坐在炕沿上，「不必了，我相信你。」

「陛下想知道我是怎麼說服周比說出願望的？」

「你好像沒用特別的手段。」

「哈哈，陛下看得很準，所以我們是望氣者，而不是說客。說客憑的是一張嘴，我們用的是這雙眼睛。」

韓孺子沒太聽懂，「你能看出對方的心事？」

「我有這個願望，可是沒有這個本事。嗯……陛下曾經有過認錯人的經歷嗎？」

韓孺子想了一會，搖搖頭，他認識的人不多，也就這半年來頻繁與外人接觸。

林坤山道：「那陛下剛才看到我怎麼跟那些人打招呼了嗎？」

「看到了，有些人好像是在主動跟你打招呼。」

「不，主動打招呼的總是我，他們只是比我先開口。」林坤山上前一步，雙眼微張，露出一絲驚奇之色，他指著自己的臉，「這就是我的『招呼』。」

韓孺子一愣，隨後恍然，「你讓對方覺得自己認識你，所以主動開口。」

「沒錯，但是這招並非百發百中，對方若是很少與陌生人接觸，比如像陛下這樣，自然不會產生誤解，對我的『招呼』也就不會做出反應。」

「所以望氣的第一步是篩選合適的目標，你在村子裡見了許多人，只有周比跟你攀談，因為……他曾經在江湖中行走過，見過望氣者，但是記不太清楚，所以會被你迷惑。」

「陛下聰慧，一點即透。」

「望氣的手段就這麼簡單？」韓孺子大為驚訝。

林坤山笑道：「大象無形，陛下覺得簡單，我卻花了足足十年時間揣摩其中的妙用，直到現在也只能說是熟練，不敢說是擅長。曾經有一段時間，我四處雲遊，專找陌生人搭訕，種種經歷苦不堪言，至少斷過三次肋骨，後背上留下一條長長的傷疤，大難不死，才有今日的一點功力。」

韓孺子忍不住笑了，難以相信有人專門練這個，仔細一想，又覺得其中頗有深意，「所以望氣者最大的本事，是看出哪些人值得勸說？看是關鍵，說……其實主要是對方在說。」

「陛下已經窺見本派的奧妙了。還說跟陌生人搭訕，做出似熟非熟的表情只是第一步，我得時刻觀察對方的反應，如果他也露出同樣的表情，事情剛有眉目。接下來，我會似笑非笑，對方若是左右觀望，那就算了，若是也笑，事情就有四五成把握。我的雙臂會似抬非抬、嘴巴似張非張，像是要拱手說話，但是一定要等對方先拱手、先說話，只有這樣，我才能確定對方已經將我當成某位相識者，交談時他就會主動提供消息。所有這些都要在一瞬間完成，有如高手過招，一個回合定勝負，又像兩軍交戰，必須當機立斷，早一點晚一點都不行。」

「盜亦有道，騙術……望氣也是如此。」韓孺子笑道，「你和淳于梟相比，誰更厲害一些？」

林坤山正色道：「恩師功力深厚，已經到了無跡可尋的境界，我怎麼能與他老人家相提並論？想我練功的時候，只是在街上找陌生人搭訕，頂多挨頓打，恩師卻是直入諸侯門闥，一言不合就要掉腦袋，這麼多年來，他卻毫髮無傷，這種本事幾人能有？」

望氣者顯然是一群江湖騙子，卻將騙術昇華為大道，韓孺子不知是該鄙視，還是該佩服，「晁永思跟你們學的也是這個？」

林坤山笑著搖頭：「他學的只是望氣，他拜師的時候年紀太大，不可能登堂入室了。」

韓孺子思忖片刻，「你看的是人臉，淳于梟看的是大勢，所以他在拜見諸侯之前就已十拿九穩。」

林坤山深施一禮，「陛下明鑑。」

「那他從我這裡看到什麼大勢了？」

「天下凋敝，大亂將起，需得大英雄方能撥亂反正。」

韓孺子搖搖頭，「你們一會希望天下大亂，一會又說要撥亂反正，我都不信。」

林坤山笑道：「陛下就是我們望氣者最怕的人，深藏不露，從不輕信。」

韓孺子繼續搖頭，「這招也不行，你若是不能說服我，還是換淳于梟來吧。」

「恩師倒是很想親見陛下，可惜他不在京城。請陛下容我想一想……」

騙人還要現想招數，韓孺子覺得可笑，不過林坤山一見面就將騙術老底抖落出來，的確不易出招，但也因此取得了韓孺子的一些信任。

「還是從崔家和東海王開始說吧。」韓孺子提醒道，話一出口，又覺得這正是林坤山希望自己說出的話。

「崔家的野心自然是讓東海王稱帝，可是太后選立前太子遺孤之後，東海王的地位一落千丈，所以崔家先要幫陛下重奪帝位，確立桓帝一系的正統身份。」

「何必這麼麻煩？有本事讓我稱帝，不如直接立東海王。」

「非也，陛下稱帝一載，天下皆知，重奪帝位要比推立東海王容易得多。」

「崔家居然還肯相信你們這些望氣者？」

「崔太傅執掌南軍，卻不掌握民心。」

「望氣者能有幾人，竟敢說自己掌握民心？」

「朝廷將災異之咎強加於陛下頭上，可是陛下退位之後，日子並沒有變好，反而越來越差，天下百姓無不心懷疑慮，以為真正的罪人不是陛下，而是太后、是不忠的大臣。」林坤山展開雙臂，傲然道：「淳于恩師望的是天下之氣，如今天下已做出回應，陛下在這漁村裡看到只是似熟非熟的一笑，要不了多久，天下就會開口附和陛下。」

林坤山躬身行禮，「望氣者不執一端，與世沉浮、順勢而為，陛下可以認為我們是兩面三刀的騙子，可是以陛下之聰明才智，有沒有把握利用我們這些『騙子』做些大事呢？」

韓孺子不得不承認，他真的有點被說動了，那個從未謀面的淳于梟，的確猜中了廢帝的許多心事。

第一百一十一章　金家的機會

韓孺子心動了，可還是什麼都做不了，林坤山建議他靜觀其變，「陛下已經給大家留下深刻的印象，就讓外面的人自己得出結論、做出決定吧。晁家漁村正在炒一盤大菜，陛下儘管坐享其成，我去給菜加一點鹽。」

韓孺子坐是坐了，卻沒有坐享其成的想法，他很清楚，自己掉進了一個互相利用的遊戲裡，遊戲各方分別是望氣者、崔家和他本人，每一方取得成功之後，第一件事就是除掉另外兩方，出手太早，一事無成；出手太晚，受制於人。

光是想一想他就覺得心潮澎湃，越是如此，他越要讓自己冷靜下來，於是坐在炕上默默運行孟娥教他的內功心法，這一招還真好用，漸漸地他拋去無意義的幻想，開始思考眼下的情況。

他下炕走出房間，天已經黑了，漁村裡再度飄散飯香，四面八方趕來的「英雄好漢」們，正在附近的一座院子裡圍著一小堆篝火聚議未來，吵得很厲害，聽不清他們在說什麼。

林坤山靜觀其變的建議很有道理，這些人目前還只是一盤散沙，無法接受並執行任何人的命令，必須等他們「自行」決定之後，才談得上建立一支力量。

韓孺子拐彎走進隔壁房間。

房間裡擺著一盞小油燈，發出的光亮從外面幾乎看不到。

藉著這點燈光，金氏兄妹和丫鬟蜻蜓正在吃晚餐，不是硬梆梆的乾糧，而是一隻雞、一尾魚，還有一隻豬腿。

看到韓孺子進來，吃得正香的三個人停下了，蜻蜓最先開口，「剛才想叫你來著，可是你坐在那裡睡覺……」

「睡醒了，正好餓了。」韓孺子也不客氣，與金純忠共坐一張長凳，抓起一塊烤肉就吃，烹製手段仍然粗糙，除了鹽之外，什麼都沒加，吃起來味道卻不錯。

這四人真是餓了。

韓孺子一坐下，金垂朵拍拍手，退到角落裡，取出巾帕擦手擦嘴。

「小姐，妳不吃了？平時……」

「我吃飽了。」金垂朵生硬地說。

蜻蜓不再勸說，她盯著最後一根雞腿很久了，小姐在的時候不敢動，現在無所顧忌，伸手上去扯下雞腿，舉給二公子和倦侯各看了一眼，不等他們謙讓，立刻送到自己嘴裡大嚼起來。

「我是明白了，人一餓，吃什麼都香，從前在侯府裡變著花樣吃，也沒今天這一頓吃得香。」蜻蜓含糊地說。

金純忠深有同感，點頭表示同意，嘴卻沒有閒著，正在努力消滅骨頭上的最後一層筋肉。

韓孺子心中有事，很快吃飽，沾了一手的油脂，若在從前，張有才或者其他僕人總會及時送上熱水、手巾等物，現在卻只能自己解決，他舉著雙手想了一會，發現這竟然是一道難題，他是被綁架出城的，身上什麼都沒帶。

好在還有一個丫鬟蜻蜓，她很自然地從包袱裡拽出一條手巾，遞給韓孺子。

金垂朵想阻止已經來不及了，只能眼睜睜看著韓孺子使用手巾。

「我有話要對你們說。」韓孺子仍然握著手巾。

蜻蜓知道自己的身份，所以專心打掃殘肉，金垂朵坐在角落裡不吱聲，金純忠放下手中的骨頭，茫然道：「說什麼？」

「說說你們的未來。」韓孺子看向金垂朵，她離燈光太遠了，只剩下模糊的輪廓，「你們還要去草原？」

金垂朵仍不吱聲，金純忠只好代為回答，「當然，都已經走到這一步了，柴家不會放過我們的。」

「可你們就這樣去草原，能得到什麼呢？」

金純忠無言以對，他的祖父歸降內附，到這一代已經與匈奴完全脫離關係，牽線搭橋的都王子也死了，金家在草原已是無依無靠。

「我們把你送給大單于……」金垂朵終於開口。

「首先，我不會跟你們走；其次，外面的人不會讓我走；最後，匈奴崇強抑弱，你們就算送上更值錢的禮物，也不會受到歡迎。」

「我有弓箭。」金垂朵驕傲地說，然後想起現在只有箭，沒有弓，心氣一下子降落幾分。

「妳有弓箭，可是妳有使用弓箭的機會嗎？」

「為什麼沒有？只要弓箭在手，我保證百發百中。」

坐在韓孺子身邊的金純忠嘆了口氣，「我想倦侯的意思是說，金家默默無聞多年，到了草原，能不能見到大單于本人都難說，想在大單于面前射箭，更是難上加難。」

金垂朵再度陷入沉默，金純忠問道：「倦侯有什麼建議。」

韓孺子等了一會才說：「歸義侯默默無聞，在草原也不會受到重視，不如先在這邊闖出一點名聲，到時候，東單于歡迎的是你們的人，而不是禮物。」

「在這怎麼闖出名聲？」金純忠驚訝地問，「我們正在逃亡路上，有家難回，有國難奔……」

角落裡的金垂朵冷冷地說：「傻哥哥，倦侯在勸咱們效忠於他呢。」

金純忠一愣，扭頭打量倦侯，對面的蜻蜓終於吃完，一邊舔手一邊笑道：「有趣，剛才還是俘虜，現在就想當主人了。小姐，只要妳下令，我就給他一點教訓。」

金垂朵哼了一聲，雖然嘴上不承認，心裡卻是清楚的，自己也是俘虜。

等了一會，金純忠小心地說：「你是廢帝，還能……」

金垂朵喝道：「二哥，別上當，不理他就是了。」

「哦。」金純忠閉上嘴，時不時還用餘光瞥著倦侯。

韓孺子笑道：「大楚定鼎一百二十多年，天下縱有動蕩，建功立業者也是那些權臣與勳貴，歸義侯幾乎沒有機會。沒錯，我是廢帝，也是你們金家的機會。權臣與勳貴不為我所用，我只能另尋幫助。外面的那三四百人雖然數量不多，但是集合起來也是一股力量，以後聚集的人還會更多。但他們是烏合之眾，我需要你們這樣的人。」

金純忠低頭不語，蜻蜓含著一根手指，目光在倦侯和小姐之間來回掃視。

「就憑這麼點人，你還想奪回帝位不成？」金垂朵再度開口，聲音中滿是不屑。

「當初太祖起事的時候，身邊還沒有這麼多人。如果我勝券在握，為什麼還要找你們幫忙呢？我相信，有一點在大楚和匈奴都是相同的：不冒險就什麼也得不到，縱然箭術如神，也得有機會施展才行。」

韓孺子站起身，按照望氣者的標準，他勸說得已經太多了，「你們考慮一下吧。」

韓孺子剛一出去，金純忠馬上小聲道：「倦侯的話有點道理。」

「他比你小兩三歲，你居然相信一個小孩子！」金垂朵不滿地說。

「小姐是妹妹，二公子還經常聽小姐的話呢。」蜻蜓指出一個事實，馬上感覺到一股寒意從角落傳來，急忙改口道：「倦侯不一樣，他是陌生人，認識才……兩天而已，天哪，竟然只有兩天，我覺得好像已經過去半個月了！怎麼辦啊，咱們人也殺了、金銀也帶著了，沒靠近草原半步，還困在了京南，離草原更遠了……」

「別著急，車到山前必有路。」金垂朵安慰道，想了想，「這些人的目標就是廢帝，跟金家無關，等他們穩當下來，咱們就去告辭，直奔草原，大不了入軍，從小兵做起，兩國交戰，正是建功立業的好時機。」

「父親和哥哥……」

「都已經分道揚鑣了，還想那麼多幹嘛？廢帝是個小騙子，但他有一句話說得對，在草原也未必能受到歡迎，跟這裡一樣危險。」

「倦侯的建議其實可以考慮一下，有百姓的支持，沒準……」

「咱們一心一意要回草原，給韓氏子孫賣命算怎麼回事？而且……噓，有人來了。」

外面嘈雜的人聲越來越近，金垂朵閉上嘴。

隔壁的韓孺子也聽到了聲音，心想這些人商量得倒快，之前的大叫大嚷未必是在爭執。

老漁夫晁永思進屋，抱拳道：「請陛下移駕。」

韓孺子的「駕」就是兩條腿，移動方便，邁步走出房間。

晁家小院內外站滿了人，有人手舉火把，照得人影綽綽，顯得多了幾倍。

一看到皇帝走出來，眾人陸續跪下，有喊萬歲的，有叫陛下的，有稱皇帝的，還有直接叫真龍的，總之是七嘴八舌，完全沒有山呼萬歲的氣勢。

韓孺子並不失望，他相信，一百多年前，當太祖還是韓符的時候，首先聚集的一批人不會比現在更整齊。

「眾位義士平身。」韓孺子找不到更好的稱呼，眾人站起，個個喜形於色，都很喜歡「義士」這個詞。可他們不只是義士，還是一群膽大妄為的亡命之徒，雖說天災人禍不斷，敢於首先起事的也不會是老實人。

被叫作驢小兒的矮壯漢子站在最前一排，舉起手臂大聲道：「咱們是義士，組建的是義兵，做的是義舉，以後封侯拜相都是咱們的！」

眾人哄然叫好，韓孺子可沒有過這種想法，但是用不著反駁，這些人為之戰鬥的不是皇帝，而是他們自己的夢想，他跟著走就是了，萬萬不可戳破這個夢想。

驢小兒受到鼓勵，越發興奮，用更大的聲音喊道：「咱們不僅有皇帝，還有皇后，把皇后請出來，一塊慶祝！」

眾人再次叫好。

第一百一十二章 祭

人群正處於極度興奮的狀態，這時候就算有人喊一聲「水裡藏著寶貝」，大家也會毫不猶豫衝向河邊，爭先恐後地跳進去，當然，如果他們在水裡什麼都沒發現，出來之後也會異乎尋常地憤怒。

皇后卻是一件人人能夠看得見的「寶貝」，驢小兒的呼籲立刻得到所有人的贊同，叫聲一開始還比較雜亂，很快就變得整齊一致——「皇后娘娘！皇后娘娘！」

韓孺子不能再「靜觀其變」了，大聲告訴眾人金垂朵並非「皇后」，可他的聲音被淹沒了。在皇宮裡，皇帝的一個眼神都有人關注；在漁村裡，除非嗓門能超過眾人，否則的話就算是神仙也沒法讓眾人聽話。

人群中的林坤山微笑著輕輕擺手，韓孺子只得閉嘴，這些人支持他、向他下跪，卻遠遠沒到為他所用的地步。

叫喊聲終於產生效果，丫鬟蜻蜓從屋子裡衝出來，大聲命令眾人閉嘴，卻只是給叫聲增加了一點尖銳的背景。蜻蜓走到倦侯面前，怒視著他，韓孺子報以無奈的苦笑。

漁村裡的幾名婦女平時都很膽小，給「皇帝」、「皇后」送飯時都要你推我讓，這時受到大家的慫恿，居然也膽大起來，五六人擠進屋子，很快就將金垂朵架出來。

「皇后娘娘」的叫聲更響亮了，人群再次跪下。

金垂朵又羞又氣，可是受制於幾雙粗壯的手掌，根本無力反抗，直到那幾名村婦也跪下，她才稍得自由，

也向倦侯怒目而視。

韓孺子還是只能無奈苦笑，就連這樣的表情也不能做得太久，他必須在眾人面前表現出威嚴與神祕，隨時處於「天子氣」的籠罩之下。

眾人的熱情越推越高，絲毫沒有結束的跡象，不知是誰提議，有人拆下一扇門板，不由分說，將帝、后二人推上去，一群人扛著門板四處巡遊，其他人簇擁在周圍，輪流爭搶扛抬的榮耀。

抬門板者本來走得就不穩，每次爭搶都會導致更劇烈的搖晃起伏，坐在上面的兩個人緊緊抓住門板邊緣，專心致志於保持身體平衡，再沒有精力提出反對。

金純忠和蜻蜓被人群擋在最外圍，目瞪口呆地看著這一切，開始還有些著急與憤怒，慢慢地就只剩驚訝了。

眾人首先來到之前聚議的院中，那裡的篝火尚未熄滅，有人往裡面扔進更多的木柴，讓火燃得更旺一些，然後抬門板者轉身立於篝火之前，其他人面朝帝、后與火焰下跪，嘴裡不停唸叨著什麼。

韓孺子和金垂朵只覺得後背炙熱無比，更不敢亂動亂說了，真怕這些人失望之餘會將他們扔進火堆裡祭神。

接著，隊伍出院，迤邐來到水邊，又是一輪跪拜，不少人走到水邊，甚至進入湖中，掬水飲下，然後澆在頭頂。

老漁夫晁永思和一名老婦用陶罐盛水，分別送給「皇帝」與「皇后」。

在眾多期盼目光的注視下，韓孺子接過陶罐，送到嘴邊喝了一口，用手從中舀出一點水，澆在自己的頭頂，引來陣陣歡呼。

金垂朵咬著嘴唇想了一會，抬頭望向二哥和丫鬟，那兩人背朝火光，正衝她揮手，臉上似乎帶著笑意。金垂朵怒極，卻不敢表露出來，長弓不在手邊，她也只是一名普通的少女。

她只能照做，最後以水澆頭的時候只舀出一點水，在額上抹了一下。

這就夠了，眾人給予「皇后娘娘」的歡呼聲更加響亮。

鬧騰了半個多時辰，整個漁村的熱情終於逐漸淡下來，得考慮最迫切最現實的問題：如何誅滅亂臣賊子，將「皇帝」、「皇后」送回皇宮。

但他們不打算讓當事者出主意，將一帝一后送回晁家的屋子，把門關上，金純忠和蜻蜓也被攔在外面。

眾人就在外面議事，喊聲不斷，聽他們的意思，似乎要連夜衝進京城，可這個計畫漏洞太大，除了驢小兒這樣的人，誰也不肯支持，很快就被放棄，爭議的聲音越來越弱，討論的內容卻越來越務實。

韓孺子一直站在門口傾聽，發現這些人不都是魯莽之輩，他稍稍鬆了一口氣，扭頭對坐在矮炕上的金垂朵說：「林坤山果然有點本事，他說話不多，可是每一次都恰到好處，能夠扭轉話題，引到他所希望的方向，一點不顯生硬，好像主意都是別人想出來的。」

炕上悄無聲息，模糊的身影一動不動，好像真的成為一具泥偶。

外面的討論聲音已經小到聽不清了，韓孺子直起身，朝向金垂朵，誠懇地說：「望小姐見諒，妳也看到了，這真的不是我的主意，我的話他們也不會聽。」

隔了一會，炕上才傳來哼的一聲。

「再過一段時間，我想我能掌控這些人，到時候你們是走是留，皆可隨意，我不勉強……」

韓孺子向前邁出一步，金垂朵馬上道：「不准過來。」

「好，我不過去。」韓孺子止步，屋子沒有多大，土炕斜對門口，兩人相距不過七八步。

韓孺子又貼在門口傾聽，入耳的只有模糊不清的嗡嗡聲，他說：「只靠這些人肯定不行，不知還能聚來多少義士，可是人一多動靜也大，朝廷一旦有所警覺，烏合之眾仍是不堪一擊。望氣者們與崔家一直保持聯繫，必有所圖，林坤山不肯透露，說是時機不成熟……」

炕上傳來一個奇怪的聲音，像是嘆息，又像是抽泣。

韓孺子一下子尷尬了，「真的很抱歉，只要能下命令，我立刻放你們走，如果可能的話，還會派人送你們去草原。大楚與匈奴要在戰場上決勝負，不會為難你們金家。」

對面沉默了一會，金垂朵開口了，還是那麼冷淡，一點也不像曾經哭過，「我埋怨的不是你。」

「不是我？那些人也不是有意的，他們沒見過皇后，看到妳……就以為……」

「我也不怨他們，只怨二哥和蜻蜓，他們看笑話，不來幫我……」金垂朵的聲音裡有了一點哭腔。

韓孺子鬆了一口氣，不僅如此，還將這口氣從嘴裡吐了出來，聲音過於明顯，立刻引來對面的斥責：「你也笑話我，我就知道你不懷好意。」

「不不，妳誤會了，我只是……我有夫人，我們很恩愛，她從前就是皇后，如果我還有機會奪回帝位，她仍然是皇后。」

對面沒有聲音了，韓孺子慶幸自己說服了她，可是心裡卻不踏實，總覺得自己說錯了什麼。

韓孺子兩步躥到炕邊，金垂朵剛要怒斥，韓孺子低聲道：「有人來了。」

話音剛落，門開了，老漁夫晁永思站在門口，恭敬地說：「有請陛下定計。」

「好。」韓孺子說，起身邁步走出房間，早已在外面等候多時的蜻蜓跑進屋裡，金純忠瞪著他說：「你沒有……」

「我沒有。」韓孺子馬上道，反正不管對方想問什麼，他都是同樣的回答。

金純忠也跑進屋，房門關上，金垂朵怎麼對二哥和丫鬟發脾氣，韓孺子就不知道了，也不想偷聽。

數百人站在外面，與之前的混雜相比，已經有了一點規矩：來自不同村莊的人站在一起，散人單成一夥，總共分出十幾隊，每隊少則五六人，多則三十餘人，大部分手裡只有木棍一類的武器，臉上的神情卻好像就要打一場必勝無疑的戰鬥。

晁永思道：「我們制定了兩個計畫，請陛下選擇一個。」

「請說。」韓孺子既要客氣，又要保持尊嚴，因此說話盡量簡短。

「第一個計畫，我們再找些人，爭取湊夠三千，再想辦法弄些兵器，悄悄潛入京城，突然起兵，將陛下送進皇宮，號令群臣，不從者斬。」

數十人發出歡呼，這顯然是他們支持的計畫，簡單直接，立竿見影。

韓孺子心裡立刻將這個計畫否決，但還是點頭，請晁永思繼續說下去。

「第二個計畫，兵分兩路，一路前往京北，與那裡的義兵匯合，挑起事端，引出北軍和城內軍隊，另一路留在京南，保護陛下去與南軍聯手。聽說南軍大司馬崔宏是東海王的親娘舅，東海王又是陛下的同父之弟，他們會支持陛下吧？」

林坤山向韓孺子微點下頭，表示贊同。

韓孺子一聽就知道這是林坤山的計畫，也是望氣者與崔家達成的協議，於是假裝思考一會，說：「第二個計畫穩妥一些，但不要著急，我要先聯繫南軍大司馬和東海王，探一下他們的口風。」

普通百姓無從瞭解宮廷內鬥，還以為親兄弟會互相扶持，韓孺子也不說破，崔家要利用他在最終奪得帝位，他也要利用崔家攻破京城的第一道難關。

「皇帝」做出決定，大家都很高興，只有驢小兒這樣的人感到失望，覺得不如第一個計畫過癮，他們的鬥志已被激起，急切地盼望著品嚐鮮血。

「既然定下大計，就請皇帝祭旗！」有人喊道。

沒等韓孺子明白「祭旗」的意思，晁化走過來，塞給他一口快刀，又有數人從外面押來那名被詐出來的內奸。

內奸被五花大綁，嘴裡塞著東西，跪在地上嗚嗚叫喚，向所有人求饒。

韓孺子有些於心不忍，可事已至此，由不得他表現仁慈，於是提刀走向那人，數名大漢不知從哪找來一塊布，各扯一角張開，準備接血。

韓孺子曾經在無意中導致別人死亡，曾經下命令決定某些人的死亡，如今，他必須親手做這件事了。

他突然想起楊奉，不知道這名太監是否贊同他現在的做法。可楊奉頂多是一名教師、一名謀士，帝王終歸要自做決定，韓孺子再不猶豫。

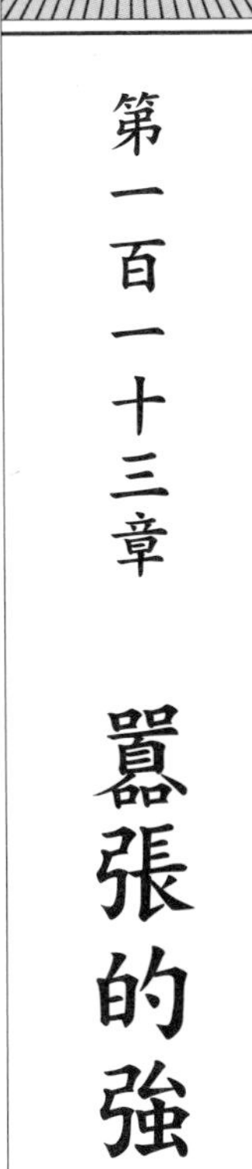
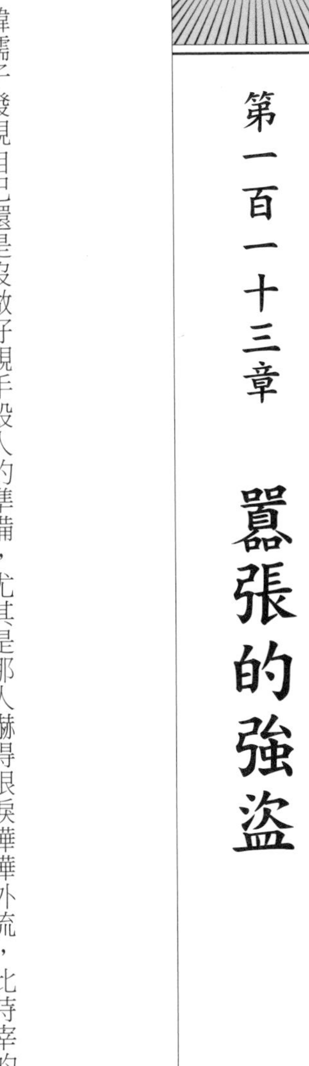

第一百一十三章　囂張的強盜

韓孺子發現自己還是沒做好親手殺人的準備，尤其是那人嚇得眼淚嘩嘩外流，比待宰的羔羊還要軟弱。韓孺子揮刀，從那人的胳膊上劃過，刀上帶血，立刻抹在黑布上，那人直接倒下，暈了過去。

這點鮮血暫時滿足了在場諸人的鬥志，林坤山立刻命人將暈倒者拖走。

血液染在黑布上更顯猙獰，懸掛在漁村入口，隨風飄揚，每一位新來者都要經過這面「戰旗」，拋去看熱鬧的心情，誠惶誠恐地前去拜見皇帝。

金家數口從河邊寨轉來，對這面旗的印象尤其深刻，雖說歸義侯早就看出大楚搖搖欲墜，為此打算逃往草原，可是看到真有人立旗「造反」，還是驚恐不安，聽說這旗上的血是皇帝親手塗抹上去的，更是大吃一驚，等到發現自己的女兒被人稱為「皇后」，他終於承受不住這一連串的刺激，暈倒在三名妻妾懷中。

韓孺子睡了一小會，天亮不久就被喚醒，接待一撥又一撥投奔者，都是聞訊趕來的義士，小小的漁村早已容納不下，大部分人只好露營，傳遞種種奇聞逸事，幻想未來的功成名就。

韓孺子利用剛剛到手的小小權威，命人將兵器還給金家兄妹。

午時之前，趁著來者不多，韓孺子叫來林坤山，「該說說咱們的計畫了。」

林坤山微笑道：「到目前為止一切順利，陛下做得很好，只是祭旗時沒必要留活口。」

「我知道，可我希望建立的是一隻義師，不是嗜殺的盜賊團伙。」韓孺子不想多做解釋，直接問道：「望氣者接下來要做什麼。」

「我不明白陛下的意思……」

「你明白，只是不想說出來，你在等我透露想法。你既然連望氣者的手段都告訴我了，就應該更加誠懇些。」

「呵呵，習慣了。好吧，讓我來猜一猜：崔家想利用陛下奪回桓帝一系的正統地位，陛下則想利用崔家的力量擊敗太后，重返天子寶座，從時間上來看，陛下利用崔家在先，佔據更有利的位置。」

韓孺子搖頭，「不對，崔家只想推我當出頭鳥，試探天下的民心向背，用不著非得讓我當皇帝，只需要以我的名義號召天下，等到天下響應、朝廷內亂，就可以暗中將我除掉，歸罪於太后，然後打著為我報仇的旗號繼續奪權，東海王順理成章稱帝。如果天下遲遲不肯響應，崔家照樣會除掉我，向太后示好，保護東海王的安全。所以在時間上我一點優勢也沒有。」

「嗯……」

「你又來望氣者那一套了，要不然這樣吧，你還是將淳于梟找來，讓他跟我談，在他到來之前，一切維持原樣。」

「這個……陛下這次出京太突然了，恩師一時半刻趕不回來，咱們聚集的人太多，不出三五日，官府必然警覺……」

「那就讓官府把我救走，我回京城繼續當倦侯，總比現在要安全些。」

林坤山笑著在自己腦袋上拍了一下，「我總是拐不過彎，之前向陛下說出望氣者的功法祕訣，也是恩師讓我這麼做的，他還說對陛下一定要坦率真誠，但凡帝王者，所圖甚大……」

林坤山嘮叨了一會，正色道：「恩師的確留下一計，京師內外有一些武林高手，欠恩師的人情，只要我開口，他們都會過來保護陛下，這些人雖說不能衝鋒陷陣，但是有他們在，崔家……」

韓孺子直接搖頭否決，「此計不好，崔宏執掌南軍，一旦得勢，再多的武林高手也擋不住鐵騎衝擊，我要的不是十步之內的安全，而是十步以外的保證。」

林坤山沉吟不語。

韓孺子催道：「淳于梟留給你的肯定不只這一計，都說出來吧，再耽誤下去，你就只能去倦侯府找我了。」

林坤山笑道：「恩師的確還有一計，但是他說情況不是特別危急的話，盡量不用。」

「如果非要等到大難臨頭才算危急，那我寧願不參與此事。」

「呵呵，陛下還真是謹慎。陛下擔心崔家會提前對陛下動手，那就從崔家要一個人質留在身邊，如此可保萬全。」

「東海王？」

「正是。」

「我早想到了，可崔宏不會讓東海王當人質，對崔家來說我太弱小了，我甚至懷疑他今天就會派人來殺我，照樣栽贓給太后，昭告天下。」

林坤山笑著搖頭，「陛下過慮了，天下人想什麼，誰也不知道，恩師以不測之神功，也只能看出一點眉目而已。崔宏則一無所知，陛下也說了，崔宏推出陛下是要看天下人的反應，在此之前，他是捨不得殺死陛下的。」

「你有辦法說服崔宏交出東海王？」

「崔宏信任望氣者，當然，我得給他一點保證，之前用來保護陛下的武林高手，現在就得用來保護東海王。可是請陛下相信，這些武林高手與望氣者一樣，真正支持的是陛下，東海王一旦得勢，獲益最大的是崔家，我們頂多得到一點賞賜，陛下則不一樣。」

林坤山不再說下去了，只是微笑。

韓孺子當然不一樣，他一無所有，能輔佐他重登帝位，建立的功績自然也更大，韓孺子笑道：「只要望氣者能對我坦誠相見，我自然也願與諸君分享天下。」

林坤山大笑數聲，突然止住，「更大的事情待恩師返京之後，由他來談，我只做分內之事，等這邊的人聚得差不多了，我就去見崔宏。」

「不用等了，我能應對這裡的事，請林先生即刻出發。」

「陛下不用太著急。」

「必須著急，沒見到東海王，我心中不安，什麼也不想做。」

林坤山再次大笑，「好吧，既然陛下頒旨，我不能不遵守，今天新來的人比較複雜，請陛下凡事小心，最晚明日天亮之前，我必帶東海王回來。」

望氣者告辭。

韓孺子不相信崔家，更不相信望氣者，他支走林坤山，只是想執行自己的「祕密計畫」。

思來想去，韓孺子怎麼都覺得不可能在這場互相利用的「遊戲」中獲勝，他太孤單了，孤單到無人可用，他必須尋找幾個真正可信的人，就算是冒險，也在所不惜。

他選擇的第一個可信之人是楊奉，可楊奉在北軍當長史，他在京南的湖畔「造反」，中間隔著整整一座京城。

他必須再找一個可信之人去聯繫楊奉。這就是他支走林坤山之後要做的事情。

又有幾夥新人到來，其中人數最多的一夥不再是附近的村民，而是嘯聚山林的強盜。

兩天前，如果有人對韓孺子說京城以外幾十里的範圍內就有盜匪，他很難相信，現在卻要親眼見識到了。

新來的強盜與河邊寨裡被迫為盜的人不一樣，無論天下太平與否、官府逼得緊不緊，他們都會操持這一行。

這群職業強盜膽子也大，看到染血的戰旗一笑置之，一進村就嚷嚷著要見皇帝，命令村民們拿酒拿肉，他們人數不多，只有四五十人，手裡卻拿著真正的刀槍斧叉，嚇住了一大批人。

林坤山走了，晁氏父子擔任組織者，不准這些人面見「皇帝」。

韓孺子卻決定召見他們，首先叫來十幾個人充當臨時侍衛，這些人身強體壯，昨晚表現得也最為活躍，對皇帝缺少尊重，但原因是本性純樸不懂規矩，跟強盜們的囂張不是一回事。

韓孺子對他們做了一番交待後，派晁化傳召強盜。

三名強盜首領被帶進晁家的小院，其他人等在外面，之前到達的義士也都聚攏過來，與強盜們對視，彼此都不太服氣。

韓孺子坐在門前的一條長凳上，身後的屋子裡，金家人正在小聲爭吵，沒多久聲音完全消失。

強盜頭領個子不高，卻很健壯，長相頗凶，頭髮亂蓬蓬的，肩上扛著一柄大斧，在「皇帝」面前立而不跪，上下打量，兩名副頭領也是同樣桀驁不馴，拄著長刀，四處打量，人數雖少，卻一點不懼，他們早已習慣村民的順從，此前經常搶劫人口數倍於己的村莊。

「你就是皇帝？」頭領發問。

「我是，閣下是哪位好漢？」

「哈，聽見沒，皇帝叫我好漢。本好漢名叫段萬山……」院子外面響起一片驚呼，段萬山越發得意，「原來我還有點名氣，皇帝聽說過我嗎？」

韓孺子搖搖頭。

段萬山臉色微沉，「老子縱橫京南七八年，跟官兵大仗小仗打過幾十次，從沒輸過，聽說這裡有皇帝需要幫忙，我就過來看看，給的獎賞多呢，我們就留下幫忙，混個將軍當當，若是沒有獎賞，我們還幹老本行。」

「事成之後才有獎賞，重賞。」

「哈哈，老子對虛頭巴腦的獎賞不感興趣。」

「那就沒辦法了，慢走，不送。」

段萬山卻沒有走，「走行，可我們不能白來一趟，得帶走點東西。」

段萬山將巨斧從肩頭拿下來，雙手握持斧柄，掂了兩下，「你真是皇帝？你的腦袋能值多少錢？」

「難說，看你要賣給誰。」

「哈哈，你這個小孩兒膽子不小。誰出價高我賣給誰。」段萬山睥睨左右，對晁氏父子等人說道：「有誰想跟我爭？」

人群中響起不滿的聲音，段萬山身後的兩人抬起長刀，院子外面的數十名嘍囉也都輕輕舞動兵器，將周圍的人嚇退數步，可是仍然擋在他們與頭領之間。

晁家父子和十幾名臨時侍衛都看向「皇帝」，等他的命令。

等了一會，韓孺子說：「天下不會有人比我出價更高。」

「可老子要立刻兌現，你能嗎？」

「能。」韓孺子點點頭，向臨時侍衛們發出示意，十幾人彎腰，拿起之前放在身後的船篙，對準強盜頭目，護住皇帝。

段萬山一愣，「幹嘛？要在老子身上撐船嗎？」

韓孺子從太監蔡興海那裡學來這一招，正要下令進攻，身後一個聲音說：「把頭讓開。」

韓孺子歪身，用餘光看到一支搭在弓弦上的箭。

金垂朵剛跟父親吵過一架，心中憤怒必須發洩。

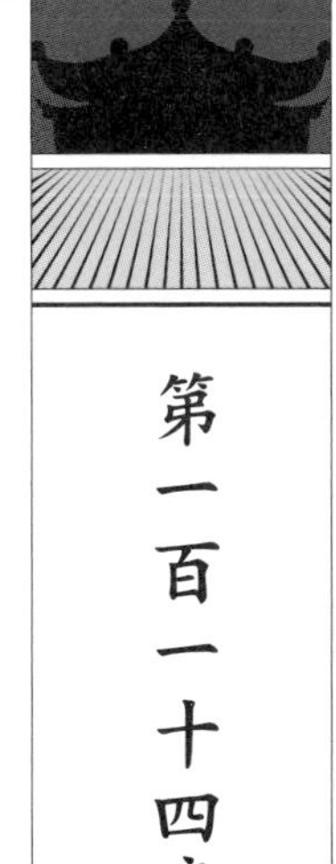

第一百一十四章　箭無虛發

身處險境、前途未卜……歸義侯將這一切都歸咎於女兒的胡作非為，「人還沒離開京城，妳幹嘛非要殺死柴韻呢？好不容易找到人幫忙，妳為什麼要逃跑呢？倦侯身不由己，連自己的性命都保不住，妳為什麼同意當『皇后』呢？妳……」

三名妻妾一口一個「就是」，附和歸義侯的說法，順便也透露出心中真實的想法：幹嘛要逃往草原呢？留在京城多好，柴韻死在了金家，可殺死他的並非侯爺啊，好好解釋，交出元兇，或許可以取得柴家的諒解。

兩個哥哥不插話，丫鬟蜻蜓在這種場合更沒資格開口，屋子又小，金垂朵只能一字不落地接受全部指責。

金垂朵只聽了兩句，心中就已怒不可遏，極力忍耐，手指在弓身上來回劃弄。

歸義侯看到了女兒的小動作，越發惱怒，大聲道：「好啊，妳殺人上癮了是吧？連親生父親也要殺嗎？」

「侯爺，你看小姐的眼神，她想殺的不是您，是我們幾個啊。」妻妾只管火上澆油。

金垂朵再也忍不下去，剎那間取箭、引弓，他的兩個哥哥早有準備，急忙上前勸阻，三名妻妾躲在歸義侯身後，不敢吱聲了。

金垂朵的箭指向誰誰後退，就連歸義侯也害怕了，一隻手護著三名妻妾，一隻手指向女兒，「妳、妳……」

金垂朵不可能對家裡人下手，滿腔怒火無處發洩，轉身走出房間，正好看見三名強盜手持長刀巨斧耀武揚威。

「把頭讓開。」她對門口的韓孺子說。

三名強盜全然不知此女來歷，更不知屋子裡發生過什麼，只覺得眼前一亮，持弓少女即使滿面怒容，依然美得讓人挪不開目光，像是一隻羽毛艷麗的鳥兒，突然闖進暗淡無光的屋子裡，令觀者驚嘆，不等關門閉戶，這隻鳥兒已經飛遠了。

段萬山眼裡只有人沒有弓箭，不由自主地放下手中巨斧，臉上露出饞涎欲滴的笑容，「這位小娘子……」

小娘子的回答是嗖的一箭。

沒有幾個人能躲過相距如此之近的一箭，段萬山算是一個，在刀劍叢裡摸爬滾打多年，手腳的反應比頭腦更快，臉還掛著邪笑，雙手已經抬起巨斧，正好護住胸膛，擋住了那致命一箭。

「我……」段萬山只吐出一個字，沒人知道他是想罵人還是想自誇。

金垂朵的第二支箭又射來了，好像早就搭在了弓身上。

大概是厭倦了主人的心不在焉，段萬山的雙手這回沒有及時做出反應，老老實實地握斧擋在胸前，任憑喉嚨中了一箭。

段萬山雙腳用力，抵消了箭的衝力，沒有馬上摔倒，他身後的兩名副頭領憤怒地大吼一聲，衝向射箭少女，也衝向坐在她前面的「皇帝」。

那些早已準備好的長篙終於發揮作用，將兩名凶神惡煞擋在數步之外，兩人揮刀亂砍，長篙段段跌落，迅速向著中篙、短篙變化，院外的數十名強盜也都叫喊著向院內衝來。

韓孺子吃了一驚，蔡興海的招數對付江湖刀客有奇效，放在強盜身上卻不是那麼好用。

一切都在極短的時間裡發生，長篙在變短、兩名副頭領在揮刀、院外的強盜在衝鋒、村中的義兵在投擲能找到的一切物品，金垂朵也在射箭。

一箭、兩箭……沒有片刻停止，快得像是大廚在炒菜，眨眼間就將油鹽醬醋等七八種佐料舀進鍋內。

金垂朵射倒的是七八個人。

兩名副頭領最先倒下，然後是衝在最前面的數名強盜。

突然間，整個漁村安靜了，所有人這才明白過來：自己不過是這場戰鬥中的助威者，真正的戰鬥者只有一個人。

金垂朵仍保持著引弓的姿勢，胸膛微微起伏，在屋子裡受到的憋悶氣終於釋放出一些，事實上，這是她最後一支箭，她射箭向來揮霍無度，經常對一個目標連射兩三箭，消耗極快。

不過有韓孺子擋在身前，院子外面的人看不到空空的箭囊，只注意到一件事，這名女子箭無虛發，沒有一箭射偏。

於是，她不再是讓人眼前一亮的美人，而是讓人眼前一黑的冷血殺手。

強盜還剩下四十餘名，卻沒有一個人再敢往前衝出半步，全都站在原地一動不動。

寂靜持續了一會，最後被死不瞑目的段萬山打破，他不想站著了，撲通倒在地上，好多人沒弄清是怎麼回事，院內院外的義兵，包括韓孺子選擇的十幾名臨時侍衛，幾乎同時跪下，一個勁地磕頭，呼喊「皇后娘娘」。

金垂朵臉色又是一寒，那些強盜可不知道這臉色的原因，見她似乎又要生氣，再無猶豫，扔下手中的兵器，也跪在地上跟著喊「娘娘」。

金垂朵轉身回屋。

大哥、二哥正倚門向外張望，一見妹妹轉身，急忙讓開，大哥對父親輕聲道：「死了……八個。」

「天吶！」歸義侯仰身倒在三名妻妾懷中，好在這一回沒有暈過去。

金垂朵重重地關上門，冷冷地說：「還有什麼我不應該做的事情嗎？」

從父親到兄長，沒一個人敢吱聲，只有丫鬟蜻蜓興奮地握緊拳頭。

外面的呼喊聲漸漸消失，驢小兒是臨時侍衛之一，這時膝行來到「皇帝」面前，驚恐地問：「原來皇后娘娘這麼厲害，我昨天對娘娘好像不太禮貌，會不會……有危險啊？」

「忠誠者只會得到獎賞，不會受到懲罰，何來危險？」

驢小兒長出一口氣。

韓孺子發現這是一次難得的機會，比他事前預料得還要完美，馬上站起身，走到段萬山的屍體前，說：「他不肯接受最好的報價，這就是下場。」

他又走進院外的強盜群中，任何人揀起兵器都能殺死這名少年，可是沒人敢碰手邊的刀劍，反而都向旁邊躲了一躲。

「為了一點金銀，你們甘冒奇險，與百姓鬥、與官府鬥，如今有一筆價值千金、萬金的買賣，你們為什麼不珍惜呢？沒錯，我不能立刻給予你們報酬，可你們將來從我這裡得到的不只是金銀，還有地位、風光與名聲，還有一直延續到子子孫孫的榮華富貴！」

他這些話是說給所有人聽的。

「萬歲！」呼聲突然間響徹雲霄。

韓孺子打鐵趁熱，指定老漁夫晁永思擔任主簿、晁化擔任參將，再由晁化選擇數十名軍官，號稱百夫長，手下的人最多不超過三十人，強盜們交出兵器，分散到各隊中。

晁永思負責記錄職位與姓名，村裡紙張太少，他就在門板上寫字，這扇門板來頭不小，昨晚曾經承載過「皇帝」與「皇后」。

韓孺子親手從屍體裡拔出十幾支箭矢，向眾人展視，金垂朵的箭頗有些與眾不同，箭鏃比較長，增加了一些重量，雖然射擊距離因此縮短，初期的軌跡卻更加平直。

「這就是令箭，你們都要記清楚，今後我的所有命令都要以令箭當作憑證，無箭者皆是假冒。」

韓孺子將剩下的事情交給晁氏父子處理，一團散沙似的義兵至此才開始有了一點規矩，向村外派出哨兵，不再允許新來者隨意進村。

但這只是草創，韓孺子很清楚，沒有一年半載，這些人成為不了真正的軍隊，眼下他缺少時間和士兵，更缺的是將領，他自己倒是讀過一些兵書，可是沒有一點實操經驗，只能確立大致的框架，再往後應該怎麼做就不知道了。

韓孺子將第一支令箭當眾交給晁化，給予他代管全軍的職責。

然後他握著剩餘的箭走進屋子，去見金家人。

一家人都處於沈默之中，歸義侯坐在凳子上，面如死灰，甚至不敢看女兒一眼，三名妻妾也都戰戰兢兢，她們早知道小姐不好惹，今天才明白一直以來自己有多麼幸運。

韓孺子站在門口，說：「事已至此，草原一時半會去不了，你們願意加入義軍嗎？」

歸義侯抬頭看了倦侯一眼，他是家長，本應替全家人做決定，這時卻只想到自己，「唉，我能怎樣，走一步算一步吧，但我不會加入什麼『義軍』，這不是軍隊，就是一群亡命之徒，不出三日……算了，我不管閒事，也不參加，等官兵來了，投降認罪就是，至於其他人——」他又看了一眼女兒，「各走各路吧。」

三名妻妾馬上道：「侯爺，我們生死都跟著您……」

韓孺子進屋邀請的也不是這四人，而是歸義侯的兩子一女。

金垂朵傲然站立，不肯吱聲，二公子金純忠上前一步，壓抑著心中的興奮，小聲說：「我參加，總比坐以待斃強。」

金大公子之前沒有跟隨妹妹一塊逃走，這時卻道：「留下是死路一條，走又走不得——我也參加，倦侯不是魯莽之人，你總有計畫吧？」

「有，待會再說。」

大家的目光都瞧向金垂朵，尤其是丫鬟蜻蜓，一個勁地向小姐擠眉弄眼，示意她快點同意。

等了好一會，金垂朵終於開口：「那是我的箭。」

「不好意思，我拿它們當令箭了，能暫時借用幾支嗎？」韓孺子將箭捧到金垂朵面前。

金垂朵盯著他，一臉怒容，神情不像是要參加義軍，更像是要開弓射箭。

片刻之後，她一把抓過所有的箭，一支一支地數出五桿，交到韓孺子手中，「只借三天。」

韓孺子笑道：「外面還有一支，共是六支，三天後必定原數奉還……」

話音剛落，金垂朵又拿回去一支箭，「只借五支。」

韓孺子也不計較，笑著收下四支箭，這就夠了，他想，終於可以派人去通知楊奉了，只有楊奉能鬥得過望氣者。

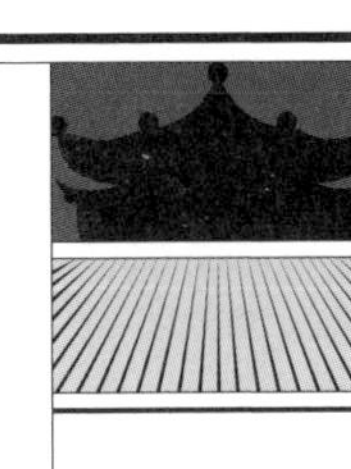

第一百一十五章 遷營

韓孺子選中了兩名信使。

第一位是金純忠，他對參加義軍表現出明顯的興趣，最關鍵的是，金家人與望氣者無關，他們捲進這件事完全是一次意外。

「小春坊醉仙樓，那裡有個廚子，人稱『不要命』，你去見他，就說是我讓你去的。他若是什麼都不問，你也不必多言，即刻返回，他若是問到我，請你對他說實話。」

「不用隱瞞任何事情？」金純忠很高興接到這趟任務，躍躍欲試，好像這就要拔腿跑向京城。

「不用，他問什麼你就回答什麼。」

「好，我馬上出發。」

「等等，諸事小心，城裡有可能已經發現柴韻的屍體，你……」

「換身衣裳、變個名字……我會小心的。」

「還得保密，不要告訴別人你進城的目的。」

金純忠說走就走，出去找了一名認路的義兵，讓他帶自己前往官道，給的理由是要回家取幾件遺落的重要物品。

第二名信使是驢小兒，一個單純而魯莽的矮小漢子，比金純忠更不易受到懷疑，也更可能壞事，韓孺子猶

在義軍當中，晁氏父子受望氣者影響太大，其他人接觸的時間太短，想來想去，只有驢小兒可用。猶豫再三才選中他。

「你叫什麼名字？」

「驢小兒。」

「你肯定有本名、真名吧？」

「就是驢小兒啊。」

還沒指派任務，韓孺子就有點後悔了，可他的確沒有更多選擇，「你姓什麼？」

「嗯……姓馬。」

「對，這才是你的本姓，名字呢？小時候，爹娘怎麼叫你？」

「驢小兒。」

「我賜一個名字，你可願接受？」

驢小兒大喜，「那敢情好，要威風一點的。」

「你姓馬，馬到成功，你就叫馬成功吧。」

驢小兒搖頭，「不夠威風。」

第一次賜名就遭到無情拒絕，韓孺子撓撓頭，「一馬平川，馬平川？也不喜歡……馬踏連營，乾脆你叫馬踏……」

「好，我就叫馬大，比驢小兒威風多了，哈哈。」

「只要……你喜歡就好。」韓孺子正色道：「馬大，朕要交給你一個任務。」

「『朕』是誰？」

「朕就是我，這是皇帝的自稱。」

「哦，那你不如就說『皇帝』，我立刻就懂了。」
「好吧，皇帝要交給你一個任務。」
「說吧，揍誰？那些強盜嗎？我早瞧他們不順眼了。」
「不不，我讓你進城去找一個人。」
「找人啊……也行吧。」
「你去北城的倦侯府……」韓孺子仔細說明倦侯府的方位，花了不少時間才讓馬大牢牢記住進城之後該怎麼走，「在倦侯府後門，記住，一定是後門，你敲門，有人開門你就說找杜穿雲，沒人開門就算了，立刻回來。」
「行，然後呢？杜穿雲，我記住了，是揍他一頓，還是把他帶回來。」
韓孺子想了一會，「什麼都不用做，見他一面就行，杜穿雲是名少年，跟我差不多大。」
韓孺子相信，以杜氏爺孫的江湖經驗，能從馬大這裡問清一切，用不著他特意叮囑。
一切交待完畢，馬大卻沒有立刻出發，而是伸出一隻手，「給我吧。」
「給你什麼？」
「令箭啊。」
「我當面下令，用不著令箭。」
「不對，你當時不是這麼說的。」
韓孺子無法，只得將一支箭交給馬大，提醒道：「完成任務之後立刻返回，不得在路上耽擱，令箭到時也要交回來。」
「這種事情我能不知道嗎？」馬大也出發了，這時天色已暗，他與金純忠連夜趕路，一切順利的話，將在明晨進城。

接下來的事情韓孺子就無法預料了，醉仙樓的廚子不要命和杜摸天都能找到楊奉，可是能不能及時帶回消息就很難說了。

韓孺子不想就這麼枯等，入夜不久，他傳令全軍轉移，前往防禦相對更完善一些的河邊寨，漁村裡只留幾個人。

與漁村相比，河邊寨只是多了一圈木柵，韓孺子遷營主要是為了鍛鍊一下義軍。

他任命金垂朵的大哥金純保為左將軍，改封晁化為右將軍，各領二十個百人隊，這些百人隊都不足額，加在一起也不過五百餘人。

金純保曾是羽林衛的一員，略通治軍之術，與晁化一道，對行軍規則三令五申，尤其不准任何人隨意離隊。

歸義侯和三名妻妾又乘上唯一的騾子車，一路唉聲嘆氣，埋怨子女，更埋怨匈奴的都王子死的不是時候。

漁村離河邊寨沒有多遠，走陸路還要更近些，子夜之前全軍到達目的地，出乎韓孺子的意料，人沒少，反而還多了十幾名。

主簿晁永思命人抬來記名門板，舉著火把，一隊一隊地覈實，花了多半個時辰才弄明白，原來半路上有兩夥後來者混入隊伍，不查到自己頭上就不吱聲，就這麼跟著進入河邊寨。

與此同時，半路上還跑了一些人。

義兵大都是附近的村民，對地形極為熟悉，派出的哨兵沒起任何作用，有兩名哨兵也跑掉了。

一番查問之後，終於確認混入者並非奸細，他們就是太老實了，不愛說話。

這就是韓孺子的第一支軍隊，人數不多，問題和漏洞卻比十萬大軍還要雜亂。即使如此，當義軍一隊隊走進河邊寨時，還是令寨裡的少數人大吃一驚。

張養浩不敢回京，留在寨子裡看守三名勳貴子弟，對是殺是留一直猶豫不決。

他已經聽說有一批百姓跑去支持廢帝，這是望氣者的計謀之一，他不是很在意，專心等待崔家行動，在他看來，那才是能夠決定勝負的力量。

可這些烏合之眾——他們的確是烏合之眾，衣裳破舊，全身上下不著片甲，鐵製兵器不過百餘件——竟然排著整齊的隊伍陸續進寨，有將官、守號令，雖說途中出了一些意外，這樣的軍容還是令人難以想像。

查點人數之後，韓孺子選了一塊空地充當臨時「中軍帳」，安排侍衛，左右將軍站立兩旁，主簿執筆守在身後，各隊百夫長依次前來報告情況，並接受新的任務。

河邊塞不能再像從前一樣守衛鬆懈了，陸路和水上都要派駐哨兵與斥侯，各隊輪流休息和值守。

張養浩遠遠地望見這一切，不由得心驚膽戰，回屋時躡手躡腳，再不敢將倦侯當成俘虜看待，更不敢去見他。

如此一番折騰下來，離天亮沒多久了，韓孺子草草睡了一會，剛入夢就被喚醒。

林坤山回來了，帶回一支三十餘人的小隊，這隊人不是強盜，不是普通百姓，全都穿著一模一樣的青衣長袍，騎著馬，挎弓攜刀，護送一輛馬車，不准任何人接近。

林坤山比張養浩還要驚訝，白天走的時候他看到的還是一盤散沙，再回來時卻要通過重重哨卡，不久前還視望氣者為神仙下凡的百姓，突然變成了六親不認的士兵，無論如何也要先通知「皇帝」才能讓他們進寨。

韓孺子下令放行，林坤山先將馬車裡的人送到一間空屋子裡，然後獨自來見「皇帝」。

「草民林坤山拜見陛下。」林坤山很會察言觀色，心中疑惑，表面態度卻越發恭謹。

這支數百人的小小軍隊其實遠未成形，韓孺子對此心知肚明，不過能讓旁觀者驚訝一下也是好的。

「人帶來了嗎？」

「來了。」

「為何不來見我？」

「呃，情況特殊，希望陛下能移駕去見他。」

韓孺子看了看兩邊的十幾名侍衛，說：「跟他說，如今一切都已恢復正常。」

林坤山笑了笑，起身告退，足足兩刻鐘之後，才帶人返回。

東海王來了，很不情願，這跟他之前預計的情況大不一樣，他以為這裡聚集著一批受到蠱惑的百姓，自願為「皇帝」賣命，他們存在的意義就是前往京北一帶挑起暴亂，有無戰鬥力並不重要，只要能引走一部分北軍就行，結果他看到的卻是一支有模有樣的軍隊。

還沒進寨他就後悔了，可是想改變主意已經來不及，他帶來的三十名護衛太少了。

林坤山一進屋就跪下，輕輕拉扯東海王的衣角，東海王看了一眼左右兩邊破衣爛衫的侍衛，既覺得不安，又覺得這些人不堪一擊，心中驚疑不定，最後，他還是跪下了。

不等東海王開口，韓孺子起身，大步走到他面前，笑著扶起，然後對眾侍衛說：「這是我的弟弟東海王，從今以後，見他如見我。」

侍衛們立刻抹去臉上的嚴肅，熱情地上前打招呼，甚至親切地在東海王肩上拍兩下，好像這是一次再普通不過的聚會。

東海王擠出笑容，盡量躲避觸碰。

韓孺子請侍衛們退下，只留下東海王和林坤山。

「你還真有點本事。」東海王讚道，重新打量空蕩蕩的茅草屋子，「在皇宮馴服了一群奴僕，在這裡居然又馴服一批亡命之徒。」

「你也很有本事，設計了這麼複雜的計謀，兜了一圈，我還是沒能逃過。」

兩人相視而笑，然後同時收起笑容，東海王說：「我已經來了，開始行動吧，夜長夢多，等得越久，太后越有準備。」

「別急，現在咱們的人太少。先跟我說說京城這兩天的情況吧。」

「沒什麼可說的，柴韻和幾個朋友失蹤了，生不見人死不見屍，這幾家正在滿城找人。可是關於你，卻沒有任何消息，所以我猜太后已有警覺，你若還想奪回帝位，就不要再猶豫了。」

第一百一十六章　十年之約

東海王此行只有一個目的，督促韓孺子盡快起事，勸說不成，就用強硬手段，可是出乎意料，對方的實力竟然比他還要強硬。

東海王轉身對林坤山笑道：「如果我請你退下，你不會有受辱的感覺吧？」

林坤山微笑以對，向兄弟二人行禮，轉身走出房間。

「這裡真夠破舊的，虧你能受得了。」東海王說。

韓孺子回到「寶座」上——就是一條搖搖晃晃的長凳——輕鬆地說：「我倒覺得比在皇宮裡自在。」

「呵呵，那是當然。怎麼樣，我人已經到了，你還在等什麼？咱們一塊做大事吧。」

「不行，人太少，而且我對京北的狀況還不太瞭解……」

「你有什麼要瞭解的，問我好了。京北懷陵縣已經聚集了一支數百人的義軍，都是江湖上的好漢，比這裡的烏合之眾要強多了。」

「誰聚集的？」

「你見過的，瘋僧光頂。他可不是一般的人物，藉著瘋僧的名號，能在京城內外所有寺廟自由行走，傳遞消息、藏匿逃犯，沒有人比他更在行，我要是……嘿，等你當上皇帝，一定要將他除掉。」

「他一個江湖人，為什麼要參與這種事？」

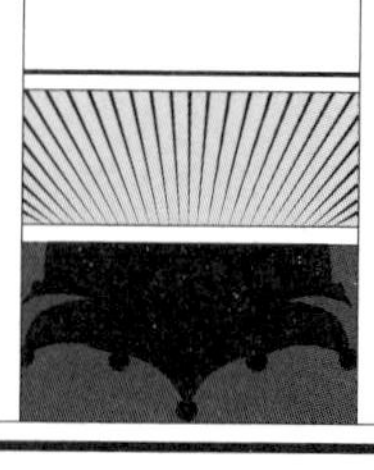

「可能是在寺廟裡待久了吧，光頂有幾分慈悲之心，覺得自己應該拯救天下蒼生，總之跟望氣者一樣，是個聰明過頭的瘋子。」

「這麼說，他不是為崔家做事？」

「瘋子只為自己做事，但是真正的聰明人懂得如何利用他們。」東海王走到韓孺子面前，「咱們之間有過節，可那都是過去的事情了，咱們畢竟是親兄弟，你又娶了小君表妹……唉，不管怎麼說，咱們都是一家人。」

「一家人不會自相殘殺嗎？」

「哈哈。」東海王笑著坐到長凳的另一邊，「你還在擔心自己的安全？」

「比手裡一無所有的時候還要擔心。」

東海王收起笑容，正色道：「實話實說，我想當皇帝，這就是我降生世間的使命，但我可以等。」

「等多久？」

「十年。」

「十年？」韓孺子笑著搖頭。

東海王起身，站到韓孺子對面，生硬地說：「這就是我最大的讓步，崔家扶植你重返帝位，你立我當皇太弟，前朝有過這樣的例子，十年之後，你以身體原因將帝位禪讓給我。這不算退位，你仍然可以享受皇帝的待遇，卻不用處理大楚的爛攤子，跟小君表妹悠然度過一生，你們的兒子都會被封王，怎麼樣？」

「你是認真的？」韓孺子略顯驚訝。

「當然，但我只等十年，再久的話，我怕我要不回帝位。」

韓孺子想了一會，「你怎麼保證我十年以內和十年以後的安全？」

「所以你要封我當皇太弟，我從你手裡繼承帝位，自然不能殺你。而且你可以擁有一支五百人的衛隊，諸侯王才允許有二三百的衛士，還不能進京。」東海王停頓片刻，見韓孺子仍然沒有被打動，說出最後一項保證，「不只小君表妹，崔家的幾個女兒都嫁給你，這樣一來，崔家就是你最大的保障。」

韓孺子驚訝地瞪大雙眼，過了一會他說：「我記得小君的一個姐姐已經出嫁了。」

東海王眼中閃過一絲憤怒，「除去她，你若是非要不可，就讓她改嫁，總之你的安全是有保證的。」

韓孺子也站起身，笑道：「我沒有那麼貪心。說實話，本來我是不相信你的，現在……」

「現在怎樣？」

「把你的衛兵都遣離河邊寨，你若敢獨自留在我這裡，以後我就敢當十年皇帝。」

「那我的安全由誰保證？」

「富貴尚要險中求，想當皇帝就得甘冒奇險。」

東海王盯著韓孺子，輪到他猶豫不決了，「我要是死在這裡……」

「崔太傅就會派兵將河邊寨踏平，我沒那麼傻。」

「好……吧。這算是達成協議了，你需要什麼儀式嗎？比如向太祖起誓什麼的。」

「用不著。」韓孺子突然抓住東海王的一條胳膊，「無論怎樣，你是我的弟弟，咱們有同一位父親。」

東海王神情木然，尋思了一會才說：「當然，你是我的兄長，所以我要從你這裡繼承帝位。」

兩人同時露出微笑，韓孺子鬆手，東海王問：「說定了？」

「說定了。」

「什麼時候起事。」

「再等一天，我先派人去跟京北懷陵縣的義軍取得聯繫。」

「好，我這就讓衛兵回去。」

兩人對視片刻，東海王轉身向門口走去，韓孺子看著他的背影走出房門，輕輕嘆息一聲，「兄弟」二人還是無法互相信任。

這天剩下的時間裡，韓孺子派人去京北懷陵縣，又接待了數撥投誠者。新人來得越晚，見到的軍容越整齊，拜見「皇帝」時就越顯敬畏。

韓孺子不再新增百人隊，而是將新來者分配到原有的小隊之中。

下午，主簿晁永思帶來一個不好的消息。

「寨子裡的糧食沒有多少，現在義兵快要七百人了，今天勉強夠吃，明天可就無米下鍋了。」

執掌一支軍隊的麻煩事真是不少，朝廷的軍隊不用擔心這樣的問題，整個大楚王朝在供養他們，韓孺子卻一無所有，只能挖空心思找辦法。

「把昨天來的那些強盜找來，不用太多，幾個就夠。」

五名強盜被帶進來，進屋先瞧了一圈，發現女煞星不在，稍鬆一口氣，上前跪倒，他們的兵器都被沒收落在侍衛們手中，如今兩手空空，更不敢造次，有問必答。

原來強盜們的老巢離河邊寨不算遠，就在拐子湖的另一頭，只有幾名老弱守衛，他們是小股強盜，沒什麼勢力，靠搶劫商販、綁架人質和打魚為生，內鬥的經驗不少，從未跟官兵交過手。

頭領段萬山之前的吹噓都是謊言，他一心想要得到招安，可惜沒有門路，聽說有人自稱皇帝，立刻帶著嘍囉來揀便宜，滿以為這只是一個狂人，手到拈來，交給官府，沒準能得個一官半職，未想到會遇見箭無虛發的「皇后娘娘」。

強盜的寨子裡存著一些糧食，不多，夠幾十人吃上十天半個月，七百人也能支持兩三天。

原來強盜的生活也跟想像的不一樣，少有大碗喝酒大口吃肉，更沒有縱橫江湖的恣意灑脫，比生活艱辛的尋常百姓好不了多少。

韓孺子命令晁化帶領兩支小隊乘船去強盜的寨子裡取糧，約定明早返回，算是暫時解決了眼前的危機。寨子裡的船之前被放走，沒有漂遠，都已被拖了回來。

東海王遣走了衛兵，隻身一人留在寨子裡，在外人看來，他是「皇帝」的親弟弟，手足之情不可斷，因此對他全無防範。

東海王留在韓孺子身邊，看著他問話、分派任務，特意多看了幾眼令箭，等到事情都安排妥當，他小聲說：「有必要嗎？明天就要去京北與瘋僧光頂的義軍匯合，他那裡準備充分，什麼都有。」

「有備無患，而且這也是為了堅定大家的信心。」

東海王笑著點頭，此番進寨，他的脾氣收斂不少，極少自吹自擂，更沒有惡語相向。

天黑之前又有近百人前來投奔，寨子裡更加擁擠，最後一點存糧消耗一空，大多數人都沒吃飽，但是很少有人抱怨，大功告成之後的美好前景鼓舞著他們。

韓孺子帶著侍衛走遍了所有百人隊，說幾句話、吃幾口他們的食物，有時候還要讓他們觀賞頭頂的「天子氣」，在晁永思詳盡的描述之下，每個人都覺得自己看到了點光芒。

東海王跟著走了一會，藉口太累回去休息，轉身直奔張養浩的房間。

張養浩和三名勳貴子弟獨佔一間茅草屋，身份尷尬，既非義軍一員，也不是俘虜，跟歸義侯和三名妻妾差不多，張養浩也不敢走，害怕自己一在京城露面，就會受到柴家的報復。

身為一名賭徒，他將全部籌碼連同生死在內都押在了崔家這邊。

「你終於來了，我早就要見你，可是不敢過去，這到底是怎麼回事，他怎麼能弄出一支軍隊來？」張養浩一看見東海王就顯得激動不安。

三名勳貴子弟還被捆綁著，一臉驚恐。

東海王抬手示意張養浩閉嘴，不客氣地坐在唯一的凳子上，說：「給他們鬆綁。」

張養浩一愣，「他們都是柴韻的跟班……」

「柴韻和崔騰從前還是最好的朋友呢，此一時彼一時，柴韻死了，難道他們三個也要跟著殉葬嗎？」

三人一塊搖頭。

張養浩有點怕東海王，只好服從命令，去給三人解開繩索，這三人被捆了兩天兩夜，手腳都麻木了，坐在地上起不來，只會一個勁地向東海王致謝。

等到他們沒有新鮮詞可說了，東海王道：「我認得你們，你們也認得我吧？」

三人馬上點頭，七郎討好地說：「柴小侯和崔二公子還好的時候，咱們……」

東海王一揮手，阻止他說下去，現在要說話的是他，「崔家就要掌握大權了，以後不會再有這個侯那個王跟崔家分庭抗禮，你們也不用左右為難了。」

對面的四個人同時露出討好的笑容。

「你們很幸運，有機會成為我的手下，建立比你們的父祖更大的功勞，甚至可以說是不世奇功。」

幾句話，四人都被打動了，坐著的三人恢復一點力氣，改成跪姿，站立的張養浩越來越矮，也跟他們一樣跪在了東海王面前。

「我是你們的未來，保護好我，就是你們最大的功勞。」

四人磕頭，東海王坦然接受，然後道：「跟我說說歸義侯一家是怎麼回事，如有意外發生，他們會站在哪一邊？還有這支七拼八湊出來的軍隊，我就不相信，一兩天的時間裡，韓孺子能讓這些愚民對他死心塌地。」

第一百一十七章 迎戰

張養浩等四人請求入夥，他們的跪姿可比尋常百姓標準多了，匍匐在地，口稱「陛下」，自願追隨皇帝誅除奸佞。

韓孺子接納了這四人，委任他們當參將，給晁化和金純保當副手。看到他們高高興興地謝恩，韓孺子知道他們已經被東海王拉攏過去，勳貴子弟雖然胡作非為，卻個個自視甚高，寧可不當官，也不願屈居人下，如今面無難色，自然是另有所圖。

韓孺子也不說破，透過這兩天的經歷，他越來越明白一個道理，這七八百名「烏合之眾」才是他最大的保障，攆走東海王的衛兵就夠了，與其和東海王爭一兵一將，不如全心全意將義兵打造成為真正的軍隊。

他只慨嘆一件事，時間太少，而問題太多了。

天亮不久，晁化率兵回寨，帶來數船糧食，解決了燃眉之急，七八百名義兵正眼巴巴地等著早飯，如果連一頓飯都吃不飽，許多人會甩手就走，就算是玉皇大帝也留不住。

韓孺子自己也餓著肚子，打算與義兵一塊吃飯，東海王踅到他身邊，低聲說：「你這是要與他們同甘共苦？」

韓孺子點頭，昨晚他走遍了所有百人隊，記住了一大堆名字，今天還要做得更多。

東海王笑道：「我能勸你一句嗎？」

「說。」

「同甘共苦也得分時候，有甘不享，才叫共苦，可你現在沒有『甘』，只有苦，這不叫共苦，這是示弱，他們把你當皇帝仰視，你卻非要屈尊走到他們中間，自揚己短。」

「你這不叫一句。」韓孺子說完還是回到屋子裡等候，東海王雖然陰險狡詐，但是說的話並沒有錯，韓孺子依靠皇帝的神祕才迅速取得眾人的服從，現在的確不是顯示親民一面的時候。

東海王也跟著進來，揉揉肚子，「好久沒這麼餓過了，上次還是在皇宮裡，記得嗎？宮裡一有點事，那幫傢伙就會把咱們兩個忘在腦後。」

「記得。」

東海王走走看看，「早飯之後，咱們該出發了吧？」

「從京南到京北，隔著京城，得先商量好路線，然後再出發。」

「路線已經準備好了。」東海王上前，從袖子裡取出一捲紙，攤開之後原來是一幅簡單的地圖，「拐子湖北邊直通大河，可以乘船過去，你昨天不是派人去懷陵縣了嘛，瘋僧光頂會去河北岸與你相會，只要看到你，他就會放心起事。」

「如此說來，我不用親自參與起事？」

「光頂他們是誘兵，亂軍之中非常危險，我勸你還是留在南邊比較好。你將這群百姓訓練得不錯，盡量多帶些，交給光頂，這樣誘兵的勢力會更大一些，或許還能帶動更多百姓加入。」

韓孺子仔細看了一會地圖，「崔太傅的南軍什麼時候行動？」

「一旦京北、京南有人打著你的旗號起事，太后必然要求南北軍派兵鎮壓，我舅舅的軍隊當然不會剿滅咱們，而是過來名正言順地保護你。」東海王指著地圖，「京城南門有崔家的內應，接到暗號之後就會打開城門，南軍趁夜衝進城內，接管各座城門，然後圍住皇宮，大事可成。」

「皇宮還有宿衛軍呢。」

「宿衛軍虛有其名，怎是南軍的對手？而且我打聽過了，上官虛此前丟掉南軍大司馬印綬，威風掃地，被太后強行委任為宿衛中郎將，不受麾下將士的擁戴。到時候你也進城，有你在，宿衛很可能會打開皇宮門戶，實在不行，再強攻也不遲。」

「然後呢？」

「然後就簡單了，廢掉偽帝，遷移太后，號令文武群臣，唯一的麻煩是冠軍侯，最近這半年，他將北軍訓練得不錯，可是根基畢竟未穩，封他為王，看他的反應，接受封號，就等以後再說，不接受，那就來場決戰，以南軍的實力，擊潰北軍輕而易舉。」

韓孺子沉吟不語，外面的侍衛正好送來熱騰騰的早飯，兩人的交談暫時中止。

一碗糙米飯，上面擺著兩條醃魚，這就是皇帝的早膳，東海王的待遇還要差一些，只有一條醃魚。等侍衛退出，東海王用筷子夾起自己碗中的醃魚，輕輕嗅了一下，做嘔道：「別吃，魚都臭了。」

韓孺子卻真是餓了，也不管味道如何，將飯和魚囫圇吞下。

東海王其實也餓了，勉強吃了幾口米飯，魚是一點也不動，等韓孺子吃得差不多了，他繼續道：「這是千載難逢的好機會，趁著名聲仍在，你還能奪回帝位，再過一段時間，就算望氣者說得天花亂墜，也沒法讓百姓想起你。」

「好吧，去將左右將軍、主簿和林坤山都叫來，算算咱們有多少條船、能帶多少人、誰去京北、誰留在京南。」

東海王笑著領命，轉身向外走的時候臉色卻是一沉。

商議行軍計畫的時候，韓孺子事無巨細都要問個清楚，盡量拖延時間，希望等金純忠和馬大能有一人帶回楊奉的消息。

就這樣，整個上午過去了，韓孺子已經提不出更多的問題，但是又到了吃午飯的時候，「總不能餓著肚子去京北。」

河邊寨裡再次升起炊煙，韓孺子決定，下午再拖一會，然後藉口天黑不宜乘船，改為明早出發。明天該怎麼做，他也不知道，只能走一步算一步。

這邊的飯剛做好，還沒有分下去，寨子外面的斥侯急急忙忙地跑回來，報告一件大消息：官兵來了。

數十個村莊都有百姓向拐子湖聚集，官府的反應再慢，也終於注意到了。

東海王搖頭嘆息，「起事之前，南軍不能輕舉妄動，咱們只能自保，每多等一個時辰，危險都會增加一分，再這樣下去，朝廷對京北、京南的起事就會有所防範……」

韓孺子卻很高興有官兵前來進攻，立刻再次召集眾將，第一道命令是派出更多斥候，弄清楚官兵在哪、有多少人。

如果只是縣衙派人，應該不會有太多官兵。韓孺子猜中了，很快就傳回消息，官兵只有百餘人，已經行至三里以外，他們是衝著炊煙來的，速度很快。

韓孺子努力回憶兵書，結果發現自己怎麼做都不對，乾脆不去想了，全憑自己的直覺派兵：晁化最熟悉周圍的地形，所以由他帶兵迎戰，金純保側翼設伏，韓孺子留下少數人守寨。

東海王旁觀，偶爾有話要說，也都強行忍住。

眾人領命而去，韓孺子這回不能再留在屋子裡保持「神祕」了，親自前往寨中的望樓上觀戰，途中，他去金垂朵那裡求借幾支「令箭」。

丫鬟蜻蜓出門，將五支箭交給韓孺子，提醒道：「一共十支了，有借有還，還的時候一支也不能少。」

走向望樓時，東海王笑道：「裡面的人就是胡尤嗎？那可是京城有名的美人，當皇帝就是好……」

韓孺子不理他，爬上望樓，東海王看了一眼簡陋的木梯，沒有跟著上去，到處打量一下，周圍沒有他的人，都是神色慌張的義兵，聽說要與官兵交戰，都有點害怕。

林坤山在附近轉悠，嚴格遵守望氣者的規則，順勢而為，如今大勢正在醞釀，他連一個字都不願多說。

望樓沒有多高，韓孺子和兩名侍衛站在上面，向外望去，只見近處大片的蘆葦和遠處密集的樹林，不要說官兵，連正在前往戰場的自己人都看不到。

一名侍衛原是附近的村民，指向一片蘆葦，「那裡晃動得厲害，肯定是官兵。」

韓孺子注意到了，官兵離寨子已經沒有多遠，他開始緊張了，不知道自己的計畫能不能成功，按理說，一支未成形的軍隊，不能出去與敵人正面交鋒，應該謹守兵營，在防守中鍛鍊戰術，可他卻反其道而行之，派出了絕大部分士兵，只留四五十人守寨。

如果戰敗，那就是一敗塗地。

下方的東海王悄悄命令幾名士兵去湖邊準備船隻，如有意外，他可不想跟官兵硬拚，而是要帶著韓孺子順湖北上。

他有點希望這一戰能夠大敗，失去這群烏合之眾的支持，將會更好控制韓孺子。

蘆葦叢中的人影隱約可見，相距不到兩里，聲音清晰地傳來，「寨子就在前面！」「寨子裡有人在看咱們。」「衝啊，抓住假皇帝領賞！」

官兵們七嘴八舌地叫喊，蘆葦晃動得更劇烈了，兩名侍衛互視一眼，小聲說：「皇帝，咱們還是下去避一下吧。」

「不急。」韓孺子正到處尋找自己派出去的兩支隊伍。

寨子外面突然傳來震天的吼聲，將寨子裡的人嚇了一跳，東海王扶住望樓木梯，望向湖邊，瞧見那幾名士兵已經上船，心中稍安。

「是咱們的人！」韓孺子大聲道，他看到了，晁化率領的一支隊伍正在官兵幾十步之外發起進攻，喊聲大作，蘆葦亂搖。

官兵以為自己只是來捉拿膽大妄為的百姓，沒料到會受攻擊，更沒料到會是突然攻擊，人數好像是他們的十倍，一下子亂了陣腳。

韓孺子緊盯那些搖晃的蘆葦，努力判斷戰場形勢。

片刻之後，又一陣殺聲響起，金純保率領的第二支隊伍截斷了官兵的退路。

韓孺子的心提到了嗓子眼，如果官兵訓練有素，很快就會發現，圍攻者數量雖多，卻沒有多少兵器，而且不守章法，只是一群亂民，官兵無論是就地反擊，還是繼續進攻河邊寨，都有極大的勝算。

韓孺子敢於迎戰的原因只有一個：他在望樓上都看不清戰場形勢，身處其中的官兵更看不清，他們會慌亂，一慌亂就會逃跑。

他要活捉這些官兵。

又等了一會，外面的叫喊聲越來越響亮，官兵所在的位置終於發生變化，蘆葦的晃動正向河邊延伸。

韓孺子的心放下一些，扭頭看去，正見到遠處的蜻蜓衝他揮手，於是他也揮手。

蜻蜓回到屋子裡，「小姐，妳不用親自出馬了，我看這一戰皇帝多半能贏。」

望樓下的東海王失望地嘆息一聲。

第一百一十八章 未來與現在

百餘名濕漉漉的官兵心驚膽戰地走進寨子，發現擊敗自己的奇兵只是一群衣裳襤褸的亂民，大吃一驚的同時，還後悔莫及，可是兵器已經交出去，兩手空空，現在是真的沒法反抗了。

戰勝者則是興高采烈，忘了列隊，擠在道路兩邊，拿戰敗官兵打趣。

這是一場完勝，義兵沒有傷亡，官兵大量落水，被自己人傷著幾個。

晁化等將領在人群中行走，厲聲下令，要求所有人歸隊，同時檢查本隊士兵，多一個、少一個或者面孔不對，都要上報。

不出所料，還是有人逃跑，甚至有一支小隊的數十人在百夫長的帶領下全跑光了，許多義兵只是來看熱鬧、碰運氣，一旦發現真要起事，那可要冒著掉腦袋的危險，才不管真皇帝、假皇帝，逮到機會就逃之夭夭。

對韓孺子來說，倒是省下幾十個人的午飯，能夠分一點給俘虜。

最後一隊義兵回寨，帶來一匹馬和一名嚇破膽的步兵尉，他眼裡已經分不清誰是官兵誰是亂民，見誰都說「大王饒命」。

寨子裡房間不足，俘虜都被關在豬圈裡，養的豬昨天就被吃光了。

韓孺子沒有見這些俘虜，下令開飯，各隊輪流看守俘虜，雖然又跑了一些義兵，他卻不是特別在意，相信留下的人會更加忠誠。

主簿晁永思只得重新記錄名籍，門板被刮下去整整兩寸厚。

就這樣，一個下午又要過去了。

東海王冷眼旁觀，也不催促，天色將暗，林坤山忍不住了，來找韓孺子，客氣地請侍衛們離開之後，嘆了口氣，「陛下究竟在擔心什麼？」

「我擔心這支義軍創建的時間太短，真到了戰場上，還是不堪一擊。」

「行伍戰陣之事我不懂，可我知道，訓練一支軍隊至少得半年時間，陛下就算一刻不休，也不可能在短短幾天裡將這些人變成將士。」林坤山上前兩步，低聲道：「此次起事的關鍵在於民心，而不在這區區幾百人，陛下振臂一呼，響應的人越多，日後越安全，崔家縱使掌控南軍，也不可能與整個天下對抗。」

韓孺子沉默了一會，問道：「東海王向我提出十年之約，你知道嗎？」

林坤山點頭。

「你相信嗎？」

林坤山猶豫一下，搖頭。

「這就是我所擔心的。」韓孺子笑了笑，「我見過的騙術不多，在史書中倒是讀過一些，自己總結一下，騙術千千萬萬，但是有一點是共同的。」

「哦？」林坤山表現出很好奇的樣子。

「騙子總是以未來的巨大利益換取當下的微小利益，被騙者一旦被巨大利益所吸引，就會忘掉手裡的微小利益，甘心交給騙子。」

林坤山大笑，沒有接話。

韓孺子繼續道：「比如淳于梟，蠱惑諸侯王造反，許以稱帝之後的巨大利益，在這種時候，誰會在意他作為諸侯座上貴賓所帶來的小小好處呢？」

林坤山略顯尷尬，「陛下這麼說可就小瞧恩師了。」

「『小瞧』能讓事情變得簡單一點，比如我自己，向眾人許以事成之後的榮華富貴，索取之物卻是他們現在的效忠，以至性命。」

「陛下將自己也當成騙子？」林坤山驚訝地說。

「就看事成與否吧，齊王當初若是奪得天下，淳于梟就是未卜先知的神仙，齊王兵敗，你的恩師免不了被視為騙子。我也一樣，事成為帝，事敗，就是個騙子、是個笑話。」

林坤山嘿嘿乾笑幾聲，「如此說來，咱們都是騙子。」

「嗯，咱們都是騙子，起碼在事成之前都是騙子，都在用虛無縹緲的未來換取切切實實的現在。」韓孺子笑了笑，「我要的『現在』是這支小小的軍隊，東海王要的『現在』是我的名聲，他不會讓我當十年皇帝，我會在這次起事中殉難，或許就在皇宮大門為我敞開的那一刻。」

「望氣者會幫助陛下，不讓東海王的計畫成功。」

韓孺子指向林坤山，「這就是望氣者所要的『現在』吧。」

「陛下此言何意？」林坤山明顯一愣。

「我看過望氣者的卷宗，一直在納悶，你們究竟想要什麼？」

「往大了說，我們希望天下太平，往小了說，我們希望望氣之術能夠為國所用，與觀星、卜卦一樣，入駐欽天監。」

韓孺子搖搖頭，「你說的都是『未來』，我說的是『現在』？」

「現在？」

韓孺子笑道：「其實你們已經得到想要的『現在』了。」

林坤山也笑道：「陛下所言越來越費解了。」

「你剛才說想幫助我，可我知道，望氣者不只幫助我，還幫助崔家，以及之前的各諸侯王，我甚至沒開口，你們已經幫我在百姓中間樹立了好名聲，這可是一個出人意料的大『幫助』。」

「陛下不想要這些幫助嗎？」

「想要，但這些『幫助』對望氣者的益處更大，在幫助的過程中，望氣者掌握了越來越多的『民心』，沒錯，你們在為我傳揚名聲，可是傳揚者本身呢？是不是也取得了百姓的歡心？」

林坤山愣了好一會，「陛下的想法……真是奇特。」

「是嗎？」韓孺子的這些想法其實來自於楊奉，一旦將望氣者想像成為某個勢力廣泛的「幫派」，他發現許多疑惑都可以迎刃而解，「崔宏是朝廷重臣，東海王從小生活在王府裡，是怎麼與瘋僧光頂聯繫上的？光頂在寺廟中藏身多年，應該不願意向官員顯露真實身份吧。」

「這個……嗯，沒錯，是我居中聯繫的，望氣者也算是江湖中人。」

「前往京北與光頂見面，你也要去吧？」

「當然。」

「而且你要站在我和東海王身邊。」

「陛下如果不希望……」

「不不，你可以站在我身邊，我只是想，當瘋僧光頂遠遠看到咱們三人的時候，心裡真正信任並敬佩的人會是誰呢？我猜是你，一名神通廣大的望氣者。」

林坤山大笑，「恩師提醒過多次，說陛下年紀雖小，卻是智勇雙全，可我總是小瞧陛下，真是太愚蠢了。」

「嗯……我覺得你還是沒有說出全部實話。」

林坤山收起笑容，與韓孺子對視了一會，「楊奉，我們知道他的存在，也知道他在不遺餘力地追捕望氣者，恩師很敬佩他，希望能與他和解。楊奉重視陛下，甚至自願出宮輔佐陛下，恩師說，望氣者得與楊奉爭奪陛下。」

「楊奉並非自願出宮，而且他現在也不在我身邊。」

「像楊奉這種人，不管兜多大的圈子，最後總能回到原處。」

韓孺子想了一會，「現在我有點相信你了。」

「陛下還想知道什麼？」

「望氣者暗中經營數十年，上至朝堂下至江湖，收穫應該不少了吧？」

「這個問題我可回答不了，我只負責京城一帶，接觸的都是江湖人物，與朝中官員接觸甚少。」

「可就是江湖中的勢力，你也沒有全部拿出來。我不相信東海王，他說什麼我都不相信，我需要你的保證，現在就能拿出來的保證。」

林坤山撓撓頭，苦笑道：「陛下真是要將我榨乾啊。」

「一無所有的人不免貪婪些，見諒。」

「好吧，既然說到這了，我就自作主張了。」林坤山露出下定決心的堅定神情，「就在這個寨子裡，有二十名武林高手，都是我找來的，待會叫來，給陛下當侍衛。」

「不必。」

「陛下到底想要什麼，再多的保證我真的沒有了，除非恩師立刻出現。」

「有一件事你能做。」

「陛下儘管開口。」

「明天一早我會出發，與瘋僧光頂會面之後——我要將東海王送往京北。」

林坤山大吃一驚，「京北可不安全……」

「這就是我需要你做的，光頂聽你的話，請你讓他們盡一切努力保住東海王的性命，我可不想在這種時候讓崔太傅失去希望。」

林坤山呆呆地想了一會，勉強道：「好吧，就按陛下的意思來，盡量讓東海王遠離戰場吧。」

「然後你得去見崔宏，說服他相信東海王活得好好的。」

「這個容易。我明白了，陛下是想安全奪回帝位，沒見到東海王，崔家輕易不敢對陛下動手。」

「希望如此。」

「可這樣並不能除去崔家。」

「我的野心沒有那麼大，只要保證我活著就行，不用十年皇帝，只需一年，我就再也不怕崔家和東海王。」

外面有人敲門，林坤山笑著告退，「一切如陛下所願，只希望陛下日後能記得望氣者所做的一切。」

「望氣者枝繁葉茂，我倚仗還來不及，怎麼會忘記？」

林坤山退出房間。

韓孺子深感疲憊，已經不知該相信誰、該相信什麼。

敲門者進來，前往京城與廚子不要命聯繫的金純忠終於回來了，一臉塵土與汗水，顯然經過長時間的急奔。

韓孺子心中一喜，馬上又降低了期望，因為金純忠看上去有些迷茫。

「見到人了？」雖然屋子裡沒有外人，韓孺子也不想隨便提起與楊奉有關聯的人。

金純忠點點頭，「見到了。」

「然後呢？他說什麼了？」

金純忠正是為此而迷茫，「他看了我一眼，什麼也沒說，就回後面炒菜去了。」

輪到韓孺子發愣了，「他沒問你是誰？」

「沒有，一個字也沒說，我還追上去多說了兩句話，他連看都不看我了。」

「你見到的真是『不要命』？」

「我問過三個人，稱他『不要命』的時候，他也沒有否認。」

就是這樣了，韓孺子大失所望，看來非得是他本人親自去，不要命才肯代為傳信，的確非常謹慎，卻壞了大事。

韓孺子不願在金純忠面前流露出明顯的情緒，正要感謝他，覺得有些不對，「你還有話要說嗎？」

金純忠的臉上仍帶著迷茫神情，「啊？我在城裡……聽說了一些事情。」

「聽說什麼？」

「匈奴和大楚開戰，楚軍大敗。」

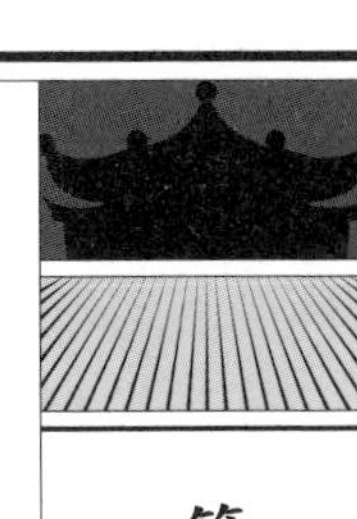

第一百一十九章　夜行湖中

東海王推門闖入，瞥了一眼金純忠，不耐煩地揮揮手，金純忠快步退出。

「聽說了嗎？匈奴和大楚開戰了。」

韓孺子點點頭，「你聽誰說的？」

「舅舅派人通知我的，信使剛到，情況緊急……金家的小子進城了吧？你讓他去的？」

韓孺子又點點頭，剎那間，以為東海王和金純忠商量好了來騙他，馬上推翻了這個想法，他不相信東海王，但是比較相信金純忠。

「你還在考慮什麼？」東海王有點氣急敗壞，他已經忍了很久，終於要露出本來的脾氣，「大楚是咱們兩個人的，若是被匈奴攻破，咱們可就一無所有了。太后才不管大楚的死活，你知道她是怎麼做的？」

「嗯？」

「她要將上官虛派至北疆與匈奴作戰，當然，表面上是上官虛主動請命，說了一大堆冠冕堂皇的話。」

「太后為什麼要讓兄長離開京城？」韓孺子不是很理解，太后真正可信賴的人不多，上官虛雖然軟弱，卻是太后最重要的依賴之一。

「不只是上官虛，還有偽皇帝的三個舅舅，不知受誰攛掇，也都上書，自願從軍前去迎戰匈奴。」東海王氣得滿臉通紅，「太后一直就在等這一天，她早就算計好了。」

韓孺子明白了，上官虛、當今皇帝的舅舅們為全體外戚做出了一個姿態，崔宏本來就是抗擊匈奴的主帥，私回京城，如今邊疆戰事不利，他的責任最大，如果還想挽回名聲，就必須模仿上官虛等人的做法。

「你舅舅……」

「他能怎麼辦？只能上書請戰，要不然他會被天下人的口水淹死，據說冠軍侯也上書了，肯定是太后讓他這麼做的，北軍若是赴戰，我舅舅更沒辦法拒絕了。」東海王重重地哼一聲，他恨太后，遠遠超過對韓孺子的嫉恨，「不能再等了，保衛大楚江山是咱們兩人的職責，還來得及廢黜太后，等你奪回帝位，正好與匈奴一戰。」

事情都趕到一塊了，韓孺子還是沒有立刻做出決定，想了一會，他說：「崔太傅派來信使，為什麼沒人通知我？」

「都這種時候了，你居然關心這點小事？」東海王氣得臉更紅了。

「軍法如此，我得知道為什麼左、右將軍沒有即時向我稟報。」

韓孺子起身要往外面走，東海王伸手攔住，搖頭道：「金純保要來通知你，我說我來，所以……我這不就是來向你稟報情況的嘛。」

韓孺子接受了這個說法，但是不太滿意，「金純保不應該……」

「你是怎麼回事？現在的問題不是金純保，是太后！是太后！」東海王揮起拳頭，像是要撲上來狠狠打兩下，好讓韓孺子清醒過來。

「明天一早出發。」韓孺子說，的確不能再等了，沒有楊奉的指點，他必須自己做出決定。

「夜長夢多，現在就出發。」東海王已經迫不及待。

「天已經黑了，走不了。」

「我問過了，你的部下有不少人就是湖邊的漁民，能在夜裡行船，也不用太多人，三四條船、十來個人就夠了，現在出發，就算慢一點走，明天早晨也到河邊了。事不宜遲，我知道你不相信崔家，可我已經在你手裡，身邊連名衛兵都沒有，你還有什麼可擔心的？」

「好吧，傳召左、右將軍和晁主簿。」

東海王立刻去叫人，由於之前已經商量過一次，所以很快制定出方案，韓孺子調集了絕大部分船隻，有二十一條，每船能載人三到七位，總共能載一百一十多人，有前哨、有中軍、有側翼……

東海王快要急瘋了，可是當著外人的面不好過於直白地催促，只能不停地向韓孺子使眼色。

晁氏父子拿著令箭去調派船隻與義兵，韓孺子叫住金純保，由他帶路去見金家人，東海王也跟著去了，他已經決定要與韓孺子寸步不離。

金家人都在，金垂朵暫時與父親和解，正議論著二哥金純忠從京城帶回來的重大消息，一看到韓孺子進來，他們全都閉嘴。

金純忠臉上還殘留著一絲興奮之色，低下頭，尷尬地加以掩飾。

北方的匈奴人正與大楚的軍隊交戰，韓孺子面前也有自認為是匈奴人的一家子。

金垂朵握著弓，冷冷地看著兩名外人。

大哥金純保打破冷場，「倦侯馬上要出發北上，明天才能回來，留下我守衛河邊寨，二弟，你得協助我。」

金家人都吃了一驚，想不到這種時候自己還會受到信任。

對韓孺子來說，這卻是必然的事情，金家人一心想去草原投奔匈奴，與大楚即將發生的變動沒有多少關聯，比其他人可信一些。

他只能帶走一百多人，剩下的六百多名義兵得有人照看。

金家人大概也有同感，歸義侯本來坐在凳子上，這時站起身，不是特別情願地說：「我也幫忙吧。」

一名小妾低聲提醒：「侯爺，這可是……死罪。」

「咱們早就死罪在身了，還怕什麼？」歸義侯斥道，看向韓孺子，「我明白規矩，倦侯可以從金家帶走一名人質，隨你挑選，挑我也行。」

話是這麼說，歸義侯和兩個兒子、三名妻妾不約而同看向金垂朵。

金垂朵臉色一寒，丫鬟蜻蜓也急了，「咦，妳們看小姐幹嘛？哪有讓女兒當人質的？這種話說出去……不過小姐已經被當成『皇后娘娘』了……」

金垂朵揮弓，蜻蜓馬上閉嘴。

「我不當人質。」金垂朵冷冷地說。

「我不需要人質。」韓孺子笑道，「我過來只是要與諸位告辭，並且給你們一個承諾，無論如何，我會將你們安全送至草原。」

金垂朵哼了一聲，正要出言譏諷，父親和兩個哥哥卻已搶先開口致謝，她只得將嘴邊的話硬生生咽了回去。

二更過後，韓孺子登上最大的一條漁船，率領一百多名義兵向北行駛，東海王、林坤山與他同乘一船，說是大船，也只能容納七人而已。

東海王總算稍稍放下心來，坐在船尾，雙手緊緊抓住船幫，開始擔心自己的安全了，「不用著急，慢慢划就行。」

划船的是兩名中年漁夫，相比當兵，這才是他們拿手的本事，其中一人笑道：「放心吧，我們經常夜裡捕魚，嗯，今晚的風有點大，沒事，就算落水了，我們也能把你撈上來。」

夜風習習，漁船搖晃得厲害，東海王臉色蒼白，可主意是他出的，不能埋怨別人，只好一遍遍提醒：「風大就慢點，離岸邊不要太遠……」

在小船上擺不了大將出征的架勢，韓孺子坐在東海王對面，心中也有些惴惴，望向後方的船隊，忍不住想，自己到底在做什麼，只要一步走錯，死的不只是他，還有這些追隨者……

這不是韓孺子第一次生出惻隱之心，他馬上收回無意義的想法，這些人為「皇帝」而來，如果遇上一位猶豫不決的皇帝，那才是最倒霉的事情。

夜色越來越深，風勢卻小了，湖面只剩輕微的蕩漾，藉著月光放眼望去，遠處的湖面似乎高出了船幫，還是感覺不安全。

東海王的臉色就沒有恢復正常過，喃喃道：「我乘坐過真正的樓船，平穩極了，在上面如履平地。」

撐船的一名義兵詫異地說：「咱們的船不穩當嗎？走了這麼久，一個人都沒掉下去。」

韓孺子站起身，衝後面大聲喊道：「是不是有船隻掉隊了？」

後面有人回道：「船底漏水了，待會能追上來！」

「漏水？」東海王急忙觀察自己乘坐的這條船，覺得好幾處地方好像也有問題。

撐船義兵笑道：「不用擔心，漏水是常有的事，只要不嚴重，一邊舀水一邊走就行，實在不行就靠岸唄。」

東海王看著韓孺子，「我知道這是我的主意，可我要是出事了，舅舅不會饒過你。」

韓孺子坐下，笑道：「有個舅舅真好。」

東海王沒精力吵架，目光轉向韓孺子身邊的林坤山，「你笑什麼？」

「我在笑嗎？啊，我想起當年夜泛洞庭湖的場景，不小心笑出來了，可惜這裡無酒無曲，拐子湖的風景也不錯，就是名字俗氣了一些。」

東海王向前方遙望，「快到了吧？」

「天亮前肯定能到。」一名義兵回道。

他說的沒錯，船隊靠岸時，天邊剛有微光透出，天上的星辰尚還清晰可見。

一共二十一條船，最後到達的只有十三條，其它漁船不是行進得太慢，就是漏水待補。

韓孺子深切地感受到了帶兵之難，連行軍這麼簡單的一件事都充滿了意外。

另一條船上的晁化最先登陸，帶領十餘人去前方打探消息，東海王越來越急，「說好在這裡會面的，瘋僧怎麼沒來？他不會生出異心吧？」

林坤山搖頭道：「光頂大師一言九鼎，就算將性命交到他手裡，我也放心。」

東海王嘀咕道：「你的性命值什麼……」

林坤山衝韓孺子微微一笑，待會將不知情的東海王交給瘋僧時，他不用感到抱歉了。

朝陽半升，晁化一行人回來了，還帶著更多的人。

望著人群，東海王鬆了口氣，林坤山也點點頭，韓孺子卻沒有大事將成的喜悅。

「嘿，皇帝，終於追上你了。」

水上傳來粗野的叫聲，眾人驚訝地轉身觀瞧，居然是馬大獨自划著一條小船來了。

馬大跳上岸，有人叫他「驢小兒」，他憤怒地否認，徑直來到韓孺子面前，埋怨道：「派我去辦事，你卻不在晁家漁村等著，到了河邊寨也沒你的人影，一下子跑這麼遠，想累死我嗎？」

「見到人了？」韓孺子問。

馬大反而不說話了，在身上摸了半天，找出一封信遞過來，「喏，就是這個。」

韓孺子接信，也不管東海王和林坤山的神情有多好奇，走出幾步拆信觀看。

信很短，看完之後，他的臉色一變。

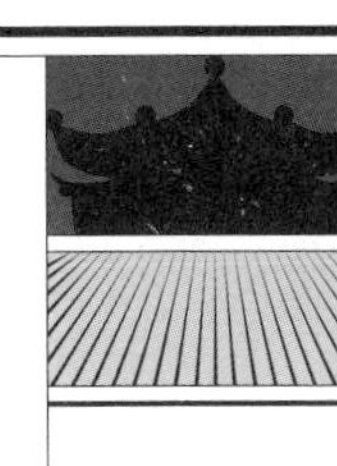

第一百二十章 絕路

馬大帶回來的信是崔小君寫的。

幾天前，倦侯徹夜未歸，崔小君就已生出不祥的預感。次日一早，杜穿雲醉醺醺地回來了，還是沒有倦侯的身影，張有才急了，當頭澆了一盆涼水，杜穿雲終於清醒過來。

「倦侯不可能丟，他和柴小侯、張養浩他們在一起。」杜穿雲坐在地上茫然地說。

張有才立刻去柴府、張府打聽消息，帶回來的結果更令崔小君憂心忡忡：一共六人，昨晚都沒回家，其他幾家不太著急，這些紈絝子弟經常一瘋就是好幾天，柴府也只擔心一件事，該怎麼向衡陽主解釋孫子沒來請安。

崔小君無法安心，倦侯身份特殊，更不是紈絝子弟，絕不會一聲不吭地離家不歸。

張有才繼續出去打聽消息，杜穿雲睡了一覺，醒來之後也著急了，出門到處尋找線索。

當天下午，張有才帶回消息，倦侯等人昨晚去過崔府，在後巷與崔騰一夥打過架。

崔小君不能再坐等消息了，立刻命人備車，回娘家問個明白。

在荒園中受到驚嚇的崔騰還沒回過神來，正躺在床上哼哼唧唧，見到妹妹之後大發雷霆，「你家裡的奴僕打傷了我，妳竟然還敢來？臭丫頭、死丫頭，胳膊肘往外拐，我要跟老君和母親說，崔家從此不認妳……」

崔小君哭了，哭的不是哥哥受辱，也不是崔家不認自己，而是倦侯下落不明。

崔騰一開始興災樂禍，很快就變得難堪，「哎呀，有什麼可哭的？我就是說說而已，我根本沒敢對老君說起這些事情，她老人家的脾氣，妳是知道的。」

崔小君還在哭，崔騰只好下床勸慰妹妹，「好了好了，看在妳的面子上，我不計較就是，這就是我和柴韻之間的仇恨，我找他報仇。咦，還哭，難不成妳跟柴韻……」

「呸。」崔小君止住哭泣，抽抽噎噎地說：「倦侯昨晚……沒回家，跟柴韻、張養浩他們不知跑到哪去了。」

崔騰一拍大腿，「還用查？柴韻是個花花公子，專做偷香竊玉的買賣，夜不歸府，不是留宿娼家，就是跟誰家的小姐……完了，妹夫被帶壞了。」

崔小君堅定地搖頭，「不可能，倦侯絕不是那種人。」

「哈哈，傻妹妹，再怎麼著倦侯也是男人，你們成親一年多了，他肯定是對家裡厭倦了，出去採野花呢。」

崔小君面紅耳赤，卻還是搖頭，問道：「你沒對倦侯做什麼吧？」

「我能做什麼？倒是他們昨天晚上……哦，你是為這個才來看我的。」崔騰跳回床上，蓋上被子，一臉怒容。

崔小君上前道：「二哥，我怎麼會不關心你呢？可我知道，你是崔家二公子，柴韻就算有天大的膽子，也只是跟你開開玩笑，不敢真對你下狠手。」

「他不敢。」崔騰坐起來，心裡稍微好受一點，隨後嘆了口氣，「妳一出嫁，就跟從前不一樣了。跟妳說吧，妹夫昨晚的確和柴韻來過，在門外挑釁，卻沒有膽子打架，我們一追出去，他們跑得比兔子還快，連根頭髮都沒留下。」

崔小君稍稍放心，二哥雖然魯莽，卻不會對她撒謊。

崔騰下床，認真地說：「妹妹，這不算多大的事，尋常百姓還有人三妻四妾呢，妹夫好歹當過皇帝，總不能一輩子守著妳一個吧。」

不想聽二哥胡說八道，崔小君轉身就走，去內宅見母親，乞求母親幫她打聽消息，她還是擔心崔家有人對倦侯下手。

她沒去見祖母，因為老君對倦侯的印象實在很差。

回家時天已經快要黑了，倦侯仍無消息，其他幾家也開始著急了，之前雖有過數日不歸的經歷，可是都會派人跟家裡打聲招呼，而且六名貴公子，居然一名僕人也不帶，這可是前所未有的怪事。

尋人的隊伍迅速擴大，很快就將曾與六人遭遇過的巡夜兵丁給找了出來，由此大大縮小了他們失蹤的區域。

次日上午，令人驚訝的消息傳來，歸義侯一家莫名失蹤，而歸義侯府邸恰好就在那塊可能的區域裡。一時間傳言四起，金家的女兒「胡尤」被頻頻提及，柴韻的屍體被埋，還沒有被發現。

崔小君更加擔心。

這天傍晚，倦侯府迎來一位極為特殊的客人。

先到的是幾名太監，傳令倦侯府準備迎接宮中貴人，將府丞、府尉嚇得魂飛魄散，馬上準備相應儀式，只是不知道該怎麼解釋倦侯並不在家中。

貴人的轎子沒有在門口停留，直接抬進了後宅，也沒有詢問倦侯的去向，丞、尉兩人這才大大地鬆了口氣，卻又疑慮重重，覺得這次到訪突兀而不合禮儀。

來者是韓孺子的親生母親王美人。

崔小君驚訝萬分，但還是執兒媳之禮，恭恭敬敬地將王美人請入房中。

「孺子失蹤得太不是時候了。」王美人開門見山，連茶水都不喝。

「您也聽說了？」崔小君很尷尬，還有點害怕。

「嗯，昨天就聽說了，一開始以為是胡鬧，現在看來，事情並不簡單。」

「該怎麼辦？」

「怎麼辦？妳應該看好他。」

崔小君臉一紅，心裡感到委屈，卻不敢多說一字。

王美人上前，握住崔小君的一隻手，柔聲道：「妳是一位好妻子，孺子能娶到妳，是他上輩子修來的福分。」

崔小君的臉更紅了，「可我還是……」

「不不，那不怪妳，是我一時口無遮攔。」王美人嘆息一聲，「孺子正處於危險之中，只有咱們兩人真心願意救他。」

「危險？」崔小君生出不祥的預感。

「太后有一種推測，以為孺子是被……崔家帶走的。」

「我回崔家問過……哦，太后懷疑的是我父親。」

「嗯，太后懷疑崔太傅擄走孺子是要藉機起事，她很快就會做出反擊，雙方無論誰勝誰負，對孺子都是威脅。」

崔小君咬著嘴唇想了一會，「您說吧，我究竟應該怎麼做？」

「我好不容易才求得太后的同意，出宮來見妳，就是要告訴妳一件事：務必找到孺子，讓他脫身而出，千萬不要參與這場爭鬥。」

崔小君無話可說，她連倦侯人在哪都不知道，如何讓他脫身？

王美人也知道這個任務實在太難，「或許妳可以找楊奉幫忙，可我覺得他幫不了多大的忙。」

「府裡有人去找楊公了，可是……」

王美人不能逗留太久，很快就乘轎回宮，將一個巨大的難題留給了兒媳。

崔小君是個聰明人，沒多久就明白了王美人為何如此看重自己：如果倦侯真是被崔太傅帶走，的確只有她有可能將人要出來。

崔小君再次來到娘家，只找一個人，那就是東海王。

不出所料，東海王不在府內，雖然每個人都說他在某處，可哪裡都沒有他的身影，這件事證明王美人和太后的猜測很可能是正確的。

次日一大早，崔小君出城去見父親。

這次見面十分艱難，南軍大營守衛森嚴，南軍大司馬之女、倦侯夫人這些頭銜都沒有用，就算是太后親臨，也得有正式的旨意下達才能進入轅門。

崔小君卻有一股執著的勁頭，就是不肯離開，在轅門外守了整整三個時辰，崔太傅終於召見了這個不聽話的女兒。

「是太后讓妳來的吧？」崔宏已經猜出了真相，「她在利用妳試探我，說吧，太后希望透過妳對我說什麼？」

「我不管別的事情，只希望倦侯平安無事。」

崔宏無奈地說：「找我也沒用啊，不管太后怎麼說，倦侯確確實實不在我手裡。」

「太后早有準備，遲遲找不到倦侯，太后會提前出手。」

崔宏大笑，「太后若是真有本事一舉擊敗南軍，怎麼會讓妳來提醒我呢？兵不厭詐，太后這是在虛張聲勢。可不管是虛是實，太后都弄錯了，妳也弄錯了，我將一個退位半年的廢帝握在手裡做什麼呢？就算我有本事廢立天子，要推的人也是東海王。」

崔小君覺得父親的話頗有幾分道理，「東海王呢？他不在崔家，肯定在你這裡，我要見他，東海王鬼主意多，沒準是他……」

崔宏搖搖頭，對女兒說：「我已經為妳破例了，倦侯肯定不在我這裡，至於東海王，那是我的事情，妳不要多問，如果妳還是我的女兒，回家之後也不要對任何人提起他，明白嗎？」

崔小君無奈地告辭，失魂落魄地打道回府，不知道下一步該怎麼辦，每個人好像都有問題，可她卻看不透問題究竟是什麼。

「楊奉……」崔小君又想了那名太監，或許只有他能看破這重重煙霧。

之前被派去找楊奉的杜摸天已經回府，帶來的消息令崔小君更加不安。

楊奉的看法與王美人一樣：倦侯無論如何不可介入太后與崔家的鬥爭，崔太傅有陰謀，太后絕不會毫無防範。

坐在屋子裡仔細想了一會，崔小君明白過來，她被父親騙了，倦侯就在崔太傅的掌握之中，只是不在南軍營內。

一邊是崔家，一邊是倦侯，崔小君被逼到了絕路上，命令侍女找來一柄劍，明天她還要去見父親，若是沒有結果，她寧願死在倦侯之前。

一大早，崔小君尚未出發，府裡來了一位陌生的客人，敲響後門，改變了崔小君的計畫。

彼時大楚軍隊被匈奴擊敗的消息已經傳得沸沸揚揚，據說不少勳貴都要從軍效力，對朝堂只有一知半解的崔小君突發奇想，給倦侯寫下一紙簡單的信：

邊疆戰亂，宮中有備，夫君宜上書請戰，萬不可冒險行事。

在她看來，這是唯一的脫身之計。

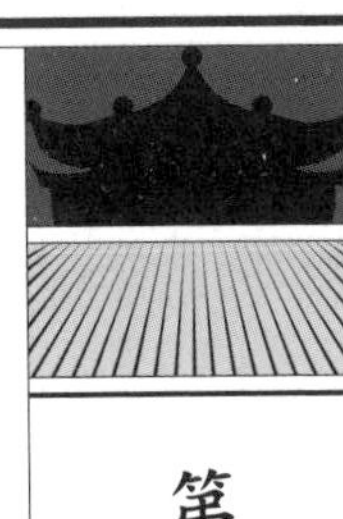

第一百二十一章　江湖內奸

韓孺子認得崔小君的筆跡，而且讀懂了信中的含義。

邊疆戰亂，宮中有備，夫君宜上書請戰，萬不可冒險行事。

「宮中有備」，備的並不是「邊疆戰亂」，而是崔家策劃的陰謀，所以她勸倦侯「萬不可冒險行事」。

一封由陌生人轉交的信不可能寫得太明白，韓孺子將信攥在手裡，問馬大：「沒人跟你一塊回來？」

馬大笑道：「有個小子非要跟我走，我沒同意，他還悄悄跟蹤我，我是誰啊？在城裡有點暈頭轉向，出城進入野地，兜幾個圈子就把他給甩掉了。」

馬大得意洋洋，韓孺子卻是哭笑不得，原來是為了擺脫跟蹤，馬大才回來得這麼晚。

韓孺子沒辦法，只能怪自己當初的命令說得不清楚，轉身望去，晁化等人已經進入百步之內，身邊一人身穿破爛僧袍，正是瘋僧光頂。

韓孺子向水邊的小船走去，東海王跑到前面攔住，「你又要做什麼？事已至此，你不能再改變主意了。」

「太后已有防備，此次起事絕無成功的希望。」

「哈，太后有防備，難道崔家就沒有？你不用擔心。」

韓孺子卻更加擔心了，冷冷地說：「讓開。」

東海王搖頭，不肯讓路，「這種時候需要的是膽略，你想得太多，做得太少，得由別人替你做決定。」

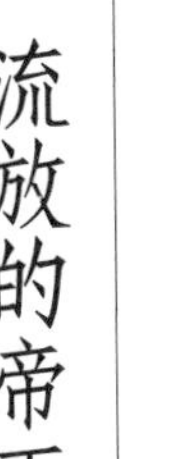

東海王招手，十幾名義兵聚攏過來，抽刀在手。

東海王遣走了三十名衛兵，暗中又召來了一些幫手，河邊寨這兩天來的人既多又雜，就算是久居湖畔的老漁夫晁永思也沒法分清楚每個人的來歷。

韓孺子退後幾步，也招手叫人，那些真正的義兵紛紛跑來，馬大赤手空拳，卻一點也不怕，向對面的人發出低吼。

灘塗上還有一些義兵沒動，二十七八人，目光都看向林坤山。

林坤山此前聲稱寨子裡有二十名武林高手，還是有意少說了一點。

三方之中，韓孺子身邊的義兵數量最多，戰鬥力卻最弱，好多人甚至不明白究竟發生了什麼，互相小聲議論。

東海王道：「林先生，你可不能站在一邊看戲了，必須選擇支持一方。」

林坤山笑道：「大家同乘一條船，自當齊心協力，要我說，東海王別急，陛下也不要退縮，起碼給出一個理由吧。光頂大師到了，正好把話說清楚。」

瘋僧光頂穿著破爛，臉上卻沒有一點瘋意，大袖飄飄，站在圈外左右掃視，反而有一股豪氣，「怎麼回事？還沒起事，先要自相殘殺嗎？」

韓孺子相信崔小君，甚至超過對楊奉的信任，一旦確認太后已有防備之後，他立刻覺得許多事情都有跡象，形勢緊急，由不得他仔細思考，伸手指向瘋僧的隊伍，大聲說：「你們當中有內奸！」

韓孺子的目光迅速掃過，他曾經在一群投奔者當中詐出奸細，這一招此刻卻沒有用處，光頂帶來的人不多，加上他總共十三人，都是京城內外有頭有臉的江湖人物，互視一眼，都露出驚訝之色，卻沒有任何人表現出恐慌。

晁化等十幾人是真正的義兵，一發現情形不對，立刻跑回韓孺子身邊，又為他增加了一些力量。

光頂身邊的一人冷笑道：「咱們提著腦袋效忠皇帝，皇帝卻懷疑咱們有二心，這筆買賣做得真是划算啊。」

光頂抬手示意眾人留在原地，自己大步上前，先向林坤山點點頭，站在韓孺子幾步之外，微笑道：「陛下還記得我吧。」

「當然。」

「我是內奸嗎？」

韓孺子沉吟不語，他現在誰也不相信。

那些江湖人物炸鍋了，光頂在江湖中地位崇高，懷疑他無異於懷疑所有人，他們本來就是抱著幫助皇帝的想法來的，心高氣傲，與那些走投無路的義兵不同，一個個嘿然冷笑，向地上啐痰。

最著急的人反而是東海王，得罪了這些江湖人，京北無法起事，引不走北軍，南軍想快速攻佔京城難上加難，他舉起雙臂，高聲道：「大家冷靜，聽我一言。」

光頂不吱聲，其他人也安靜下來。

東海王恨恨地盯了韓孺子一眼，不得不為他說話：「陛下感謝諸位義士的到來，諸位在冒險，陛下冒的風險更大，免不了心中有些緊張……」

韓孺子確實有點緊張，原因卻與東海王說的不一樣，向光頂問道：「這一年來，江湖可還平靜？」

這句話問得莫名其妙，東海王閉嘴，悄悄示意衛兵們靠得更近一些。

光頂也是一愣，尋思了一會才說：「還好，有人發財、有人破財，有人活著、有人死了，還有一批人不自量力，想為朝廷分憂，想為天下百姓做點事，江湖嘛，向來如此，你說平靜也不平靜，你說風波卻也還是從前那些風波。」

韓孺子假裝沒聽懂瘋僧話中的譏諷，如果是在平時，如果周圍沒有這麼多人，他或許還能鎮定自若，現在卻只想著如何盡快說服瘋僧等人。

「齊王謀逆兵敗，朝廷抓了多少人？殺了多少人？」韓孺子大聲問道，話題改變得太突兀，誰也沒有回答，他自己說下去，「至少兩萬人，其中不少是江湖人。」

韓孺子看向林坤山，被抓的江湖人大都與望氣者有關。

「去年的那次宮變，江湖人參與了，望氣者步蘅如迄今還在獄中，鬼手桂月華下落不明。」

韓孺子閉上嘴，望向眾人，少數人明白了他想說什麼，卻未必認可背後隱藏的結論，韓孺子的目光又落在瘋僧身上，醒悟過來，自己只需說服這一個人就行。

韓孺子抱拳拱手，「請大師原諒我剛才的無禮之舉，大師避世多年，斷不會出賣江湖同道，還請大師再想一想，朝廷是否有過這樣的寬宏大量，對謀逆者既往不咎？」

光頂沒有開口，他帶來的一名江湖人在後面大聲道：「這話說得不對，去年宮變的時候我們又沒參加，朝廷幹嘛要抓我們？至於鬼手桂月華，朝廷不是一直在追捕他嗎？」

眾人深以為然地點頭，韓孺子搖頭，目光仍然盯著瘋僧光頂，「不是這樣，對朝廷來說，江湖是整體，幾十名江湖人參與宮變，那麼整個江湖都有問題。就好像……好像諸位受到官吏欺壓，恨的是不是所有官吏呢？」

點頭的人更多了。

韓孺子覺得自己快要成功了，「朝廷的想法跟你們一樣，遲遲未對江湖人下手，只可能有一個原因，正在摸清底細，要將你們一網打盡。」

韓孺子頓了頓，「諸位對武帝誅滅天下豪傑的事情還有印象吧？」

那是幾十年前的往事，光頂等人當時還都是少年，記憶卻極為深刻，聞言色變。

東海王上前道：「所以這次起事必須成功，失去這次機會，整個江湖又要凋敝十年。」

韓孺子解釋了半天，卻被東海王利用，他急忙道：「摸清底細就得有知情者，朝廷在江湖當中不是安插了奸細，就是收買了內奸。」

韓孺子掃了一眼東海王和林坤山身邊的人，這樣一支臨時拼湊的軍隊裡都有假冒者，更不用說想在京北起事的江湖人了。

東海王只關心一件事，「一邊抓內奸，一邊起事，兩不耽誤。」

瘋僧光頂一生嬉笑怒罵，難得一次陷入沉思，半晌才道：「懷陵縣此刻有數百名江湖同道正在等候，一旦決定起事，他們能在一夜之間再召集到同樣數量的好漢，還有至少十倍於此的百姓……」

「這就夠了。」東海王搶先道，「京北、京南同時起事，不出三天，大事已定，朝廷就是……陛下的了，你們都是大功臣，太后就算摸清了你們的底細又能怎樣？」

東海王一著急，連太后都說出來了。

韓孺子正要開口，光頂突然大笑起來，抬手摩挲光頭，「真是麻煩，和尚不問世事是有道理的。」光頂轉身走向林坤山，「咱們哥倆聊聊，遇到這種事情，還是你比較聰明。」

兩人走出幾十步遠，低聲交談，其他人留在原處不動。

東海王問道：「誰給你的信？楊奉嗎？他才是太后的人，你還不明白嗎？太后預感到有事情要發生，她知道自己抵擋不了，所以讓楊奉故布疑陣，好拖延時間。我不能讓你上當，崔家、江湖、這些義兵，可都把賭注押在你身上了。」

韓孺子一開始只是想說服光頂才說出那些話，結果越想越覺得有道理，目光掃來掃去，突然在光頂帶來的江湖人當中看到一張略有印象的面孔，「你是三柳巷的匡裁衣？」

那人嚇了一跳，「是我……陛下還記得我？」

韓孺子剛搬進倦侯府時，曾經受到圍攻，匡裁衣是楊奉「雇」來的閭巷豪傑之一，當時天色較暗，韓孺子只有模糊的印象，因此剛剛認出來。

「當然記得。」韓孺子微笑道。

「我可沒被朝廷收買。」匡裁衣自辯道，現在不是與皇帝套交情的好時機。

「你當然不是。」韓孺子只是希望能在關鍵時刻多拉攏一個人而已，並沒有懷疑他。

瘋僧光頂和林坤山回來了，和尚還在摩挲頭頂，可是主意已定，「人都齊了，總不能無疾而終，那樣的話以後咱們沒法在江湖上行走了。起事，就在今晚子夜，請皇帝做好再次登基的準備，是否記得我們的功勞不重要，只希望陛下以後能想著天下百姓。」

韓孺子已經想不出勸說的話了，東海王鬆了口氣，林坤山向韓孺子點頭示意，他們之前說好了，要將東海王交給光頂，他會遵守諾言。

事情還是要按照原計畫進行，韓孺子心中卻越發不安，正要不顧一切地提出反對，在他身後走出一個人，「等等，還是先把內奸找出來吧。」

「你是誰？」東海王憤怒地問。

那人摘下頭上的斗笠，向瘋僧光頂拱手道：「和尚認得我吧？」

「嘿，雙刀廚子不要命，就算我不認得，我身上的疤也認得你。」

兩人似有恩怨，不要命卻不在意，大聲喝道：「我知道內奸是誰，自己站出來吧！」

韓孺子頭都要暈了。

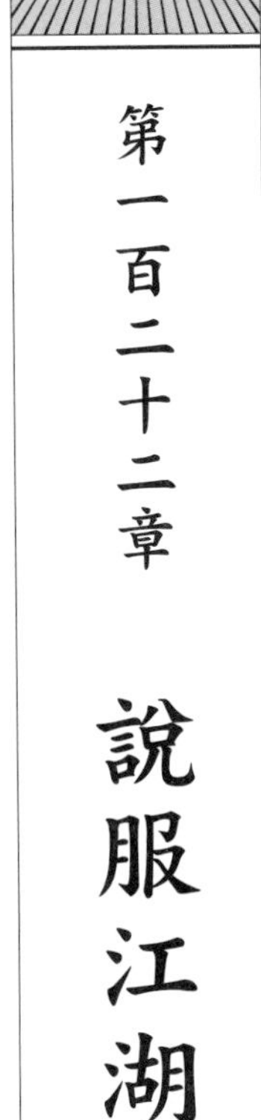

第一百二十二章 說服江湖人

雙刀廚子不要命四十幾歲，不高不矮、不胖不瘦，其貌不揚，唯一的特點就是神情陰鬱，總是一副被人欠帳不還的惱怒神情。

他是廚子，也是刀客，在江湖中頗有些名氣，卻極少與江湖人來往，他那副表情足以攆走絕大多數想與他套近乎的人，即使是在幹活的酒樓裡，也沒人敢自稱是他的朋友。

這樣一個人突然冒出來，韓孺子驚訝之餘，起碼能猜出他是追蹤金純忠而來，其他人卻完全無法理解，尤其是瘋僧光頂，與不要命有過節，和尚的特點是越生氣越要笑，問道：「不要命，誰邀請你來的？」

光頂召集眾多江湖人物的時候，可從來沒考慮過這位廚子。

「沒人邀請我，我出來買魚，正好趕上了。」不要命隨意撒謊，將手中的斗笠扔掉，隨手從腰後拔出兩柄一尺多長的短刀。

這個謊言漏洞百出，可他一亮刀，沒人在意謊言，也都舉起手中的兵器，本來就很微妙的氣氛一下子變得緊張起來。

「你真知道誰是內奸？」光頂笑著問道，雙手在背後輕輕揮動，示意同來者小心戒備，他瞭解不要命的風格，廚子一出手必定勢不可擋。

不要命走到光頂面前，目光陰狠，好像與和尚有著不共戴天之仇，「內奸就在這裡，他要拿到第一手消

息，向官府邀功請賞。」頓了一下，他繼續道：「十五年前，你被我砍過一刀，我還以為你從此苦練武功，還要再找我報仇呢。」

光頂仍然微笑，「本來我是這麼打算的，可是在寺廟裡待久了，我突然醒悟，跟一個廚子爭什麼呢？打敗你並不能讓我名揚天下，也得不到金銀財寶，無非就是發洩心中怒氣而已。可我學會了用佛經化解怒氣，比打架更容易。『如是我聞，一時，佛在捨衛國……』」

瘋僧說唸經就唸經，以此表示自己正怒火中燒。

「佛經能化解怒氣，可能化解我的刀嗎？」不要命厲聲問道，話剛出口，好幾個人衝上來保護瘋僧，不僅那些江湖人敬重瘋僧，東海王、林坤山也都不能讓光頂死在這裡。

只有韓孺子沒動，他手下沒有高手，參與不了這種事情。

不要命的身手還跟年輕時一樣乾脆利落，大喝一聲，沒有砍向瘋僧光頂，而是斜衝出去，快逾奔馬、狠似猛虎，數柄刀劍擦身而過，他全不在意，不愧於自己的名號。

匡裁衣也是救僧者之一，怎麼也沒料到自己才是不要命的目標。

其他人也都沒料到。

不要命出招全無章法，完全是街頭路數，衝到敵人懷裡對著兩肋各插一刀，用頭頂著匡裁衣又跑出數步，轉身退到一邊，大聲道：「匡裁衣就是內奸！」

眾人一愣，停止追趕，只是將不要命團團圍住。

匡裁衣兩肋血流如注，惱怒交加，嘴裡擠出一聲「我」，倒地而亡。

三柳巷匡裁衣在京城內外名氣不小，光頂帶來的江湖人當中有兩位與他關係不錯，眼見他命喪於此，不由大怒，揮刀衝向不要命。

不要命真是不要命，也不抵抗，將雙刀往地上一擲，昂首道：「匡裁衣是內奸，殺我者是他的同夥。」

兩人的刀離不要命的肩頭只有兩三寸，卻都停下了。

不要命眼都不眨。

瘋僧光頂也糊塗了，大聲道：「等等，讓他說話，別讓匡裁衣死得不明不白。」

不要命震懾住了全場，那兩人慢慢收回刀，仍做好出刀的架勢，防止不要命再次偷襲。

東海王湊近韓孺子，低聲問：「你哪找來的這個傢伙？」

韓孺子嗯了一聲，什麼也沒說，專心聽不要命的解釋。

「匡裁衣這個人貪財好利，他在小春坊三柳巷開裁衣鋪，我在小春坊醉仙樓當廚子，離得不算遠，那天下午，他和兩人來酒樓吃酒，在雅間裡嘀嘀咕咕，我偷聽了幾句。原來那兩人是朝廷鷹犬，專為『廣華群虎』做事，讓匡裁衣替他們收集消息，許諾事成之後重賞十萬兩雪花銀。」

廣華群虎是一批刑吏，專為太后做事，京城的人都聽說過。

不要命義正辭嚴，匡裁衣又的確有些貪財，一時間誰也反駁不了，匡裁衣的一個朋友問：「除了你，還有別的證人嗎？」

不要命上前一步，那人手裡握刀卻嚇得後退兩步。

「有證人還叫偷聽嗎？」不要命厲聲道，轉向瘋僧光頂，「我問你，匡裁衣是不是主動與你接洽、要求入伙的？是不是出手大方給你提供不少資助？是不是事事參與、對你們的計畫瞭解得一清二楚？」

瘋僧笑不出來了，呆了一會，說：「可這也不能證明匡裁衣就是內奸啊。」

「嘿，虧你們自稱江湖好漢，做事忒不灑脫，等我找來證人、證物，你們全都死光啦。」不要命的目光看向韓孺子，「你接到一封信，那裡說得很明白吧？」

「很明白。」韓孺子咳了一聲，正要說下去，東海王打斷道：「信是誰寫的？」

「不可洩露。」韓孺子瞥了一眼身邊的馬大，馬大呵呵笑道：「對，不說，打死也不說。」

瘋僧光頂等人來得晚，不知道信是怎麼回事，反而更覺神祕，全都看向「皇帝」。

「朝廷沒有忘記去年的宮變，更沒有原諒江湖人，隱忍至今，只是想一網打盡，同時還要一箭三雕。」韓孺子停頓片刻，等大家的興致更高一些之後，繼續道：「這第一雕自然是江湖人，你們聚在一起準備起事，免去了朝廷四處追捕的麻煩。第二雕是崔家……」

「太后想說崔家和江湖人勾結造反嗎？嘿，太后去年就可以這麼做，她可沒敢。」

「今年不一樣了。」韓孺子越說越平靜，好像真有一封告密書信藏在懷中，「北軍已經恢復幾分實力，足以與南軍對峙，只需五天，最多十天，各方軍隊就會趕來，一同討伐造反的崔家。」

東海王臉色微變，「各地的太守、刺史盡是崔家的門生，我怎麼沒聽說……」

「等你聽說的時候就已經晚了。」韓孺子冷冷地說，然後對瘋僧等人道：「朝廷要射的第三隻雕就是我，江湖人當中被收買的不只是匡裁衣，還有其他人，時機一到，他們會趁亂將我殺死，然後歸罪於諸位，朝廷沒有弒君之名。」

如果說大家對不要命的話只信四五分，對十四歲的「皇帝」侃侃而談的這套陰謀卻信了八九分，馬大握著拳頭憤怒地說：「原來朝廷這麼陰險。」

「這麼說，這次起事真的不可能成功？」瘋僧光頂茫然道。

「絕無可能。」韓孺子突然發現，自己即將獲得的利益不止於此，馬上補充道：「而且所有參與此事的江湖人姓名都已落入朝廷手中，一個也逃不掉。」

眾人大驚，馬大問道：「我的名字也被記錄了？記的是驢小兒還是馬大？」

「你們不是江湖人，不好說。」韓孺子含糊道，看向瘋僧光頂，「如今只有一個辦法能躲過此劫……」

光頂還沒開口，東海王大怒道：「胡說八道，全是胡說八道，太后沒這個本事，就算她有防備，有十萬南軍做後盾，你們怕什麼？」

光頂帶來的一名江湖人說：「南軍在南邊，我們可是在京北起事。」

「頂多三天，南軍就能佔據京城，到時候北軍自然潰散。」東海王大步走到林坤山面前，「望氣者欺騙過崔家一次，不會再有第二次吧？」

林坤山邊笑邊搖頭，「第一次就是誤會，怎麼會有第二次？嗯，陛下既然接到了信，自然有可靠的消息來源，可事情已經到了這一步，沒有退路可言……不如這樣，請東海王與光頂大師一塊前往京北懷陵，有你在，大家也就不擔心南軍會晚來一步了。」

光頂等人紛紛點頭，覺得這是一個好主意。

東海王大吃一驚，就算太后毫無防備，他也不會前往京城冒險，那些江湖人就是一塊誘餌，在北軍的進攻下堅持不了多久。

「不，我不去，我在南邊還有更重要的事情。」

東海王的拒絕成為光頂等人完全相信韓孺子的最後一個理由，光頂上前道：「陛下有什麼打算？」

「朝廷準備充分，不可與之爭鋒，諸位如果相信我，就將懷陵的其他好漢都叫過來，加入義軍——隨我去與匈奴交戰。」

從起事奪取帝位到前往邊疆效力，其間的轉折實在太突兀，眾人都沒反應過來，連東海王都糊塗了。

韓孺子馬上解釋道：「咱們準備起事，朝廷也知道咱們要起事，但是旗幟畢竟沒有豎起來，對於天下人來說，起事並不存在。可人已經聚齊，不能就這麼散了，更不能讓朝廷各個抓捕，前往北疆只是權宜之計……」

東海王怒極反笑，「哈哈，太后為什麼會同意你組建一支軍隊、率軍去與匈奴交戰？」

崔小君的信送來還不到半個時辰，韓孺子先是震驚，隨後接受，現在已經有了初步的計畫。

「為什麼非要取得太后的同意呢？」韓孺子抬高聲音，「匈奴進攻的是大楚，一旦北疆失守，天下蒼生皆會蒙難。所以抗擊匈奴人人有責，我要率軍直奔北方，到時候，由不得朝廷不同意！」

灘塗之上鴉雀無聲，所有人都在努力理解「皇帝」的這番話，連望氣者林坤山也皺起眉頭，這與他們最初的計畫偏差太大了，東海王臉色連變幾次，最終他忍住了。

江湖人已被說服，在這裡他和十幾名衛兵不佔優勢，可他還有備招，此刻的河邊寨應該已經易主。

第一百二十三章　奪寨

歸義侯對冒險從來不感興趣，當初若不是都王子說得天花亂墜，許諾了種種好處，他絕不會同意離開大楚——他早已習慣了這邊的生活，對草原只有極其模糊的印象，而且不是好印象。

可都王子死了，草原之夢隨之破滅，在外流浪的第一個晚上，歸義侯猛然發現，還是京城的生活比較美好，即使不被重視、常受欺負，他仍然能夠錦衣玉食，享受三名妻妾的溫柔。

偏偏女兒殺死了柴韻，歸義侯陷在夢中不敢醒來，只是那夢越來越像是噩夢。

於是，在被匈奴都王子說服之後，歸義侯又被東海王說服了，其間並無波折，歸久侯迫不及待地尋找新靠山，一看到東海王上門，立刻就說：「崔太傅能保護我們一家嗎？」

崔太傅能，但是有條件。

倦侯一行人乘船北上不久，歸義侯找來長子金純保。

屋子太小了，沒有隔斷，三名妻妾坐在炕上的角落裡，拋去平時的爭風吃醋，一塊盼望著侯爺能夠取得成功。

金純保奉命看守河邊寨，剛剛巡視完一圈，茫然地看著父親，不知自己為何被召來。

歸義侯默默地來回踱步，顯得心事重重。

知父莫若子，金純保上前一步，低聲道：「父親，您有話儘管說好了。」

歸義侯止步，嘆了口氣，「你今年十八歲了，早該成家立業，卻被為父給耽誤了。」

「我還年輕……」

歸義侯不住搖頭，「去年我本來為你尋了一門親事，因為都王子，沒有談下去……不說這些，我問你，你是真心實意要當這個所謂的將軍嗎？」

「倦侯說會將金家送到草原，咱們總得為他做點事情。」

「你真相信他的話？」

金純保猶豫片刻，「東海王來了，這意味著倦侯取得了崔家的支持。」

歸義侯笑了，輕輕在長子肩上拍了兩下，「這意味著倦侯正被崔家利用，利用完了，支持也就沒了。」

金純保微微一驚，「父親是說……」

「嗯，東海王找過我了，他能保證金家的安全。」

金純保低頭不語。

歸義侯給長子考慮的時間，然後道：「金家經不起折騰了，此去草原千里迢迢，就算僥倖到達，沒有都王子的指引，咱們又該投奔誰呢？崔家眼看就要掌權，東海王很可能就是新皇帝……」

金純保抬起頭，「只要父親覺得正確，下令就是，孩兒照做。」

歸義侯笑了笑，這才是自己的兒子，馬上又收起笑容，「倦侯人小心大，東海王擔心控制不住他，反而為他所制，所以需要金家的幫助。」

「寨子裡的義兵都很崇敬倦侯，咱們金家幾個人能幫什麼忙？」

「能幫大忙。倦侯讓你看守寨子，這是天賜良機。」

金純保面露愧色，歸義侯沉下臉，「金家生死存亡握於你手，這可不是講仁義道德的時候。」

「東海王……不會害死倦侯吧？」

「當然不會，崔家還要利用倦侯呢。」歸義侯又嘆了口氣，「咱們一家人已經深陷泥潭，能不能脫困，就看你的了。」

「父親說吧，我聽你的。」

歸義侯湊到長子耳邊，小聲道：「寨子裡還有幾個人可以相信……」

金純保不住點頭，最後道：「明白了，我這就去安排。」

歸義侯抓住長子的一條手臂，「提防你的弟弟、妹妹，他們已被倦侯說服，事後再向他們解釋。」

金純保嗯了一聲，推門出去，在寨子裡兜了半圈，來到一間屋子前，輕輕敲門。

開門的是張養浩。

兩人互視一會，金純保說：「東海王讓我來的。」

張養浩讓金純保進來，另外三名勳貴子弟迎上來，屋子裡沒有燈，五個人站在黑暗中，互相厭惡，但又盡力掩飾。

金純保冷硬地說：「從現在起，你們是我的衛兵。」

黑暗中有人冷笑一聲。

「有意見現在就說。」金純保略微抬高聲音，「誰若是能做得更好，站出來，我給你當衛兵。」

沒人應聲，過了一會張養浩道：「咱們都是為崔家、為東海王做事，就別爭來爭去了，金大公子是守寨將軍，我們都聽你的。」

「走吧。」金純保推門而出，另外四人跟隨在後。

一行五人去找主簿晁永思，對照門板上的名冊，重新安排輪值與防衛地點，都是張養浩指定，金純保下令。

晁永思不明所以，卻不好多問，站在一邊觀看，慢慢發現了規律，張養浩專挑名字裡有「尊」、「上」兩字的義兵，共有十五人，他們所在的幾支百人隊守衛寨子內部，其他百人隊不是休息就是調往寨子外面。

「這是皇帝的命令嗎？」晁永思忍不住問道。

金純保拍了拍腰間箭囊裡的令箭，「當然。」

「看守官兵的人太少了吧，不到十個人能看住一百人嗎？」晁永思迷惑不解。

老漁夫的話太多，金純保向張養浩等人使個眼色，兩名勳貴子弟突然將晁永思的雙手扳到身後。

「幹嘛？」晁永思怒道。

「別再多嘴多舌。」金純保冷淡地說，雖然與其他勳貴子弟不合，但他們畢竟是同一種人，視漁夫為卑賤之民，不願意向他多做解釋。

晁永思越發惱怒，「皇帝信任你們……來人啊！」

「堵上他的嘴。」金純保慌忙道。

七郎拔出刀，對準晁永思的肚子就是一戳，「不用那麼麻煩。」

金純保大驚失色，他記得清清楚楚，就在幾天前的晚上，七郎與張養浩等人一樣，跪在牆下瑟瑟發抖、磕頭求饒，突然間竟變成了殺人不眨眼的狠角色。

晁永思慢慢倒下，七郎納悶地說：「都看我幹嘛？這就是一個打魚的百姓，犯了大逆之罪，早晚是個死。」

「那也用不著現在動手，萬一有人來找……」張養浩不耐煩地搖搖頭，「算了，快點做正經事吧，這十五人都是崔家派來的高手，個個以一頂十，有他們在，這寨子就是咱們的。顏棟，由你去說服那些被俘的官兵，讓他們戴罪立功，必要的話，就抬出你父親的名頭，京兆副都尉夠嚇住他們了。」

顏棟就是七郎，京兆副都尉在京城不算大官，所以他在勳貴子弟當中只能當跟班，可是殺死一名手無寸鐵的老漁夫，讓他膽氣倍增，「只要你發個信號，我立刻帶著官兵過來匯合。」

張養浩左右看了看，「明天倦侯回寨一上岸咱們就動手，挾持倦侯，擁立東海王，剩下的事情就由東海王做主，他有計畫。」

「好。」幾人同時道，只有金純保沒吱聲，驀然發現，自己又被擠到了邊緣。

「咱們一塊去將剩下的令箭要來，然後分頭傳令，走吧。」張養浩很自然地奪取了權力。

「等等。」金純保已經無法奪回權力，只能提些建議，「我妹妹脾氣不好，還是我一個人去吧。」

想起金垂朵的狠辣，四人不寒而慄，張養浩道：「你能勸說她投靠東海王嗎？不能的話得想個辦法，她一個人就能毀掉咱們的計畫。」

「我妹妹只擅長箭術，我將令箭都要來，她也就束手無策了。」

「那明天也得派人把她看住，還有你弟弟，他為倦侯做事，好像挺賣力的。」

「我會跟他談。」金純保有點不耐煩了，看了一眼地上的屍體，「倦侯最快也要明天中午才能回來，這具屍體……唉，你們收拾一下吧。」

金純保轉身出屋，剩下四人互相看了一眼，張養浩說：「我跟他去，你們收拾屍體。」

七郎顏楝仍然拎著出鞘之刀，「我動的手，該你們搬屍了。」

那兩人不是尋常百姓，父親的官職比京兆副都尉還要高些，因此不怕顏楝，一個說：「誰讓你殺人了？你自己處理吧。」另一個道：「算了，說這些幹嘛，七郎抓手，咱們兩個抬腿，一起將屍體搬到屋角，用門板擋住就是了。」

三人一邊拌嘴一邊搬屍，話題很快轉到金垂朵身上，「我若是娶了她，絕不允許她再碰弓箭，連看一眼都不行。」「想得美，還看不出來嗎？金家這是抱上大腿了，肯定要將女兒嫁給東海王……」

屋子外面，張養浩追上金純保，默默地與他並肩而行，金純保知道自己不受信任，也不說話，直奔妹妹的住處。

夜已經很深了，許多義兵只能露天而宿，鼾聲此起彼伏，起夜者隨便找個沒人的地方解手，味道四處瀰漫。

「烏合之眾就是烏合之眾。」張養浩小聲道，打心眼裡瞧不起這些所謂的義兵。

「可這些烏合之眾很聽話，沒有令箭，他們真的不服從命令。我只有五支箭，三支交給了外面的義兵，身邊只剩兩支，必須將我妹妹手裡的箭都拿來……」

張養浩敷衍地嗯了一聲，表示這些道理他都懂。

兩人站在門前，張養浩小聲問：「想好怎麼說了？」

金純保點點頭，舉手敲門，一遍沒有反應，又敲了一遍，裡面終於傳出丫鬟蜻蜓的聲音，「誰啊？」

「是我。」

「你這是讓我猜嗎？」

「我是小姐的長兄金純保。」

「哦。」屋子裡安靜了一會，「這麼晚了，大公子有事嗎？」

「倦侯派人回來說他那邊缺少人手，讓我調兵。」金純保頓了一下，「我手裡的令箭不夠了，要借用妹妹的箭，明天倦侯回寨歸還。」

等了一會，房門打開一條縫，從裡面遞出一束箭。

金純保接在手裡，門立刻關上。

「數量對嗎？」張養浩小聲問。

金純保藉著月色查了一下，點點頭，兩人同時鬆了口氣，萬事具備，這就可以傳令，暗中設置埋伏了。

屋子裡的蜻蜓也是長出一口氣，還好外面的人沒有堅持見小姐。

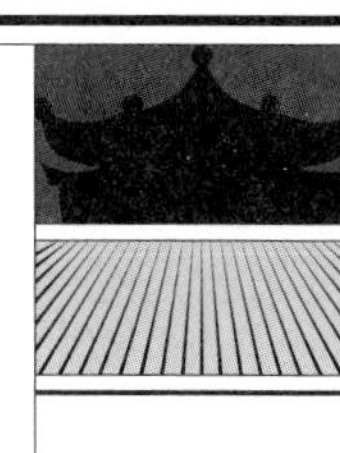

第一百二十四章 探路

金垂朵厭倦了每天躲在屋子裡不見天日，她在侯府裡過的就是這種生活，大門不出二門不邁，每日頂多在花園裡練習射箭，那時她就想，自己若能脫離樊籠，一定要自由自在。

現實卻是她比在家裡還受拘束，屋子小得可憐，一出門就會迎來無數道好奇的目光，對此她有準備，可這些人總稱她為「皇后娘娘」，偏偏每個人都畢恭畢敬、誠心誠意，沒有一點調侃的意味，讓她發不得火，只能躲在屋子裡盡量少出去。

今晚，她決定出去探路。

天黑之後，聽到外面沒有腳步聲，金垂朵對蜻蜓說：「無論誰來都不要開門，實在不行……就用令箭命令他們離開。」

「小姐，妳要去哪？」

「我去探路，離開這個鬼地方去草原。」

「皇帝不是說會送咱們嗎？」

「別聽他們亂說。第一，他不是皇帝，只是曾經當過皇帝。第二，咱們又不是沒手沒腳，幹嘛讓他送？他還是先保住自己的小命吧。」

「可他萬一又當皇帝了呢？小姐豈不是……」

金垂朵已經走了，蜻蜓低聲道：「小姐配當皇后娘娘。」

夜色正深，金垂朵身上只帶著一柄匕首，她也無意與任何人動手，只想尋找一條逃跑的路徑。

寨子裡本應有人巡邏，金純保之前安排得很好，可是一轉身那些義兵就找地方睡覺去了，都覺得既然寨子外面有哨兵，自己實在沒必要辛苦巡夜。

金垂朵一路暢通無阻，唯一要躲避的是那些躺在草席上露天大睡的傢伙。

她找到了馬棚，裡面有五匹馬，正在吃草，見人也不驚慌。

這些馬全都要帶走，她想。

她又來到寨子大門口，這裡的看守相對認真一些，至少有兩人站在門口，雖說也在打瞌睡，可是想從這裡大搖大擺走出去是不可能的。

不過寨牆的漏洞很多，有幾處遠離看守的視線，金垂朵找到一處鑽了出去，發現很容易將漏洞擴大，從而讓馬匹通過。

「就這樣也好意思叫做寨子。」金垂朵低聲道，沒走出多遠就陷入蘆葦叢中，沙沙聲一刻不停地湧入耳中，放眼望去——在這裡根本不可能放眼，反而要防著搖來擺去的蘆葦擊中眼睛。

她不敢往前走了，退回籬笆牆邊，順牆慢慢前行，心情漸漸焦躁，再這樣走下去，她最終會到寨門口，還是會被看守發現。

寨子的地勢稍高一些，金垂朵一腳沒踩穩，一下子滑了下去，衣裙都弄髒了，她更加氣惱，決定順原路回去，叫醒丫鬟和二哥金純忠，奪馬直接闖出寨子，忽聽附近似乎有人聲，於是伏地不動。

真的有兩個人從蘆葦叢中鑽出來，離金垂朵只有十餘步遠，這兩人專心朝寨子裡觀瞧，沒看到趴在斜坡上的人。

「就是這了，看守好像不嚴。」一個說。

「要不要進去看看有多少人？」

「你瘋啦，就報一千好了。」

「行，都聽你的。」

「少來這套，咱們一塊來打探敵情、一塊點查人數，共是千餘人，頭目住在中間最大的房子裡，寨子外面有三重哨卡，寨子裡面都在睡覺，明白沒？有功一塊領，有過一塊擔。」

「是是。」

兩人又望了一會，轉身回到蘆葦叢中，金垂朵慢慢起身，順原路回到寨子裡，沒走出多遠又聽到腳步聲，急忙躲在牆後。

大哥金純保和張養浩等人並肩行走，在叉路口停下，金純保將十餘支令箭分發下去，低聲道：「這些人很好騙，誰若有疑問，你們就解釋一下，不要再殺人了，好嗎？」

五人分頭朝不同方向走去。

金垂朵的心怦怦直跳，貼著牆邊迅速來到自己的房間，輕輕敲門。

「誰？」

「我。」

蜻蜓這回沒有多問，立刻開門將小姐拽進來，小聲說：「嚇死我了，剛才大公子來了，我還以為瞞不過，結果他只是要箭……」

「妳把箭都給他了？」

「是啊，要不然他不走。」

金垂朵咬唇不語，蜻蜓在小姐身上摸了一下，吃驚地說：「小姐掉水裡了？這麼多濕土。」

「別管了，趕快準備，馬上就走。」

「現在？」

「嗯，這裡守不住了，外面有人要攻寨，裡面……也是一亂糟，再不跑就來不及了，叫醒二哥，咱們奪馬逃跑。」

「有人要攻寨，咱們……不留下幫忙嗎？」

「管什麼閒事？」

「可是，皇帝人不錯，這裡的大哥、大姐、大叔、大嬸、大爺、大娘們也都不錯，把最乾淨的屋子給了咱們，每次來送飯都客客氣氣，小姐多吃一口她們都興高采烈的……」

金垂朵一把推開丫鬟。

「小姐……」

「我去通知那個老漁夫，妳留下，別讓任何人進來。」

金垂朵再次出屋，晁永思的住處也是寨子的議事廳，她知道在哪，走過去輕輕敲門，裡頭無人應聲，她正要再敲，發現門是虛掩的。

金垂朵猶豫了一下，推門進去，立刻反身關門，屋子裡一片漆黑，什麼也看不見。

「老漁夫，晁永思，晁主簿……」金垂朵連喚幾聲，沒有得到任何回應，仔細再聽一會，連鼾聲都沒有。

「不要再殺人了。」金垂朵想起大哥說過的那句話，心中一寒，終於知道被殺的人是誰了，悄悄退出房間。

寨子裡有人在走動，顯然是金純保等人傳令的結果，還沒有波及到這邊，金垂朵返回自己的住處，蜻蜓一直等在門口，瞧見身影，立刻開門。

「通知晁老爺子了？」

金垂朵緩緩心神，「他死了。」

蜻蜓嚇得啊了一聲，「怎麼會……」

「噓，把我的弓拿來。」

蜻蜓摸黑取來弓，交到小姐手中，「是誰幹的？」

「別管了，還有箭嗎？」金垂朵熟練地將鬆弛的弓彎曲上弦，可是只有弓不行，她需要箭矢。

「沒了，我急著打發大公子，把箭都給他了。」

金垂朵轉身透過門縫往外望去，寨子裡走動的人增多了，更多的人被吵醒，不滿地叫嚷，沒多久，全都安靜了。

大哥到底在做什麼？金垂朵不知道，她只知道河邊寨內憂外患，就要被攻破，沒準大哥他們與外敵勾結……

「去把二哥叫來。」金垂朵心中一震，心想二哥會不會遇險，馬上拋去這個想法，大哥、二哥雖非一母所生，但二哥若是死了，大哥不會那麼平靜。

「為什麼是我去？」蜻蜓不想出門。

「我要換衣服。」金垂朵將丫鬟推出去，摸黑走到炕邊，找到包袱，從裡面拽出一套乾淨衣裙，以最快的速度換上。

又等了一會，蜻蜓回來了，輕輕叫了一聲「小姐」，得到回應之後才讓金純忠進來。

「怎麼了？不是又要逃走吧，我覺得倦侯……」

「有人要攻寨，大哥他們可能投敵了。」

金純忠愣了一會，「怎麼可能？」

「不相信我？那你就回去睡覺吧，等外面的人攻進來，你再來找我。」

「不不，我相信你，可是大哥他怎麼會……」金純忠說不下去了。

蜻蜓替他說道：「肯定是侯爺讓他這麼做的，大公子最聽侯爺的話。」

「別說廢話了，先想怎麼辦吧。」金垂朵催道。

蜻蜓是個沒主意的人，金純忠也沒有急中生智的本事，兩人半天不吭聲，金垂朵只好說：「再過不久天就要亮了，我猜外面的敵人肯定是凌晨進攻。二哥，你去將大家叫醒，也好有個防備，順便把我的箭要回來，盡量躲開大哥。」

「啊，可是我不認識幾個人……」金純忠之前去給倦侯送信，與義兵沒怎麼接觸。

金垂朵道：「帶著蜻蜓，去找她認識的那些大叔、大嬸。」

「對哦，欠了那麼多人情，一下子全還了。」蜻蜓立刻推門出去。

金純忠只好跟上去

金垂朵在屋裡焦躁不安，等了一小會，也推門出去，很快就到了父親房門前，輕輕敲門，裡面立刻傳來清醒的聲音：「誰？」

「父親，是我，大哥讓我來的。」

房門打開，歸義侯一臉驚愕，「我跟他說事後再告訴……」

金垂朵一把將父親推進去，隨後跟進，彎弓引弦，說：「都別動，就算是黑天我也一樣射得準。」

別人說這話他們會有懷疑，出自金垂朵卻由不得他們不信，三名妻妾也沒睡，在炕上抱成一團瑟瑟發抖，歸義侯也不敢動了，怒道：「妳、妳瘋啦？」

「父親，您這是又要投靠誰？」

歸義侯沉默了一會，他離得近，隱約覺得女兒的弓上沒有搭箭，可是天太黑，還是拿不準，「東海王，崔家會保護咱們的安全，金家不去草原了，就留在京城。」

「人為刀俎我為魚肉的日子你還沒過夠嗎？竟然相信崔家。」

「沒有都王子，金家在草原什麼都不是！」歸義侯更加憤怒，「都怨妳，殺死了柴韻，將金家逼上了絕路。」

金垂朵也不爭辯，說道：「請父親去把大哥叫來，我在這裡等著，若是有什麼事，我先射殺三位姨娘，再自殺。」

三名妻妾抱得更緊了，牙齒打架，卻不敢吱聲。

歸義侯上前一步，將一支令箭扔給女兒，說，「忤逆不孝，真有本事，就先殺了我吧。妳拿著令箭自己去……咦？」

歸義侯只在保護妻妾的時候顯出幾分勇氣，也因此看清女兒引開的是一張空弓。

金垂朵卻已接過令箭，說了一聲「多謝」，轉身出屋，「就在這裡躲著吧，父親，待會亂起來，我保護不了你。」

手持一弓一箭，金垂朵不再躲藏，大步向前走去。

突然間，寨外殺聲震天。

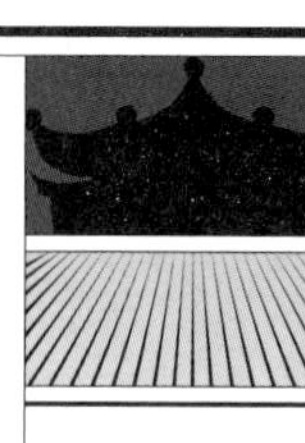

第一百二十五章　攻寨者

這是一支虛有其名的軍隊，當混亂發生的時候，就是真的混亂。

金純忠和蜻蜓已經叫醒一些人，可是當寨外殺喊聲響起的時候，這些人還是沒有多少準備，與那些從睡夢中驚醒的人一樣驚慌失措，有人撒腿亂跑，有人趴在草蓆上不動，甚至有人坐著嚎啕大哭。

只有極少數人還想著拿起身邊的兵器。

金垂朵由大步行走變成了小步快跑，衝著遇見的每一個人大聲喊著：「快跟我走！點火把！笨蛋，拿著你的刀！」

她手中的弓箭比嘴裡說出的話更有效果，沒人注意到她只剩一支箭，只記得「皇后娘娘」曾經連斃八名強盜，箭無虛發。

「跟上娘娘，都跟上……」

金垂朵身後很快就跟上一長串義兵，她憤怒地一轉身，那些人便嚇得身體後傾，過後叫「娘娘」叫的是更勤了。

金垂朵只好充耳不聞，繼續往前跑，迎面撞上大哥金純保和張養浩等人，立刻引弓，厲聲喝道：「全都跪下！」

金純保已經暈了，還以為外面的進攻者是倦侯暗中找來的救兵，心虛得很，一聽到金垂朵的命令，再見到她手中的弓箭，連想都沒想，五個人同時跪下，之前殺人的顏棟，這時候跪得比別人還要快一點。

「捆起來。」金垂朵命令道，繼續往前跑，身後的義兵立刻有人出來，用麻繩將五人綁住。

不知有多少騎兵從寨子大門外衝進來，到處扔火把，金垂朵對準離得最近的一人射出一箭，準確命中，馬匹帶著人與箭跑掉，金垂朵習慣性地去箭囊裡取箭，摸了個空，這才想起自己只有一支箭。

「小姐！」蜻蜓不知何時跟了上來，遞過一束箭，有四五支，都是她從義兵手裡要來的。

金垂朵接到手中，將一支箭搭在弓上，另外幾支用手指夾住，對準一名騎兵又是一箭，隨後立刻搭上第三支箭。

中箭者翻身落馬。

金垂朵力量畢竟弱些，射得不遠，又是在夜裡，基本上只能對準十幾步左右的目標。

蜻蜓歡呼一聲，跑上去將箭拔出來，那人並沒有死，這一拔比中箭時還要疼，慘叫一聲，滿地打滾，被隨後趕來的義兵按住。

金垂朵只發出兩箭，帶來的影響卻不小，一大群義兵原本跟在十幾步之外，這時跟得更緊了，他們敢來參加義軍，膽子自然不小，只是缺少訓練，遇事容易慌亂，一旦有了主心骨之後，膽氣很快恢復，揮刀舞槍，衝向那些闖寨的騎兵。

這是一次典型的偷襲，闖寨者其實沒有多少，一發現形勢不對，寨子裡的人好像有防備，調頭就跑。

朝陽初升，戰鬥結束了，混亂卻持續了很長一段時間，誰也不知道自己該做什麼。

金垂朵往回跑，愕然發現二哥金純忠也被捆了起來，正跪在大哥旁邊，大怒道：「誰把二哥捆起來的？」

幾名義兵笑呵呵地說：「娘娘，是我們……」

金垂朵拉開弓弦，「誰讓你們……快放人！」

義兵手忙腳亂地鬆綁，互相埋怨對方會錯了娘娘的意圖，原來只綁大哥，不綁二哥。

金垂朵原地轉了一圈，「其他人呢？」

最初被捆住的五個人，如今只剩金純保一個，張養浩等人沒影了。義兵們你瞧我、我瞅你，誰也不知道是怎麼回事。

金純保狼狽不堪地開口道：「寨子裡還有東海王的十幾名手下，他們將人救走了……」

身為同夥的金純保卻無人搭救，當時一片混亂，那些人也是義兵，所以沒有受到阻攔。

金垂朵氣得跺腳，對二哥說：「你去將大家聚在一起，別亂跑了。」

金純忠點點頭，剛要走，又伸出手，「給我令箭。」

金垂朵交出一支箭，看著二哥和一群義兵走開，來到大哥面前，低聲道：「晁主簿是誰殺死的？」

金純保一驚，「不是我，是顏棟顏七郎，我說過不讓他殺人，可他不聽話……」

「人家幹嘛聽你的話？」金垂朵怒不可遏，可人不是大哥所殺，讓她稍微鬆了口氣，「攻寨的人是哪來的？」

「不知道，我們本來計畫……劫持倦侯的，沒想到會有人攻寨，會不會是倦侯暗中找來的幫手？」

「肯定不是。」金垂朵只覺得所有事情都莫名其妙，咬著嘴唇思考。

金純保害怕極了，哀求道：「妹妹，救救我吧……」

「給他鬆綁。」金垂朵下令，身邊沒有別人，蜻蜓唯命是從，立刻給大公子解開麻繩。

「去找父親，咱們不能留在這裡了，趕快走。」

「對對，趕快走，可是咱們去哪？」金純保徹底沒了主意。

「走一步算一步，你做出這種事情，金家還怎麼留在寨子裡？」

金純保面紅耳赤地離開，金垂朵煩躁不安，對蜻蜓說：「去將那幾匹馬牽來，待會就走。」

「不管大公子做了什麼，小姐可是救了整個寨子，不等皇帝……」

「少廢話。」金垂朵抬頭望去，二哥金純忠指揮得不錯，義兵大致穩定下來，正分撥加強守衛、撲滅火焰、查點死傷。

蜻蜓去牽馬匹，金垂朵輕嘆一聲，擺脫不掉心中的負疚感。

大哥金純保一個人跑回來。

金垂朵皺眉道：「父親不想走嗎？難道……」

金純保使勁搖頭，喘了幾口氣才說：「父親、父親不見了，三位姨娘都被……殺死了。」

「什麼？」金垂朵大吃一驚。

金純保失魂落魄，「姨娘是被刀捅死的，肯定是張養浩他們幹的，可這是為什麼啊？」

金垂朵的反應比較快些，「不對，他們當時沒殺你，為什麼要殺姨娘、帶走父親？是那些攻寨的人，那些人……」

金垂朵望了幾眼，向一群義兵跑去，大聲問：「抓到的俘虜呢？」

義兵茫然搖頭，金垂朵連問幾撥人，終於找到了那名被她射傷落馬的俘虜。

俘虜雙手、雙腳被綁，躺在地上直哼哼，肩上被血浸濕了一大片。

金垂朵引弓，厲聲問道：「誰派你們來攻寨的？為什麼要抓走歸義侯？」

俘虜睜開眼睛，看到近在眼前的箭鏃，嚇壞了，本來連喘氣的勁都快要沒了，這時卻快速說道：「女大王饒命，我們受衡陽侯柴家之邀，來抓歸義侯為柴小侯報仇的。」

金垂朵目瞪口呆。

大哥金純保一直跟在妹妹身後，怎麼也想不到，竟然是自家的事破壞了東海王的大計，可憐張養浩等人，還以為倦侯已有準備，倉皇逃竄。

金純保早已沒了主意，小聲問：「怎麼辦？」

「跟我去救父親。」

「就咱們兩個？多叫些人……」

金垂朵瞪了一眼，金純保不敢吱聲了，雖然現在還沒人知道他昨晚背叛了義軍，可是讓義兵幫忙，實在有愧於心。

蜻蜓將五匹馬都牽來了，寨子裡還沒有恢復正常，她又是「皇后娘娘」身邊的人，因此未受任何阻攔。

金純保和蜻蜓安放鞍具，金垂朵命人將二哥金純忠叫來，「你留下守寨，我和大哥去救父親……」

「父親怎麼了？」金純忠還不知道發生了什麼事。

「以後我會給你消息。」

「就你和大哥？我也去，多帶些人……」

「用不著。」金垂朵拒絕，抬高聲音對附近義兵說：「你們……聽我一句話！」

「皇后娘娘」的話大家當然要聽，許多義兵都望過來。

「小心守寨，別再偷懶，記住昨晚的教訓，你打瞌睡，他也打瞌睡，最後丟掉的是所有人的性命！」

眾義兵羞愧難當，他們還沒有成為真正的士兵，即使身處險境，也很難理解隨時保持警惕的必要性，人越多反而越鬆懈。

金垂朵翻身上馬，指著那名受傷的俘虜，「把這個人扶上馬。」。

「我現在騎不得馬……」

沒人在意俘虜的感受，義兵們七手八腳將他推上馬背。

「誰有令箭，都交上來。」金垂朵道，立刻有人上前，將昨晚領到的令箭交給金純忠，再由金純忠轉交給「皇后娘娘」。

金垂朵分出三支箭留給二哥，自己留下十支，再不多說，拍馬向寨子大門跑去，她不用偷偷逃跑了，沒人阻攔她。金純保和蜻蜓押著哼哼唧唧的俘虜跟在後面，還有一匹馬留在了原地。

金純忠望著妹妹的背影，有點摸不著頭腦，可是寨子裡的事情太多，由不得他多想，只好繼續下令，收拾殘局。

昨天被抓的百餘官兵本來有機會逃跑，不過他們太害怕了，一直都沒敢動，等到義兵加強守衛，他們就更老實了。

晁永思的屍體被發現，眾人都以為他是被攻寨者趁亂殺死的，誰也沒想到他死在攻寨之前，而且與金家大公子有關聯。

等到寨子穩定之後，金純忠心中的不安達到了頂點，妹妹脾氣不太好，有時候做事不考慮後果，就憑那幾個人，怎麼可能救出被擄走的父親？可是除了派人出寨打探消息，他做不了什麼。

寨子裡沒有船，沒辦法去通知倭侯，義軍只能等待。

當天午時過去不久，北邊的船隊回來了，載著一隊各懷心事的人。

跟隨倭侯的義兵茫然不解，新加入的江湖人半信半疑，望氣者林坤山越想越覺得不對，自己才是騙術高手，卻總有一種遭到欺騙的感覺。

韓孺子在想如何破解眼前一個又一個的難題，軍中的糧食馬上就要吃光，怎樣才能走到北疆？

東海王一直默不作聲，滿心期待著一回到寨子裡就能利用張養浩、歸義侯等人扭轉局勢。

局勢已經扭轉了，只是他們都不知道。

第一百二十六章　要挾

東海王心中的怒火足以將四個大活人燒成炭，如果那四人就站在他面前的話。

張養浩、顏七郎等人居然逃跑了，還帶走了潛藏在寨子裡的十幾名衛兵，東海王這回真的孤立無援了，身邊還有二十多名衛兵，可是早已暴露，成不了大事，他只剩下一個選擇，立刻離開河邊寨，以避免最差的結果：成為人質。

韓孺子一回來，寨子裡再次陷入混亂，好多人都想過來說幾句話，晁化聽說父親遇害，又悲又怒，馬上就要帶人前去報仇，卻不知道該去找誰。

東海王趁亂悄悄向大門走去，那些衛兵緊隨其後。

就是這些衛兵壞了事，可東海王實在不敢獨自逃亡，有二十幾人跟著，他好歹覺得心安一些。

韓孺子需要接納的消息太多了，他的反應還算快，先是阻止晁化衝出河邊寨，然後讓金純忠先說，相信他知道的事情最多。

金純忠不知道攻寨者是誰，不知道晁永思如何被殺，也不知道父親為什麼會被劫走，但他從妹妹的舉動中猜出了一些原因，於是小聲向倦侯講述。

就在這時韓孺子發現東海王不在身邊，抬眼望去，看到了東海王的那隊衛兵，伸手讓金純忠暫停，大聲道：「東海王！」

東海王其實還有機會逃出去的，一名聰明些的衛兵將寨子裡唯一的馬牽來了，守門的義兵認得他是「皇帝」的弟弟，根本沒想阻攔，後面就算有人追趕，衛兵們也能抵擋一陣。

可東海王一發現暗藏的力量都沒了，變得心慌意亂，抓住了鞍韉，卻沒有上馬，而是轉身，讓衛兵們讓開，大聲回道：「我在這！」

「事情有點麻煩，你過來參謀一下。」韓孺子向東海王等人走去，一大群義兵跟隨左右。

這支軍隊太散亂了，韓孺子找了一會，只能向林坤山使眼色。

林坤山猶豫了一下，向他的人示意，讓他們從兩邊包抄，堵住河邊寨的大門。

東海王的雙手還在馬鞍上，幾次想上馬，不顧一切地衝出去，最後又都放棄了，等到韓孺子與眾多義兵走近，他失去了最後的機會，雙手離開馬鞍，臉上露出微笑，發現不合適，立刻改為嚴肅。

「還真是沒個消停啊。」東海王說。

韓孺子抓住東海王的胳膊，「走，咱們進屋子裡說話。」

東海王看了一眼身邊的衛兵，再看一眼數百名義兵，還有林坤山等江湖人，尤其是那個叫不要命的怪人，知道時機已去，於是說：「好啊。」

寨子裡的房屋燒掉了一些，議事廳還在，主簿晁永思的屍體就躺在那裡，身下是記滿人名的門板。

晁化、金純忠、林坤山、不要命四人跟進來，其他人等在外面，瘋僧光頂回懷陵召集其他江湖好漢去了。加上韓孺子、東海王，廳內共有六人。站在屍體前，晁化的牙齒咬得咯咯響，韓孺子道：「晁主簿因我而亡，我一定會為他報仇。」

「有陛下這句話，我知足了。」晁化的聲音微微發顫。

韓孺子默哀一會，對金純忠說：「襲寨者是柴府的人？」

「應該是吧。」金純忠其實沒有說柴府，但他的猜測與韓孺子一樣，能擄走歸義侯的人，十有八九是衡陽侯派來的。

柴韻的屍體肯定已被發現，衡陽侯很自然地將仇人定為歸義侯，而不是歸義侯的兒女。

諸多事情糾纏在一起，一件比一件難解決，韓孺子思考片刻，說道：「能救歸義侯一命的只有崔太傅。」

「啊？」東海王茫然地應了一聲，好像沒聽懂。

「拿紙筆來。」

晁化立刻搬來一張木桌，上面擺著筆墨和幾張皺巴巴的草紙，韓孺子對東海王道：「我說，你寫。」

東海王擠出一個微笑，「你將我舅舅的本事估計過高了。」

「總得試一試。」

東海王沒辦法，只得拿起筆。

「倦侯敬拜南軍大司馬崔太傅：歸義侯為衡陽侯所擄，望閣下施以援手。我軍主簿不幸遭難，將士不勝痛心，並望閣下抓捕兇手，送回河邊寨。」

東海王一邊寫一邊搖頭，「南軍大司馬不管這些事，你們應該找京兆尹或者扶風縣。就這些？」

韓孺子搖搖頭，繼續道：「河邊寨現有三千義軍，欲往北疆保家衛國，與匈奴一戰，缺糧少械，南軍若能資助一月糧草、三千套甲兵，義軍將士不勝感激。」

東海王臉色微微發青，「你這是將我舅舅當成糧草官了？南軍也是朝廷供養，哪有多餘的糧草與兵甲？」話雖這麼說，他還是照寫，「好了嗎？」

韓孺子仍然搖頭，「北虜南窺，天下騷動，有識之士翹首以待者，唯太傅耳，太傅若能舉旗北伐，如倦侯等，皆願率軍附從，以為先鋒。小子妄言，頓首再拜。」

信不長，東海王寫完之後，整條手臂都在發抖，既因為憤怒，也出於恐懼，強笑道：「你在開玩笑嗎？我舅舅根本就不會看這封信。」

「總得試一試。」韓孺子重覆道，親手將信折好，寨子裡沒有封函，他也不打算保密，將信遞給東海王，「讓你的衛兵去送信吧，可以帶走那匹馬，我想你留一名衛兵就夠了。」

東海王臉色鐵青，一時衝動，甚至想將手裡的信撕成碎片，可是其他四人都已明白倦侯的用意，而且非常支持，晁化和金純忠握住刀柄，不要命雙手放在背後，林坤山沒有兵器，但是向後退了兩步，表示置身事外。

東海王真成人質了，而且是被用來要挾崔太傅。

「你會後悔的。」東海王全部的反擊就是這句話。

「只要崔太傅別做會後悔的事，我想我也不會後悔。」

東海王委屈得想哭，忍了又忍，走到門口，招手叫來一名衛兵，「留下一個人，其他人可以走了，你立刻騎馬將這封信交給我舅舅，只能交給他本人，明白嗎？」

衛兵茫然地點點頭，看了一眼東海王身後的幾個人，拿著信轉身走了。

「你滿意了？」東海王生硬地問，後悔莫及，剛才就應該跳上馬逃之夭夭，無論如何還有一線希望，現在卻徹底淪為人質。

韓孺子要處理的事情還有許多，沒搭理東海王，對晁化說：「請晁將軍整頓全軍，遠派斥候，打探到任何消息，隨時告訴我。」

晁化一心想為父親報仇，可是憑他自己根本找不到仇人，點點頭，「遵命。」

「金純忠，你去幫忙，待會回過來找我。」韓孺子還有一些事情要向金純忠問清楚。

金純忠應了一聲，與晁化一塊離開。

韓孺子再向林坤山道：「林先生這回相信了嗎？」

林坤山輕嘆一聲，「柴府的人都能找到河邊寨，朝廷沒理由一無所知，看來倦侯得到的消息是正確的，朝廷確實已有防備，京南、京北的起事——不會成功。」

東海王咬牙道：「你們寧可相信太后，也不相信我舅舅？十萬南軍是吃素的嗎？」

林坤山笑笑，「你覺得我們背叛了崔太傅？」

「不是嗎？」

「呵呵，崔太傅若有消息來源，大概也會放棄這次計畫。倦侯的建議其實不錯，崔太傅應該上書請戰，起碼能保住南軍，甚至更進一步，掌控北疆全部的楚軍。」

東海王真想衝上去狠狠搧林坤山一巴掌，說好的南北響應沒有了，崔太傅當然沒法執行原定計畫，可他只敢哼一聲。

韓孺子道：「請林先生去向諸位江湖好漢解釋一下吧，願意留下與我一道前往北疆的，歡迎之至，不願意的，我不勉強，請他們此後提防朝廷的追捕。」

「行走江湖，誰沒背過一兩起案子？朝廷的追捕他們不怕，只可惜大事半途而廢，不免令人扼腕嘆息。」

「事有輕重緩急，抵擋匈奴比爭奪帝位更重要。」

林坤山收起笑容，「我會盡快聯繫恩師，聽聽他的想法。」

「我也盼望聽到他的指點。」

林坤山邁步離開。

這些人或許能將風雨飄搖的河邊寨暫時穩住，尤其是林坤山，望氣者曾勸說眾多百姓擁護廢帝，大概也能勸說他們跟隨廢帝一塊前往北疆。

不要命留在韓孺子身邊，有他在，東海王才會比較老實。

有件事韓孺子一直想問，現在總算有了機會，「匡裁衣……真是朝廷內奸嗎？」

不要命冷冷地打量倦侯，「你有必要知道嗎？」

韓孺子緩緩點下頭，他還做不到心安理得地犧牲無辜者。

不要命盯著倦侯看了一會，「匡裁衣明著開店，暗中放債，依靠江湖和官府勢力，逼得不少借債者家破人亡，這不是祕密，願意的話，你可以派人去打聽，像他這種人，很有可能被朝廷收買。」

原來這就是不要命殺死匡裁衣的理由。

韓孺子微笑道：「我相信你。」

不要命哼了一聲，說，「心懷大志，卻有婦人之仁——我卻不相信你。等你離開京城一百里，就是我告辭的時候。」

韓孺子臉色微紅，未能收服不要命這樣的人，的確是他的失敗，「我該怎麼感謝……」

不要命走到一邊，坐在桌子上，對門板上的屍體似乎更感興趣。

東海王搖搖頭，「婦人之仁，沒錯，這就是你最大的問題，這能讓你得到一些奴婢與百姓的支持，卻會失去真正的壯士。」

不要命沒有被討好，東海王失敗得比韓孺子還要徹底。

「你失去了最好的機會，也是唯一的機會。」東海王對韓孺子說真話了，「太后會放你走嗎？無論你請不請命，結果都是一樣的。」

「只要我組建義軍準備北伐的消息傳開，太后就不會公開殺我。」韓孺子相信，太后要利用北疆戰事支走南軍，輕易不會另生枝節。

「你連這塊窮鄉僻壤都走不出去，還傳什麼消息？」東海王喊道。

韓孺子的確在為此事苦惱。

金純忠匆匆跑進來，「寨子外面來了一個人，自稱是倦侯的教頭，叫杜摸天。」

韓孺子大喜，如果來的是杜穿雲或者張有才，可能只是為了保護倦侯，杜摸天卻很可能帶來楊奉的消息，這正是韓孺子所期待的。

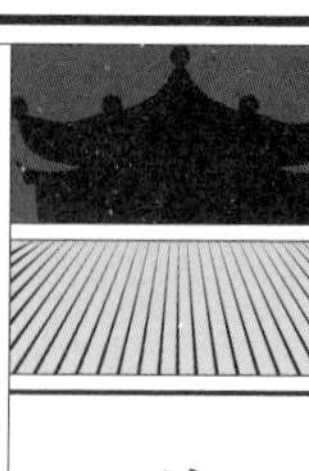

第一百二十七章 留人

杜摸天的確帶來了楊奉的口信，一發現倦侯失蹤他就前往北軍，可是一名無官無職的侯府教頭想進轅門談何容易，他等了整整一天才被允許入營，又等了許久才得到楊奉面授機宜。

接下來的事情就是尋找倦侯的下落。

杜穿雲曾經跟蹤過馬大，可惜經驗不足，在荒野中失去了目標，杜摸天找人的辦法比較簡單，向江湖好友打聽，一路問到了京北的懷陵，差點被留下脫不得身，等他終於在拐子湖河邊寨找到倦侯時，已花去兩天時間了。

「找你真是太不容易了。」老爺子將一大碗水一飲而盡，打量屋子裡的三個人。

晁永思的屍體被搬走了，東海王坐在角落裡的一張凳子上，一臉陰鬱地陷入沉思，不要命依在門口，百無聊賴地用短刀削一塊木頭，偶爾抬頭向外遙望。

「杜老教頭，這位是小春坊醉仙樓的好漢，人稱不要命……」

不要命冷淡地說：「打住，我是廚子，不是好漢，來這裡也不是為了結識『好漢』的。」

杜摸天笑著拱手，道了一聲「久仰」，轉向倦侯，收起笑容，「這裡說話方便嗎？」

韓孺子點頭，整個河邊寨的安危都繫於東海王一身，他絕不會再讓這個弟弟離開自己的視線。

「楊公希望倦侯即刻前往北軍。」

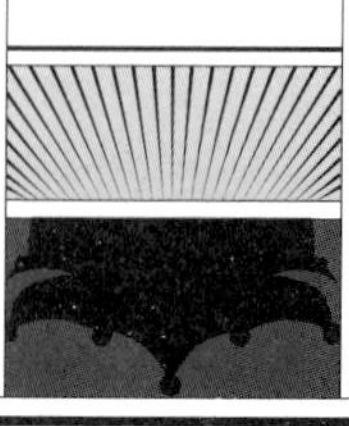

「嗯。」韓孺子相信楊奉，但也需要聽聽原因。

杜摸天又看了一眼東海王，稍稍壓低聲音，「楊公說，大批皇親國戚受到朝廷暗示，都在上書請戰，自願投軍報國，倦侯也應如此，切不可再回京城，楊公已經在北軍為倦侯鋪好路，只等倦侯人到。」

「夫人也建議我上書請戰。」韓孺子既高興又驚訝，原來崔小君與楊奉不謀而合。

角落裡的東海王突然跳到地上，「哈，我知道了，給你寫信的人是表妹！崔家怎麼會出她這麼……」東海王突然發現這裡不是他的地盤，急忙閉嘴，又坐回凳子上，呆呆地假裝雕像。

「原來倦侯已有準備，那就更好了。咱們這就出發吧，不能進城，只能繞行，快一點的話，今晚也到了，楊公會派人接應。」

「寨子裡有七百多人，其中一些是老幼婦孺，沒有馬，只有幾匹騾子，恐怕走不了太快。」

杜摸天略顯意外，「倦侯沒必要帶上所有人，頂多五六人，離開河邊寨之後我能找到馬匹。」

韓孺子沉吟不語。

東海王忍不住出言譏諷，「嘿，他又來『婦人之仁』了，連寨子裡的貓狗都要帶走吧。」

杜摸天勸道：「倦侯宅心仁厚，這是好事，可眼下的確不是時候……」

韓孺子搖搖頭，說道：「不，我在想一件事。楊奉請老教頭來找我的時候，不知道我在河邊寨收了一股軍隊吧？」

杜摸天是老江湖，這時也不自覺地撓頭，依他進寨之後的所見所聞，這根本不能算是軍隊。

「我在北軍能做什麼？」

「這個……楊公自有安排，但他沒跟我說。」杜摸天回答不了。

東海王大笑，「這還猜不出來嗎？太后讓一群皇親國戚參軍，無非是為了給我舅舅施加壓力，你們能做什麼？當然是給冠軍侯當侍衛，每人都頂一個將軍的頭銜，去邊疆走一圈，欣賞塞外風光，等太后目的達到，你們就可以回家了，人人加官晉爵。」

東海王盯著韓孺子，「至於你，加官晉爵是沒有可能了，楊奉也不會讓你回來，可是別以為他會輔佐你稱帝，想想吧，楊奉是怎麼說服冠軍侯接受你的？還不是跟崔家一樣，要利用你的身份？你信任楊奉，楊奉卻早已改換主子，冠軍侯前途遠大，你比得了嗎？」

杜摸天低聲道：「倦侯別聽他亂說，楊公不是那種人。」

「哪種人？」東海王離開凳子，大步走來，「你認識楊奉多久？他是個太監，為了權勢，敢對自己動刀，這種人會對誰忠誠？」

杜摸天認識楊奉沒有多久，不願與東海王爭論，扭頭看向一邊，門口的不要命與楊奉應該更熟一些，卻也不肯為他辯護。

東海王不放過一切反敗為勝的機會，真誠地對韓孺子說：「我之前的提議還有效，我真不明白，你為什麼不相信我呢？表妹對你一心一意，她是崔家的女兒，極受老君和我舅舅的寵愛，有表妹在，你還怕崔家會害你嗎？一家人難道還不如外人可信嗎？楊奉會讓你吃大苦頭的。」

韓孺子笑笑，「謝謝你的提醒。」

東海王眼睛一亮，「你想明白了？」

「嗯。」韓孺子轉向杜摸天，「麻煩杜老教頭去見楊公，跟他說我在河邊寨組建了一支三千人的義軍，請他為義軍爭取一個旗號，我在這裡等候。」

杜摸天和東海王都顯出驚訝，一個說：「倦侯不跟我一塊去見楊公嗎？」另一個說：「你哪來的三千人？只有幾百名無知百姓。」

韓孺子道：「楊公若瞭解這邊的情形，也會同意我的做法，我不能隻身投奔北軍，那只是換一個囚禁場所而已。」

東海王感到不可思議，「你的胃口越來越大了，向我舅舅要糧草兵甲，向太后要網開一面，向冠軍侯要旗號，再這樣下去，你是不是要向匈奴人借兵了？你知道建立一個旗號有多難？得由兵部請示、皇帝允許、大都督府授旗……冠軍侯根本沒有這個權力。」

韓孺子點點頭，「請杜老教頭將東海王這番話照樣對楊公說一遍。」

「啊？」杜摸天和東海王又是同時一驚。

「沒錯，我在向太后、崔太傅和冠軍侯提出條件，如果可能的話，我希望天下皆知。」

東海王一臉驚愕，突然跺腳哼了一聲，回到角落，坐到凳子上，再不肯多看韓孺子一眼。

杜摸天仍然不太明白倦侯用意何在，可是沒有多問：「好吧，既然倦侯已經做出決定，我這就去找楊公，明天日落之前我就能趕回來，請倦侯小心。」

韓孺子送到門口，看著杜摸天上馬離去，再望一眼寨子，義兵三五成群，都在小聲議論著什麼。

不要命一直依靠門口，這時道：「大家都想一夜暴富，你卻偏偏要做長遠打算，嗯，挺有意思。」

韓孺子笑著退回房內。

義兵大都是受望氣者蠱惑而來的，指望著透過一次起事，在幾天時間裡就將廢帝重新送到寶座上，然後頒布一道聖旨，鏟除貪官污吏，拯救百姓於水火之中，結果廢帝卻要帶他們去往遙遠的北疆。

「他們就是因為拒絕官府的徵糧徵兵，才走上險路，為什麼要跟隨我去抗擊匈奴人呢？」韓孺子提出疑問。

不要命漠不關心，東海王不屑地發出哼聲。

「麻煩來了，別離我太遠。」不要命說，收起短刀和木片，走到角落，站在東海王身邊。

東海王憤怒地盯視他，沒有得到回應，無趣地垂下頭。

房門敞開，一群人站在門外，帶頭者是晁化，同時向「皇帝」抱拳行禮。

「請進。」韓孺子說，站在屋子中間，與不要命相距七八步。

只進來五個人，其他人仍留在門外，但是能看到、聽到屋裡的場景。

「諸位有什麼事嗎？」韓孺子問。

五人低頭，互相謙讓了一會，最後還是晁化抬起頭，說：「我要為父親報仇，請陛下允許我帶一批人離寨。」

「晁將軍找到仇人的下落了？」

「還沒有，不過既然知道是柴府的人，應該好找。」

韓孺子的目光在五人身上掃過，問道：「諸位還打算回來嗎？」

不只是這五人，連外面的人臉也都紅了，頭垂得更低，晁化是他們的頭兒，臉紅也得由他說話，「我們來投奔陛下不是為了當兵打仗，陛下要去北邊迎戰匈奴，我們幫不上忙，請放我們走吧。」

角落裡的東海王小聲對不要命說：「我敢打賭，他又要當『孤家寡人』了。」

不要命連眼珠都沒動一下，只是站在那裡，好像對什麼事情都不感興趣。

東海王瞥了一眼不要命背後的兩柄短刀，不再吱聲了。

「諸位仗義而來，談何『放走』？」韓孺子沒有顯出半點氣憤，拱手道：「諸位想走，隨時可以走，我只有一個請求。」

「陛下請說。」晁化馬上道，辭行如此容易，讓他大大鬆了口氣，什麼條件都願意答應。

「我希望能給諸位一點酬謝。」

東海王露出作嘔的神情，強忍著才沒有發出嘲笑，晁化等人的臉色卻更紅了，門外有人大聲道：「陛下對我們已經很好了，我們又沒為陛下做什麼，不配得到酬謝。」

韓孺子正色道：「諸位肯來河邊寨，就是對我最大的幫助，些許酬謝，是我的一點心意，請諸位無論如何都要接受。三天，頂多三天，酬謝就能到，希望諸位能夠多等一段時間。」

屋子裡的五人互相看了看，又轉身與屋外的人看了一會，晁化轉向韓孺子，「我們的確不配得到酬謝，可是願意為陛下多留三天。」

韓孺子表示感謝，將眾人送出房間，虛掩房門。

東海王鄙夷地說：「你還真是虛偽，其實只要你開口，這些人就會多留三天，何必假裝有酬謝呢？」

韓孺子還沒吱聲，不要命開口了，「為了臉面，他們會口頭同意留下，為了酬謝，他們才會踏實地留下，倦侯做的沒錯。不過若是讓我猜，你等的不是酬謝，而是一次危機。」

「兩樣我都在等。」韓孺子說。

他想，河邊寨已然不是隱蔽的所在，危機來得會比酬謝更早一些。

第一百二十八章 火攻

林坤山站在韓孺子面前，面無表情，「不行，我做不到，望氣者只能順勢而為，勢若不在，我們也沒辦法，這些人是來擁立舊帝的，讓他們改變主意去北疆，我做不到。」

「這樣就夠了，我希望林先生能幫我做另一件事情。」

「嗯。」林坤山不置可否。

「望氣者順勢而為，這裡的勢既然很難更改，那就出去看一看吧，或許有人願意參加義軍抗擊匈奴。」

林坤山慢慢露出一抹微笑，像是在贊同，又像是嘲諷，「大楚雄兵百萬，用都用不完，哪會有百姓自願參軍呢？」

韓孺子也笑了，「難說，之前我也想不到會有百姓擁護廢帝。」

林坤山想了一會，勉強道：「好吧，既然陛下希望我離開寨子，我走好了，我的那些人……」

「去留隨意。」

林坤山點了下頭，轉身走了。

在角落裡旁觀的東海王忍不住又開口了，「林坤山一走，那些江湖人也都會跟著離開，你手中的力量可是越來越少了。」

「這些力量並不為我所用，留著有何意義？」

「嘿，根本就沒人為你所用。我舅舅很快就會派來千名鐵騎，眨眼間就能踏平河邊寨，到時候你能怎麼辦？把刀架在我脖子上嗎？」

「崔太傅是個講道理的人，不會如此魯莽。」

東海王冷笑不止，他當然不相信舅舅會這麼做，可還是覺得韓孺子無知。

韓孺子來回踱步，突然向不要命問道：「你常在市井中，覺得會有人參加義軍抗擊匈奴嗎？」

「不會。」不要命的回答簡單直接。

韓孺子笑了笑，隨後嘆息一聲。

「嘿，瞧你剛才的樣子，我還以為你胸有成竹呢。」東海王從這聲嘆息裡找回了一些信心。

韓孺子當然不是胸有成竹，事實上，他胸中連片竹子葉都沒有。楊奉曾經對他說過，信息太多太雜，反而更難梳理，皇帝得學會拋掉大多數信息，或者在信息極少的情況下，自行揣摩真相，並做出決定。

關鍵是站在對方的立場，學會對方的思考方式。

太后、崔太傅會怎麼做？

「太后肯定已經掌握了一股能與南軍抗衡的軍隊，崔太傅別無選擇，只能放棄起事，北上參戰。在這種情況下，崔太傅不會殺我，為了保住東海王，還會幫助我。太后……太后……」

太后的選擇餘地太多，韓孺子想不出她會怎麼做。

東海王不停冷笑，「就憑你手裡的幾百爛人，太后會放過你？笑話，天大的笑話。」

外面有人敲門，金純忠推門進來，端來三碗米飯，上面擺著魚乾和一點蔬菜。

不要命接過碗就吃，連句感謝都沒有，東海王還跟從前一樣挑三揀四，可是實在太餓了，幾口就將魚乾吃完，剩下大半碗米飯，問道：「今天的魚怎麼如此之小？飯也不如平時多。」

韓孺子端著碗無心下嚥，這時才看了一眼，確實，飯少了，魚乾也只有一條，「寨子裡的糧食不多了？」

「嗯，節省一點，能堅持到明天晚上吧。」金純忠接手了更多職責，比較瞭解實際情況。

「大家能吃飽嗎？」韓孺子知道，如果連自己的飯都這麼少，其他人肯定更少。

「還好，大家都能理解，倦侯也不能變出糧食來……」

韓孺子心中一動，「不管還剩多少糧食，都拿出來，務必讓每個人吃飽。」

「可是……」金純忠沒法理解這種做法。

「聽我的，哪怕明天早晨就沒得吃了，也要讓大家先吃飽這一頓，或許……我真能變出來呢。」韓孺子露出微笑。

「好吧，我去傳令再次開灶，明天的早飯應該沒有問題。」金純忠告退。

東海王已經將自己的大半碗飯吃完，正打量著不要命的飯碗，卻不敢開口索要，對韓孺子說：「你這是自尋死路，沒有糧草就沒有軍隊，這是最簡單的道理，本來軍心就不穩，將糧食吃完，所有人今晚就得一哄而散。」

韓孺子找出火石火絨，點燃屋子裡唯一的小油燈，對不要命說：「百姓不會為抗擊匈奴參軍，可願為吃飽飯當兵？」

身為一名知名酒樓裡的廚子，不要命並不挑剔，將一碗飯吃得乾乾淨淨，放下碗，說：「城裡的百姓不會，城外的，我不知道。」

韓孺子微微一笑，不要命的不知道就是一種肯定。

東海王露出難以置信的神情，「你瘋啦，你連這幾百人都餵不飽，還想招來更多的人？靠什麼，欺騙嗎？」

「林坤山會替我做成這件事。」

東海王一愣，「為什麼？」

「因為他不想一事無成，望氣者最初的計畫被我放棄，林坤山若想做成點事情，就應該幫我。順勢而為——百姓想聽什麼，林坤山就會說什麼，京城周邊還有他的同夥，一起努力，會說動不少連逢災禍、走投無路的百姓。我報的三千人可能太少了些。」

東海王又愣了一會，突然放聲大笑，「瘋了，你真是瘋了，以為什麼事情都會按照你的想法來嗎？以為一夜之間所有東西都會為你準備好嗎？哈哈。不要命，你看上去比較講道理，勸一勸他吧，再這樣下去，他就要請天兵天將了。」

不要命將右手抬到眼前，藉著燈光查看掌紋，突然反手一揮，在東海王臉上打了一巴掌，東海王一個趔趄，差點摔倒，雙手捂臉，勃然大怒，「我知道你是醉仙樓……」

不要命瞥了一眼，東海王立刻閉嘴，強壓怒火，不想吃眼前虧。

「我保護你的安全。」不要命的冷淡之中總有一股玩世不恭，好像這世上就沒有值得他認真對待的事情，「但是敵人如果太強，我可不會拚死護駕，你得自己想辦法。」

「當然。」無論心裡有多麼不安，韓孺子又能表現出鎮定了。

外面傳來歡呼聲，看來大家對吃飽飯還是很高興的，至於明天怎麼辦，那是「皇帝」應該操心的問題。

東海王側行數步，離不要命遠一點，對韓孺子說：「何必呢？非將自己逼到絕路上，投靠我舅舅，省心省事，再當皇帝的機會比現在大一百倍。」

韓孺子緩緩搖頭，「一開始沒握在自己手裡的東西，以後也握不住。」

「如果你再固執下去，就沒有以後了。」

韓孺子沒再吱聲，好不容易挑起來的信心，正在一點點下降，他需要好幾項奇跡同時發生，才能擺脫眼下的困境。

房門突然被撞開，金純忠闖進來，慌張地說：「不好了，寨子外面有人放火。」

韓孺子二話不說，立刻跑出房間，站在門口向遠處望去，危機果然比酬謝來得更早一些。

寨子東邊臨水，其它三個方向都有火光，這顯然是人為縱火。

「外面的哨兵呢？」韓孺子大聲問。

「回來了……」有人喊道，人群迅速聚過來。

一群義兵慌張地從大門方向跑來，一人邊跑邊喊：「官兵！官兵又來啦！」

人群一驚，韓孺子馬上問道：「哪的官兵？多少人？」

哨兵們跑到近前停下，卻回答不了問題，一名百夫長說：「他們堵住了道路，然後放火，只有官兵會用這種打法。」

又有一夥哨兵跑來，帶頭的百夫長氣喘吁吁地說：「不是官兵，是什麼柴家的人，說是要報仇。」

「柴家！」金純忠大驚。

晁化則是大怒，「殺我父親的人來了，正好，拿傢伙，跟我衝出去，替我爹報仇！」

一大群人響應，也有人不吱聲，不覺得自己有義務替老漁夫報仇。

「等等！」韓孺子厲聲道，對晁化說：「你同意再留三天，在這三天裡，我還是你們的統帥。」

晁化凶殘魯莽的一面被激發出來，惡狠狠地回視，但只維持了極短的時間，躬身道：「我聽陛下的命令。」

「所有人列隊，不准出寨半步。」

眾人慌亂地尋找自己的百人隊，寨子外面的火勢越來越大，韓孺子扭頭，向跟隨出來的東海王低聲問道：「應對火攻，一般用什麼戰法？」

東海王早已驚慌失措，火勢無情，一旦燒進寨子裡，連他也活不了，心裡正痛罵柴家，聽到韓孺子的話，順口答道：「火攻？書上說……要清出空地，可以阻止火勢蔓延……」

韓孺子讀過的書還是太少，經東海王提醒才反應過來，親自下令，派數支百人隊去拆除寨子邊緣的房屋。

河邊寨的屋子都很簡陋，柴家人早晨攻寨的時候，已經燒掉一些，剩的幾間倒也好拆，幾十個人奮力一推就倒了，將散落的木料搬走花的時間更多，外面的火越來越近，令人心驚。

寨子外面突然傳來一陣殺喊聲。

韓孺子大聲道：「不要上當，這是敵人的誘兵之計！」

果然，喊聲很快消失，卻沒有人衝進來。

韓孺子帶領義軍退到水邊，有人喊道：「上船，大家都上船吧。」

韓孺子覺得不妥，正尋思間，東海王叫道：「不行，三面放火，只留水路，這分明是縱敵逃跑、中途截擊之計，水上必有柴家的埋伏。」

「咱們在這裡打魚多年，到了水上還怕對付不了幾條小雜魚？」有人頗不服氣。

東海王只是搖頭，雖然外面的火勢越來越旺，已經逼近寨子，他還保持著幾分冷靜。

韓孺子贊同東海王的看法，對晁化道：「放幾支火把到船上，把它推出去。」

晁化立刻照做，與數人一塊動手，解開一條小船，順流推出去。

小船載著火把，在湖上緩慢飄行，外面的火已經燒到寨子的籬笆牆，看上去幾乎就在身邊，有人終於忍受不了煎熬，也不管皇帝與軍法了，跳上船就要跑，更多的人緊隨其後，爭搶船隻，水邊一下子陷入混亂。

韓孺子快要彈壓不住了，晁化高聲喊道：「停下！水上真有埋伏，快看！」

眾人望去，那條小船已經滑出一段距離，只聽黑暗中嗖嗖聲響，顯然是眾箭齊發。

船上的人又都手忙腳亂地上岸。

東海王喃喃道：「柴家從哪找來的弓箭手？他們再駛過來一點，對著岸上射箭，咱們就都死無葬身……」

話未說完，黑暗中真的出現幾艘船，從湖中心緩緩向河邊寨駛來。

「天吶，這不是柴家的人，這是……南軍的船隻！我舅舅……」東海王眼前一黑，險些暈倒。

危機比酬謝來得更早，卻不是韓孺子預料中的敵人。

第一百二十九章　及時雨

河邊寨兩邊受敵，進攻者當中還有南軍樓船的身影，東海王驚愕得幾近昏厥，韓孺子也是手足無措。

他所有的預料幾乎都被打破了。

「這是南軍……」韓孺子努力向湖面上遙望，只見到三艘龐大的影子，周圍好像還有一些小船，都沒有點火把，如幽靈一般緩緩向河邊寨駛來。

「為什麼？」東海王顫聲問道，目光轉向韓孺子，以為能從他這裡得到答案，「舅舅知道我在這裡啊，難道……難道……」

「難道太后已經取得勝利？」韓孺子只能得出這樣的結論。

東海王發起抖來。

太后與崔家的平衡一旦被打破，韓孺子賴以生存的夾縫也就不存在了。

韓孺子突然發現身邊少了一個人，不要命消失了，他說過，救無可救的時候，他不會陪死，在他看來，現在大概就屬於這種情況。

韓孺子心灰意冷，可他不是東海王，他早已習慣了絕望的環境，除非兩眼一閉再也睜不開，否則他絕不願束手待斃。

「後退，從第一隊開始，不要進屋，躲在屋子後面！」他下令了，沒人提出反對，也沒人質疑，他們害怕一旦得到回答，就會失去最後一點希望。

隊伍出奇地整肅，後退意味著靠近大火，也沒有人叫嚷。

韓孺子知道，他必須鎮定，於是站在碼頭上，面朝湖上的船隻，前方沒有任何遮擋，向東海王大聲道：「南軍在拐子湖也有水兵嗎？」

東海王根本不想靠近，卻被幾名侍衛推到了「皇帝」身後，「南軍在渭河有一隊樓船，可能與拐子湖相通。由渭河到這裡，起碼需要半天時間，這說明……白天就已經做出安排。」

韓孺子只是隨口一問，並無目的。晁化從後面走上來，抱拳道：「陛下，允許我帶幾個人去鑿船吧。」

「可行嗎？」

晁化笑道：「我們這些人從小下水摸魚，在湖裡一待就是半天，讓我們試試吧。」

「好，請晁將軍點兵。」

看到韓孺子一本正經地派兵，東海王想笑，卻笑不出來，只能從嘴裡發出幾聲哼哼。

晁化叫出一連串人名，點中十四人，大都是晁家漁村的少年，早已做好準備，只穿短褲，嘴裡叼著匕首、錐子，走進湖裡，向遠處游去，很快就消失在夜色之中。

「沒用，樓船士兵都有長矛，專門對付他們這些水鬼。」東海王還是看不到任何希望。

撤退接近完成，等到最後一支百人隊也離開碼頭後，韓孺子才在侍衛的簇擁下向寨子中央走去。

「一邊是燒死，一邊是射死、淹死……」東海王哪邊都不想去。

空中傳來一陣異響，韓孺子等人轉身看去，只見一支火箭從天而降，正好射中他剛才站立的位置，深深刺入木橋裡，微微顫抖，火焰迅速熄滅。

「南軍的箭術可不怎麼樣。」韓孺子故作輕鬆。

「這是試探，馬上就會是萬箭齊發。」東海王驚恐萬分，加快腳步，只想離碼頭更遠一點，卻被兩名侍衛拽回來。

韓孺子繼續前進，不快也不慢，即使聽到身後的空中傳來更響的聲音，也沒有加快腳步。

侍衛們頻頻轉身張望，盡可能以身體護住「皇帝」。

數十支箭雨點般落在碼頭的木橋上。

韓孺子打趣道：「金姑娘要是在這裡，肯定高興，她的箭總是不夠。」

「皇帝」的鎮定感染了周圍的人，一名侍衛笑道：「是啊，若是皇后娘娘在這裡，一個人就能擊退所有的進攻者。」

東海王既覺可笑，又感到驚恐。

他們終於走到寨子中央，剩餘的屋子不多，遮擋不住七百多人，韓孺子就站在路上，望向外面的火焰，這比湖上的威脅更大一些。

火焰已經吞掉周圍的一圈籬笆牆，濃煙滾滾，熱浪逼人，它們正在努力嘗試，想要躍過那一片空地，消滅寨子裡最後幾座房屋和數百名活人，就像一隻貓，正用爪子去勾已被逼到絕境中的老鼠，爪子與獵物每每只有相差一兩寸。

自己真的就要死在這裡嗎？韓孺子不敢想下去。

附近傳來一陣哀求聲，是那些被俘的官兵，他們被關在空置的豬圈裡，離火焰最近。

「放他們出來。」韓孺子命令道，立刻有人去打開豬圈，斬斷繩索，眾官兵雙手背負，連成幾串，也顧不得謝恩，望著四面八方的火焰，一個個雙股戰慄，哀聲一片。

火焰終究沒有撲過來，南北兩邊的蘆葦長在水中，火勢最先變小，只剩西邊大門方向的火焰依然旺盛。

湖上又射出幾輪箭，最遠的深入寨子內部，透穿房頂，落入屋子裡。

沒人吱聲，連官兵也放棄哀號，所有人都像羔羊一樣默默等待最後的結局。

韓孺子反而生出一線希望，叫出幾名百夫長的姓名，命令道：「待會你們五隊擔任前鋒，只管衝，不要停留，你們三隊保護左翼，你們三隊防衛右翼，你們五隊斷後，只迎接，不要追擊。你們這幾隊保護寨中老幼婦孺，剩下的跟著我，隨時聽我的命令……」

每一道命令都有人應是，東海王笑不出來，心裡多少有些敬佩，火勢剛小一點，韓孺子就想著如何突圍了，他可做不到，他仍然看不出有何勝算，火勢變弱卻沒有熄滅，外面的攻寨者不會少，等到天色稍亮，湖中的樓船士兵就能透過小船登岸……他也不敢想下去了。

突然有什麼東西掉下來，正好砸在右腮上，東海王嚇得魂飛魄散，緊緊抱住身邊的一名侍衛，要用對方的身體阻擋攻擊。

侍衛將他推開，不滿地說：「幹嘛？」

「有……水。」東海王在臉上摸了一下，確認那是一滴水珠，抬頭望去，在火光的映照下，空中似有烏雲。越來越多的人抬頭望向天空，先是莫名其妙，隨後是驚訝，最後變為狂喜。

「要下雨！下雨了，老天爺救咱們了！」「是皇帝，他是真龍天子，老天爺要救真龍天子！」

這可不是韓孺子期盼的奇跡，即使沒有雨，外面的火也會熄滅，可這場意外之雨對他的影響太大了。

狂風突起，外面的火焰做出最後一次努力，伸出長長的火舌，刺向寨子裡的可燃之物，突然間，大雨傾盆，火焰灰溜溜地退下。

人群呆了一會，不約而同地發出歡呼，又不約而同面朝韓孺子跪下，即使衣裳濕透、手腳沾泥，他們毫不在意。

「真龍天子，我跟你說過，他就是真龍天子。」

東海王也跪下了，沒辦法，侍衛用力按他的肩膀，想站也站不住。

他既驚訝又羨慕，韓孺子的運氣太好了，雖說夏季裡的雨很頻繁，可是偏偏趕上這個時候降下一場，真是奇跡。可他也不得不承認，如果韓孺子沒準備好，一開始就陷入慌亂的話，這場雨也就沒有任何意義了。

韓孺子站在雨中，接受眾人的跪拜，雖然他不怎麼相信神佛，可是此時此刻，他的確有了一種天命在身的感覺。

雨水澆灌全身，他卻感到全身燥熱，在心裡對自己說：「我是皇帝，我是皇帝……」

雨來得急，去得也快，真的就像是專門來撲滅這場火的。

夜色卻沒有消退，沒有了火焰，還顯得更黑一些，被澆成落湯雞的韓孺子轉過身，眾多義兵只能看到一個模糊的身影，心中越發敬畏，全都匍匐在地，連那些官兵也趴在地上不敢動彈。

「一朝富貴，幸勿相忘，無論過去多久，我必記得今日的追隨者。晁將軍——」

晁化和同伴已經回來了，同樣被這場雨驚得目瞪口呆，跪倒在地，聽到召喚，在泥水中膝行向前，「末將在。」

「去將晁主簿寫下的名冊拿來，從今以後，它要一直留在我的左右。」

「是。」晁化叫上一人，與他一塊去議事廳裡將木門抬出來，恭敬地站在「皇帝」身後。

「萬歲！」義兵齊呼。

韓孺子知道，他又能將這些人留住一段時間了。

可危機還沒有解除，等呼聲漸弱，韓孺子問晁化：「湖上情況怎樣？」

晁化極其恭敬地回道：「我們鑿沉了一隻小船，正好趕上下雨，敵人撤退了。」

雨持續的時間不長，南軍樓船很快還會再回來，韓孺子下令出發，不過他還不知道要去哪，只想先離開河邊寨。

眾人當中只有東海王不相信「真龍天子」的說法，老天若是真在保佑韓孺子，就不會讓他退位，淪落到這樣一個鬼地方。

他考慮的問題更現實一些，一身泥濘地走到韓孺子身邊，「你打算怎麼辦？不會還指望著老天幫你吧。」

看到東海王，韓孺子反而有了一個想法，「南軍打著柴家的旗號進攻河邊寨，說明你我二人並無死罪。」

「那又怎樣？還是得死。」

「咱們去南軍、去京城，向崔太傅和太后問個明白，要讓滿城皆知。」

東海王啞口無言，好一會才說：「等你逃出包圍再說吧。」

充當前鋒的幾支百人隊已經走出寨子，突然發出喊聲，似乎一出去就與敵人遭遇，韓孺子正要下令開戰，前方又傳來興奮的聲音，「皇后娘娘！皇后娘娘回來了！」

金垂朵回來了，還帶來了不少人。

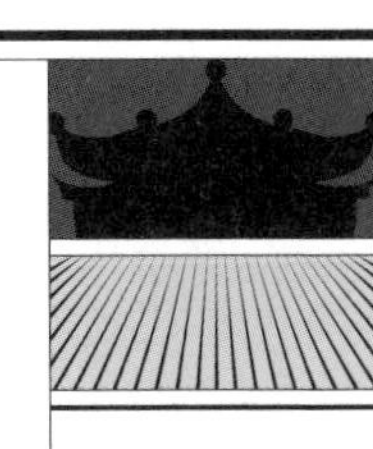

第一百三十章 離寨

金垂朵騎馬進入已經不是寨子的河邊寨，兩邊的人誰敢叫她「皇后娘娘」，她就瞪視，很快，興奮的叫聲消失了。

她來到韓孺子面前，沒有下馬，目光也沒有停在他身上，到處看了一會，說：「你叫晁化？」

晁化一驚，「是我，皇后……」

「我把你的殺父仇人帶回來了。」

「什麼？」

後面的大哥金純保下馬，將身後的一個人也拽下來，推到晁化面前。

顏棟顏七郎跪在泥水裡，一臉驚慌，突然看到東海王，痛哭流涕道：「東海王救我，我是為你做事的啊。」

東海王正怒不可遏，上去狠狠踢了一腳，「為我做事？把我一個人扔在這，這叫為我做事？跟著柴家一塊來放火燒寨，這叫為我做事？」

顏棟雙手被綁在身後，在泥水裡打個滾才爬起來，身上更髒了，哭道：「是你讓我們奪取寨子，等倦侯回來將他劫持，可他早就有準備，我們只好……逃走，火燒河邊寨也是、也是你舅舅的主意。」

東海王還想上去再踢一腳，晁化上前攔住，拔出腰刀，指著顏棟，冷冷地問：「是你殺了我爹？」

「啊？你爹……是哪位？」

「主簿晁永思。」

顏棟愣愣地想了一會，看向東海王，東海王立刻道：「我可沒讓你殺任何人。」

顏棟不太敢將責任推給東海王，只好扭身衝著金家老大說：「不是我一個人殺的，當時五個人在場，其中就有金純保……」

金純保漲紅了臉，低頭道：「我當時的確在場，顏棟沒徵求我們的同意就動手，我的確沒有阻止……你想報仇，我就在這。」

晁化一腔怒火，可是牽扯到「皇后娘娘」的哥哥，他有點猶豫了。

就在顏棟想辦法擺脫責任的時候，韓孺子走到金垂朵身後，向瘋僧光頂拱手道：「諸位好漢來得太及時了，救了我們一命。」

「是這場雨下得及時。」光頂帶來數十人，都已下馬，矜持的神情之中掩飾不住好奇。

「有勞光頂大師為我介紹諸位好漢。」

光頂這才一一報出眾人的姓名與綽號，韓孺子向每個人拱手，努力記住這一串名字。

「本來有幾百人，可大家都有事情要忙，就不過來了，這五十四位想過來看看陛下需不需要幫助，未想到真有宵小之徒圍攻，人數不少，還好一場及時雨讓他們陣腳大亂，給我們立功的機會。」

韓孺子正要再次感謝，光頂使眼色，示意他到一邊說話。

陸地上的攻寨者退卻，湖上的樓船也不來了，寨子裡又有些混亂，韓孺子與光頂走進附近的一座殘存屋子裡說話。

「陛下真要去往北疆迎戰匈奴？」

「當然。」

「那就沒什麼可說的了，待會我們就告辭，唉，我這個瘋僧也不能當了，找地方當土匪去吧。」

「我欠你們一個道歉，大家甘冒奇險聚在一起，卻因為我半途而廢……」

光頂揮下手，「這不能怨陛下，是我們一時興起，再加上望氣者的攛掇……事先也沒跟陛下商量一下。」

「請不要再稱我陛下。」

「好吧，那我們就告辭了。」

「稍等。」韓孺子向外面望了一眼，顏棟仍在想方設法推卸責任，晁化握著刀猶豫不決，金垂朵坐在馬背上一聲不吭，也不看人。

韓孺子真誠地說：「如果，只是如果，我還能當上皇帝的話，你們有何要求？」

「嘿，那也得我們真幫上忙，才有資格提要求。」

「反正是如果，不妨一說。」

光頂想了一會，雙手合十道：「江湖人要的是面子和名聲，也不求什麼，只要陛下到時候能大赦天下，為百姓減免些錢糧，就當是感謝所有江湖好漢了。」

韓孺子笑笑，光頂又補充道：「當然，也有人想當官，這就是另一回事了，用不著我來傳達。」

「如果真有那麼一天，我需要你們的幫助，該去哪裡找你們呢？」

光頂盯著韓孺子，「我看人有點眼光，但是比不上淳于梟，他看好你，願意在你身上押大賭注，我呢，說實話，覺得你身上缺少一點東西，很難奪回帝位。」

「請大師明示。」韓孺子拱手道。

「我不稱你為陛下，你也別叫我大師，我就是一名居無定所的瘋和尚。」

「那就請和尚明示。」

光頂指著外面的五十幾名江湖人，「這些好漢為擁立陛下而來，卻不願意追隨陛下前往北疆，為什麼？冒險太大，而所得太少，大楚雄兵百萬，用不著我們幫忙抵抗匈奴。」

「你是說我缺少野心？」

光頂張大了嘴，發出的笑聲卻很小，「野心這玩意看不見、摸不著的，誰知道你有還是沒有？你缺少的是豪傑之氣，白白淨淨的，性子也隨和，一看就是深宅大院裡長大的貴家公子，江湖有江湖的道道兒，你跟我們不是一路人。唉，淳于梟真是把我們害慘了。得，到此為止。你想知道以後怎麼找到我們，其實也簡單，你若真能名滿天下，我自然帶人去找你。」

和尚合十行禮，隨後又改為抱拳，大步走出去，翻身上馬，對跟來的同伴大聲道：「走吧，兄弟們，官府鷹犬想必已經出動，去逗他們玩玩。」

眾人應聲，陸續上馬，呼嘯而去。

此時的韓孺子能收服一群貧窮困苦的百姓，對江湖好漢卻沒有多少吸引力。他並不在意，也走出房間，對金垂朵說：「我還以為是妳帶他們來的。」

金垂朵像是沒聽見，等了一會才說：「我們只是湊巧遇上。」

韓孺子又對晁化說：「確認是誰殺死晁主簿了？」

「就是這個人。」晁化用刀指著顏棟，已經決定不擴大仇人的範圍，「其他人只是沒能來得及阻止，動刀的是他。」

顏棟終於明白過來，東海王救不了自己，轉身衝韓孺子哀求道：「我父親是京兆副都尉，我祖父做過鎮南將軍，我只是殺了一名老漁夫而已，別讓我抵命，我賠錢，多少錢我家都拿得出來。倦侯，求求你，咱們是一類人啊，我當過侍從，進過宮……」

韓孺子伸手阻止顏棟說下去，大聲向眾人道：「他殺死的不只是一名老漁夫，還是義軍主簿，罪無可赦。」然後對晁化說：「請晁將軍執行軍法。」

晁化點了下頭，雙手握刀，高高舉起，顏棟在泥水裡縮成一團，嘴裡重覆道：「別殺我……」

晁化一刀斬落。

鮮血噴出，東海王身子一顫，眉頭微皺，轉過頭去，在心裡，他同意顏棟的說法，如果死的是老漁夫，他連眼睛都不會眨，可這是一名勳貴子弟，就算死，也不該死在另一名漁夫手中。

東海王只是想想而已。

「出發。」韓孺子下令。

義軍按照順序出寨。

金垂朵對二哥金純忠道：「跟我走吧。」

「去哪？」

「當然是去草原。」

「父親呢？」

「被柴家殺死了。」

「咱們不報仇嗎？」

「在京城怎麼報仇？」金垂朵臉色微寒，二哥一向聽她的話，很少問東問西。

金純忠看了一眼韓孺子，「倦侯也要去北方，不如……」

「人家是要迎戰匈奴，咱們是要……走在一起算怎麼回事？」父親沒救成，前往草原的道路滿是艱難險阻，金垂朵的心情不是很好。

丫鬟蜻蜓一直騎馬跟在小姐身後，這時不停地衝韓孺子使眼色。

韓孺子上前道：「妳應該跟我們一起走。」

「為什麼？」

「第一，柴家派人兩度攻打河邊寨，那就是認為我也對柴小侯之死負有責任，咱們理應同舟共濟。第二，金純忠是我的得力幹將，我需要他。第三……第三，我邀請妳了。」韓孺子也不等金垂朵表態，邁步向前走去。

金純忠看著妹妹，見她半天不吱聲，也不動地方，心中終於有底，臉上逐漸露出笑容，跑著去追趕倦侯。

寨子裡的人越來越少，大哥金純保小聲說：「我覺得晁化並沒有原諒咱們……」

「柴家原諒我了嗎？咱們原諒柴家了嗎？晁化為什麼要原諒咱們？」

金純保低頭不語，一天之內，他失去了父親、失去了妹妹的親情、失去了義軍的信任與地位，真是一敗塗地，可他已無路可走，只能默默跟隨。

天快要亮了，道路越發泥濘，東海王是另一個無路可走的人，艱難地跋涉，對韓孺子說：「你還真是憐香惜玉啊，總共就那麼幾匹馬，都給金家人了，連丫鬟都有一匹。我表妹怎麼辦？」

「她不在這。」韓孺子想念崔小君，卻無意向東海王顯露情緒，「金家是匈奴人，到了北疆或許有用。」

「有什麼用？你是去打仗，不是去和親。」

韓孺子扭頭掃了東海王一眼，「誰說到了北疆就一定要打仗？」

東海王一愣，隨後冷笑道：「嘿，你變得陰險了，不對，你一直就這麼陰險，只是從前沒顯露出來。你想去北疆避風頭，然後坐山觀虎鬥，我怕你堅持不了一個月，就會被老虎吞掉。」

「你應該跟我一塊去。」

「我現在被你挾持，有選擇嗎？」

「你可以選擇自願跟我去。」

東海王不開口了，他知道韓孺子想說什麼，最強大的靠山崔太傅竟然暗中懷有殺心，這讓他的世界崩塌成一地碎片，有家難回。

韓孺子也不多說，大步前行，偶爾四處張望一下，發現隊伍並沒有變亂、變短，心裡很高興。

隊伍行進得很慢，天光大亮時，不要命從路邊躥出來，守衛側翼的義兵根本沒有發現他。不要命走在韓孺子身邊，一句解釋也沒有，韓孺子也不打算詢問。

午時過後，隊伍到了官道上，一支破衣爛衫的義軍，要向南軍大司馬公開討說法，東海王覺得這就是一個笑話，卻還是指明了南軍大營的方位。

一行人在官道上走出沒多遠，迎上一隊官兵，真正的官兵，旗幟招展。

義軍前鋒停下，韓孺子和東海王上前觀瞧，東海王一眼就認出來，「那是皇宮宿衛的旗幟，太后……要對你宣旨嗎？」

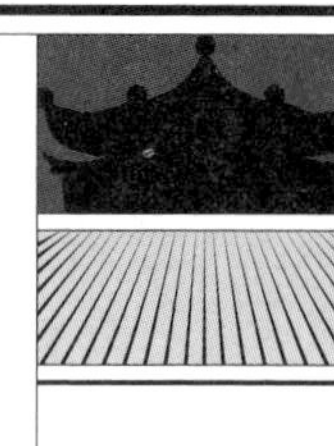

第一百三十一章　受封

「倦侯接旨！」一名騎士遠遠地喊道，眼前的場景令他既困惑又緊張，說這些人是軍隊，連件完整的甲衣都沒有，衣裳本來就破爛，沾滿了泥土，更像是剛從地裡鑽出來的泥人，可要說這些人是流民，偏偏有著明顯的隊列，分成前後左右，許多人手裡還拿著兵器。

騎士懷疑倦侯是不是真在裡面，打算只喊三聲，沒有回應就立刻調頭歸隊，剛喊到第二聲，前方的隊伍中走出兩個人，同樣滿身泥土，已經看不出原來的衣服是什麼樣。

「倦侯在此，哪位宣旨？」東海王大聲喊道，自願為韓孺子當代言者，倒不是甘居其下，而是太好奇了，相信這道聖旨不僅對韓孺子非常重要，對自己也有莫大的影響。

騎士一愣，期期艾艾地回道：「是、是兵馬大都督韓、韓大人，稍等。」

騎士仔細看了一會，縱馬回去稟告。

「不是宮裡的太監，居然是韓星。」東海王很驚訝，「朝中肯定發生了大事，舅舅或許另有苦衷……」

韓孺子轉身對晁化和金純忠說：「做好準備，隨時聽我命令。」

兩人躬身領命，悄悄命人給各隊百夫長傳令。

東海王道：「你想怎樣？抗拒聖旨嗎？這叫造反，早知如此，還不如按我的計畫起事，這時候你可能都坐上寶座了。」

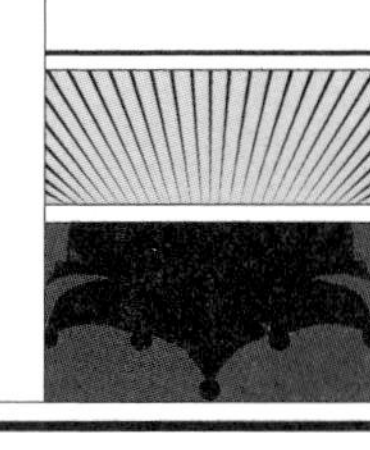

遠處駛來一小隊騎士，相距百餘步時，大多數騎士停下，只有一人繼續前進，在韓孺子面前勒馬，正是兵馬大都督韓星。

韓星面帶微笑，說：「過來扶我下馬。」

東海王瞪起眼睛，他和韓孺子雖是晚輩，論爵位卻比韓星高一等，沒理由去扶這個老傢伙下馬。

韓孺子上前，東海王在他身後小聲道：「讓衛兵扶他就可以了。」

韓孺子還是走到馬前，伸手迎接，韓星緩慢地下馬，整個身體都壓在韓孺子的雙手上，頗為沉重，雙腳落地之後，他長出一口氣，「不服老不行，出趟城身子骨就要晃散了。」

韓孺子笑而不語，他記得這位宗室長老在勤政閣裡少言寡語，幾乎沒怎麼說過話，去年宮變的時候，就是韓星最終拿到了太祖寶劍，卻聲稱寶劍是太后派人送出來的。

韓星從脖子上解下一隻錦囊，從裡面取出一卷聖旨，沒有馬上宣讀，抬頭望了一眼官道上的人群，「這就是倦侯聚集的義軍？」

「朝廷已經知道了？」

「呵呵，要是連京畿之地發生的事情都不知道，朝廷也就不成其為朝廷了。嗯，不錯，軍容整齊、鬥志高昂。」

「有話就說，不要出言譏諷。」東海王走過來，盯著聖旨。

「譏諷？東海王何出此言？北虜入侵，天下惶駭，值此危急時刻，倦侯與京城百姓高舉義旗，率天下先，滿朝文武誰不敬仰？」

「嘿，說的好聽，如此說來，你是來封官的了？」

韓星笑著點頭，「正是。」說著將聖旨遞給韓孺子，「倦侯自己宣讀吧。」

韓孺子接旨時無需跪拜，可是由本人宣讀聖旨，還是有點奇怪。他接過聖旨，打開看了一遍，越發迷惑不解。

東海王一同觀看，「這、這……」一把奪過來，又看了一遍，「這到底是怎麼回事？」

「還是先宣旨吧。」韓星笑道。

「你來吧。」韓孺子倒還鎮定。

東海王壓下心中疑惑，轉身面朝眾人，郎聲道：「詔曰：朕聞褒有德，賞至才，古今之誼也，倦侯梋內懷忠正，外宣明德，上書求戰，以安社稷，朕甚嘉之。其加封梋鎮北將軍，益封一千戶。」

義兵們聚攏過來，打破了隊列，大部分人都沒聽懂聖旨的意思，臉上盡是茫然。

東海王無奈地說：「倦侯梋……就是這位，他被封為鎮北將軍，你們今後都是吃皇糧的大楚官兵了。」

眾人這才恍然大悟，齊聲歡呼，也有人小聲對晁化說：「咱們本來就是要躲避徵兵、徵丁才聚義河邊寨的，怎麼……怎麼又變成官兵了？」

晁化擺手，利用自己的威望勸止身邊的人提出異議。

「倦侯接旨。」韓孺子說，從東海王手裡接過聖旨。

韓星臉上的笑容收起一些，「倦侯似乎不太高興。」

東海王搶先道：「困在荒郊野外好幾天，有人攻打，沒人來救，兩眼一摸黑，對朝廷裡的事情一無所知，突然被封為鎮北將軍——高興得起來嗎？」

韓星收起笑容，「請倦侯借一步說話。」

韓孺子嗯了一聲，轉身向晁化、金純忠做出示意，讓兩人重整隊列，然後跟著韓星走向路邊，東海王跟過來，韓星止步，衝他微微搖頭。

「我只問一件事，我舅舅……崔太傅怎麼樣了？」

「崔太傅？一切安好，他已經上書請戰，受封為破虜大將軍。」

東海王愣在當場。

韓星引著倦侯走出幾十步，左右無人，低聲道：「倦侯這些天受過不少苦吧？」

「還好，這不也走出來了？」

韓星笑著點點頭，「我就不跟倦侯猜啞謎了，朝中這幾天發生了許多事情，其中一些事關倦侯。」

「正存疑惑，望大都督告知。」

「崔太傅與東海王意欲謀反，倦侯瞭解吧？」

韓孺子點了下頭，他不太相信此人，盡量多聽少說。

「好在太后早有準備，好在倦侯……懸崖勒馬，消弭了一場大亂。」

「太后已有準備？」

韓星沒做解釋，繼續道：「倦侯以後會明白的。就在昨天，崔太傅鋌而走險，與北軍大司馬冠軍侯勾結，意欲夾攻京城。」

直到這時韓孺子才大吃一驚，「冠軍侯？」

冠軍侯韓施是太后扶植起來的，怎麼會與崔太傅聯手謀反？韓孺子難以理解。

「當然，這兩人都不承認謀反，而且很謹慎，他們唆使衡陽侯攻打義軍，想趁亂殺死倦侯與東海王，然後宣揚一切事情都是朝廷所為，以此擾亂民心，為南北軍進城提供藉口。」

韓孺子呆了半晌，問道：「南北軍聯手，京城無人可敵，還需要藉口嗎？」

韓星笑道：「當然需要，倦侯對南北軍的瞭解可能不太多，兩軍從大司馬以下，哪怕是九品武將，都要兵部任命，當然，大司馬可以提名，可最終還是要得到朝廷的許可。武帝末期，大司馬權力日增，但也沒到隻手遮天的地步。兩軍將官名冊皆在大都督府，照我的估計，北軍兩成將官、南軍四成將官是由大司馬提名，剩下的還是由兵部直接指派。」

韓孺子明白了，南北兩軍並非完全忠於大司馬，大部分將官仍服從朝廷的命令，他立刻生出疑問，「當初崔太傅私自回京奪取南軍時，朝廷好像束手無策。」

「形勢不同。崔太傅於武帝時擔任南軍大司馬，在軍中勢力已成，去年挾戰敗齊王之餘威返回京城，當然備受軍吏支持，而且那時候……」韓星做出一個為難的神情，有些話無論公開私下，他都不能說。

「我明白。」韓孺子說，去年夏天，他和東海王作為桓帝僅存的兩個兒子，最有資格繼承帝位，南軍支持崔家和東海王，也算師出有名，到了今年，帝位轉移，桓帝血脈已不具有唯一資格。

北軍大司馬冠軍侯韓施，身為武帝第一位太子的遺孤，資格還要更靠前些。

「自從宮變以來，朝廷一直在努力收回南北兩軍全部的任命權，崔太傅有點著急，沒想到冠軍侯也著急了，以至於被崔太傅說服。唉，他還是……」韓星苦笑著搖搖頭，顯得有些失望，「不管怎麼說，倦侯與東海王無恙，崔太傅的計畫再次失敗。冠軍侯後悔了，立刻向朝廷請罪，道出了一切。崔太傅也在今晨上書請罪。陛下以為邊疆正值用人之際，不宜誅殺大將，因此原諒了兩位大司馬，要他們在北疆戴罪立功。」

所謂的「朝廷」與「陛下」，都是指太后，韓孺子努力回想，他在邸報中見過不少將官任命，可是在奏章中不會寫明「大司馬推薦」還是「兵部選任」，至於低級將官的任命，根本不會出現在邸報中。

太后居然真的透過一群大臣化解了兩位大司馬的兵權，東海王總是將「十萬南軍」掛在嘴上，其實崔太傅指揮不動十萬人。

韓孺子還有許多疑惑，可韓星不會對他推心置腹，韓孺子只能暫時將疑惑留在心裡，問道：「南北軍都去北疆，誰來守衛京城呢？」

「朝廷自有安排。請倦侯隨我回京謝恩吧，倦侯上書請戰，的確開了一個好頭，之前請戰的都是實職將軍，大批貴戚旁觀，倦侯做出表率之後，請戰奏章一下子多了起來……」

「大都督請戰了嗎？」韓孺子沒問是誰幫他寫的奏章。

韓星笑道：「雖是老朽，總有一顆忠君之心，怎敢居人後？第一份請戰奏章就是老朽遞交的，只是陛下還沒有批覆。」

所有的危機暫時都不存在了，韓孺子總算能夠鬆口氣，「好吧，煩請大都督引路。」

「倦侯回京之後，還會得到更多封賞，自古……倦侯請。」韓星及時吞下「廢帝」二字。

兩人一塊回到原處，韓孺子托著韓星上馬。

「我待會命人送幾匹馬過來，義軍可在城外駐紮，我已經安排好營地。」韓星拍馬去與宿衛匯合。

「老傢伙說什麼了？」東海王問道。

「沒什麼，看樣子問題都得到解決，咱們可以回京了。」

東海王沒聽到韓星的種種解釋，只聽韓孺子說出結果，眉頭不由得一皺，「太后讓咱們回京謝恩？」

「讓我回京，沒提起你。」

「一樣的，你回去，我也得回去。」東海王突然抓住韓孺子的胳膊，「不能回京，絕不能回京，一進城門，咱們就再也出不來了。」

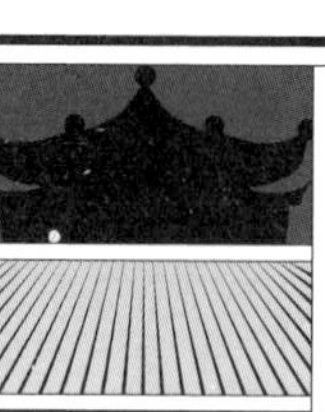

第一百三十二章 同吃住共甘苦

軍營不大，距離官道大概三四里，地勢稍高，背靠一條小河，營門沒有正對道路，而是拐了個彎，設在一條緩坡的高處，形制是一座高聳的木樓，營內密布大大小小的房屋，看樣子存在已久。

兵馬大都督韓星介紹道：「這是京城十二座新軍營之一，這一座專門訓練步兵，我十幾歲的時候在這裡待過幾天，好久沒來過了，樣子沒變。」

「幾天就能訓練出來一位兵馬大都督，很厲害嘛。」東海王終於騎上了馬，可還是一臉疲憊，真想立刻衝進軍營裡，找張舒適的床躺下，就算又要換皇帝，他也不想起來了。

「呵呵，我那時候已經是南軍的一名校尉，進新軍營掌管器械庫，可不是來訓練的。」韓星抬頭望向軍營門樓，思緒萬千。

「怎麼沒人出來迎接你這位兵馬大都督？」東海王也望向門樓，上面的士兵隱約可見。

「是我要求一切從簡的，咱們又不進軍營，何必麻煩將官出來迎接呢？義軍暫住這邊，倦侯、東海王這就隨我進城吧。」

新軍營離京城不遠，若是沒有樹木遮擋，能夠清晰地望見城牆，數里之外的官道上是座小鎮，人煙稠密，偶爾會傳來喧嘩聲。

韓孺子和東海王順著韓星的手指看去，原來在路邊的一片樹林後面，還有一座臨時營地，木柵環繞，裡面不是建好的房屋，而是一座座帳篷。

「就讓義軍住這種地方？」東海王驚訝地問。

「軍營裡規矩多，義軍初建，恐怕不會習慣，所以先暫住外營，等到正式建制、分派旗幟甲械之後，自有營地，也不用入住新軍營。」

東海王看向韓孺子，他已經做過提醒了，不可進城，進去就很難再出來。

韓孺子看了看身上的衣服，「我這個樣子沒法進城，待會先派人去府裡要幾件衣服回來，明天再進城謝恩吧。」

東海王輕輕點了下頭，不過覺得這個藉口實在夠差的。

韓星微微一愣，「倦侯進城之後可以先回家，明天進宮謝恩。」

韓孺子搖搖頭，「大都督說我『率天下先』，可我這個樣子怎麼見人？還是等一個晚上吧。」

韓星笑道：「倦侯想得真多，好吧，既然倦侯堅持如此，那就明天進城。我得回宮覆命，這樣吧，留下十名宿衛為義軍守衛營門，以免閒人亂入。」

「如此甚好。」韓孺子客氣地說。

韓星看著義軍進入臨時營地，這才調轉馬頭，帶領宿衛軍回城。

對於住慣了茅草屋的義兵來說，帳篷是個新鮮玩意，一點也不覺得簡陋，金純忠和晁化分派帳篷，差不多一隊一頂，約定號令與值守順序，然後開飯。

食物都是新軍營送來的，倒也簡單，米、粟、菜、肉煮成糊狀，管夠吃，自從昨晚的那頓飽餐之後，義軍還沒吃過飯，捧著熱粥，吃得極香。

韓孺子和東海王意外留住，新軍營因此沒有準備上等菜餚，兩人吃的食物與士兵一樣，就站立在帳篷門口，與侍衛們一塊守著裝飯的大鍋。

東海王開始不太同意，「新軍營裡肯定有將官的食物，可能還有酒，讓他們送來。」

韓孺子覺得沒必要麻煩，盛了一碗吃起來。

聞了一會飯香，東海王忍不住也盛了一碗，囫圇吞棗地吃下半多碗之後，他說：「味道還不錯，就是油水少了些。崔府的廚子會做一道燴菜，也是這麼一通亂炒，可食材有講究，不用米麵，肉要用昨天剩下的炒肉，菜則是新鮮的好。不要命，你是廚子，吃得下這種東西？」

「嗯。」不要命吃了兩大碗，一點也不挑食。

韓孺子吃下一大碗，眼看天色已暗，對陪同吃飯的不要命說：「我要請你幫我做件事。」

「進城去倦侯府，給我帶幾套乾淨衣服，府裡問起我的狀況，請你照實說。」

「好。」不要命起身就走。

東海王吃了一驚，「明天你真要進城？」

「進不進城也得有乾淨的衣服穿啊。」

東海王覺得有理，想叫住不要命，廚子卻已經走遠了。

七百多人將食物吃得乾乾淨淨，鍋幾乎不用洗刷，連同碗筷全送到營地門口，由新軍營的伙頭兵收走。

金府的丫鬟蜻蜓從遠處走來，她與小姐住在最裡面的帳篷，周圍都是晁家漁村的婦孺，她和東海王一樣，盯著不要命遠去的背影，來到韓孺子面前，問道：「那人是誰？」

「他？他叫不要命。」

「嘻，好名字，既然叫不要命，為什麼能活到現在。」

「因為……他是個廚子，沒人捨得殺他吧。妳為什麼忽然問起他？」

「不忽然啊，我盯你們半天了，等他走了才過來。昨天晚上，我們追蹤柴家的人，發現他們又來攻打河邊寨，帶頭的就是那個顏七郎，我們人少，心想擒賊先擒王，逮住顏七郎，既能逼退敵人，又能為晁漁夫報仇……」

「他是義軍主簿。」

「嗯，晁主簿。可是顏七郎身邊的人不少，我們一直沒找到機會，突然下雨，四週一片漆黑，將火都給澆滅了。雨下到一半的時候，你猜怎麼著？」蜻蜓像講故事一樣突然停下。

「有人將顏七郎送到你們手中了？」韓孺子猜道。

「咦，你看到了？還是不要命對你說了？」

「他什麼也沒說，是他逮住顏七郎的？」

「小姐說肯定是他，昨晚他可沒露面，扔下顏七郎，人就消失了。小姐說這肯定是一位奇人異士，所以讓我來問下姓名，原來他還是一位廚子，有意思。」蜻蜓也不告辭，轉身走了。

入夜不久，營地裡就不能隨意行走了，金純忠懂得規矩，命令義兵進帳休息，如果起夜，要向巡邏士兵報告姓名與口令。

韓孺子與東海王共用一頂帳篷，同樣也是普通士兵的待遇：一尺高的草堆上鋪著一層薄薄的氈毯，唯一的好處是足夠寬大，一左一右，能躺下十幾名士兵。

韓孺子累壞了，躺下就不想動。

對面的東海王這裡捅捅、那裡戳戳，好一會才坐下，「這也是人睡的地方？」

「大楚百萬雄兵，絕大多數人恐怕吃住都是這樣。以後咱們去了北疆，要與士卒同吃住、共甘苦，現在就得習慣一下。」

「嘿，同吃住、共甘苦，兵書上就是說說而已，我進過軍營，不要說將帥，就是普通的六七品小官，住處也是應有盡有，連女人都有，你信嗎？」

韓孺子笑而不語，他只想安靜地睡覺。

新軍營對鄰居照顧得倒也周到，送來了大量熱水，行軍之後，可以不洗澡，但是不能不洗腳，韓孺子再累，也坐起來泡了會腳，熱氣上湧，覺得全身舒坦。

東海王哼哼了兩聲，「在家都是別人給我洗腳，讓你的侍衛或者寨子裡的那些蠢婆子過來幫忙吧，她們不是士兵，住在營裡總得有點用處吧。」

帳篷裡沒有燈燭，韓孺子打個哈欠，說：「以後還有更苦的日子呢，先習慣一下吧。對了，你為什麼覺得太后不會放我走？她已經封我當鎮北將軍了。」

「這是明擺著的啊。」東海王的聲音抬高，馬上又降下來，「朝廷常用這一招，先封官穩住你，等到將你完全控制住之後，再下一道詔旨，就說你上書請戰，『勇氣可嘉，朕不忍倦侯涉險，待日後重用』云云，然後再封官，由將軍變成大將軍，但你走不了，以前你還能出門閒逛，從今以後，你會被軟禁在府內，不能出大門半步。你若是想與我表妹廝守終生，倒是可以回城，就是不知道這個『終生』能維持多久。太后哪天不高興了，或者小皇帝長大之後不放心，肯定會找個藉口把你毒死。」

「以前有過這種事？」

「哈哈，我連類似的詔書都模仿過，早跟你說過，我從小就準備當皇帝，可惜……唉。」

「可韓星並沒有強迫我進城的意思。」

「當然不會，韓星是有名的老好人，太后派他來就是用來迷惑你的，自然不會用強，明天你再看吧，我估計來的人不會再是韓星了。」

韓孺子想了一會，「總在城外駐紮也不行，太后如果真不想讓我去北疆，我該怎麼辦？」

東海王顧不得床鋪粗糙，順勢躺下，「那我就不知道了，你得自己想辦法。」

韓孺子笑道：「你還在想崔太傅吧？」

東海王冷冷地哼了一聲，「沒殺死我，是他的錯誤，既然要玩心狠手辣……」東海王不說下去了，他可不會將計畫提前告訴任何人，尤其不會透露給韓孺子。

「楊奉也對我說過不可回京，或許我應該與他取得聯繫。」

「別傻了，楊奉現在輔佐的是冠軍侯，不是你，他讓你不要回京，是為了對付太后，你去投奔他，那就是出了虎穴又入狼窩，別忘了，冠軍侯昨晚也想置你於死地，他現在不敢了，可是很願意把你捏在手裡。」

韓孺子比較相信楊奉，可也覺得當下不是投奔他的良機，有朝一日，應該讓楊奉投奔自己才對。

韓孺子實在太累，沒想出應對辦法就睡著了，對面的東海王也一樣，連侍衛什麼時候端走的洗腳水都不知道。

與兩人的酣然入睡相反，這個夜裡，好幾位與他們息息相關的人，徹夜未眠。

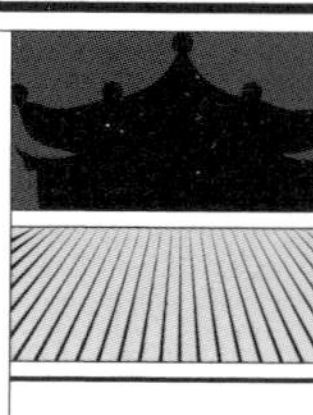

第一百三十三章 不眠之夜

第一個徹夜不眠的人是太傅崔宏。

對東海王來說，天下就那麼幾股勢力，最強大的只有兩股，一方是太后，一方是崔太傅，舅舅遲遲未能取得勝利，唯一的原因就是膽子太小，優柔寡斷，坐失數次良機。

對崔宏來說，事情卻沒有那麼簡單，在官場摸爬滾打多年，他非常清楚，沒有人值得完全相信，今天跟你歃血為盟的人，明天或許就會告密，今天跟你一塊對付北軍的人，明天卻會反對你向宰相發難，反對太后的時候一呼百應，真要動手，卻都成了縮頭烏龜。

崔宏長嘆一聲，全怪自己的夫人不爭氣，生出的兒子沒一個像樣，以至於在最危急的關頭無人可用。

南軍大營建成多年，房屋與城內的府邸沒有多大區別，崔宏在一間書房裡獨自喝悶酒，心裡一遍遍地計算，哪些人可信，可信到什麼程度，哪些人不可信，會在哪個節骨眼出賣自己……

想得頭都疼了，他也沒梳理出脈絡來。

林坤山悄沒聲地進屋，未經通報，走到桌前，掐滅了一根蠟燭，屋子裡本來就不多的光亮又少了幾分。

崔宏抬頭看著來者，心想，最不可信的人就是望氣者，自己卻三番五次地上當受騙，難道對方會法術？他握住腰間的刀鞘，想用最簡單的方法解決問題。

林坤山最大的本事就是察言觀色，他從對方的神情中看出了危險，沒有躲避，反而向前略微傾身，微笑道：「恭喜太傅。」

崔宏一愣，手掌慢慢鬆開刀鞘，冷冷地問：「何喜之有？」

「南軍的職責本是守衛京城，數十年來未曾離開京畿之地，如今卻被朝廷派往北疆，全軍上下皆有不平之意，太傅稍加安撫，即得軍心，此乃一喜。」

崔宏心中冷笑，雙手卻都放在了桌子上，「還有二喜？」

「太傅的外甥東海王一直受到太后的忌憚，每每陷入險境，經昨晚攻寨一事，東海王性命無憂矣，崔家又多一重保障，此乃二喜。」

崔宏大怒，雙手在桌上握拳，「昨天有人向我出主意的時候，好像不是這麼說的，那個人就是你。」

林坤山笑容不變，「時者，勢也，東海王若是躲不過柴家的進攻，就只是太傅羽翼之下的雛鳥而已，對崔家並無助益，可他成功躲過了，以東海王的聰明才智，經此一劫，必有所得，這樣的他，才是太傅的得力幫手。」

「只怕他現在恨死我了。」崔宏長嘆一聲，納悶自己之前怎麼會聽望氣者的攛掇，居然要殺自己的外甥，那可是崔家近親當中唯一值得扶持的後輩。

「太傅無需憂心，東海王足夠聰明，林某三言兩語就能讓他與太傅盡釋前嫌，還是一家人。」

崔宏盯著林坤山，這幫望氣者別的本事沒有，蠱惑人心絕對是第一流，如果有誰能說服東海王，一定是此人。

「可還有三喜？」崔宏鬆開拳頭，手指在桌上輕輕滑動。

「有。」林坤山慢慢直起身子，神情莊嚴，表示這才是最大的一喜，「倦侯初試啼聲，雖未達九霄，卻也不同凡響，日後必有大成。」

崔宏又愣住了，「這跟崔家有什麼關係？」

「難道太傅忘了，倦侯是崔家的女婿、太傅的半子，倦侯夫婦二人琴瑟和諧，乃是崔家的第三喜。」

「一山不容二虎，東海王和倦侯最終只能留一個。」

林坤山笑而不語。

崔宏終於恍然，不得不佩服望氣者，幾句話又將他說服了，黯淡的前方突然變得一片光明，「沒錯，南軍是崔家現在的倚仗，東海王是未來的靠山，倦侯則是萬一的保障，只要我女兒還在……可倦侯現在的勢力太弱了，只怕隨時都會被消滅。」

「太傅何不伸以援手？」

「不行，那樣的話會惹怒東海王……啊，還有我女兒。」崔宏雙手按桌而起，冷冷地說：「我希望林先生以後出主意的時候，能多考慮一下，不要再犯錯誤。」

「錯誤？」林坤山也冷下臉，一味的討好並不能取得權貴的信任，有時候，位高權重者也需要一點教訓，「拋開東海王不說，沒有昨天的嘗試，太傅會這麼快弄清楚冠軍侯的底細嗎？現在太傅知道了，北軍依然不足為懼，冠軍侯也不是崔家的對手，你可以專心對付最重要的敵人。」

崔宏仍想一刀砍死這個傢伙，但不是現在，他想，望氣者還有用處，「那就請林先生前去輔佐倦侯和東海王吧，無論如何不能讓他們進城，起碼不能同時進城。」

林坤山稍一躬身，微笑著退出書房，對他來說，「幫助」的人越多，掌握的勢力越強，朝中的這幫貴人永遠也不會懂得這個道理。

相隔整座京城，北軍大營的一間屋子裡，冠軍侯坐在桌邊瑟瑟發抖，端起酒杯卻怎麼也無法送到嘴邊，惱怒地往桌上一放，酒水灑出去一半。

這個夜晚，他也無法入眠。

「滾出去！」冠軍侯厲聲喝道。

兩名服侍大司馬的軍吏立刻退出房間，在門口與北軍長史楊奉相遇。

楊奉風塵僕僕，手裡還拎著馬鞭，他看著軍吏走出，進屋關門，站在冠軍侯面前，不言不語，也不鞠躬。

「楊長史回來了。」冠軍侯擠出一絲笑意。

「嗯。」楊奉冷淡地回了一聲，沒動地方。

冠軍侯十八歲了，看模樣還要更成熟一些，事實上，他已經有了一個兒子，可此時此刻，他卻像個十來歲的青澀少年一般手足無措，微微低頭，雙手在腿上輕輕摩挲，「我犯了一個錯誤……可楊長史當時不在軍營，我找不到人商量……」

「來的人是誰？」

「他自稱叫袁子聖，拿著崔宏的書信，見面之後，他……他說了許多，我也是一時糊塗……」

「我知道他說了什麼。」楊奉走到近前，將馬鞭放在桌上，袁子聖、方子聖，望氣者連起名字都不用心了，「冠軍侯接下來有什麼打算？」

「一發現不對，我搶在崔宏之前向朝廷請罪，太后原諒我了，允許我前往北疆戴罪立功，我想我可以做到。」冠軍侯若有期待地望著楊奉，雙手緊緊抓住衣襟，希望得到一句肯定。

臨危不亂是一項極其難得的素質，有人要經過長期訓練才能具備，有人天生無畏，更多的人一輩子也做不到，對於後者，就算是比楊奉聰明十倍的人，也束手無策。

「太后原諒冠軍侯，唯一的原因是南北軍俱在，她不想魚死網破。」

「打敗匈奴，我還能率軍回來，對不對？」

楊奉搖頭，「南北兩軍一走，太后馬上就會找人填補空缺。」

「找誰？太后的哥哥上官虛也要前往北疆效命。」

「上官虛只是誘餌。」楊奉不由得加重了語氣，像是在教訓不成才的學生，「上官虛被崔宏奪權，證明自己不堪大任，太后早在去年就將他放棄，任命他為宿衛中郎將，無非是在迷惑朝堂，讓大家以為上官虛很重要，其實他已完全失勢，即使離開京城，太后也無損失，她在上官家另選……」

「你應該早告訴我這些。」冠軍侯放在腿上的雙手握成了拳頭，終於找出一切問題的關鍵。

楊奉沉默片刻，後退一步，躬身道：「未能為主分憂，是我的錯，懇請冠軍侯見諒。」

冠軍侯寬宏大量地笑了笑，聽到楊奉道歉，他心中的緊張緩解許多，「過去的事情就讓它過去吧，接下來該怎麼辦，楊公有對策嗎？」

「此番較量，太后大獲全勝，不可與之爭鋒，冠軍侯應該盡快前往北疆，建立功勳、擴大聲威，靜觀京城之變。為驅逐南北二軍，太后向大臣做出諸多讓步，要不了多久，該讓步的就是大臣了，雙方必生嫌隙，冠軍侯或許還有機會。」

冠軍侯更安心了，伸手拿起半杯酒，穩穩地送到嘴邊，一飲而盡，然後嚴肅地問：「楊長史肯定是站在我這一邊的吧？」

「當然。」楊奉再鞠一躬，「冠軍侯既是正統太子遺孤，又有十萬北軍為助，誠所謂帝王之資，楊某雖非良禽，也願擇木而棲。」

「那……倦侯呢？」

「倦侯大勢已去，只剩廢帝名號尚餘幾分價值，可利用不可輔佐，楊某唯願冠軍侯能盡其所用，不要被對手搶先。」

冠軍侯扶桌而起，他根本不在意倦侯，只在意自己的未來，「好，咱們就去一趟北疆，拿匈奴開刀！」

冠軍侯越興奮，楊奉越冷靜，撒謊對他來說是一件再簡單不過的事情。

南北軍之間，京城裡也有數人夜不能寐。

衡陽侯府裡，柴家還在哀悼小主人的遇害，年老的公主坐床大哭，間隙時質問滿堂兒孫：「一群廢物，你們都是一群廢物！殺害我孫子的兇手不只是歸義侯，還有他的女兒和兒子，還有那個廢帝，誰能為小侯報仇血恨，我就讓他繼承衡陽侯之位！」

真正的衡陽侯垂頭一聲不吭，廢嫡這種事一般人做不到，他的夫人卻不是一般人。

皇宮裡，太后聽完韓星的稟報，命他退下，輕笑一聲，對身邊的王美人說：「你的兒子不太聽話啊，也好，那就讓他去北疆吧，我倒要看看，在一群虎狼之中，他能活多久。」

頓了頓，太后又問道：「北疆之戰非同小可，南北軍皆不可信，妳覺得誰適合統率全軍？」

王美人低眉順目，「太后已有定奪，臣妾不敢妄言。」

「嘿，這些天來，妳在我面前說的話還少嗎？那就是韓星吧，他是皇室宗親，又是兵馬大都督，沒人比他更適合了。」

「大都督恐怕彈壓不住南北二軍。」王美人小心地提醒道。

太后嗯了一聲，絲毫不以為意。

倦侯府裡，崔小君更是睡不著覺，守著孤燈，心緒萬千，突然想到一件事，這一次分別，不知何時才能再見到夫君。

她挑了挑燈芯，輕聲自語道：「我一定要讓你活下去。」

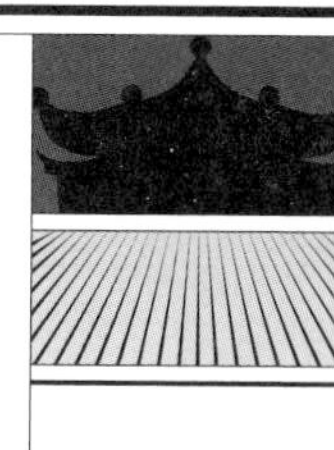

第一百三十四章 私人部曲

帳篷外頭傳來激烈的爭吵聲，韓孺子一骨碌坐起來，眼前一片恍惚，使勁晃晃頭，終於想起自己身處何方，往對面看去，東海王睡得正香，側身躺著，一隻手捂住上面的耳朵，喃喃道：「放肆，何人在此喧嘩？」

天已經大亮，韓孺子驚訝地發現自己和東海王的靴子都被收拾得乾乾淨淨，他睡覺的時候沒脫衣服。穿上靴子，拖著僵硬的身體走出帳篷，陽光刺眼，他不得不低下頭。

「我找他，就是他。喂！皇帝，讓我進去啊！」有人大聲喊道。

韓孺子的帳篷離營地入口最近，他向門口望去，「這人是我的衛兵，讓他進來吧。」

守衛營門的數名宿衛終於放行，假裝沒聽到「皇帝」兩字。

「你回來了。」韓孺子清醒過來，發現太陽已近中天，他這一覺睡得夠久。

馬大一身塵土，頭髮亂蓬蓬的，瞪著眼睛憤怒地說：「好啊，真會玩啊。」

「怎麼了？」韓孺子對他的憤怒不明所以。

「讓我從東邊進城，然後一聲不吭地跑了，也不通知我一聲，我從東城原路出來，划船回河邊寨，好傢伙，連老鼠都跑沒影了。我順著腳印追吧，到了官道上連腳印也沒了。碰到幾位老鄉，說是昨天有一群叫化子向城裡去了，我接著追，險些追過頭，在鎮上又聽說有一群乞丐義軍駐紮在附近，我馬上趕來，結果被攔住不讓進……」

馬大一通抱怨，韓孺子拉著他進帳，「是我做得不對，沒給你留信。」

「嗯。」馬大這才點點頭，表示不生氣了，「『我已替倦侯上書請戰，夫君寬心，萬不可回京，切記。』」這是崔小君的話，韓孺子聽懂了，「謝謝。」

「大清早的，吵什麼吵？」東海王坐起來，發了一會呆，突然雙手捂臉，咬牙切齒地唔唔叫喚。

馬大略帶驚恐地小聲說：「他怎麼了？」

「噩夢，你去休息吧。」

馬大走到門口又回頭看了一眼，對東海王深表同情。

「對了，以後不要叫我『皇帝』，叫我『倦侯』。」

「捲猴？你身板挺直的，為什麼要叫捲猴？」

「因為……我爬樹的時候就沒這麼直了。」

馬大滿意地走了。

東海王仍然雙手捂臉，用沉悶的聲音說：「我夢見自己在家，許多僕人捧著好東西讓我挑選，母親在遠處看著，我讓她過來，她只是笑，不肯動。」

韓孺子也有點同情東海王了，「崔太傅想殺你，你母親不會。」

「沒用，她算是寄居在崔家，無權無勢，幫不了我。」

「你沒有自己的王府嗎？」

「有，可我從來沒住過，我把崔府當成自己的家。」東海王在毯子上狠狠捶了一拳，「這就是被人拋棄的感覺嗎？真不知道這麼多年你是怎麼熬過來的。」

韓孺子笑了笑，突然看到自己的床鋪上有一摞衣裳，他剛才迷迷糊糊地沒有注意到，走過去拿起來，果然都是自己的衣物，一塵不染。

東海王沒聽到聲音，挪開雙手，在自己的床鋪上掃了一眼，「咦，為什麼你有新衣服，我沒有？新軍營的將官不知道我也在這裡嗎？」

「這是倦侯府送來的。」韓孺子說。

「哦。」東海王更傷心了，倦侯還有人記得，他卻徹底成了棄兒。

韓孺子正納悶，外面有人進來，「主人，你醒啦。」

「張有才！你……什麼時候來的？」

「一早就來了，看主人在睡覺，我就出去轉了轉。」

「是不要命到府上了？」

「對啊，他這個人可真怪，明明是從主人這裡過去的，卻讓我轉告主人，說他要回去做菜了，不送你一百里了。」

不要命的確是個怪人，很厲害的怪人，能在亂軍之中活捉敵方首腦，可惜的是這樣一個人卻不肯為倦侯所用，韓孺子也只能感到遺憾，現在的他尚且不能收服普通的江湖好漢，更不用說不要命這樣的奇人異士。

「對了，我剛才撞見那個叫馬大的人，不知道為什麼，他看見我之後特別生氣，嚷嚷了幾句，我究竟哪裡得罪他了？」

韓孺子笑道：「你比他晚出發，卻先到達軍營，所以他不高興了。」

「原來如此。主人先洗個澡吧，然後換上新衣，舊衣裳……我看就不要了吧。」

韓孺子還沒開口，東海王仰天長嘯，「你是故意的，你們是故意的，就為了看我的笑話，是吧？」

韓孺子有人服侍，東海王卻沒有，這讓他嫉妒得發狂。

張有才眼裡的主人只有一個，對東海王不屑一顧，只是礙著主人的面子，不好說什麼，於是兩眼上翻，不理不睬。

東海王穿上靴子，大步走出帳篷，也不問是誰將靴子收拾乾淨的。

「夫人待會要來。」張有才說。

「她要來？這裡不安全……」

「夫人說了，若論不安全，城裡城外都一樣。」張有才回道，夫人早料到倦侯會怎麼說了。

「那我的確應該洗澡換衣服，可這裡諸多不便……」

「所以才需要我這樣的人嘛。」張有才轉身走到門口，托起帳簾，兩名義兵抬進來一個大木桶，隨後是十餘名義兵每人拎著一小桶熱水進來，將大桶注滿，一一退下。

「還好附近有個鎮子。」張有才笑道。

韓孺子覺得全身髒透了，迅速脫掉衣服，泡在水中，舒服得哼了一聲。

「唉，主人怎麼能受得了這種苦啊？」

「受得了，以後還有更苦的日子，那也比困在侯府裡要強一百倍。」韓孺子踏實地享受這一刻的安逸，可也做好了再次在泥土裡打滾的準備，「你留在京城，好好……」

「留在京城？不不，我跟夫人說了，夫人也同意了，我是因為主人才出宮的，主人去哪我都要跟著。」

「可是……」

張有才一邊為倦侯擦背，一邊說：「主人軍中若是沒有位置，我就自己騎頭小毛驢跟在後面好了，可能會慢一點，但我總能撵上。」

韓孺子笑道：「有你服侍當然更好，我只是覺得應該與將士們同甘共苦，他們可沒有人服侍。」

「呵呵，主人怕是理解錯了『同甘共苦』四個字的意思：吃穿住行什麼都一樣，人家就想了，自己辛苦當兵圖的是什麼呢？難道最後也跟主人一樣過苦日子嗎？士兵衝鋒陷陣，主人也要去嗎？陣亡幾名士兵，軍隊還在，主人若是……那就什麼都沒有了。」

「咦，你變得伶牙俐齒了。」

「不是我伶牙俐齒，我在營裡轉了一圈，聽到不少關於主人的好話，可是他們也很困惑，不知道今後要做什麼，抗擊匈奴對他們實在沒有多少吸引力，還不如現實一點的榮華富貴，主人若是過得太窮，更吸引不了他們了。」

韓孺子笑了笑，覺得張有才說得很有道理，他光想著「同甘共苦」，卻忘了一件最重要的事情：百姓早已受夠了苦，只想要「同甘」。

洗澡、洗頭完畢，張有才服侍倦侯穿衣、梳頭、戴帽，一切妥當之後，他隨意地說：「有件事挺有意思，我聽到許多人在談什麼『皇后娘娘』，哪來的『皇后娘娘』？」

「那是歸義侯的女兒，也在軍中，義兵不認得她，亂叫的。」韓孺子平靜地說。

張有才沒有多問，退出帳篷，叫人將水桶抬出去。

午時過後，倦侯府又來了一批人，搬走帳篷裡的雜草與氈毯，擺放簡易的床榻、桌椅等物，盡可能讓住處更舒適一點。

東海王又羨又妒，躲在遠處不肯過來，不久之後，崔府也派奴僕送來應用之物，甚至包括一頂碩大的帳篷，他才稍感平衡，可是一直冷著臉，假裝不在意。

黃昏時分，崔小君來了，直接從轎子裡進入帳篷，衝著倦侯嫣然一笑。

兩人攜手相對而坐。

「對不起，我沒有遵守承諾。」韓孺子愧疚地說。

「我不是來聽道歉的，我是來幫你的。」崔小君微笑道，雖然嚮往平平靜靜廝守終生的生活，可她知道自己的夫君並非尋常之人，並為此而自豪，「朝廷給義軍正式旗號了嗎？」

「沒有，我還在納悶，今天怎麼沒人來催我進宮謝恩？」

「那是因為太后覺得沒有必要。昨天我見過楊公。」

「他說什麼？」韓孺子緊緊握住夫人的雙手。

「他建議倦侯不要旗號，將義軍變為私人部曲。」

「私人部曲？」

「嗯，邊疆的將軍可以自己養一批將士，不受朝廷軍餉，通常不超過五百人，不過特殊時期，多一些也無所謂。」

「義軍有七百多人，我怎麼養得起這麼多人啊。」韓孺子對養軍之難深有感觸。

「再多也養得起。」崔小君笑道，「我弄到一筆錢，等倦侯出發的時候，小杜教頭會送到軍中。」

「妳從哪弄到的錢？」韓孺子驚訝不已。

「府裡人不多，能省下不少錢，母親也幫我弄到一些，總之你不用擔心，缺什麼東西儘管派人送信給我，我在京城總能想到辦法。」

「我為什麼如此幸運，會娶到妳呢？嫁給我妳要受多少苦啊。」

「我也很幸運啊，你不知道我從小見過多少不成器的勳貴子弟……」

韓孺子鬆開雙手，將妻子輕輕攬在懷中，心情蕩漾，第一次對她說出真心話，「我是皇帝，妳是皇后，無人能改。」

不用人教，也無需提示，韓孺子要在這個夜晚，留下一段永不磨滅的記憶。

（本卷完）

New Black 012

孺子帝：卷二　流放的帝王

作者　冰臨神下

堡壘文化有限公司
總編輯　簡欣彥　　行銷企劃　許凱棣、曾羽彤
副總編輯　簡伯儒　　封面設計　Bianco Tsai
特約編輯　倪玼瑜　　內頁構成　李秀菊

讀書共和國出版集團
社長　郭重興
發行人兼出版總監　曾大福
業務平台總經理　李雪麗
業務平台副總經理　李復民
實體通路組暨直營網路書店組　林詩富、陳志峰、郭文弘、賴佩瑜、王文賓
海外暨博客來組　張鑫峰、林裴瑤、范光杰
特販組　陳綺瑩、郭文龍
印務部　江域平、黃禮賢、李孟儒
版權部　黃知涵

出版　堡壘文化有限公司
發行　遠足文化事業股份有限公司
地址　231新北市新店區民權路108-2號9樓
電話　02-22181417　傳真　02-22188057
Email　service@bookrep.com.tw
郵撥帳號　19504465 遠足文化事業股份有限公司
客服專線　0800-221-029
網址　http://www.bookrep.com.tw
法律顧問　華洋法律事務所　蘇文生律師
印製　呈靖彩印有限公司
初版1刷　2022年8月
定價　新臺幣420元
ISBN　978-626-7092-68-2　978-626-7092-77-4（Pdf）　978-626-7092-76-7（Epub）

國家圖書館出版品預行編目（CIP）資料

孺子帝．卷二，流放的帝王／冰臨神下著. -- 初版. -- 新北市：堡壘文化有限公司出版：遠足文化事業股份有限公司發行, 2022.08
面；　公分. -- (New black ; 12)
ISBN 978-626-7092-68-2（平裝）

857.7　　111011430